TINA FRENNSTEDT

COLD CASE – Das gebrannte Kind

Weitere Titel der Autorin:

COLD CASE – Das verschwundene Mädchen
COLD CASE – Das gezeichnete Opfer

Titel auch als Hörbuch erhältlich

TINA FRENNSTEDT

COLD CASE

DAS GEBRANNTE KIND

KRIMINALROMAN

Übersetzung aus dem Schwedischen von
Hanna Granz

LÜBBE

Die Bastei Lübbe AG verfolgt eine nachhaltige Buchproduktion.
Wir verwenden Papiere aus nachhaltiger Forstwirtschaft und verzichten darauf, Bücher einzeln in Folie zu verpacken.
Wir stellen unsere Bücher in Deutschland und Europa (EU) her und arbeiten mit den Druckereien kontinuierlich an einer positiven Ökobilanz.

FSC
www.fsc.org
MIX
Papier aus verantwortungsvollen Quellen
FSC® C014496

Dieser Titel ist auch als Hörbuch und E-Book erschienen.

Titel der schwedischen Originalausgabe:
»COLD CASE – Skärseld«

Textredaktion: Anja Lademacher, Bonn
Umschlaggestaltung: Kirstin Osenau
Einband-/Umschlagmotive: © shutterstock: gyn9037 | Stefan Holm; © gettyimages: intervit
Satz: hanseatenSatz-bremen, Bremen
Gesetzt aus der Adobe Garamond Pro
Druck und Einband: GGP Media GmbH, Pößneck

Printed in Germany
ISBN 978-3-7857-2753-9

5 4 3 2 1

Sie finden uns im Internet unter: luebbe.de
Bitte beachten Sie auch: lesejury.de

»This ist the second death, the lake of fire«

(Offenbarung 20:13-14, Neues Testament)

Es beißt in der Nase und kratzt im Hals. Linn dreht sich auf den Bauch, um nicht geblendet zu werden.

Tauch wieder ab, hinunter ins Warme, Weiche, flüstert die drängende, tiefe Stimme. Sie gehorcht, strampelt die Decke zu ihren Füßen weg und döst wieder ein.

Traurige, ein wenig schrille und durchdringende Streichmusik erfüllt plötzlich das Schlafzimmer.

Linn dreht mühsam den Kopf, öffnet die Augen und versucht sich aufzurichten, fällt aber sofort wieder schwer zurück. Immer wieder gleitet sie in die Bewusstlosigkeit ab.

Da sind die Streicher wieder, sie spielen schnell und hektisch. Und noch lauter. Zu laut und zu real, als dass es ein Traum sein könnte. Dieselbe melancholische Passage hallt wieder und wieder durchs Zimmer und durch ihren Kopf.

Linn hustet, versucht erneut sich aufzurichten, um nachzusehen, woher die Musik kommt, doch ihr Körper gehorcht ihr nicht, es kommt ihr vor, als wiege sie plötzlich Hunderte Kilo. Ihre Beine sind wie gelähmt, sie hievt sich auf die Ellbogen hoch und stößt sich von der Matratze ab. Vom Fenster her ist ein Knistern zu hören, ein Prasseln.

Leg dich hin, mach die Augen zu, schlaf weiter, ermahnt sie die Stimme.

Linn widersetzt sich, ihre Augen brennen und ihre Nase. Sie dreht den Kopf und entdeckt hohe gelbweiße und aggressive Flammen, die vom Sessel am Fenster zur Decke lodern.

Sie erstarrt.

Die Flammen brüllen, sie tanzen die Wand entlang, wo sich das Fenster befindet.

Du musst die Feuerwehr rufen!, sagt eine neue Stimme in ihr. Linn tastet auf dem Nachttisch nach ihrem Handy, findet es aber nicht.

Ein Zischen und ein greller Lichtschein, als das blaue Rollo am Fenster Feuer fängt. Noch immer dringt laute Streichmusik durch den kompakten Rauch und prallt von den Wänden ab, als wollte die Musik sie aus dem Dämmerzustand wecken.

Runter. Auf den Boden, wo dich der Rauch nicht erreicht.

Sie klammert sich an der Bettkante fest und schiebt sich seitwärts auf dem Bauch hinüber, bis ihr eines Bein vom Bett hinunterfällt und den restlichen Körper mit sich zieht. Mit einem dumpfen Schlag landet sie auf dem Boden.

Linn versucht über den Boden zur Tür auf der anderen Seite des Zimmers zu robben. Durch den Rauchschleier hindurch sieht es so aus, als wäre sie geschlossen.

Ein flüchtiger Gedanke durchzuckt sie: *Warum haben mich die Rauchmelder nicht geweckt?*

Raus hier. Hau ab. Du brauchst Luft.

Doch jede Bewegung fühlt sich an wie eine Trainingseinheit im Fitnessstudio. Sie begreift nicht, warum ihr Körper ihr nicht gehorcht. Ihre Kehle schnürt sich zu, und sie hebt die Arme schützend vors Gesicht, hustet erneut. Langsam und mit gewaltiger Kraftanstrengung gelingt es ihr, sich auf die Knie zu erheben. Über die Bettkante schaut sie mit brennenden, tränenden Augen Richtung Fenster, wo das Feuer inzwischen auch die Gardinen erfasst hat.

Die Luft ist schwer, eine dunkelgraue Rauchmasse wabert nach oben und leckt gierig an der Zimmerdecke. Der Sessel neben ihr wird von einer Feuerwolke verschluckt.

Zu spät. Du kommst hier nicht mehr raus.

Der heiße Rauch frisst sich in ihre Lunge. Sie wölbt die Hände um Mund und Nase, um ihn fernzuhalten. Es kratzt, schmerzt und sticht, als sie nach Luft schnappt, und ihr Kopf fühlt sich an, als müsste er zerspringen.

Jetzt ist der Rauch eher schwarz als grau und noch dicker. Sie duckt sich wieder, um hinter dem Bett Schutz zu suchen. Legt den Kopf auf die Hände, spürt die Verlockung, einfach aufzugeben.

Mach doch, lass es einfach zu, raunt die Stimme in ihrem Kopf.

Es brennt bis in ihren Bauch hinunter. Als hätte sie eine ganze Flasche Whisky in einem Zug geleert. Tränen strömen ihr aus den Augen und benetzen ihre Lippen. Die Hitze strahlt unter dem Bett hindurch, die Dielen sind heiß wie glühende Kohlen und es fühlt sich an, als würden ihre Knie verbrennen.

Die Streicher beginnen von vorn, begleitet von knisternden, flammenden Funken, hetzen vorwärts durch die Hölle. Erneut versucht Linn einen Anlauf zu nehmen und ihren schweren, kraftlosen Körper Richtung Tür zu ziehen. *Nur noch ein paar Meter, du schaffst das. Du musst. So darf es nicht enden.*

Eine dumpfe Explosion ist zu hören, als die Flammen den Bettüberwurf erfassen. Jetzt kommt die Hitze von hinten, jagt sie und droht sie zu verschlingen. Sie dreht sich um.

Mein Haar, bitte nicht mein Haar.

Mit einem heftigen Knall birst die Fensterscheibe, und die Scherben fliegen nach draußen.

Das Feuer nimmt Fahrt auf, hinter ihr verschwindet das

Bett in einem Flammenmeer. Ihre Haut spannt, an ihrem rechten Fuß wird es heiß. Sie sieht, wie er Feuer fängt, und strampelt, um ihn zu löschen, um doch noch davonzukommen.

Aus dem Augenwinkel sieht sie, dass der Teppich, der zwischen ihr und der Tür liegt, ebenfalls in Flammen steht. Sie muss an ihm vorbei, bis zur Tür ist es nur noch ein knapper Meter. Linn presst die Ellbogen auf den Boden, kriecht weiter und spürt seltsamerweise keinen Schmerz, als ihr Arm auf dem brennenden Teppich landet. Die Flammen breiten sich über ihr Bein aus, ihr Nachthemd fängt Feuer.

Es ist kein Sauerstoff mehr im Zimmer, der Hals wird ihr eng.

Komm in meine Arme, lass dich nur fallen, ins Warme, Weiche hinein.

Sie ist drauf und dran zu gehorchen und aufzugeben, als sich die Tür vor ihr öffnet und ein dunkler Schatten in der Öffnung erscheint.

Das ist die Rettung.

Mit letzter Kraft hebt sie einen Finger, um die Türschwelle zu erreichen. Nur noch ein paar Millimeter. An die Luft. Ins Leben.

Die Streicher verstummen, und die Tür wird von außen geschlossen.

Dienstag, 20. Oktober 2020

»Und was geschieht mit all den Fällen, um die Sie sich nicht kümmern können? Denn es ist ja schlicht unmöglich, in einem einzigen Leben alle aufzuklären?«

Bei der Frage hatte Polizeikommissarin Tess Hjalmarsson sofort die Gesichter der Angehörigen vor Augen: Fredrika, Tim, Göran und Desirée. Jennys Mutter, Solveig. Und sofort meldete sich das schlechte Gewissen zu Wort. Doch sie riss sich zusammen und erinnerte sich daran, was die Jahre als Mordermittlerin sie gelehrt hatten, wie sie denken musste, um mit dieser Arbeit, die sie über alles liebte, zurechtzukommen.

Es war zu erwarten gewesen, dass Vivi Brygge ihr diese Frage stellen würde. Sie hatten es diesmal zwar nicht geschafft, das Programm vor der Sendung durchzugehen, aber die Moderatorin war immer gut informiert, ihre Interviews waren knallhart, und sie hatte keine Scheu, schwierige Fragen anzupacken. Tess mochte sie.

Sie ließ den Blick über das Studiopublikum schweifen. Coronabedingt war nur eine Handvoll Menschen zugelassen, doch die blickten sie erwartungsvoll an.

»Ich gebe die Hoffnung nie auf, diese Fälle zu lösen, aber natürlich …«

Sie suchte nach den richtigen Worten.

»… werden auch Sie älter?«, flocht Vivi Brygge ein.

Tess lächelte.

»Ja. Kaum zu glauben, aber so ist es wohl.«

Vivi Brygge lachte.

»Nein«, fuhr Tess fort, »einige Fälle werden einfach ungelöst bleiben, das ist die bittere Wahrheit. Auch wir müssen Prioritäten setzen. Niemand sollte nach so einem Verlust mit dieser Ungewissheit leben müssen, das ist immer eine doppelte Strafe. Und das Mindeste, was wir Ermittler tun können, ist, jeden Stein umzudrehen.«

Vereinzelter, aber herzlicher Applaus füllte das Studio. Normalerweise wurde die Brygge-Show im Slagthuset nebenan aufgezeichnet, heute hatten sie sich jedoch in den beengten Räumen des Fernsehsenders SVT in Malmö zusammengefunden. Acht Personen waren eingeladen worden, um das Live-Ambiente zu gewährleisten, unterstützt wurden sie durch Applaus vom Band.

Vivi Brygge drehte sich wieder zur Leinwand um. Da es ein Greenscreen war, wusste Tess nicht, was darauf zu sehen war.

»Jenny Ramsvik«, sagte Vivi Brygge, »ihre Leiche wurde nie gefunden, doch im Laufe der Jahre ist viel über ihren Fall berichtet worden.«

Tess sah die Moderatorin fassungslos an, nahm sich aber rasch wieder zusammen und schaute ebenfalls zur Leinwand.

»Laut einem Artikel, den ich kürzlich gelesen habe, glauben Sie, dass damals der Falsche für die Tat verurteilt worden ist, und wollen den Fall noch einmal neu aufrollen.«

Tess fluchte innerlich, sie hatte absolut keine Lust, hier zur Primetime den Fall Jenny zu erläutern. Sie versuchte entwaffnend zu lächeln und sah dabei Vivi Brygge an.

»Der Fall Jenny hat von jeher viele bewegt. Doch es gab tatsächlich bereits ein Urteil. Daran können wir nichts ändern.«

Es war die diplomatischste Antwort, die ihr auf die Schnelle einfiel.

»Aber es könnte tatsächlich so sein, wie viele glauben, dass jemand anderes Jenny ermordet hat und damals der Falsche ins Gefängnis gegangen ist?«

Tess rutschte auf ihrem Stuhl hin und her, versuchte eine ausweichende Antwort zu finden.

»Wenn man einen Fall neu aufrollt, der bereits als abgeschlossen gilt, muss man ein Wiederaufnahmeverfahren beantragen, und das ist ziemlich kompliziert.«

Tess schlug die Beine übereinander, wobei sie sehr wohl wusste, was ihre Körpersprache signalisierte.

»Ein heikles Thema, wie ich merke«, sagte Vivi Brygge.

»Ja, es gibt immer jede Menge Leute, auf die wir bei unserer Arbeit Rücksicht nehmen müssen. Es ist schwierig, einzelne Fälle zu kommentieren und genau zu sagen, wie wir dabei vorgehen. Wir dürfen den Angehörigen ja auch keine falschen Hoffnungen machen.«

Vivi Brygge nickte und wechselte Gott sei Dank das Thema.

»Was ihr kleines, erfolgreiches Team angeht …«

»Ja, unser sehr kleines Team«, beeilte sich Tess einzuwerfen.

Es konnte nie schaden, auf ihre mangelnden Ressourcen hinzuweisen, sie war sich sicher, dass sowohl der Polizeidirektor als auch alle anderen regionalen Führungskräfte der Polizei in diesem Augenblick vor den Fernsehgeräten saßen.

»Dennoch ist es Ihnen gelungen, einige der schwierigsten Fälle des Landes aufzuklären. Das ist doch einen Applaus wert, oder was meint das Publikum?«

»Danke«, sagte Tess, nachdem der Applaus verklungen war. »Und derzeit sind wir schon wieder einer weniger. Es ist traurig, dass kein wirkliches Bewusstsein dafür vorhanden ist, wie wichtig auch die Aufklärung alter Fälle ist. So viele Menschen leiden darunter, wenn das unterbleibt. Denn es kommen ja nicht nur die Schuldigen davon, es sitzen auch viele Unschuldige im Gefängnis. Das vergisst man dabei manchmal ganz.«

Jetzt war es Johan Andertorp, an den Tess konkret dachte, der Mann, der für den Mord an Jenny verurteilt worden war.

»Puh, was für eine schreckliche Vorstellung«, sagte Vivi Brygge und blickte theatralisch in die Kamera. »Mörder, die mitten unter uns sind.« Wieder an Tess gewandt, fuhr sie fort: »Und dennoch sollte Ihr Cold-Case-Team bereits mehrfach aufgelöst werden, stimmt das?«

Tess musste innerlich grinsen. Das war genau das, worauf sie gehofft hatte: ein besseres Druckmittel gegenüber der Polizeiführung als zehn Gewerkschaftssitzungen zusammengenommen, und noch dazu zur besten Sendezeit.

»Wie sehen Sie das?«, fragte Vivi Brygge.

»Also, was mich persönlich angeht, so mache ich meine Arbeit gar nicht für den Polizeidirektor oder irgendeinen anderen Chef. Es mag zwar seltsam klingen, aber meine Auftraggeber sind tot, und dennoch leben sie weiter, und zwar durch mich.«

Vivi Brygge machte eine ausladende Geste und schaute ins Publikum. Neuer Applaus brandete auf.

Tess richtete den Blick wieder auf die Leinwand, sie wusste, dass für die Zuschauer dort die Gesichter von Annika, Max und Sara zu sehen waren, die Opfer, deren wahre Mörder sie Jahre nach der Tat zu fassen bekommen hatten. Sie deutete mit dem Finger dorthin.

»Das sind die Menschen, für die ich arbeite, sowie für die vielen Hundert weniger bekannten Opfer, die wir in der Region Süd zu beklagen haben.«

Vivi Brygge nickte.

»Sie meinen, es ist Ihnen völlig egal, was Ihre Vorgesetzten sagen?«

Tess lachte.

»Sie wollen wohl, dass ich arbeitslos werde! Aber im Grunde stimmt es. Und sollte man mich je zwingen, meine Einstellung zu ändern, oder mir einen anderen Arbeitsbereich zuweisen, würde ich noch am selben Tag hinschmeißen.«

Vivi Brygge strahlte, offenbar hochzufrieden mit dieser abschließenden rebellischen Antwort.

»Und damit verabschieden wir uns von unserem heutigen Gast«, sagte sie und beendete die Sendung.

Das Interview war vorbei, und die Titelmelodie erklang. Tess verließ das Podium und atmete tief durch. Livesendungen waren wirklich anstrengend.

Einen Moment lang überlegte sie, ob sie zu weit gegangen war. Es war leicht, so übermütig zu sein, wenn man auf der Fernsehcouch saß. Wenn man aber am darauffolgenden Tag den Chefs und Kollegen auf dem Flur begegnete, war das weniger angenehm. Doch sie hatte nichts gesagt, wozu sie nicht stehen konnte. Wenn sie nicht mehr an den unaufgeklärten Fällen arbeiten könnte, käme das einem Rausschmiss gleich.

Vivi Brygge trat zu ihr. Tess überlegte, ob sie etwas zum Jenny-Ramsvik-Fall sagen sollte. Sie hatten ja im Vorfeld tatsächlich nicht abgestimmt, worum genau es in der Sendung gehen sollte. Tess war einfach davon ausgegangen, dass das Thema nicht zur Sprache kommen würde. Dabei war natürlich klar, dass die verantwortliche Redaktion auch die Berichterstattung anderer zur Kenntnis nahm, und in der vergangenen Woche hatte Lasse Palmqvist von *Kvällsposten* nun mal auf Quellen verwiesen, denen zufolge der Jenny-

Fall wiederaufgenommen werden sollte – welche Quellen das auch immer sein mochten.

»Danke für Ihren großartigen Einsatz«, sagte Vivi Brygge.

Der Sender hatte Tess angeboten, während der Herbstsaison als Dauergast bei ihnen aufzutreten. In »Zehn Fälle mit Tess« sollte sie über diejenigen Fälle berichten, die sie am meisten bewegt hatten.

Tess hatte gezögert, vor allem, weil es viel von ihrer eigentlichen Arbeitszeit als Ermittlerin in Anspruch nehmen würde. Gleichzeitig war ihr natürlich auch bewusst, dass es für ihre eigene Zukunft und die ihres Cold-Case-Teams eine großartige Chance war, wenn sie in der beliebten Brygge-Show auftrat.

Sie nahm ihr Mikro ab und wurde zum Ausgang begleitet. Im Redaktionsraum traf sie auf Sebastian, der die Facebook-Seite der Sendung betreute.

»Viele Kommentare und Fragen heute – schade, dass wir nicht mehr mit reinnehmen konnten«, sagte er und hob den Daumen.

Tess blieb stehen.

»Hoffentlich vor allem positive?«

»Auf jeden Fall«, sagte er. »›Super-Cop hat wieder geliefert‹, ›Wenn doch alle Polizisten wären wie Tess Hjalmarsson‹, um nur ein paar zu nennen. Nur ein Typ bleibt bei seinen nervigen, aggressiven Kommentaren.«

Sebastian überflog die Beiträge.

»Hier.«

Tess beugte sich herunter, um den Kommentar von Sonny0925 auf dem Bildschirm zu lesen.

»Warum sitzt du im Fernsehen und laberst Scheiße, statt dich um deine Fälle zu kümmern?«

Tess seufzte. Sobald man in den Medien präsent war oder sonst irgendwie auffiel, musste man damit rechnen, dass es Leute gab, die einen ständig infrage stellten oder einen schlicht nicht mochten.

»Der hat letztes Mal auch schon so was geschrieben«, sagte Sebastian.

»Was genau?«

Sebastian scrollte und wirkte etwas verlegen.

»Du würdest es genießen, von anderer Leute Tragödien zu erzählen und so was. Im Netz sind so viele Irre und Trolle unterwegs.«

Tess nickte.

»Wenn die wüssten, wie wenig angenehm die Auseinandersetzung mit diesem ganzen Elend ist, würden sie vielleicht anders denken.«

Tess ging die Treppe hinunter und verließ das Fernsehgebäude. Weit hinter ihr leuchtete das größte Hochhaus Skandinaviens, der Turning Torso, in der Dunkelheit.

Sie startete ihren Dienstwagen, einen schwarzen Volvo, und fuhr los. Auf der Klappbrücke warf sie einen Blick in den Rückspiegel, Richtung Västra Hamnen. Sie musste dringend mal wieder in ihre Wohnung, die Pflanzen auf der Terrasse gießen und nachsehen, ob alles in Ordnung war. Das hatte sie jetzt bestimmt schon eine Woche nicht mehr getan. Andererseits konnte es auch noch ein paar Tage warten. Es war einfach viel verlockender, nach Österlen rauszufahren.

Mittwoch, 21. Oktober

Tess sah Sandra zu, die im schwarzen Jackett durchs Haus lief und ein paar letzte Dinge für die anstehenden Arbeitstage in Helsingborg einpackte. Sie staunte selbst immer wieder, wie selbstverständlich ihre Beziehung sich bereits ein knappes Jahr nach ihrem ersten Date anfühlte. Denn dass sie einander gefunden hatten, war für sie keineswegs so vorhersehbar gewesen, wie Marie Erling immer behauptete.

Zwischen den Kiefern sah man das dunkelgraue Meer. Nach mehreren Tagen kräftigen Ostwinds hatte sich das Wetter ein wenig beruhigt, doch so nah, wie das Haus am Wasser lag – nur wenige Meter vom Strand entfernt –, war es niemals ganz still. Ein stetes Rauschen umgab sie in ihrer kleinen Bucht in Gislövshammar.

Tess sah zum regenschweren Himmel hinauf und zuckte zusammen, als Sandra sie von hinten umarmte.

»Woran denkst du?«

Tess rückte näher, bis sie sich ganz von Sandra umschlossen fühlte.

»An nichts.«

»Man denkt immer an irgendetwas. Aber …«

»… man muss nicht immer drüber reden.«

»Genau.«

Tess mochte ihr nichts von ihren Befürchtungen sagen, dass vielleicht doch ein Fluch auf ihrer Beziehung lag und sich plötzlich alles wieder in Luft auflösen könnte. Denn sie lachte öfter, liebte mehr und ging mit leichteren Schritten durchs Leben als in den vergangenen Jahren. Manchmal fühlte es sich fast zu schön an, um wahr sein, oder gar um immer so weitergehen zu können. Und ihre Beziehung hatte in den letzten Wochen tatsächlich einiges aushalten müssen: die bedrohlichen Attacken von Sandras Exmann, die weite Entfernung zu Sandras Kindern in Stockholm sowie die Schwierigkeiten und zeitlichen Verpflichtungen, die eine Führungsposition mit sich brachte, wie Sandra sie innehatte.

»Ich muss in einer halben Stunde los«, flüsterte sie auch jetzt. Tess spürte ihren warmen Atem in ihrem Nacken. Sie senkte den Kopf und hoffte, sie möge sie an genau dieser Stelle weiter berühren.

»Ich wünschte, du könntest bleiben.«

Derzeit führten sie mehr oder weniger parallele Leben, waren ständig unterwegs zwischen Österlen, Malmö und Helsingborg. Doch obwohl Tess gerne mehr Zeit mit Sandra verbracht hätte, gefiel es ihr auch allein in dem schwarzen Holzhaus am Meer. Viele Jahre hatte sie davon geträumt, selbst eines zu kaufen, doch ihr Erspartes hatte dazu nie gereicht. Und jetzt saß sie in einem Haus, das zum Teil von dem Geld bezahlt worden war, das Sandra nach der Scheidung von dem wohlhabenden Schreibmittelhersteller Cliff Edding erhalten hatte. Tess hatte befürchtet, dass sie mit dem Umstand, dass Sandra mit einem Mann verheiratet gewesen war, nicht gut klarkommen würde. Doch dann hatte sie alle Zweifel in den Wind geschlagen. In ihrem Alter war es geradezu unvermeidlich, dass ein neuer Partner bereits eine Vergangenheit hatte.

»Übrigens fand ich dich gestern richtig gut«, sagte Sandra. »Ich bin stolz auf meinen Super-Cop.«

Tess verzog das Gesicht.

»Man hat es nicht leicht als Prophet im eigenen Land,

das weißt du besser als sonst irgendjemand. Leider war ich überhaupt nicht darauf vorbereitet, dass sie Jenny Ramsvik thematisieren würde.«

»Du kannst nicht alles unter Kontrolle haben, das kann nicht einmal Tess Hjalmarsson. Ich habe deinen Blick gesehen, als sie dich nach den Fällen gefragt hat, zu denen du niemals kommen wirst. Diesen Gewissensblick.« Sandra streichelte ihre Schulter. »Nicht alles in der Welt ruht auf diesen Schultern. Es gibt andere da draußen, die tragen helfen. Vergiss das nicht.«

Tess wusste genau, was sie meinte. In den letzten Jahren hatte das Cold-Case-Team ihre gesamte Energie gefordert. Doch das gehörte dazu, wenn man mit unaufgeklärten Fällen arbeitete. Zumindest, wenn man so wie sie hohe Ansprüche an das Ergebnis stellte und alles dafür tat, den Angehörigen eine Antwort zu liefern. Man entwickelte eine geradezu manische Besessenheit, verfiel mit Haut und Haar der Jagd nach dem anonymen Gesicht, dem man endlich lebendige Züge verleihen wollte.

Und dann der Kick an dem Tag, an dem einem genau das gelang, an dem das Gesicht klar hervortrat … In diesem Moment verschwand endlich die Macht, die der Täter durch seine Unsichtbarkeit gehabt hatte. Er, denn meist handelte es sich um Männer, wurde ein Mensch aus Fleisch und Blut.

In der Zwischenzeit war Sandra zum Küchentisch gegangen und las mit gerunzelter Stirn eine SMS.

Tess trat zu ihr.

»Was ist los?«

»Schon gut, nichts Besonderes.«

»Ach, hör auf. Das war schon wieder er, oder?«

Sandra hielt ihr das Handy hin, damit sie die Nachricht von Cliff Edding lesen konnte.

»Jetzt reichts. Du bist eine kalte, verantwortungslose und

verlogene Schlange. Aber das wirst du büßen, das verspreche ich dir.«

Tess sah sie an.

»Kam die jetzt gerade? Das ist nicht in Ordnung, das ist eine regelrechte Drohung.«

Sandra schüttelte den Kopf.

»Ich begreife nicht, woher diese ganze Wut kommt. Dieser Hass in jeder Nachricht, die er mir schreibt. Hat das die ganze Zeit schon unter der Oberfläche gelauert? Er wird bestimmt alles tun, um die Kinder gegen mich aufzubringen.«

Tess hielt noch immer das Handy und sah, wie eine weitere Nachricht eintraf.

»Du versuchst dich die ganze Zeit rauszuwinden, wir müssen reden. Sofort. Wenn du nicht herkommst, komme ich zu dir.«

Sie runzelte die Stirn.

»Was heißt das? Hat er vor, hier aufzukreuzen und dir eine Szene zu machen? Du musst das irgendwie beenden.«

Sandra nahm ihr das Handy weg.

»Das sind leere Drohungen.«

»Wie kannst du dir so sicher sein? Ich will ihn nicht hier haben.«

Sandra hob die Augenbrauen.

»Glaubst du, ich möchte das?«

Auch wenn Tess es nur ungern zugab, verstand sie sehr wohl, welche Phase Cliff Edding gerade durchmachte. Er hatte die Trennung nicht gewollt. Und jetzt schien ihm klarzuwerden, wie endgültig alles war. Seine Panik wuchs.

Sie erinnerte sich, wie sie selbst reagiert hatte, als Angela sie verlassen hatte. Der plötzliche Schock, nachdem sie sich viel zu lange vorgemacht hatte, es würde schon alles wieder gut werden. Die Scham, die eigentlich unberechtigt war.

Sandras Exmann schien sich noch in der Phase zwischen Schock und Leugnung zu befinden und nach Erklärungen zu suchen, was geschehen war. Doch er wollte die schmerzhafte Antwort nicht akzeptieren, dass die Liebe einfach erloschen war.

Alles hatte sich verschärft, nachdem Sandra vor ein paar Wochen angedeutet hatte, die Kinder könnten probeweise zu ihr nach Schonen ziehen. Sie vermisste sie unendlich, und Lo und Felix hatten von sich aus danach gefragt. Und da war Cliff Edding endgültig explodiert. Nun drohte er damit, sich um das alleinige Sorgerecht zu bemühen, was ebenso unrealistisch wie unangenehm war.

Laut Sandra hatte er Verdacht geschöpft, dass es da jemand Neues in ihrem Leben gab, wusste aber nicht, wer es war. Tess hoffte, dass Sandra ihm nur deshalb noch nichts von ihnen gesagt hatte, weil sie sich vor seiner Wut fürchtete, und nicht, weil sie nicht zu ihrer Beziehung stand – was sie aber nicht wirklich glaubte.

Während Sandra weiter packte, dachte Tess, dass dieses Versteckspiel vor dem Exmann und den Kindern sich allmählich so anfühlte, als würde sie wieder in den Schrank zurückgestopft. Und das war ein sehr unangenehmes Gefühl. Sie hatte Sandra noch nicht gefragt, wann sie das nächste Mal nach Stockholm fahren würde, denn sie wollte, dass sie bei ihr blieb. Auch wenn es natürlich besser war, es vorher zu wissen, damit sie nicht davon überrascht wurde.

»Irgendwas Neues wegen Stockholm?«

Sandra kam noch mal ins Wohnzimmer zurück.

»Nein, ich habe es noch nicht geschafft darüber nachzudenken. Aber bald sind Herbstferien.«

»Und da hast du überlegt, es ihm zu sagen, wenn du dort bist?«

Sandra setzte sich auf die Sofakante.

»Ja, das werde ich wohl müssen.«

»Aber du möchtest nicht?«

»Nein, natürlich nicht, du siehst ja, wie er sich aufführt. Ich muss versuchen, einen guten Moment zu erwischen.«

Tess zeigte auf ihr Handy.

»Schon mal überlegt, dass dieser Zeitpunkt vielleicht niemals kommt?«

Sandra antwortete nicht, sie schien etwas in ihrer Handtasche zu suchen. Tess hatte schon mal gefragt, ob ihr Exmann auch in der Ehe aggressiv und kontrollierend aufgetreten war. Vielleicht sogar gewalttätig? Aber Sandra hatte das verneint. Tess fiel es schwer zu glauben, dass dieser glühende Hass von einem Tag auf den anderen entstanden war.

Sie beschloss, das Thema zu wechseln. Sie würden sich ein paar Tage nicht sehen, weil Sandra rund um die Uhr im Einsatz sein und in ihrer Dienstwohnung in Helsingborg schlafen würde. Nach einem Tipp aus sicherer Quelle war ein südamerikanischer Frachter mit einer gigantischen Menge Kokain an Bord Richtung Öresund unterwegs, und nun bereiteten sich die Kollegen darauf vor, an Bord dieses Schiffes zu gehen, sobald es Helsingborg passierte. Sollte es ihnen gelingen, das Fahrzeug zu stoppen, wäre das die größte Kokainbeschlagnahme in der Geschichte Skandinaviens.

»Meint ihr, er läuft morgen im Hafen ein? Also, der Frachter?«

Sandra blickte auf.

»Wahrscheinlich wird es sich wieder mal verzögern. Wir können nur abwarten, aber alles andere wäre katastrophal, nach all der Arbeit, die wir da reingesteckt haben. Das Team ist schon seit Tagen startklar und kostet jede Menge Geld.«

Sandra ging in den Flur, um etwas zu holen.

Was die Führungsebene anging, schien man sich bei der

Polizei vorübergehend von Homeoffice und Videokonferenzen verabschiedet zu haben. Sandra war vor knapp zwei Jahren als stellvertretende Polizeichefin nach Malmö gekommen und hatte damit gedroht, das Cold-Case-Team abzuwickeln und Tess nach Helsingborg zu versetzen. Es war eine Ironie des Schicksals, dass Sandra jetzt selbst dorthin geschickt worden war, da Per Jöns nach seiner Genesung die Leitung der Abteilung Gewaltverbrechen wieder übernommen hatte. Aber zumindest mussten sie so nicht zusammenarbeiten, was möglicherweise zu Tuscheleien unter den Kollegen geführt hätte, auch wenn die meisten Kolleginnen und Kollegen längst über ihre Beziehung Bescheid wussten. »Das am schlechtesten gehütete schwedische Staatsgeheimnis«, wie ihre Kollegin Marie Erling gesagt hatte, nachdem Tess sich ihr anvertraut hatte.

Tess warf einen Blick auf den Couchtisch, auf dem sich Unterlagen zum Jenny-Fall stapelten. Ob sie es heute wohl schaffen würde, die Vernehmungen noch mal durchzugehen? Es war gestern nach der Sendung noch ein langer Arbeitstag gewesen, und sie hatte sich den ganzen Tag so müde gefühlt. Die Quellen von Lasse Palmqvist und Vivi Brygge hatten recht, Marie Erling und sie würden im Laufe dieses Tages zu Jennys Mutter Solveig in Baskemölla fahren. Tess wollte keine allzu hohen Erwartungen bei ihr wecken, aber Solveig wollte sich gerne mit ihnen treffen und auf dem Laufenden gehalten werden.

Tess' Handy piepte. Eine Push-Nachricht von *Kvällsposten.*

Neuer mutmaßlicher Brandmord in Österlen. Vierzigjährige in Gärsnäs bei Brand ums Leben gekommen. Polizei untersucht mögliche Verbindungen zu ähnlichen Fällen in der Vergangenheit.

»Noch einer«, sagte Tess zu Sandra. »Drei Brände und

vier Tote hier in Österlen, in weniger als einem Monat. Das kann doch kein Zufall sein, oder?«

Sie las laut vor, dass ihre Kollegin Kerstin Jacobsson davor gewarnt hatte, die Lage in Österlen könne sich zuspitzen. Sämtliche Brände hatten einen außerordentlich heftigen Verlauf genommen, die Häuser hatten im Nu lichterloh gebrannt, und eben dies deutete darauf hin, dass es sich um Brandstiftung gehandelt hatte. Die Sicherstellung von Brandbeschleuniger hatte das bestätigt.

Sandra rollte ihren Koffer in den Flur.

»Ich habe gestern im Supermarkt die Leute darüber reden hören«, sagte sie. »Ystad wird euch bestimmt bald um Unterstützung bitten.«

Tess hoffte, dass sie unrecht hatte.

Sie folgte Sandra bis zur Treppe, wo sie ihr einen Kuss gab und sie nur widerwillig losließ. Die feuchte Herbstkühle kroch ins Haus, und es knisterte im Kamin, als sie die Tür hinter ihr schloss. Zwar war es bereits Ende Oktober, doch noch in der vergangenen Woche hatten sie den Indian-Summer genossen. Tess hatte morgens mehrmals hintereinander in der eiskalten Ostsee gebadet. Aber es fühlte sich an, als wären diese Tage schon unendlich lange vorbei.

Tess legte Holz nach, ihre Wangen wurden heiß, als das trockene Scheit aufflammte. Der Morgenregen prasselte gegen die Fensterscheiben, und sie ging wieder in den Flur und pfiff ein paarmal vergeblich nach Chilli. Schließlich musste sie den wetterfühligen Hund vom Sofa scheuchen.

»Komm schon, du Weichei.«

Manchmal war sie selbst verblüfft gewesen, dass es ihr trotz der Arbeit an den beiden letzten großen Fällen tatsächlich gelungen war, Chilli nach der Trennung von ihrer Freundin Eleni zu behalten. Dass sie es darüber hinaus auch noch geschafft hatte, in die Kinderwunschklinik in Kopenhagen zu fahren und auf eigene Faust zu versuchen, schwanger zu werden, grenzte fast an ein Wunder. Obwohl seitdem nicht mehr als ein gutes Jahr vergangen war, kam es ihr vor wie ein ganz anderes Leben. Inzwischen hatte sie beschlossen, ihr Schicksal anzunehmen und ihren Kinderwunsch ad acta zu legen. Die Jahre vergingen viel zu schnell, aber sie hatte es immerhin versucht.

Tess zog sich ihre blaue Regenjacke über und öffnete die Haustür. Vor dem Gartentor fuhr langsam ein silberfarbener Audi vorbei, und sie überlegte, ob es wohl derselbe war, den sie in der vergangenen Woche mehrfach gesehen hatte. Gislövshammar war klein, da war es leicht, einen Überblick darüber zu behalten, wer kam und ging. Ihr Haus war zudem das vorletzte in der Straße, und der eigenbrötlerische Ricky

Nileman, der ganz an deren Ende wohnte, besaß keinen Audi und bekam nur selten Besuch.

Tess bog um die Ecke, dicht gefolgt von Chilli. Die Häuser des kleinen Fischerdorfes, des kleinsten in Österlen, lagen wie ein weißes Band entlang der Küstenstraße zwischen Brantevik und Skillinge. Sandra hatte sofort zugeschlagen, als sie das neugebaute Haus entdeckt hatte. Glücklicherweise noch, bevor die Pandemie die Immobilienpreise zusätzlich in die Höhe getrieben hatte. Die Lage war günstig, ihre Dienststelle in Malmö, wie das meiste, wenn man auf dem Land wohnte, eine gute Autostunde entfernt.

Eine Bö erfasste Tess, als sie den Strand betrat. Die Natur entlang der Ostsee war rau und brutal. Eigentlich erstaunlich, dass sie von einer Ecke (Västra Hamnen in Malmö), in der es ständig rekordverdächtig stürmte, in eine ebensolche auf dem Land verschlagen worden war. Auf dem Sand lagen mehrere Boote, hinter denen Chilli jetzt verschwand. Tess sah, wie er anschließend zu der Landzunge hinunterjagte, wo er immer vom Brackwasser an den Kalkfelsen trank.

Sie ging weiter zu dem kleinen Gehölz am Steinstrand. Dort stand ein hohes Metallgerüst, die Überreste eines alten optischen Telegrafen. Von dort aus schaute sie auf die Ostsee hinaus und sog die nach Algen riechende, feuchte Meeresluft tief ein. Es rauschte und knallte, die Wellen brachen sich weiß und schäumend an der Wasseroberfläche, unter der sich kreisrunde Kalksteine verbargen, Überbleibsel eines Mühlsteinbruchs, der früher einmal auf der Landzunge gelegen hatte.

Ihre Zeit hier war befristet, das wusste sie. Schon bald, wenn der Wind noch heftiger von Osten wehte, und die Dunkelheit über Österlen hereinbrach, würde es zu mühsam werden, hierherzupendeln, und Sandra und sie würden wahrscheinlich wieder mehr Zeit in Malmö verbringen.

Während der Coronapandemie hatten viele Ermittler halbtags von zu Hause gearbeitet. Angesichts des ständigen Personalmangels ging die Polizeiführung auf Nummer sicher, wollte lieber keinen Ausbruch der Krankheit auf der Arbeit riskieren, der zu zusätzlichen Ausfällen geführt hätte.

Tess pfiff nach Chilli, konnte ihn jedoch nirgends entdecken. Vielleicht hatte er sich zwischen den leerstehenden Häusern versteckt.

Als er nach fünf Minuten immer noch nicht kam, wandte sie sich der Aalkate zu. Vielleicht war er ja dorthin gelaufen? Gislaboden, wie sie genannt wurde, war eine sehr einfache Hütte, von jahrelangen Stürmen und Salzwassersprühregen gebeutelt. Davor standen hohe Fischernetzpfähle, und dahinter, etwas weiter die Wiese hinauf, graste eine Handvoll weißer Kühe.

Tess schlug diese Richtung ein, doch bereits nach wenigen Metern hörte sie das wohlbekannte Trappeln von Hundepfoten auf dem Strand.

»Ja, wo kommst du denn her?«

Chilli blickte sie schuldbewusst an, dann wandte er sich wieder ab. Tess bückte sich und leinte ihn an, dabei nahm sie ein Knacken bei den hohen Buchen neben der Bruchsteinmauer wahr, hinter der er hervorgesprungen war.

Tess drehte sich um, in dem starken Gefühl, beobachtet zu werden. Normalerweise begegnete sie auf ihren Spazier- und Joggingtouren selten jemandem. Erst am kommenden Wochenende, zu Allerheiligen, würde sich das Dorf wieder mit Menschen füllen. Tess ging zu der Bruchsteinmauer hinüber und schaute in das Wäldchen, konnte aber nichts als einen Berg Steine und einen Laubhaufen entdecken.

Von der Straße oben war das Motorengeräusch mehrerer Autos zu hören. Wieder musste Tess an den silberfarbenen Audi denken. Sie drehte sich um und ging nach Hause zurück. Die aggressiven Nachrichten von Sandras Exmann Cliff Edding rumorten immer noch in ihrem Hinterkopf. Irgendwie war es ihm gelungen, dass sie sich schuldig fühlte, obwohl sie doch nichts falsch gemacht hatte. Es war ein neues Gefühl, Tess hatte niemals jemandem die Frau oder Freundin »ausgespannt«, weder früher noch jetzt, dennoch vermittelte er ihr diesen Eindruck. Sandra war bereits dabei gewesen, sich von ihm zu trennen, als sie sich kennengelernt hatten, und damit hatte sie jedes Recht, ihr Leben anders weiterzuleben. Doch das schien Cliff Edding nicht so zu sehen, vielmehr glaubte er, seine Exfrau nach wie vor zu besitzen.

Würde er wirklich so tief sinken, in ihrer einsamen Bucht aufzutauchen und sie zu Hause aufzusuchen? Falls ja, würde er dort kaum auf Sandra treffen, denn die war inzwischen in Helsingborg.

Es wäre Tess, die ihm die Tür öffnen würde. Und wie würde er da wohl reagieren? Zumal das Haus zu einem großen Teil von dem Geld gekauft worden war, das er geerbt hatte?

Das Licht der Straßenlaterne spiegelte sich in den Pfützen auf der schwarzen, menschenleeren Straße vor dem Haus. Betty ließ das Nachtlicht in Reines Zimmer brennen, endlich war er eingeschlafen. Die Angst vor der Dunkelheit hatte ihn diese Woche an vielen Abenden gequält. Seit seiner Geburt war das so, und jetzt, da es ihm leichter fiel, sich auszudrücken, fragte er sie auch tagsüber nach den Gefahren, die möglicherweise in der Dunkelheit lauerten.

Sie schob ihm ein Kuscheltier unter den Arm, stand auf und ließ die verspannten Schultern kreisen, schauderte und zog sich die Ärmel der Strickjacke über ihre Hände. Die Spätsommersonne, die es ihr in den letzten Monaten beinahe unmöglich gemacht hatte, unter den Dachschrägen des Obergeschosses zu schlafen, war inzwischen einem klaren, kalten Oktoberwetter gewichen.

Betty schlich sich vorsichtig aus dem Zimmer ihres Sohnes in ihr eigenes auf der anderen Seite des Flurs. Drei hohe dunkle Fichten schwankten draußen leicht im Wind.

Sie machte kein Licht und stellte sich ans Fenster. Ihr Blick fiel auf das Haus auf dem Nachbargrundstück. Ein gewöhnliches, zweigeschossiges braunes Holzhaus. Erst gestern hatte sie dort am späten Abend einen flatternden Lichtschein gesehen, als sie gerade zu Bett gehen wollte. Jetzt lag das Nachbarhaus in kompakte Dunkelheit gehüllt da.

Die Besitzer, ein freundliches älteres Ehepaar, Louise und Gerhard Sandén, waren während des ganzen Sommers nur wenige Male dort gewesen, und sie hatte sie seit Wochen nicht mehr gesehen.

Sie pflegte keinen engeren Kontakt zu ihnen, aber Betty meinte, sich erinnern zu können, dass sie eine Wohnung in Malmö besaßen. Vermutlich waren sie dort. Das Haus auf dem Lande bei Simrishamn war Gerhards Elternhaus und seit vielen Jahren ihr Sommerdomizil.

Manchmal hatte Betty sich über die Bruchsteinmauer hinweg mit ihnen unterhalten. Sie hatte befürchtet, dass Reine rüberlaufen und Unfug in ihrem Garten anstellen könnte. Die Sandéns waren richtige Pedanten. Ende des Sommers hatten sie alles Gartenwerkzeug weggepackt und im Schuppen auf der Rückseite des Hauses verstaut, eine Plane über die Gartenmöbel gezogen und alles ordentlich festgemacht. Deshalb hatte sie sich ja auch so gewundert, als neulich die grüne Plastikplane hinterm Haus lose im Wind geflattert hatte.

Von draußen war ein Knall zu hören. Betty beugte sich vor und spähte in die Dunkelheit. Wenn man so weit draußen auf dem Lande wohnte, war es nachts stockduster, und man durfte keine Angst vor der Dunkelheit haben. Doch vor ein paar Jahren hatte es in der Gegend Probleme mit Einbrechern gegeben. Die Diebe waren auch in Häuser eingebrochen, deren Besitzer zu Hause waren, und Betty hatte wirklich keine Lust, einem von ihnen in ihrem Schlafzimmer zu begegnen.

Ein weiterer Knall durchdrang die Dunkelheit. Es klang wie eine Tür, die im Wind auf und zuschlug. Vielleicht ja die ihrer eigenen Garage. Das Schloss funktionierte nicht mehr richtig, und heute Abend blies es ordentlich über die Felder.

Betty putzte sich die Zähne und kroch unter die Decke. Der Wind hatte anscheinend zugenommen, denn jetzt folgte das Knallen dichter aufeinander. Wenn das die ganze Nacht so weiterging, würde sie nicht schlafen können. Sie musste runtergehen und nachsehen, ob es tatsächlich ihre Garagentür war.

Auf dem Stuhl neben dem Bett lag ihre Jeans, und sie stand auf und schlüpfte hinein. Dann ging sie schlaftrunken die Treppe hinunter. Im Flur zog sie sich noch eine Fleecejacke über, fuhr in die Gummistiefel und trat nach draußen.

Ein kalter Wind schlug ihr entgegen. Der Vollmond fiel auf das Grundstück und beleuchtete die Steinplatten, die zur Garage führten. Die Zweige an den Bäumen bewegten sich im Wind, warfen lange Schatten auf die gelb gestrichene Garagenwand.

Mit raschen Schritten lief Betty hinüber, doch die Tür war geschlossen. Dann hörte sie wieder dieses Knallen. Und von hier draußen war gut zu erkennen, dass es vom Haus der Sandéns kam.

Sie zögerte, doch als sie erneut das Knallen hörte, nahm sie all ihren Mut zusammen und ging zum Nachbarhaus, bog um die Hausecke und stellte fest, dass die blaue Haustür sperrangelweit offenstand. Sie näherte sich der Treppe, um hinaufzugehen und sie zu schließen.

»Kann ich Ihnen irgendwie helfen?«

Betty schrie vor Schreck auf, als sie hinter sich eine Stimme hörte und etwas sie anleuchtete.

»Entschuldigung«, sagte sie und drehte sich um.

Vor ihr stand ein hochgewachsener Mann mit Stirnlampe auf dem Kopf.

»Ich habe nur die Tür schlagen hören und wollte nachsehen, ob etwas passiert ist.«

Das Licht blendete sie, machte es ihr unmöglich, sein

Gesicht zu erkennen. Sie hob die Arme, um ihre Augen abzuschirmen.

»Könnten Sie vielleicht ...«

Irgendetwas hinderte sie daran, den Satz zu beenden. Es fühlte sich an, als wäre es nicht angebracht, ihn zu bitten, die Stirnlampe abzunehmen. Der Mann deutete auf das Haus.

»Das ist das Haus meiner Eltern, ich bin hier, um danach zu sehen.«

Sie atmete auf, überlegte kurz, die Hand auszustrecken, entschied sich aber dagegen. Stattdessen blickte sie weiter zu Boden.

»Ach so. Ich wohne nebenan und habe sie schon eine ganze Weile nicht mehr gesehen. Es ist ihnen doch nichts zugestoßen?«

»Nein, aber sie werden langsam alt und schaffen es nicht mehr so oft, hier rauszufahren. Gut zu wissen, dass es Nachbarn gibt, die sich kümmern.«

Er hob eine Hand wie zum Gruß und ging die Stufen hinauf. Das Licht der Stirnlampe fiel in den Flur vor ihm.

Betty spürte, wie ihre Wangen heiß wurden, sie schämte sich, auf dem Nachbargrundstück herumgeschnüffelt zu haben. Dann drehte sie sich um und ging zu ihrem Haus zurück. Wenigstens wusste sie jetzt, was es mit dem Lichtschein auf sich hatte und welche Tür da im Wind geschlagen hatte. Nur eins ließ ihr keine Ruhe.

Das Ehepaar Sandén hatte ihr gegenüber nie einen Sohn erwähnt.

Leichter Nebel lag über den Apfelbaumpflanzungen, über dem Meer und den Wiesen. Das Naturschutzgebiet Stenshuvud leuchtete in allen Herbstfarben, und die Ostseewellen schlugen immer noch hoch, als Tess nach Baskemölla hineinfuhr, um Solveig Ramsvik zu besuchen.

In diesem Sommer waren die Leute nach Österlen gepilgert, statt nach Griechenland oder Mallorca zu fliegen. Nach dem bleiernen Virus-Frühjahr war das für viele Dorfbewohner die Rettung gewesen. Doch Verkehrschaos und Müllberge hatten auch zu Auseinandersetzungen zwischen den Einheimischen und den Urlaubern geführt.

Inzwischen waren alle Spuren des Sommertourismus beseitigt und die Wassertemperatur wieder auf um die zehn Grad abgesunken. Bio-Hofläden und Holzofenpizzerien hatten ihre Türen für dieses Jahr geschlossen, und die Bewohner genossen die Herbstruhe. Jetzt hatten sie ihren Teil Schonens wieder ganz für sich.

Solveig Ramsvik wohnte an einer schmalen asphaltierten Straße im oberen Teil des Dorfes. Marie Erling hatte direkt vor dem Zaun geparkt, der hintere Teil des Wagens ragte auf die Fahrbahn. Sie trug ihre schwarze Lederjacke mit dem Motörhead-Aufnäher und lehnte am Auto. Als Tess hielt, warf sie die Jacke auf die Rückbank und zog sich stattdessen eine Regenjacke über. In der Dienststelle konnte Marie herumlaufen, wie sie wollte, aber Tess hatte sie gebeten, die Lederjacke auszuziehen, wenn sie hinausfuhren, um Angehörige aufzusuchen. Erstaunlicherweise schien sie sich an diese Regel zu halten.

Solveigs Haus war ein eingeschossiger Kalksandsteinziegelbau mit roten Giebeln, typisch für die Gegend. Der Garten war hübsch angelegt und machte einen gepflegten Eindruck.

»Darf man hier parken?«, fragte Tess beim Aussteigen und zeigte auf Maries Wagen.

Marie zuckte die Achseln.

»Siehst du irgendwo eine Politesse? Und wieso hast du eigentlich den da mit?« Sie nickte zu Chilli hinüber.

»Er war in letzter Zeit so oft alleine, dass ich ihn nicht schon wieder zu Hause lassen wollte.«

Marie hatte, seit sie als Kind von einem Kampfhund gebissen worden war, ein kompliziertes Verhältnis zu Hunden. Und obwohl Chilli niemals jemanden beißen würde, hatte sie noch nie versucht, ihn zu streicheln.

»Und deine Neue, Chillis Stieffrauchen, die fühlt sich wohl gar nicht für den Köter zuständig?«

Marie nutzte jede Gelegenheit, auf ihre ehemalige Chefin, Sandra Edding, anzuspielen und war sehr stolz darauf, die Erste gewesen zu sein, die von ihrer Beziehung gewusst hatte.

Tess antwortete nicht, sondern zeigte auf das Haus.

»Wollen wir reingehen?«

Neben der Haustür stand ein Rollator, den Chilli leise anknurrte. Tess klingelte und überlegte, ob Solveig wohl Besuch hatte. Es dauerte eine Weile, bis sie öffnete, und während die Klinke von innen langsam heruntergedrückt wurde, warf Tess einen weiteren Blick auf den Rollator.

Für einen Moment erkannte sie die abgemagerte Frau in der blauen Fleecejacke und mit den tiefliegenden Augen gar nicht wieder.

»Solveig?«, fragte sie unsicher.

»Kommen Sie rein«, sagte Solveig mit müder Stimme. Sie stemmte eine Hand in die Hüfte, dreht sich um und ging ihnen langsam und mit schweren Schritten voraus.

»Wir können uns in die Küche setzen«, fügte sie mit heiserer Stimme über die Schulter hinweg hinzu.

Bereits im Flur schlug ihnen ein intensiver Zigarettengeruch entgegen. Marie schloss die Haustür und fragte Tess mimisch: »Ist sie das?«

Tess runzelte die Stirn und nickte.

Es war ein Jahr her, seit sie Jennys Mutter zum letzten Mal gesehen hatten. In dieser Zeit schien der Verfall rasant vonstattengegangen zu sein. Sie war abgemagert und sah kränklich aus. Schon damals hatte Solveig geraucht, aber wenn Tess sich richtig erinnerte, hatte sie dabei mit der Zigarette unter der Dunstabzugshaube gestanden. Jetzt konnte man drinnen kaum atmen. Dankbar stellte sie fest, dass in der Küche zumindest ein Fenster gekippt war.

Tess befahl Chilli, sich unter den Tisch zu legen. Solveig ließ sich mühsam auf einen der Stühle sinken. Vor ihr stand ein halb geleertes Rotweinglas.

Tess zeigte auf die sauber glänzende Arbeitsfläche.

»Haben Sie Hilfe im Haushalt?«

»Ja, auf jeden Fall. Ich verstehe mich gut mit den Nachbarn, die helfen mir vor allem im Garten, und der Sozialdienst kommt alle zwei Wochen zum Putzen. Ich selber schaffe leider nicht mehr so viel.«

Tess begegnete ihrem freundlichen Blick, erinnerte sich wieder an diese warmen Augen und den Schmerz darin.

Vom Küchenfenster aus sah man das Meer und den Hafen von Baskemölla.

»Toller Blick«, sagte Marie und nickte zum Fenster.

Solveig lächelte und trank ihren Wein aus.

»Ich sehe das gar nicht mehr. Man nimmt es irgendwann als selbstverständlich hin. Aber als ich heute früh das Fenster geöffnet habe, hörte ich das Meer rauschen, und darüber freue ich mich immer wieder. Diese Kraft macht, dass man sich lebendig fühlt.«

Sie nahm eine Kippe vom Aschenbecher und räusperte sich.

»Viele, die nicht permanent hier leben, denken, das Leben in Österlen wäre wie in einer englischen Fernsehserie. Malerisch, mit einer wunderschönen Landschaft, kleinen weißen Kirchen und Fischerdörfern. Natürlich ist es hier schön, aber was habe ich nicht auch schon für Elend in den Dörfern gesehen. Leute, denen das harte Winterhalbjahr zusetzt. Die Arbeitslosigkeit, das tote, leergefischte Meer, Häuser, die von Sommerurlaubern aufgekauft werden und den Rest des Jahres leer stehen. Über die Armut der Bauern, Drogenmissbrauch und Elend wird nicht viel geredet. Ist darüber hinaus die eigene Tochter ermordet worden, tja, dann …«

Sie unterbrach sich und drückte ihre Zigarette aus.

Tess nickte. Seit sie selbst an die Küste gezogen war, verstand sie besser, wovon die Einheimischen redeten. Man brauchte kein Seelchen zu sein, um die wintergebeutelte Weite als Herausforderung zu empfinden.

»Haben Sie mal überlegt, hier wegzuziehen?«

Solveig lächelte schwach.

»Ich glaube, das würde schwierig. Ist vielleicht auch ein bisschen spät dafür.«

Mit zitternden Fingern zündete Solveig sich die nächste Zigarette an und deutete auf das Weinglas.

»Ich nehme an, ich kann Ihnen keins anbieten?«

Tess hob abwehrend die Hand. Doch noch ehe sie antworten konnte, sagte Marie:

»Ich versuche immer, erst nach dem Mittagessen anzufangen. Aber zu so einer würde ich nicht nein sagen.« Sie deutete auf die Zigarettenschachtel.

Tess sah überrascht zu, wie Marie sich mit geübten Fingern eine Zigarette ansteckte. Sie hatte sie bisher noch nie rauchen sehen, und wenn sie jetzt zu zweit qualmten, würde das die Luftqualität drinnen kaum verbessern.

Solveig nippt erneut vom Wein, sie hatte sich ein weiteres Glas eingeschenkt.

»Ich behaupte nicht, dass ich normalerweise nicht trinke. Ich tue es mehr oder weniger jeden Tag, und in letzter Zeit eher häufiger. Aber das …« Sie zeigte auf ein Foto von Jenny auf dem Fensterbrett, »… das macht es einfach besonders schwer. Und in der Hinsicht kann Alkohol enorm hilfreich sein, da können Sie sagen, was Sie wollen.«

Ein kurzes Lachen, gefolgt von einem Hustenanfall. Dann wurde es still in der Küche. Das Einzige, was noch zu hören war, war das entfernte Geräusch einer Motorsäge, das durch den Fensterspalt zu ihnen hereindrang.

»Verstehe«, sagte Tess und warf einen Blick auf das Foto der dunkelhaarigen Jenny.

Wie oft war sie nicht schon mit einer ähnlichen Nachricht zu Angehörigen gefahren? Und immer tat sie sich schwer mit dem Balanceakt, ihnen einerseits mitteilen zu können, dass sie den Fall wiederaufgenommen hatten, und andererseits keine allzu hohen Erwartungen zu wecken.

Tess begriff jetzt, dass Solveig nicht davon ausging, noch lange zu leben, sodass ihr besonders daran gelegen war, dass sie mit ihrer Arbeit begannen.

»Dann ist es vielleicht bald so weit?«, fragte Solveig auch tatsächlich und blickte abwesend aus dem Fenster.

»Ich kann leider immer noch nichts versprechen«, erklärte Tess. »Die technische Weiterentwicklung ist unser bester Verbündeter, da passiert immer wieder einiges. Aber wir müssen erst ein Wiederaufnahmeverfahren auf den Weg bringen, bevor wir wirklich loslegen können.«

»Ich habe Sie gestern im Fernsehen gesehen«, fuhr Solveig fort, sie schien ganz in ihrer eigenen Welt versunken. »Es ist immer wieder seltsam, die eigene Tochter im Großformat zu sehen, wissen Sie das? Das Mädchen, das Sie da zeigen, ist ein Mensch, der aus meinem eignen Körper hervorgegangen ist, sie ist ein Teil von mir. Für Tausende anderer Menschen ist sie nur ein Gesicht auf einem Bildschirm.«

Tess verfluchte sich noch einmal dafür, dass sie so schlecht auf die Sendung vorbereitet gewesen war und nicht hatte verhindern können, dass Jennys Gesicht gezeigt wurde.

»Glauben Sie, Sie werden diesmal die Wahrheit herausfinden?« Solveig blickte sie erwartungsvoll an. »Was habe ich dem Polizisten damals in den Ohren gelegen, sie hätten den Falschen festgenommen. Da war so vieles, was einfach nicht passte. Und als er dann in Rente ging, dieser …«

Sie suchte nach dem Namen des damaligen Ermittlers.

»Berg?«

»Ja, ein aggressiver Typ. So überzeugt, dass er recht hatte. Er hat sich geweigert, mir zuzuhören. Arrogant, fand ich. Ein bisschen Vertrauen sollte man uns Angehörigen doch entgegenbringen. Ich habe es damals schon gesagt, es war nicht Johan Andertorp. Ich kenne seine Tante. Auch wenn bei ihm zu Hause und auch hier oben nicht alles zum Besten stand …«, sie klopfte sich an die Stirn, »… so war er doch kaum ein Mörder.«

Solveig schwieg und wandte sich an Tess.

»Vor allem hätte er Jennys Leiche niemals so behandelt, sie versteckt oder verbuddelt oder was auch immer. So etwas tut man nicht, wenn man jemanden mag. Und er mochte Jenny. Ich kann mir vorstellen, dass es ein Unfall war, dass er panisch wurde und versucht hat … ja, sie verschwinden zu lassen. Aber dann hätte er es anschließend zugegeben. So gut kenne ich ihn immerhin.«

Ihre Hand zitterte, als sie nach dem Weinglas griff.

Tess nickte und sah auf die Tischplatte hinunter. Andertorp hatte zwar bestimmt seine Dämonen, aber als kaltblütigen Mörder hatte auch sie ihn nie gesehen.

Solveig ging es, wie so vielen Angehörigen, darum, zu erfahren, was genau ihre Tochter in den letzten Minuten ihres Lebens durchgemacht hatte. So schmerzhaft das Wissen auch sein mochte, war es doch besser als die Ungewissheit. Im Unterschied zu vielen anderen, die es irgendwann aufgaben, wollte Solveigs Mutter zudem sicherstellen, dass der Richtige für den Mord verurteilt wurde.

Sie hatte ihre Tochter Jenny zwanzig Jahre bei sich haben dürfen, bevor jemand sich das Recht genommen hatte, ihr Leben zu beenden und ihre Leiche verschwinden zu lassen. Was war eigentlich schlimmer: die unerfüllte Sehnsucht nach einem eigenen Kind, oder eines zu bekommen und es dann wieder zu verlieren? Vielleicht war es doch besser, kein Kind zu haben und so nicht in Gefahr zu geraten, es wieder zu verlieren. Es war im Grunde einfache Mathematik: Je mehr man besaß, desto mehr hatte man zu verlieren. Zumindest redete sie sich das manchmal ein.

Solveig verschränkte die Arme vor der Brust und schaute zu dem Foto auf dem Fensterbrett hinüber.

»Diesen November wäre meine Jenny fünfunddreißig geworden. Das Haus könnte voller Enkel sein, die mich besuchen. Stattdessen ist es …« Ihre Lippe zitterte, und ihr versagte die Stimme. Auch die Motorsäge draußen war verstummt. »… vollkommen still.«

Tess schaute ebenfalls zu dem Foto.

Jenny, eine ganz normale, strebsame junge Frau, schaute

fröhlich in die Kamera. Das Bild war wahrscheinlich kurz vor ihrem Tod aufgenommen worden.

»Wissen Sie, wie die Trauer aussieht? Also, wie ich sie sehe?«, fragte Solveig und drückte eine noch glühende Kippe aus.

»Nein«, sagte Tess. »Verraten Sie es uns.«

»Also, ich sehe das wie ein Karomuster.« Sie zeichnete ein paar Vierecke vor sich auf den Tisch. »Hier, auf den Linien, bewege ich mich. An manchen Tagen stürze ich in die Leere dazwischen, und ich weiß nie, wie tief ich falle. Manche Abgründe sind nach so vielen Jahren tatsächlich sogar eher flach.«

Tess betrachtete das Karomuster. Es schien ihr eine gelungene Beschreibung des unerwünschten Begleiters, mit dem zu leben man lernen musste.

Solveig nahm eine halb aufgerauchte Kippe vom Aschenbecher und zündete sie erneut an. Tess merkte, wie ihr allmählich übel wurde. Lange würde sie es nicht mehr hier drinnen aushalten, und auch für Solveig konnte es nicht gesund sein, in einer so verräucherten Bude zu hocken. Wahrscheinlich war sie es inzwischen jedoch so gewohnt, dass sie gar nicht mehr darüber nachdachte.

Chilli war aufgesprungen und in den Flur gerannt, wo er heftig bellte. Tess ging hinaus, um ihn zurückzuholen. Solveig war niemand, der sich selbst leidtat oder unnötig um Hilfe bat. Die Frau, die hier wohnte, war trotz oder vielleicht auch gerade wegen dem, was sie durchgemacht hatte, aus hartem Holz geschnitzt. Doch auch die Härtesten konnten am Ende brechen, zumal wenn sie, wie Tess es von Solveig annahm, selbst dazu beitrugen, diesen Prozess zu beschleunigen.

Als sie in die Küche zurückkehrte, lachte Solveig gerade röchelnd. Sie und Marie beugten sich über ein Kreuzworträtsel, als hätten sie einen eigenen kleinen Pakt geschlossen. Tess war ihrer Kollegin dankbar, dass sie es anscheinend geschafft hatte, einen kleinen Lebensfunken bei Solveig zu entfachen. Sie erklärte, dass sie losmüssten, und als sie im Flur standen, beugte Solveig sich vor und schnappte zwischen zwei heftigen Hustenanfällen nach Luft.

Tess drehte sich um.

»Brauchen Sie Hilfe?«

Solveig schüttelte den Kopf.

»Ich fahre am Dienstag zum Arzt nach Lund.«

»Hoffentlich nichts Ernstes?«

Die Frage kam ihr selbst überflüssig vor, doch ihr fiel nichts Besseres ein.

Solveig stützte sich am Türrahmen ab.

»Wo liegt da die Grenze?«

Sie ließen sie auf der Treppe zurück, und als sie bei den Autos waren, fragte Tess Marie:

»Du hast doch nicht etwa angefangen zu rauchen?«

Marie öffnete die Tür ihres falsch geparkten Autos.

»Man passt sich den herrschenden Sitten an.«

Tess stieg in ihren Volvo. An manchen Tagen liebte sie Marie Erling mehr als an anderen.

Das Treffen mit Solveig beschäftigte Tess immer noch, als sie Baskemölla hinter sich gelassen hatte und wieder Richtung Malmö fuhr. Tief im Innern musste sie zugeben, dass sie bezweifelte, Solveigs innigsten Wunsch erfüllen und den wahren Mörder noch zu ihren Lebzeiten finden zu können. Solange es nichts Neues gab, lag ein Wiederaufnahmeverfahren in weiter Ferne. Deshalb hatte Tess auch nichts von dem Gürtel erzählt, dem Trumpf, den sie im Ärmel hatte und der demnächst untersucht werden würde. Sie hatte einfach keine allzu hohen Erwartungen wecken wollen.

Das Auto rumpelte über das Kopfsteinpflaster am Ortseingang von Simrishamn. Tess kam an dem Hinweisschild zum Restaurant Paviljong vorbei, das in einem früheren Fall eine entscheidende Rolle gespielt hatte: dem Mord an Annika Johansson. Auch damals hatte eine alleinstehende Frau ihre Tochter verloren. Und nach wie vor stand Tess mit Anita in Kontakt.

Während sie auf der Bundesstraße Väg 11 nach Malmö weiterfuhr, überlegte sie, wie ihre eigene Mutter wohl reagieren würde, wenn sie oder ihre Schwester ermordet würden. Würde sie sich auch so gehen lassen wie Solveig? Nein, das konnte sie sich nicht vorstellen. Es klang vielleicht ungerecht, aber die wichtigste Rolle im Leben ihrer Mutter spielte ihre Mutter selbst.

Seit der Scheidung von Tess' Vater Bengt lebte Marianne

Hjalmarsson allein in ihrem weißen Haus etwas außerhalb von Abbekås in Söderslätt. Mit ihrer perfekten silbernen Kurzhaarfrisur und ihrer lachsrosa Daunenjacke bildete sie einen scharfen Kontrast zu Solveig. Ihr Leben war geprägt von Treffen mit Freundinnen, Restaurantbesuchen, Weinverkostungen und Nordic Walking. Ihr Zuhause war hübsch eingerichtet mit allerlei Accessoires von Svenskt Tenn. Eine perfekte Fassade. Und momentan waren Tess und sie wieder in einer Phase, in der sie beide nichts von sich hören ließen.

Tess warf einen Blick auf eine neue Nachricht auf ihrem Handy.

»Ist das Doktor Feuerteufel, der erneut in Österlen wütet?«

Tess nahm an, dass Lasse Palmqvist, Kriminalreporter bei *Kvällsposten*, sich damit auf den neuesten Brandmord bezog, von dem sie am Morgen gelesen hatte. Doktor Feuerteufel war einer der schlimmsten schwedischen Pyromanen, der vor ungefähr einem Jahrzehnt Schonen in Angst und Schrecken versetzt hatte.

Palmqvist schickte ihr immer mal auf gut Glück solche Nachrichten, und Tess hielt es wie immer: Sie antwortete ihm nicht. Er wusste genau, dass die Brände nicht auf ihrem Schreibtisch lagen, und sie hoffte, dass es so auch bleiben würde. Seit Lundberg sich mit Covid infiziert hatte und Rafaela Cruz bei ihren Eltern in Paraguay in Quarantäne saß, war das Cold-Case-Team gnadenlos unterbesetzt.

Allerdings wunderte sie sich, woher Palmqvist solche Informationen überhaupt bekam. Auf welche Quellen berief er sich da?

Als sie das Schild nach Smedstorp bemerkte, ging sie vom Gas, ihr wurde plötzlich bewusst, dass hier der letzte Brandmord geschehen war. Tess hielt am Straßenrand und googelte die Internetseite der Zeitung *Ystads Allehanda.* Las über den verheerenden Brand, bei dem eine Vierzigjährige ums Leben gekommen war.

Das Haus lag nur zehn Minuten entfernt, und so bog sie ab, um es sich mit eigenen Augen anzusehen. Die Hauptstraße von Smedstorp war von älteren kleinen Häusern gesäumt, und mit Schloss, Schule, Friseur und Bibliothek wirkte das Dorf für seine Größe ungewöhnlich lebendig.

Jemand hatte zudem ausgerechnet, dass hier der Mittelpunkt von Österlen lag, und neben dem Bahnhof entdeckte Tess eine rote Kugel, die den exakten Punkt markierte. Sie fuhr über den Bahnübergang und dann weiter, bis sie das blauweiße Absperrband sah, das vor einem hellgrünen, beinahe türkisfarbenen Haus im Wind flatterte.

Die Giebel waren schwarz von Ruß, die Fenster im Obergeschoss vom Feuer geborsten, und der mittlere Teil des Daches war eingedrückt und konnte jeden Moment einstürzen.

Tess blieb sitzen und betrachtete es. Noch immer stieg Qualm von der Ruine auf, und innerhalb der Absperrung parkte ein Bus der Kriminaltechnik. Der Gestank nach verbranntem Plastik und giftigen Dämpfen drang bis in ihr Auto. Wahrscheinlich mussten die Tatortuntersucher noch warten, bis die schlimmste Hitze sich gelegt hatte, bevor sie mit ihrer Arbeit beginnen konnten. Ein paar neugierige Jugendliche standen herum und schauten zum Haus.

Tess musste an Palmqvists Nachricht und seine Frage nach Doktor Feuerteufel – oder Arvid Larsson, wie sein richtiger Name lautete – denken. An seinen grimmigen Blick, als er gefasst wurde, sein widerborstiges Auftreten während des Prozesses in Malmö und an seine großen, weit vorstehenden Augen. Wie er herumgezetert hatte, dass Tess Hjalmarsson in den Verhörraum kommen solle, und wie er sie erst dort und dann im Gerichtssaal permanent angestarrt hatte.

Da sie die einzige Polizistin gewesen war, mit der er überhaupt sprach, hatte sie, wenn auch widerstrebend, die meisten Vernehmungen mit ihm geführt.

Tess hatte an seinem Fall gearbeitet, bevor sie im Cold-Case-Team begonnen hatte. Sein durchdringender, glühender Blick war ihr höchst unangenehm gewesen, und sie hatte geflucht, weil er sich ausgerechnet auf sie eingeschossen hatte. Nach jeder Vernehmung war sie erst einmal nach Hause gefahren, um zu duschen, in dem verzweifelten Versuch, diese Blicke wieder loszuwerden. Sie überlegte, wie die Jahre in Haft sich wohl auf ihn ausgewirkt haben mochten, an einem Ort, an dem wahrscheinlich niemand auf seinen Protest und auf seine Eigenheiten Rücksicht genommen hatte.

Tess drehte den Zündschlüssel und fuhr los.

Arvid Larsson, dachte sie. Ist er tatsächlich wieder aktiv geworden?

»Du widerliche Schweinefotze mit deinen Obersautitten.«

Tess blickte vom Bildschirm auf.

»Und das gilt genauso für deine Mutter!«

Marie schaltete die Freisprechfunktion des Telefons wieder aus, drückte den Anruf weg und lachte laut.

»Gott, was der sich immer ausdenkt.«

»Wie oft hat er denn heute schon angerufen?«

»Das war jetzt das dritte Mal.«

Marie schüttelte den Kopf und konzentrierte sich wieder auf ihren Computer.

Dieser Hinweisgeber terrorisierte sie jetzt schon seit Tagen. Irgendwie gelang es ihm immer wieder, durchgestellt zu werden, um der Abteilung Gewaltverbrechen Hinweise zu verschiedenen Angelegenheiten zu geben.

Jede Polizeidienststelle hatte ihr Kontingent an Verrückten, Leute, die immer wieder anriefen, um wegen einer Bombe Alarm zu schlagen, die am Hauptbahnhof tickte, oder um die neuesten Tipps zum Mörder von Olof Palme loszuwerden. Einmal hatte eine Frau sich darüber beklagt, dass eine Mordermittlung viel zu langsam vorangehe. Als Tess festgestellt hatte, dass die Frau sich selbst als das Mordopfer betrachtete, wurde ihr klar, dass der Anruf aller Wahrscheinlichkeit nach aus einer psychiatrischen Klinik kam.

Marie nahm die Ohrstöpsel wieder heraus.

»Übrigens, das Haus gehört jetzt mir!«

»Ach, wirklich? Glückwunsch!«

Tess wusste, wieviel Marie das rote Backsteinhaus mit dem großen Garten in Kirseberg bedeutete.

»Wie hast du das hingekriegt?«

»Ich konnte Geld bei einem Verwandten lockermachen, der Tomas ausbezahlt hat.«

Tess musterte sie nachdenklich.

»Ein Verwandter, der einfach so aus dem Nichts aufgetaucht ist?«

Marie trank einen Schluck von ihrem Latte macchiato.

»Ja, wie genau das abgelaufen ist, erzähl ich dir später. Im Moment bin ich einfach nur heilfroh und erleichtert, dass ich dort wohnen bleiben kann.«

Das vergangene Jahr war für Marie in vielerlei Hinsicht ein Albtraum gewesen. Nach der Scheidung hatten sie und Tomas sich um das Haus gestritten, er wollte verkaufen, sie wollte bleiben. Doch sie hatte kein Geld gehabt, um ihn auszubezahlen. Irgendwann, als die Wogen sich etwas geglättet hatten, hatte Tomas angeboten, ihr Geld zu leihen, damit sie das Haus kaufen könne. Doch kurz darauf hatte sich herausgestellt, dass er Spielschulden hatte und kaum seine eigene Miete bezahlen konnte. Und da war erneut Chaos ausgebrochen.

Tess tippte auf eine imaginäre Armbanduhr.

»Teambesprechung.«

Marie seufzte.

»Sag, ich gehöre zur Risikogruppe.«

Tess lachte.

»Komm jetzt.«

Marie erhob sich widerwillig und folgte ihr. Draußen im Flur sah sie Tess schräg von der Seite an.

»Wie geht es dir eigentlich selbst? Ich meine, mit dem

Exmann. Weiß Mr Edding inzwischen, dass seine vormalige Ehefrau jetzt vom anderen Ufer ist?«

Tess verzog das Gesicht. Sie hatte Marie nichts von den Drohnachrichten erzählt, die Sandra in den letzten Wochen von ihm erhalten hatte.

»Nein, Sandra hatte noch keine Gelegenheit, es ihm zu sagen.«

Marie lachte.

»Ich kann es ihr nicht verdenken. So was kann ja so oder so ankommen. Entweder ist er froh, dass sie wenigstens keinen anderen Mann kennengelernt hat, und nimmt es nicht ernst. Oder er wird fuchsteufelswild und fühlt sich in seiner Männlichkeit gekränkt. Was tippst du?«

»Muss ich mich entscheiden?«

»Ich glaube schon. Er scheint jedenfalls Temperament zu haben und ein gewiefter Geschäftsmann zu sein, der kriegt, was er will und der auf sein Äußeres und auf seinen Ruf achtet. Solche Leute nehmen es oft besonders schwer.«

Tess blieb vor der Tür des Besprechungsraums stehen.

»Sie fährt in den Herbstferien hoch, um die Kinder zu sehen. Dann will sie es ihm sagen.«

»Glaubst du, das macht sie?«

»Ja, du nicht?«

»Ich selbst hätte wahnsinnig Schiss davor und würde den Kindern nicht die Herbstferien damit verderben wollen – zumal sie sich ja jetzt wirklich lange nicht gesehen haben. Außerdem können die Kinder ja schlecht mit dabei sein, wenn sie es ihm sagt, also müssen sie zu zweit ausgehen, vielleicht halten sie ja sogar Händchen, wenn sie die Bombe platzen lässt.«

Tess hob warnend den Zeigefinger.

Marie grinste, sie wusste genau, was Tess quälte, und ritt gerne darauf herum.

Sie betraten den Raum Zlatan, den größten auf der Etage, wo derzeit sämtliche Besprechungen stattfanden. Im Malmöer Präsidium waren alle Räume nach bekannten Persönlichkeiten der Stadt benannt worden. Seit der Renovierung vor ein paar Jahren war es bezüglich der Namengebung zu allerlei Konflikten gekommen. Tess und ihr Cold-Case-Team trafen sich oft im Raum Caroline Seger, doch aufgrund der Coronapandemie bestand die Führungsspitze inzwischen darauf, dass alle Versammlungen mit mehr als fünf Personen im größten Raum abgehalten wurden. Und Per Jöns, der Chef der Abteilung Gewaltverbrechen, verstieß ungern gegen Regeln, selbst wenn es in diesem Fall wahrscheinlich niemand bemerken würde.

Tess begrüßte die Kollegin Kerstin Jacobsson aus Ystad, die am einen Ende des Tisches saß. Sie hatten bereits mehrfach zusammengearbeitet, zuletzt vor einem Jahr bei der Aufklärung des Mordes an Max Lund etwas außerhalb von Ystad. Kerstin hatte als Mordermittlerin in Malmö gearbeitet, bevor sie in der Hoffnung auf ein etwas ruhigeres Leben nach Ystad gezogen war. Allerdings hatte sie bald festgestellt, dass die Rechnung nicht aufging: Aufgrund der geringen Ressourcen und der zunehmenden Zahl an aufzuklärenden Straftaten arbeitete sie inzwischen sogar mehr und intensiver als früher.

»Du musst das Mikro benutzen, wir können dich nicht hören«, sagte Makkonen zu Per Jöns. Polizeimeister Adam Wikman stimmte in sein Lachen ein.

Während seiner Krankschreibung infolge eines Herzinfarkts hatte Per Jöns sehr stark abgenommen, doch langsam war er wieder der Alte und bot zu den Sitzungen gerne etwas zu essen an, jetzt meist eher etwas Kalorienarmes.

»Wie ihr seht, haben wir heute Besuch aus Ystad«, sagte

er. »Und dabei handelt es sich nicht nur um einen Höflichkeitsbesuch.

»Nein«, bestätigte Kerstin, »das ist leider wahr. Ein Pyromane macht uns in Österlen das Leben schwer, und wie ihr sicher schon gehört habt, ist dabei gestern eine Vierzigjährige in Smedstorp ums Leben gekommen. Es ist das vierte Todesopfer in nur einem Monat. Die Kollegen haben sie erstickt hinter der geschlossenen Tür ihres Schlafzimmers im Obergeschoss aufgefunden. Es sah wohl ganz so aus, als hätte sie versucht noch rauszukommen. Vergeblich.«

Tess dachte an das türkisfarbene, vom Feuer zerstörte Haus, an dem sie auf dem Weg nach Malmö vorbeigekommen war. Was musste die Frau für eine Panik ausgestanden haben, eingesperrt in einem brennenden Inferno.

Kerstin Jacobsson drehte ihren Laptop so, dass die fünf anderen am Tisch besser sehen konnten. Sie zeigte ihnen eine Karte von Österlen.

»Den ersten Brand gab es Anfang September, am fünften, genauer gesagt, in Vitemölla. Ein großes, luxuriöses Haus, das dem Ehepaar Moose gehört. Die Frau kam ums Leben, der Mann wurde schwer verletzt. Er konnte nur ganz kurz vernommen werden, bevor er aus medizinischen Gründen ins Koma versetzt wurde, in dem er sich nach wie vor befindet. Die Ärzte halten es noch immer für zu riskant, ihn zu wecken. Auch der zweite Brand ein paar Wochen später, am dreiundzwanzigsten September in Löderup, war offensichtlich gelegt worden. Ein junges Paar aus Spanien kam dabei ums Leben, sie hießen Morales und waren erst vor Kurzem aus Valencia hierhergezogen. Sie arbeiteten als Gastforscher an der Uni Malmö. Und dann gestern die Frau in Smedstorp, Linn Andrén, die im Behandlungszentrum Tomelilla gearbeitet hat.«

»Habt ihr irgendeine Verbindung zwischen den Opfern

feststellen können, irgendetwas, das erklärt, warum es ausgerechnet sie getroffen hat?«, fragte Jöns.

Kerstin schüttelte den Kopf.

»Nein, nichts. Aber wie ihr seht, liegen die drei Häuser alle im selben geografischen Umfeld, also in Richtung Norden an der Küste. Alle Brände wurden gelegt und scheinen entweder im Schlaf- oder im Wohnzimmer begonnen zu haben, neben irgendetwas leicht Entflammbarem. Aber vor allem ...«

Sie zoomte das Bild einer vom Feuer beschädigten Zimmerdecke heran.

»Die Rauchmelder. In zwei der beiden Häuser gab es Rauchmelder, aber es sieht so aus, als wären die Batterien daraus entfernt worden, bevor der Brand ausbrach. Das Haus in Löderup war leider zu schwer beschädigt, als dass man noch Spuren hätte sichern können, da wissen wir also nicht, ob es genauso war.«

Es wurde still am Tisch. Kerstin Jacobsson klickte ein weiteres Bild an, das ein verrußtes Plastikteil eines Rauchmelders zeigte, der an der Decke befestigt war.

»Wie wahrscheinlich ist es, dass in beiden Haushalten kurz vor dem Brand die Batterien vom Eigentümer entfernt wurden? Insgesamt sind sieben Rauchmelder außer Funktion gesetzt worden.«

»Ups«, sagt Makkonen.

Tess' Neugier war geweckt. Wenn der Verdacht sich bestätigte, deutete das auf einen ungewöhnlich versierten und kaltblütigen Täter hin.

»In den Ortschaften breitet sich jetzt natürlich Panik aus«, sagte Kerstin. »Es gärt, die Leute haben Angst, und die Stimmung im Netz wird immer aggressiver, in einer frischgegründeten Facebookgruppe ist bereits die Hölle los.«

Sie hielt inne und strich sich eine Haarsträhne aus dem Gesicht.

»Ja, ihr wisst selbst, wie unterbesetzt wir in Ystad und Umgebung und weiter im Osten sind.«

Tess warf einen Blick zu Makkonen hinüber, der zurückschaute. Dass Kerstin Jacobsson gekommen war, weil sie um Unterstützung bei den Ermittlungen zu den Brandmorden bitten wollte, war ihnen beiden klar. Die Frage war, wer von ihnen einen Ermittler würde abtreten müssen, Makkonen oder sie. Schon seit Jahren führten sie einen internen Machtkampf, und Makkonen, der für die Eindämmung der Bandenkriminalität zuständig war, hatte mehrfach die Existenzberechtigung des Cold-Case-Teams infrage gestellt, weil er fand, es sei wichtiger, sich auf die »aktuellen Verbrechen« zu konzentrieren, die in sein Gebiet fielen. Tess fürchtete, dass sie auch diesen Kampf um Ressourcen verlieren würde, denn eine der Schlüsselfiguren der Banden würde demnächst aus dem Gefängnis entlassen werden, weshalb der derzeitige Waffenstillstand in der Unterwelt schon bald Geschichte sein konnte. Und dann hatte Makkonens Team in der Tat wieder alle Hände voll zu tun.

»Wie ihr ebenfalls wisst«, fuhr Kerstin Jacobsson fort, »werden bei einem Brand meist sämtliche Sachbeweise vernichtet. Deshalb haben wir bisher nicht viel in der Hand. Keine Zeugen, keine physischen Spuren, es ist eine nahezu aussichtslose Arbeit für die Techniker.«

Per Jöns nahm sich eine Weintraube vom Obstteller.

»Aber ihr geht davon aus, dass ein und dieselbe Person – beziehungsweise natürlich auch mehrere Personen – hierfür verantwortlich sind?«

»Ja«, sagte Kerstin Jacobsson und sah die anderen der Reihe nach an. »Die ähnliche Vorgehensweise in allen drei Fällen legt das nahe. Sowie die Tatsache, dass insgesamt sieben Rauchmelder sabotiert wurden.«

Makkonen räusperte sich.

»Das sollte aber lieber nicht nach außen dringen, denn sonst ist Panik vorprogrammiert.«

Kerstin Jacobsson erläuterte, wie genau die Techniker bei der Brandermittlung vorgingen und welche Zeugen noch einmal befragt werden sollten.

»Erinnert ihr euch noch an Arvid Larsson?«, fragte sie.

Marie holte eine Zimtschnecke aus einer Tüte, die in ihrer Tasche steckte und drehte sich zu Tess um.

»Doktor Feuerteufel, oder wer? Dieser Typ, der seinen Doktortitel gefälscht hatte. War der nicht völlig auf dich fixiert?«

Tess blickte auf und sah Makkonens zufriedenes Grinsen. Sie musste an Palmqvists SMS denken.

»Gibt es Hinweise, dass er wieder aktiv ist?«, fragte sie.

»Das lässt sich leider nicht ausschließen«, sagte Kerstin Jacobsson. »Er ist seit einem halben Jahr draußen und wieder in seine alte Gegend zurückgezogen. Lebt jetzt in Eljaröd etwas außerhalb von Brösarp. Und natürlich wird auf Facebook bereits heftig spekuliert. In den letzten Monaten hat er wieder angefangen, Leute zu bedrohen, erst letzte Woche haben wir einen Brief von ihm bekommen. Man erkennt den Tonfall sofort wieder. Er werde im Polizeigebäude eine Bombe legen, wenn er sein altes Haus bei Tomelilla nicht zurückbekomme. Bekanntermaßen hasst er alle Behörden, und vor allem die Polizei.«

Arvid Larsson war jahrelang von den Kollegen verfolgt worden, bis sie ihn endlich zu fassen bekommen hatten. Nach seiner Festnahme hatte man Zeichnungen vom Turning Torso in seiner Wohnung gefunden, die den Verdacht nahelegten, dass er plante, das bekannte Hochhaus in Brand zu stecken. Alles war in einem Notizbuch festgehalten, zusammen mit unverständlichen Zahlen und Skizzen des Objekts.

Nachdem er zunächst in sämtlichen Vernehmungen geschwiegen hatte, begann Doktor Feuerteufel plötzlich zu reden, als Tess Hjalmarsson mit ihm sprach, auch wenn es zu Anfang nur unverständliche philosophische Betrachtungen gewesen waren. Nach und nach hatte er dann aber doch Andeutungen gemacht, die nahelegten, dass er hinter den Bränden steckte. Rein hypothetisch jedenfalls, hatte er gesagt. In den Vernehmungen, die Tess geführt hatte, erläuterte er genau, wie er vorgegangen wäre, wenn er das Feuer hätte legen wollen. Fast so wie der amerikanische Fußballer und Schauspieler O.J. Simpson, der ein Buch darüber geschrieben hatte, wie er es angestellt hätte, seine Frau zu ermorden. Es trug den sprechenden Titel *If I did it*.

Irgendwann war es ihnen gelungen, Arvid Larsson wenigstens eine der Brandstiftungen nachzuweisen, doch tatsächlich stand er im Verdacht, hinter weiteren zwanzig zu stecken, die man deshalb als polizeilich aufgeklärt betrachtete.

Kerstin Larsson wandte sich Tess zu.

»Da du ihn kennst: Glaubst du, Arvid Larsson würde so etwas tun?«

Tess versuchte sich sein Auftreten, seine Art ins Gedächtnis zu rufen.

»Doch, ich kann mir schon vorstellen, dass das in sein Muster passen würde. Es würde mich keineswegs wundern, wenn er wieder angefangen hätte, Brände zu legen.«

»Echt krank«, sagte Marie und blies eine Kaugummiblase. »So einer wie der müsste lebenslänglich bekommen.«

Per Jöns sah Tess an.

»Es wäre doch schön, wenn wir der Polizei Ystad bei den Vernehmungen unter die Arme greifen könnten.«

Tess ahnte bereits, was kommen würde. Nicht ausgerechnet jetzt, dachte sie. Nicht, nachdem sie endlich mit den Jenny-Ermittlungen in Gang gekommen waren. Warum musste sie ständig darum kämpfen, das tun zu dürfen, wofür sie bezahlt wurde: ungelöste Fälle aufzuklären?

Als Tess schwieg, fragte Per Jöns ganz direkt: »Meinst du, du kannst es mal versuchen?«

Tess fühlte sich verpflichtet, ja zu sagen. Sie musste an die vielen Gelegenheiten denken, bei denen das Cold-Case-Team von der Polizei Ystad unterstützt worden war, und daran, dass es auch weiterhin darauf angewiesen sein würde.

»Okay«, sagte sie. »Aber ich kann für nichts garantieren. Dass er damals mit mir geredet hat, bedeutet nicht, dass er es diesmal wieder tut.«

»Prima. Allerdings klingt es beinahe so, als würdet ihr noch weitere Unterstützung brauchen«, sagte Jöns und nickte Kerstin Jacobsson zu.

»Ja, wir haben nicht das Personal, um mit so einer Gefahrenlage zurechtzukommen.«

Wieder wandte Jöns sich an Tess.

»Wie sieht es sonst bei euch aus? Ich habe gehört, ihr wollt den Fall Jenny Ramsvik wiederaufnehmen?«

Tess schüttelte unmerklich den Kopf, nach dem gestrigen Tag wollte sie die Sache lieber herunterspielen, nicht zuletzt vor Makkonen, der die Medien zuverlässig mit Informationen versorgte. Auf gar keinen Fall würde sie in seiner Gegenwart von der Hoffnung berichten, die sich für sie an die geplante Untersuchung des Gürtels knüpfte.

»Es war nicht vorgesehen, dass zur besten Sendezeit darüber berichtet wurde. Wir wissen noch nicht, wie genau wir vorgehen wollen. Aber klar, Jenny Ramsvik ist einer der einhundertfünfunddreißig ungelösten Fälle in unserer Region … Es gibt also reichlich zu tun.«

»Wow, gut für die Fernsehkarriere«, rief Makkonen laut. »Das bietet ja Stoff für viele weitere Sendungen.«

Tess hob den Daumen und grinste. Sie war sich hundertprozentig sicher, dass Makkonen gern ihren Platz auf der Fernsehcouch eingenommen hätte. Einem eitleren Polizisten war sie selten begegnet.

Neben Makkonen saß Adam Wikman, einer der neueren und jüngeren Zugänge in der Abteilung Gewaltverbrechen, »unser kleiner Streber«, wie Marie ihn gern nannte. In letzter Zeit hatte er ab und zu bei ihnen im Cold-Case-Team zur Probe gearbeitet, aber Tess fand, dass er nicht zu ihnen passte, und bezweifelte auch, dass er die dafür notwendigen Fähigkeiten entwickeln würde. Außerdem hatte Adam Wikman definitiv zu viele Folgen der amerikanischen Fernsehserie *Investigator* gesehen, und seine Augen leuchteten immer auf, wenn Tess Anekdoten von früheren Cold-Case-Ermittlungen zum Besten gab. Aber wie sie ihn jetzt so betrachtete, hatte sie eine Idee.

»Ich könnte mir vorstellen, dass Adam Wikman die Polizei Ystad für eine Weile bei den Brandermittlungen unterstützen könnte.«

»Das klingt doch gut«, sagte Jöns und nahm sich eine weitere Weintraube.

»Oh, guck mal, er wird ganz rot«, sagte Makkonen und schlug Adam Wikman auf den Rücken.

Der warf sein dunkelbraunes Haar zurück und sah nur mäßig begeistert aus. Doch er war zu schlau, um zu protestieren. Tess vermutete, dass er sich in seinen Träumen selbst irgendwann auf Jöns' Posten sah, und da hieß es, sich mit Klagen zurückzuhalten.

Jöns gab zu verstehen, dass das Treffen beendet war, und Stühle scharrten über den Boden.

»Ach, noch etwas«, sagte er, und alle hielten mitten in der Bewegung inne.

»Gute Neuigkeiten: Unser lieber Lundberg erholt sich

schneller, als die Ärzte vermutet haben, und will bald zumindest in Teilzeit zurückkommen. Schon am Montag fängt er wieder an.«

»Hurra«, rief Marie. »Es braucht schon mehr als eine Pandemie, um den alten Haudegen kleinzukriegen.«

Auch Tess freute sich. Sie hatte vor einer Woche mit Lundberg gesprochen, und da hatte er noch große Probleme mit der Ausdauer gehabt.

»Ich laufe herum wie ein Neunzigjähriger«, hatte er gesagt. »Eine Runde um den Block, dann muss ich mich erst mal wieder drei Stunden ausruhen.«

Tess brauchte ihren älteren Kollegen. Nur wenige Ermittler konnten solch große Mengen Material durchgehen wie Lundberg und alles davon im Kopf behalten. Er war eine lebende Festplatte. Oft hatte er auch einen gesunden Gegenpol zu Maries komplizierter Persönlichkeit gebildet, und wenn es um Mordfälle ging, vertraute Tess blind auf ihn und seinen Instinkt. Sie teilten das Gespür dafür, wenn etwas nicht stimmte, und meist stellte sich hinterher heraus, dass sie tatsächlich recht gehabt hatten.

Makkonen erhob sich, und Tess sah, wie zufrieden er den Raum verließ. Ihr fiel wieder ein, was Marie gesagt hatte, dass er anscheinend eine Art Midlifecrisis habe. Dass er begonnen hatte, Motorrad zu fahren, und sich sein blondes Haar zu einem Zopf wachsen ließ, war also kaum Zufall.

Draußen im Flur holte Per Jöns Tess ein und gab ihr zu verstehen, dass er sie noch einmal unter vier Augen sprechen wollte.

»Ja, also wegen deines letzten Fernsehauftritts. Ich habe ihn mir selbst nicht angeschaut, war mit den Kindern allein zu Hause, du weißt schon: ins Bett bringen und so. Aber ich schaue es mir später in der Mediathek noch mal an.«

»Brauchst du nicht«, sagte Tess abwehrend.

»Wie auch immer. Da ist noch was, worüber ich mit dir sprechen will. Der Polizeidirektor hat heute früh bei mir angerufen. Er hat die Sendung gesehen, und …«

»… hatte etwas daran auszusetzen?«

Jöns wand sich unbehaglich.

»Ja, weil du gesagt hast, dass es dir egal wäre, wenn du gefeuert würdest.«

Tess lachte auf.

»Aber das stimmt doch, und das weißt du auch. Ich habe mehrere andere Angebote abgelehnt. Außerdem sollte er sich freuen, denn es zeigt doch nur, wie sehr ich für meine Fälle brenne.«

»Schon, aber ich glaube, er fand es vor allem nicht gut, dass du es im Fernsehen gesagt hast.«

»Okay, ich passe in Zukunft besser auf.«

»Gut, das wollte er wahrscheinlich hören. Und dann noch etwas, eine Kleinigkeit.«

Tess blieb stehen.

»Die Gewerkschaft hat sich ebenfalls bei mir gemeldet. Sie sind der Meinung, dass wir ein bisschen zu viel im Fernsehen zu sehen sind in letzter Zeit. Die Leute würden sich allmählich fragen, ob wir überhaupt noch arbeiten.«

Tess hatte nur darauf gewartet.

»Hat Mia Hansson sich wieder mal beschwert?«

Per Jöns zog ein verlegenes Gesicht. Also hatte sie recht.

»Erst sind wir ihnen zu unsichtbar und werden dafür kritisiert, und dann gibt man sich einen Ruck und setzt sich in seiner Freizeit auf die Fernsehcouch, um zu erklären, was man den ganzen Tag so macht, und dann ist es auch wieder nicht recht.«

Tess schüttelte verärgert den Kopf. Was Mia Hansson anging, wusste sie ziemlich genau, wo das eigentliche Problem lag. Die Gewerkschaftssprecherin war unglaublich öffentlichkeitssüchtig und wahrscheinlich enttäuscht, dass die Medien ihrer ein wenig überdrüssig waren. Was auch Per Jöns so zu sehen schien.

»Sie findet sicher, das Licht fällt ein wenig daneben, nämlich nicht dahin, wo sie es gerne hätte?«

Jöns lächelte flüchtig und winkte ab, wahrscheinlich fand er selbst, sie solle sich diese Kritik nicht allzu sehr zu Herzen nehmen.

Tess verstand sich gut mit ihrem unmittelbaren Vorgesetzten, und sie wusste es zu schätzen, dass ihm das Cold-Case-Team stets am Herzen gelegen und er es jedes Mal verteidigt hatte, wenn es kurz davor stand, aufgelöst zu werden. Immer hatte er versucht, ihnen so viel Beinfreiheit wie möglich zu verschaffen. Sie konnte auch verstehen, warum Jöns sie jetzt um Hilfe bei der Ermittlung rund um die Brände gebeten hatte, dennoch wuchs ihr Frust darüber, dass wieder einmal ausgerechnet ihre Ermittlungen darunter leiden mussten. Und damit natürlich auch die Opfer, die schon seit so vielen Jahren zurückstehen mussten.

»Anscheinend verschwinden wir wieder mal im Schwarzen Loch«, sagte sie laut, als sie ins Büro des Cold-Case-Teams zurückkehrte.

Marie Erling schien sie nicht gehört zu haben, sie telefonierte gerade. Tess sammelte ihre Sachen zusammen und gab ihr mimisch zu verstehen, dass sie nach Hause fahren würde. Wenn sie Kerstin Jacobsson mit den Bränden helfen wollte, musste sie sich vorher noch mal die Arvid-Larsson-Akten vornehmen, sich einen neuen Überblick verschaffen, wie der irre Pyromane damals agiert hatte.

Während sie noch packte, sah sie, wie Marie sich die Hand vor den Mund schlug und »Nein« murmelte, »nein, nicht schon wieder.«

Marie legte auf.

»Ist was passiert?«, fragte Tess.

Marie schüttelte den Kopf.

»Nein, schon gut.«

Tess sah, wie ihre Hand zitterte, als sie auf ihrem Handy etwas suchte.

»Sicher?«

Marie schüttelte abwehrend den Kopf.

»Ich muss nur ein paar Telefonate führen.«

Tess verließ das Büro. Es sah Marie nicht ähnlich, mit irgendetwas hinterm Berg zu halten, und so fragte sie sich, was wohl geschehen war.

Chilli schlief noch auf der Rückbank, als sie sich Gislövshammar näherte. Der Hund war wirklich ein Gewinner der Pandemie gewesen, als sie noch so viel im Homeoffice gearbeitet hatte. Sie warf im Rückspiegel einen Blick auf ihn und war wirklich dankbar, dass ihre Hundesitterin Kajsa meist auch kurzfristig verfügbar war, jetzt, da sie wieder häufiger in der Dienststelle arbeitete.

Tess wollte gerade in die Allee einbiegen, als plötzlich ein silberfarbenes Auto auf die Straße nach Simrishamn auffuhr.

Sie bremste. Kurz fühlte sie sich versucht, dem Auto zu folgen, um herauszufinden, wer es fuhr und ob es sich um denselben unbekannten Audi handelte, den sie in den letzten Tagen mehrfach hier gesehen hatte. Doch sie ließ es bleiben und blickte ihm lediglich hinterher. Was hatte er bloß hier zu suchen? Sie ärgerte sich, dass sie sich auch diesmal das Kennzeichen nicht gemerkt hatte. War Cliff Edding sich tatsächlich nicht zu blöd, bis nach Schonen runterzufahren, um Sandra nachzuspionieren?

Zu Hause angekommen, stellte sie fest, dass das Gartentor offenstand. Dabei war sie sich sicher, dass sie es geschlossen hatte. Sie achtete penibel darauf, schon allein wegen Chilli.

Tess stieg aus, blickte sich um und überprüfte das Tor. Chilli war aus dem Auto gesprungen und kaute an der Treppe auf irgendetwas herum. Sie befahl ihm, es sofort loszulassen. Als er nicht gehorchte, ging sie hin und nahm ihm einen kleinen, trockenen runden Ball weg und schleuderte ihn in den Wald. An der Hauswand lag noch ein weiterer herum. Er erinnerte sie an Meisenknödel, wie man sie den Vögeln als Futter hinhängte. Sie warf auch diesen fort. Dann öffnete sie die Haustür und rief den Hund hinein.

Auf dem Sofa im Wohnzimmer lagen die Ordner mit den alten Ermittlungsakten zum Jenny-Fall, die jetzt wohl noch einige weitere Tage dort liegen würden. Plötzlich stutzte Tess. Drei Mappen lagen aufeinander, ordentlich gestapelt. Viel zu ordentlich. Und drei weitere Akten lagen ebenso ordentlich auf einem zweiten Stapel. Tess war sich hundertprozentig sicher, dass sie sie nicht so hinterlassen hatte. Erst neulich hatte sie ein paar Fotos herausgenommen und auf den Couchtisch gelegt, wo sie sich jetzt nicht mehr befanden. War Sandra doch noch mal zu Hause gewesen?

Tess lief rasch nach oben in die Schreibecke, wo sie ihr grünes Notizbuch in einer Schublade verwahrte, in dem sie ihre Überlegungen zu den Fällen festhielt, an denen sie gerade arbeitete. Erleichtert stellte sie fest, dass es an seinem Platz lag.

Sie ging weiter ins Schlafzimmer. Neben dem großen Fenster, das aufs Meer hinausging, gab es ein kleines Seitenfenster. Geöffnet, aber mit einem Haken festgemacht. Wenn man es wirklich darauf anlegte, konnte man dort sicherlich einsteigen, ohne dass es draußen jemand mitbekommen würde.

Das Gefühl, dass jemand in ihrer Abwesenheit im Haus gewesen war, wurde immer stärker. Sie drehte eine Runde durch alle Zimmer, fand aber ansonsten nichts Auffälliges. Es fiel ihr schwer, nicht ständig an den silbernen Audi zu denken und dass er schon wieder in der Gegend aufgetaucht war.

Tess setzte sich aufs Sofa und öffnete die Ordner. Die

Bilder, die sie auf den Couchtisch gelegt hatte, lagen in einem davon.

Sie rief Sandra an.

»Du, es ist gerade ganz schlecht, ich muss gleich wieder rein. Sieht aus, als würde das Schiff heute Abend in Rotterdam ablegen.«

»Ich wollte dich nur kurz fragen, ob du heute noch mal zu Hause gewesen bist.«

»Nein, wie hätte ich das denn schaffen sollen? Hier ist wirklich die Hölle los. Ist was passiert?«

»Wahrscheinlich nicht, ich hatte nur das Gefühl, es war jemand im Haus.«

Sie berichtete kurz von dem offenen Fenster, den Aktenstapeln und dem Audi. Noch während sie sprach, fand sie selbst, dass es absurd klang, was auch Sandra so zu sehen schien.

»Ich glaube, ich habe das Fenster offengelassen. Du wirst doch wohl nicht paranoid? Wir müssen endlich eine Alarmanlage installieren, aber jetzt muss ich erst mal wieder rein.«

Nachdem sie aufgelegt hatten, ließ Tess den Blick noch eine Weile auf den Ordnern neben sich ruhen. Sie war sich ganz sicher, dass sie, was die Ordner betraf, nicht dabei war, paranoid zu werden. Es war definitiv jemand hier gewesen und hatte sie anders hingelegt. Sie sah ja ein, dass es absurd klang, aber wenn Cliff Edding ihr wirklich schaden wollte, war die Arbeit, gleich nach Sandra, ihr verletzlichster Punkt. Und wenn man das Haus ein wenig beobachtete, konnte einem ja kaum entgehen, mit wem Sandra zusammenlebte.

Tess versuchte ihr Unbehagen abzuschütteln und machte es sich auf dem Sofa bequem. Sie musste sich auf Arvid Larsson konzentrieren. Ein paar Tage würde sie sich nun um diesen Fall kümmern, aber viel länger sollten die Jenny-Ermittlungen nicht zurückstehen müssen.

Sie öffnete das Voruntersuchungsprotokoll auf dem Laptop. Irgendetwas war seltsam an Arvid Larsson, sie bekam es nur nicht recht zu fassen. Manche Täter klammerten sich in dem verzweifelten Versuch, den Klauen des Rechtssystems zu entkommen, plötzlich an einen bestimmten Ermittler. Wenn alles ganz finster aussah, wollten sie zumindest eine freundliche Seele auf ihrer Seite haben. Doch in dem, was Tess während der Vernehmungen gesagt oder getan hatte, gab es nichts, was seine Fixierung auf sie erklären konnte. Sie hatte nie das Gefühl gehabt, er würde mit ihr flirten oder an ihr interessiert sein. Ihr Bild von Arvid Larsson war eher das eines asexuellen Typen, worauf auch seine mangelnde Erfahrung mit Beziehungen im Allgemeinen hindeutete. Sie überlegte, wie er wohl reagieren würde, wenn sie sich wiedersahen.

Tess gähnte und blickte aus dem Fenster. Es war erst kurz nach neun. Draußen hatte es angefangen zu regnen, immer heftiger prasselten die Tropfen auf das Holzdeck der Veranda.

Sie nahm ihr Handy heraus und ging auf Instagram. Die Brygge-Show hatte ein Foto von ihr gepostet, unter der Überschrift: »Unser Super-Cop im Studio«.

Vierundzwanzig Kommentare waren dazu eingegangen. Zögernd scrollte sie sie durch, sich vollauf bewusst, dass man sich vor den Ansichten und Kommentaren wildfremder Menschen niemals wirklich schützen konnte. Die meisten schrieben etwas Freundliches zur Sendung, manche bezogen sich auch auf ihr Aussehen, etwa »Echt hübsch, für 'ne Lesbe«, an anderen scrollte sie schnell vorbei.

Sie musste an die E-Mail denken, die sie unmittelbar nach der Sendung erhalten hatte, von diesem Sonny, der wissen wollte, warum sie im Fernsehen sitze und Scheiße labere, statt sich um ihre Fälle zu kümmern. Es war seltsam, wie diese Art anonymer Kommentare sich trotz allem ins Gedächtnis einprägte. Das war mit ein Grund, weshalb sie selbst sehr zurückhaltend war, was ihre Aktivitäten in den sozialen Medien anging. Dagegen hatte sie kürzlich festgestellt, dass Cliff Edding einen öffentlichen Account hatte, den sie sich, auch wenn sie es ungern zugab, jetzt immer mal ansah.

Sie gab seinen Namen ein und erschrak beinahe, als die neue Nahaufnahme seines strahlenden Gesichts das halbe Display ausfüllte. Cliff Edding sah gut aus, das musste sie ihm lassen. Elegant irgendwie, und eher androgyn als typisch männlich, mit dunklem, halblangem Haar. Auf seinem Profilbild war oben ein langer, goldglänzender Edding-Stift abgebildet – das Produkt, mit dem seine Familie reich geworden war.

Obwohl sich Tess sicher war, dass die Beziehung von Sandras Seite aus definitiv beendet war, fiel es ihr manchmal schwer, nicht doch ein bisschen eifersüchtig zu sein. Auch wenn er sich im Moment unmöglich aufführte, war es doch etwas Besonderes, gemeinsame Kinder zu haben – es verband einen für den Rest des Lebens, und es war ein Band, das Sandra und sie niemals gemeinsam knüpfen würden. Außerdem, und dieser Gedanke war noch schwieriger zu ertragen, bedeutete es, dass es eine Zeit gegeben hatte, in der es ihnen als Paar gut gegangen war. In der sie sich verliebt und geheiratet und in der sie Sex gehabt hatten … Tess zwang sich, den Gedanken wegzuschieben.

Cliff Edding war in den letzten Tagen sehr aktiv gewesen und hatte mehrere Fotos auf Instagram gepostet. Bei einem Bild hielt Tess inne. Es stammte von einem Ort, den sie gut kannte. Es hatte keine Bildunterschrift, aber das Datum darunter zeigte, dass es tags zuvor gepostet worden war. Sie hatte selbst einen Teil ihrer Kindheit in Näset verbracht, und das Foto, das Cliff Edding im Profil zeigte, war vor dem Shakespeare Pub in Höllviken aufgenommen – daran bestand kein Zweifel.

Eine Weile betrachtete sie das Bild, sie machte einen Screenshot und schloss die App. Was hatte er vor? Hatte er seine Drohung tatsächlich wahrgemacht und war nach Schonen gekommen, um sie heimzusuchen?

David Gabès schloss die Tür hinter seiner Frau und den Kindern, und sofort vermisste er sie. Yasmina würde mit den Kindern übers Wochenende eine Freundin in Varberg besuchen, während er in seinem Arbeitszimmer sitzen und sich der Buchführung widmen musste.

Nachdem er eine Weile gearbeitet hatte, lehnte er sich zurück und schaute auf den Garten hinaus. Der heftige Regen hatte ein wenig nachgelassen. Ihr Rasen war so grün, als wäre es Frühsommer, denn der Herbst war in diesem Jahr ungewöhnlich mild. Seine Frau hatte sich zwar inzwischen an das schwedische Klima gewöhnt, an die markanten Wechsel der Jahreszeiten. Dennoch hätte er das milde Nieselwetter, mit dem über Weihnachten zu rechnen war, gerne mit einer Reise nach Tunesien unterbrochen. Daraus würde nun aber wegen der Pandemie nichts werden.

David richtete den Blick wieder auf seine Exceltabelle, auf Einnahmen und Ausgaben. Diesen Monat ging es nicht auf. Bisher hatte er sich nicht beklagt, es gab viele Unternehmer in Tomelilla, die sehr viel heftiger vom Coronavirus und seinen Folgen betroffen waren. Einige seiner Bekannten hatten ihre Geschäfte und Restaurants sogar schließen oder ihren Betrieb vorübergehend auf Eis legen müssen. Ganz zu schweigen von denjenigen, die auf der Intensivstation gelandet oder sogar gestorben waren. Physiotherapeuten waren nach wie vor gefragt, die Patienten waren auch weiterhin in seine Praxis gekommen. Dennoch hatte im letzten Monat die Krise auch sein Unternehmen getroffen.

Aber ihm war dennoch bewusst, wie viel Glück er gehabt hatte, als er vor zwanzig Jahren nach Schweden gekommen war, um sich hier als Physiotherapeut niederzulassen. Er musste, wie so oft, an Lena Bergmark denken, der er viel verdankte. Sie hatte selbst in einer physiotherapeutischen Praxis gearbeitet und hatte ihm geholfen, sein Unternehmen in Gang zu bringen, hatte ihn weiterempfohlen und ihm erklärt, wie man in Schweden einen Gewerbebetrieb führte.

Immer wieder dachte er an sie, und immer mit gemischten Gefühlen. Das schlechte Gewissen war niemals weit. Er war sich nicht sicher, woran genau das lag, er selbst hatte sich im Grunde nichts vorzuwerfen. Ja, vielleicht hätte er damals genauer hinschauen und der Polizei bei ihren Ermittlungen helfen müssen, als sie versuchten herauszufinden, was genau in jener Nacht eigentlich passiert war. Doch niemand von der Polizei hatte ihn gefragt, und er hatte sich auch nicht aufdrängen wollen.

Allerdings war ihm nicht verborgen geblieben, dass die anderen in der Clique sich nach Lenas Tod nicht mehr getroffen hatten, ja nicht einmal mehr über sie redeten. Es war, als hätte es Lena nie gegeben.

Wäre es ein Unfall gewesen, hätte er sehr viel leichter damit umgehen können. Aber dann hatte sich herausgestellt, dass sie bereits vor dem Brand tot gewesen war, dass jemand sie umgebracht hatte. Wer konnte einem so freundlichen Menschen wie Lena Bergmark so etwas antun? Das alles hatte ihm keine Ruhe gelassen. Die Ungewissheit, der unaufgeklärte Todesfall hatten sein Leben negativ beeinflusst. Es war ein menschliches Bedürfnis, Kreise zu schließen und Bilanz zu ziehen, Dinge abzuschließen.

Viele Jahre hatte Lenas Schicksal wie ein Geist über seinem Leben geschwebt, sodass er schließlich sogar eine Therapie begonnen hatte.

Einmal hatte er die anderen aus der damaligen Clique kontaktiert und vorgeschlagen, sich noch mal zu treffen, um über Lena zu sprechen. Aber keiner von ihnen hatte sich darauf eingelassen. Deshalb trugen sie eine Mitschuld an ihrem Tod. Denn wenn man nicht über die Toten redete, starben sie noch einmal.

David beendete die Buchhaltung, löschte unten das Licht und ging die Treppe hinauf.

Im Zimmer seines Sohnes schien der Halbmond durchs Fenster. David ging ins Bad und zog sich den Schlafanzug an, legte sich hin, um noch ein Hörbuch zu hören, und schloss die Augen.

Als er die Kopfhörer schließlich herausnahm und die Nachttischlampe ausmachen wollte, hörte er ein Fauchen und Zischen. Er setzte sich im Bett auf und lauschte. Hielt den Atem an, um besser hören zu können.

Hatte er sich getäuscht? Oder sollte er doch lieber nachsehen?

David stand auf, und noch während er die Füße in die Pantoffeln steckte, hörte er erneut dieses Geräusch. Er ließ sich zurück auf die Bettkante sinken. Überlegte fieberhaft, was es gewesen sein könnte.

Ein Knarren von der Treppe her unterbrach ihn in seinen Gedanken, und er spannte alle Muskeln an. Nach so vielen Jahren in diesem Haus kannte er jedes Geräusch und wusste, wie es klang, wenn jemand die Treppe heraufkam.

Es war eindeutig das Geräusch von Schritten.

Ein eiskalter Schauer stieg von seinen Beinen in den Nacken auf.

Er warf einen Blick zum Fenster, dem einzigen Fluchtweg.

Das Zimmer war eine Falle. Egal, was er gehört hatte, er konnte sich nicht einfach passiv verhalten.

Vorsichtig schlich er sich zur Schlafzimmertür. Das Ticken eines Heizkörpers war zu hören. Er steckte den Kopf zur Tür hinaus und blickte zur Treppe, sah aber niemanden. Von unten drang das Licht der kleinen Lampe herauf, die er immer brennen ließ.

David lehnte sich an die Wand und schloss die Augen. Bestimmt verfolgte ihn nur die Vergangenheit. Dabei war es doch ziemlich unwahrscheinlich, dass die Olsson-Brüder ihn noch einmal überfallen würden. Er zog sich den gestreiften Bademantel über, holte tief Luft und trat in den Flur hinaus.

Doch schon nachdem er die ersten Schritte auf dem knarrenden Boden gemacht hatte, wusste er, dass es zu spät war. Wenn jemand sich im Haus befand, wusste er spätestens jetzt, dass er zu Hause und auf dem Weg nach unten war. Und dennoch musste er handeln.

Auf halber Treppe blieb er wie angewurzelt stehen. Ungläubig starrte er die Wand an.

Einen halben Meter vor ihm war mit roter Sprayfarbe eine große Fünf auf die weiße Wand gesprüht worden.

Sein Herz klopfte so heftig, dass es schmerzte. Erneut tauchten die grinsenden Visagen der Nazi-Brüder Olsson vor seinem inneren Auge auf. Schweiß brach ihm im Nacken aus. Waren sie doch gekommen, um ihn noch einmal anzugreifen? Die Narbe an seinem Arm war eine stete Erinnerung, es verging kein Tag, an dem er beim Gedanken an die beiden Brüder nicht in Panik geriet. Sie waren das personifizierte Böse. Völlig enthemmt in ihrem Ausländerhass und ihrer Gewaltbereitschaft.

David hielt sich am Treppengeländer fest und beugte sich vor, versuchte einen Blick in die Küche zu erhaschen.

Wieder hochzugehen war keine Alternative. Gehe niemals nach oben, wenn du verfolgt oder bedroht wirst, denn dort enden alle Fluchtwege. Das hatte er schon als kleiner Junge von seinen Brüdern gelernt. Er musste nach unten.

Also tastete er nach dem Handy in seiner Bademanteltasche. Wenn tatsächlich jemand im Haus war, käme die Polizei nicht mehr rechtzeitig. Er musste das hier alleine schaffen, wählte zur Sicherheit aber dennoch die 112.

Er setzte seinen Fuß auf die unterste Stufe und sah sich um, der Flur wirkte leer. Im Schrank neben der Küche lag ein Brecheisen. Viele Jahre hatte er es oben im Schlafzimmer aufbewahrt, bis Yasmina eines Tages gemeint hatte, nun sei es aber genug, er müsse die Vergangenheit ruhen lassen und sich endlich entspannen. Das bereute er jetzt.

Er fühlte sich nackt und ausgeliefert, wollte dort hin, brauchte eine Waffe, um sich verteidigen zu können. Vielleicht sollte er lieber zur Haustür und nach draußen rennen. Wie auch immer er sich entschied, zunächst musste er durch den Flur.

David machte ein paar tastende Schritte, sah, dass die Glastür zum Wohnzimmer nur angelehnt war. Vorsichtig beugte er sich vor, und als er gerade weitergehen wollte, erblickte er einen Schatten hinter der Milchglasscheibe. Er erstarrte. Der Schatten auf der anderen Seite schien ebenfalls innezuhalten. Hatte die Person seine Schritte gehört?

David schätzte mit dem Blick die Entfernung bis zum Schrank ab. Zwei Meter. Doch der Eindringling würde ihn sehen und wäre möglicherweise ebenso schnell dort. Dennoch war es seine einzige Chance. Er nahm all seinen Mut zusammen, und während er sich langsam auf die offene Glastür zubewegte, sah er einen Mann, der mitten im Wohnzimmer auf einem Stuhl stand, die Hände an der Decke.

»Was …«

Mehr brachte David nicht heraus, er starrte den Fremden lediglich an, der irgendetwas abzuschrauben schien. Was hatte er vor?

Der Mann hielt mitten in der Bewegung inne und drehte sich zu ihm um. Ein paar Sekunden starrten sie sich einfach nur an. Die Gedanken rasten durch Davids Kopf. Wer war das, und was hatte er hier zu suchen? Sein Hirn brannte vor Fragen, und er versuchte zu erkennen, ob es einer der Olsson-Brüder war. Doch er hatte diesen Mann noch nie gesehen.

Mehr vermochte er nicht zu denken, sein Fluchtinstinkt steuerte sein Handeln.

Er rannte zum Schrank und riss die Tür auf. Suchte die Fächer ab, tastete im Dunkeln nach dem Brecheisen. Panik übermannte ihn. Er fand es nicht.

David bückte sich, warf ein paar Klamotten raus und tastete den Boden ab. Wo hatte er es nur hingelegt?

Ein harter Schlag traf ihn am Kopf, und er brach zusammen. Das Letzte, was er hörte, war helle, durchdringende Streichmusik, die plötzlich das Haus erfüllte.

Tess schaute auf die Uhr und setzte sich auf. Viertel vor drei in der Nacht war eine unangenehme Zeit, um geweckt zu werden, zumal, wenn man vorher nur eine Stunde geschlafen hatte.

Sie hörte, wie Chilli sich erneut übergab – das also hatte sie geweckt. Müde stand sie auf, um ein weiteres Mal den Boden zu wischen. Alle zwei Stunden hatte sie das jetzt gemacht, es nahm kein Ende.

Der Hund blickte sie unglücklich an. Wenn es nicht bald vorüber war, würde er dehydrieren, und sie musste mit ihm in die Tierklinik. Sie zog Wasser in eine Spritze auf, drückte seine Kiefer auseinander und spritzte es ihm in den Rachen. Sie verfluchte sich selbst, weil sie die seltsamen Kugeln weggeworfen hatte, auf denen er herumgekaut hatte. Was war da eigentlich drin gewesen, und wie waren sie in ihren Garten gelangt?

Tess kroch ins Bett zurück, lehnte sich ans Kopfteil an und massierte ihren verschwitzten Nacken. Zumindest für einen Moment musste sie richtig tief geschlafen haben, denn in ihrem Albtraum waren Cliff Edding und Arvid Larsson zu einer Person verschmolzen, die ihr mehrere Droh-SMS geschickt und sie dann die Straße zu einem Parkplatz hinuntergejagt hatte, wo es ihr in letzter Sekunde gelungen war, sich ins Auto zu retten und die Tür zu verriegeln. Beim Losfahren hatte sie einen silberfarbenen Audi gesehen, der sie verfolgte und schließlich dicht neben ihr fuhr. In dem Moment, als die Scheibe heruntergekurbelt wurde, war sie aufgewacht.

Tess wünschte sich, sie hätte im Traum bleiben können, um zu sehen, wie er endete. Es würde ihr schwerfallen, jetzt wieder einzuschlafen, und so stellte sie die Füße wieder auf den kalten Holzdielenboden. Zum ersten Mal nach dem langen Sommer kam es ihr hier drinnen etwas kühl vor, und die Treppe knarrte, als sie hinunterging.

Vom Meer drang ein schwaches Rauschen zu ihr herein. Es hatte aufgehört zu regnen, und zwischen den Bäumen zeichnete sich der Halbmond scharf ab, der über dem schwarzen Meer hing. Wolken zogen über den dunklen Oktoberhimmel.

Tess blieb am Fenster stehen. Ihr wollte das Foto nicht aus dem Kopf, dass Cliff Edding von sich in Höllviken gepostet hatte.

Sie musste an Maries Worte denken, dass wahrscheinlich alles noch schlimmer werden würde, wenn Sandra es ihm erzählte. Wahrscheinlich wusste er bereits, dass Sandra schon vor der Trennung eine Beziehung mit einer Frau gehabt hatte. Doch auch wenn sie nicht mehr im neunzehnten Jahrhundert lebten, weckte Homosexualität häufig immer noch primitive Reaktionen, das wusste Tess nur zu gut. Was hinter verschlossenen Türen gesagt und hinter verschlossenen Mündern gedacht wurde, konnte man kaum ändern.

Dass Cliff Edding jetzt versuchte, die Beziehung zwischen Sandra und den Kindern zu zerstören, überraschte Tess nicht. Es war Sandras Schwachstelle. Ob er noch weitergehende Pläne hatte, um sie zu verletzen? Wie weit würde er tatsächlich gehen? Nach all den Jahren in ihrem Beruf wusste Tess, dass die meisten es bei Drohungen beließen und ihre Rachegelüste selten auch auslebten. Doch es gab

Ausnahmen, und nicht immer ließ sich vorhersehen, wer dazuzählte und wer nicht. Sie hatte keine Ahnung, ob Cliff Edding dazugehörte. Doch sein Verhalten und der Ton, den er in seinen Drohungen anschlug, waren alles andere als beruhigend.

Tess schaute auf das halb fertige, nasse Holzdeck der Veranda. Die Handwerker hatten bereits letzte Woche versprochen fertigzuwerden, waren dann aber einfach nicht mehr aufgetaucht. Jetzt befand sich auf der einen Seite ein kleiner Haufen Erde, den sie zuvor nicht bemerkt hatte, und es sah aus, als wären die Bretter bewegt worden. Vielleicht hatten sie sich gestern also doch noch mal hierherbequemt.

Ein dunkles, kompaktes Schweigen lag über dem Haus. Chilli schien zum Glück wieder eingeschlafen zu sein, und Tess selbst brauchte dringend noch ein paar Stunden Schlaf, sonst würde sie den nächsten Tag nicht überstehen.

Sie drehte eine Runde durch alle Zimmer, um zu sehen, ob alles in Ordnung war. Unterwegs zur Treppe hielt sie inne und schaute zur Decke, wartete kurz ab, bis sie das Blinken des Rauchmelders sah.

Donnerstag, 22. Oktober

Tess fuhr rechts ran und seufzte genervt, als sie sah, dass es Adam Wikman war. Er sollte sich doch nicht an sie wenden, wenn es um diese Brände ging. Sie würde noch mal ein ernstes Wörtchen mit dem übereifrigen Polizeimeister reden müssen.

»Es hat heute Nacht einen weiteren Brand gegeben, ein Mann um die vierzig«, erklärte er aufgeregt. »Auch hier sind die Rauchmelder vorher entfernt worden.«

Tess schaute auf die Uhr, sie hatte am Morgen eine Push-Nachricht bekommen, die meldete, dass ein Mann in Tomelilla tot aufgefunden worden sei. Dass es sich dabei um einen Brandmord gehandelt hatte, war dort nicht erwähnt worden.

»Wo bist du?«

»In Tomelilla, am Haus. Kerstin Jacobsson und ich sind gerade angekommen. Sie hat mich gebeten, dich anzurufen, es gibt ein paar Dinge, die sie dir zeigen will.«

Tess war eigentlich mit Marie verabredet, aber relativ früh dran. Tomelilla lag auf dem Weg nach Eljaröd, wo sie sich treffen wollten, um mit Arvid Larsson zu reden. Aber sie konnte vorher kurz vorbeifahren und mit Kerstin Jacobsson reden.

»Ich bin in einer Viertelstunde bei euch.«

Nach der schlaflosen Nacht mit einem kotzenden Hund tat ihr alles weh, und diese Müdigkeit verstärkte noch ihren

Ärger darüber, dass sie ausrücken musste, um bei der Ermittlung zu den Brandmorden zu helfen. Sie hoffte inständig auf eine baldige Aufklärung, damit sie sich wieder dem Fall Jenny widmen konnte.

Sie gab die Adresse ins Navi ihres Handys ein und stellte fest, dass Marie sich immer noch nicht zurückgemeldet hatte, obwohl sie an diesem Morgen mehrfach versucht hatte, sie zu erreichen, um einen genauen Treffpunkt zu vereinbaren.

Chilli lag erschöpft auf der Rückbank. Obwohl er sich schon seit Stunden nicht mehr übergeben hatte, wagte sie nicht, ihn allein zu Hause zu lassen. Sie hatte ihn noch nie so elend gesehen.

Tess erreichte Tomelilla und fuhr zu der angegebenen Adresse, die neben einer Wertstoffsammelstelle lag. Beim Aussteigen war sie überrascht, wie wenig dem schlichten Haus von dem Brand anzusehen war. Bis auf etwas Ruß und ein zerborstenes Fenster im Giebel sah alles erstaunlich normal aus. Es war längst nicht so zerstört wie bei Linn Andrén in Smedstorp.

Sie ließ Chilli im Auto. Typischer Brandgeruch schlug ihr entgegen. Es biss in der Nase, roch nach feuchtem Ruß und verbranntem Plastik.

Von den Feldern hinterm Haus wehte ein frischer Wind herüber, und nach dem anhaltenden Regen am letzten Abend tropfte es von den Bäumen. Kerstin Jacobsson tauchte hinter dem Wagen der Kriminaltechnik auf und winkte ihr, damit sie ihr ins Haus folgte.

»Schön, dass du kommen konntest«, sagte sie. »Der Brand hat aufgehört, bevor er sich auf das Obergeschoss ausweiten konnte. Diesen Teil haben sie bereits untersucht, wir können also in den Flur.«

Auf dem Boden lag eine Plane, und neben der Holztreppe, die nach oben führte, knieten mehrere Kriminaltechniker. Vor einer Tür etwas weiter drinnen war eine Stelle auf dem Boden markiert.

»Sie haben ihn in dem Schrank dort gefunden, es sah aus, als hätte er einen Schlag auf den Kopf bekommen, was die Todesursache gewesen sein könnte. Die Obduktion ist aber noch nicht abgeschlossen.«

Tess betrachtete die Schranktür.

»Um wen handelt es sich?«

»David Gabès, Physiotherapeut mit eigener Praxis hier in Tomelilla. Ursprünglich aus Tunesien, aber er lebt schon viele Jahre hier. Seine Frau ist mit den Kindern verreist, zu Besuch bei einer Freundin. Ihr erster Gedanke war, es könnte eine rassistische Tat gewesen sein. Vor ein paar Jahren ist er wohl schon einmal von Neonazis angegriffen worden.«

Kerstin Jacobsson legte eine Hand auf Tess' Arm.

»Aber wir haben keinen Hinweis darauf gefunden. Dafür das.«

Sie deutete den Flur hinunter.

»Erinnerst du dich an die Notizen, die Arvid Larsson sich in seinem Buch gemacht hatte und die man vor Gericht gegen ihn verwenden wollte?«

Tess konnte sich noch gut an die seltsamen Diagramme, Pfeile und Ziffern erinnern.

»Ich musste sofort an ihn denken, als ich das hier gesehen habe.«

Sie zeigte zur Treppe, und als Tess sich vorbeugte, sah sie eine große rote Fünf an der Wand.

»Was ist das?«

»Tja, das fragen wir uns auch. Klar, man kann sich auch selbst eine Zahl an die Wand malen, aber es ist doch eher ungewöhnlich. Und laut der Ehefrau ist sie vorher auch nicht dagewesen.«

Die rote Ziffer war mindestens einen Meter hoch und schien mit einer Art Graffitifarbe aufgesprüht worden zu sein. Ein bisschen eckig, als hätte die Person es eilig gehabt.

Kerstin Jacobsson drehte sich zu ihr um.

»Das ist aber noch nicht alles. Wir haben ähnliche Ziffern in zwei der anderen Häuser gefunden.«

Tess versuchte zu erfassen, was das bedeutete.

»Sowohl in Vitemölla als auch in Smedstorp. Komm, ich zeig es dir.«

Sie gingen hinaus und zu den Autos, wo Kerstin ihr auf dem Handy ein paar Fotos zeigte.

»Die Techniker haben gestern noch einmal eine gründlichere Untersuchung von Linn Andréns Haus durchgeführt. Und da haben sie das hier auf der Rückseite entdeckt.«

Tess starrte das Foto an. Auf einer Tür, die vermutlich zum Keller führte, sah sie etwas Rotes durch den Ruß schimmern.

»Es ist auf dem Foto nicht gut zu erkennen, und die Farbe ist teilweise auch geschmolzen, aber die Techniker meinen, es könnte sich um eine Sechs handeln. Und heute früh sind wir noch mal zu Andreas Mooses Haus in Vitemölla gefahren und haben das hier entdeckt.«

Kerstin Jacobsson zeigte ihr das nächste Foto.

»Diesmal war sie versteckter. Wir haben sie auf der Rückwand des Hauses entdeckt, neben dem Gartenschlauch, wie du siehst.«

Tess schaute hin. Eine etwas unansehnliche, aber doch ziemlich große Acht im selben Stil, mit roter Graffitifarbe auf die weiße Holzwand gesprüht.

»Noch mal nach Löderup zu fahren, wo der zweite Brand stattgefunden hat, lohnt sich nicht. Das Haus ist bis auf die Grundmauern abgebrannt. Sollte es da auch eine Zahl gegeben haben, ist davon jetzt nichts mehr übrig. Aber dieselbe rote Farbe in drei der Häuser und noch dazu die entfernten Rauchmelder – das kann doch kein Zufall sein, oder? Was zur Hölle bedeutet das?«

Tess schüttelte den Kopf. Etwas Ähnliches hatte sie noch nie erlebt.

»Und noch immer keine Verbindung zwischen den Opfern?«

»Nein, bisher deutet nichts darauf hin, dass sie sich gekannt haben. Aber wir müssen das natürlich genauer prüfen.«

Tess schaute zum Haus. Konnte es das irre Werk Arvid Larssons sein? Und wenn ja: Welche Verbindung gab es zwischen den Opfern und ihm?

»Könnt ihr versuchen, die Ziffern sowie die Rauchmelder noch eine Weile aus den Medien zu halten?«

»Ja«, sagte Kerstin, »wir versuchen es. Aber je mehr Leute davon hören, desto größer das Risiko, dass es herauskommt. Und natürlich würde das Panik auslösen.«

Tess sah auf die Uhr. Sie musste los, um Marie zu treffen. Als sie gerade einsteigen wollte, kam Adam Wikman aus dem Haus gelaufen.

»Chefin! Ich hab da noch was.«

Tess überlegte, ob er sie oder Kerstin meinte. Bei ihnen angekommen, warf er sich das dunkle Haar aus der Stirn und hielt ihnen sein Handy hin.

»Ich habe mit Linn Andréns Freundinnen gesprochen. Anscheinend hatte sie ein Date an dem Abend, an dem sie gestorben ist. Dieses Foto hat sie einer ihrer Freundinnen geschickt.«

Das Bild zeigte einen Mann von hinten. Dunkel, fast schwarzhaarig. Möglicherweise zurückgegeltes Haar, das war nicht zu erkennen. Der Farbe und Fülle des Haares nach war er wohl relativ jung. Jedenfalls sah es nicht so aus, als würde es sich um Arvid Larsson handeln, da war Tess sich sicher.

»Hat sie etwas dazu geschrieben?«

»›Hab mich heute mit dieser Sahneschnitte getroffen‹. Danach nichts mehr. Aber es ist schon ein bisschen seltsam, dass er sich nicht bei uns gemeldet hat, oder? Wenn du ein Date mit jemandem gehabt hättest, der später in der Nacht bei einem Brand ums Leben gekommen ist, dann hättest du dich doch wahrscheinlich bei der Polizei gemeldet, oder?«

»Schon«, sagte Tess, »aber vielleicht weiß er gar nicht, was passiert ist, der Name ist ja nicht an die Presse gegangen. Das könnte man jetzt aber natürlich machen, und dann sagen wir, dass wir jemanden suchen, der sie am Abend vor dem Brand getroffen hat. Nimm mal Kontakt mit Westford auf.«

Anschließend entschuldigte sich Tess, sie müsse los, um rechtzeitig bei Arvid Larsson zu sein.

»Ich kann mitkommen, Chefin«, sagte Wikman und strich sich das Haar zurück.

»Du bist hier am meisten von Nutzen«, sagte Tess. »Marie ist bereits vor Ort.«

Wikman nickte und ging mit hängendem Kopf zum Haus zurück.

Tess wandte sich Kerstin Jacobsson zu.

»Hoffe, er benimmt sich?«

»Auf jeden Fall, er hilft uns sehr. Er ist ganz schön … ja, ehrgeizig.«

Tess lächelte und schüttelte den Kopf. An Ehrgeiz mangelte es ihm wahrlich nicht.

Tess stieg ein und versuchte noch einmal Marie Erling anzurufen – ohne Erfolg. Seltsam, Marie rief normalerweise immer zurück, wenn sie sah, dass Tess angerufen hatte.

Auf dem Weg nach Eljaröd musste sie immer noch über die Zahlen nachdenken.

Ein Täter, der eine eindeutige Signatur hinterließ. Was wohl Carsten Morris dazu sagen würde?

Sie konnte seine Stimme förmlich hören. Er würde darüber dozieren, dass solche Signaturen für ein bestimmtes Verhaltensmuster stehen können, vor allem aber seien sie ein Ritual, das für die Tat von psychologischer, nicht aber von praktischer Bedeutung sei.

Morris konnte ihr sicherlich einen ganzen Vortrag darüber halten. Doch sie wollte die Dienste des berühmten Profilers lieber für ihre eigenen Fälle in Anspruch nehmen. Sobald sie in den Jenny-Ermittlungen weiterkamen, konnte es sehr gut sein, dass sie ein Täterprofil brauchten, und dann war Carsten Morris ihr erster Ansprechpartner.

Wie Arvid Larsson wohl reagieren würde, wenn sie und Marie unangemeldet bei ihm auftauchten? Er war weiß Gott nicht der Typ, der Spontanbesuche zu schätzen wusste, vermutlich hatte er am liebsten überhaupt keine Gäste. Würde sie es ertragen, diesem Pyromanen noch einmal zu begegnen? In all den Jahren als Mordermittlerin hatte sie mit einer Reihe seltsamer Typen zu tun gehabt. Es war nicht ungewöhnlich, dass sie versuchten, die Personen, die die Vernehmung leiteten, psychisch unter Druck zu setzen. Der dänische Valby-Mann, der vor ein paar Jahren in Schonen gewütet hatte und bei dem später eine Verbindung zum Annika-Fall deutlich geworden war, hatte versucht, sie durch verschiedene Provokationen aus dem Gleichgewicht zu bringen. Am Ende hatte er sie sogar in ihrer Wohnung in Västra Hamnen aufgesucht und erst ihre damalige Freundin Eleni und dann sie selbst überfallen.

Irgendetwas an Arvid Larsson weckte bei ihr tiefstes Unbehagen. Er war ein typischer Psychopath, und sie bezweifelte nicht, dass sein Interesse für sie neu erwachen würde, vielleicht würde er sie sogar verfolgen.

Sie fuhr durch Skåne-Tranås und ging vom Gas. Als sie ein Caféschild entdeckte, fiel ihr wieder ein, was damals im Vernehmungsraum als Einziges funktioniert hatte, um Arvid Larsson zum Reden zu bringen: Kaffee. Sie bog auf den Parkplatz vor Madame Blå ab, einer Crêperie in einem typischen weißen Schonen-Haus, und stellte erleichtert fest, dass sie geöffnet hatte. Hier würde sie richtig guten Kaffee bekommen, mit dem sie ihn bestechen konnte.

Tess erinnerte sich, wie wütend er bei einer der Vernehmungen geworden war, wie er seinen Kaffeebecher zu Boden geschleudert und einen langen Monolog über den furchtbaren Kaffee gehalten hatte, der ihm in der Untersuchungshaft zugemutet wurde. Anschließend hatte sie ihm immer Kaffee von draußen mitgebracht, was sich sehr positiv auf seine Gesprächsbereitschaft ausgewirkt hatte.

Wenige Minuten später war Tess in Eljaröd. Die Häuser standen dicht gedrängt zu beiden Seiten der schmalen Straße. Auf der einen lag die weiße Kirche mit ihrer roten Turmspitze, auf der anderen ging es zum Freibad hinunter. Während der Fahrt hatte Tess noch einmal versucht, Marie zu erreichen, wieder ohne Erfolg.

Sie kam an einem leerstehenden Gebäude vorbei, wahrscheinlich ein ehemaliger Laden. Als sie um die Ecke bog, entdeckte sie Maries Dienstwagen. Warum hatte sie sich hier hingestellt, und warum ging sie nicht an ihr Handy?

Tess öffnete die Tür und hatte Mühe, Chilli aus dem Auto zu bekommen. Sie ging zu Maries Wagen hinüber. Als sie hineinschaute, sah sie, dass Marie auf dem nach hinten gekurbelten Sitz lag und offenbar fest schlief. Neben ihr stand eine Papiertüte von Burger King, und auf ihrem Bauch lag eine Serviette mit einem Donut. Tess klopfte ans Fenster, doch Marie reagierte nicht. Erst beim zweiten Mal setzte sie sich auf und starrte Tess an, bevor sie die Tür entriegelte.

»Was machst du denn hier?«, fragte sie verwirrt.

»Das müsste ich wohl eher dich fragen.« Tess öffnete die hintere Tür und befahl Chilli, hineinzuspringen. Marie warf ihm einen skeptischen Blick zu.

»Er war krank, ich wollte ihn nicht alleine lassen«, sagte Tess und setzte sich zu ihr nach vorn.

Marie rieb sich mit den Händen über das Gesicht.

»Ich bin total kaputt, musste mich kurz einen Moment ausruhen.«

»Ist was passiert? Ich habe dich angerufen, aber du bist nicht drangegangen.«

Marie wich ihrem Blick aus.

»Ich war die ganze Nacht unterwegs. Aber nicht so, wie du vielleicht denkst, überhaupt nicht.«

Sie senkte die Stimme, und Tess sah, dass ihre Unterlippe zitterte. So hatte sie Marie noch nie erlebt.

»Es ist wegen Olivia.«

»Deiner kleinen Schwester?«

»Ja, der Nachzüglerin, sie …«

Tränen liefen über Maries Wangen. Das war das zweite Mal, dass Tess sie in ihren gemeinsamen Dienstjahren weinen sah. Das erste Mal hatte sie nach der Trennung von ihrem Mann geweint, als sie ihr gestanden hatte, sie allein sei schuld an dem ganzen Elend.

Tess wartete schweigend ab.

»Wir sind die ganze Nacht rumgefahren und haben sie gesucht.« Marie schluchzte. »Aber wir haben sie nicht gefunden.«

Sie wandte sich direkt an Tess.

»Erinnerst du dich an dieses Arschloch, diesen Fixer

Kråke? Sie ist wieder mit ihm zusammen. Tindra, ihre beste Freundin, hat mich gestern auf der Arbeit angerufen und gesagt, dass Olivia jetzt auch mit dem Zeug angefangen hat. Voll auf Tramadol. Tindra hat die beiden vollkommen zugedröhnt auf dem Weg in sein dreckiges Loch am St. Knuts Torg gesehen. Aber als wir geklingelt haben, war niemand da. Also sind wir mehrere Stunden in Tindras Auto rumgefahren und haben alle möglichen furchtbaren Orte abgesucht, an denen Olivia sich seit Neuestem herumtreibt.«

Tess wusste, wie gerne Marie ihre deutlich jüngere Schwester mochte. Und auch, dass Drogen – dicht gefolgt von Pitbullterriern – das Schlimmste waren, was sie sich vorstellen konnte. Vor allem aufgrund ihrer persönlichen Erfahrungen. Ihr jüngerer Bruder war erst seit wenigen Jahren clean, nachdem er lange heroinabhängig gewesen war.

»Kaum ist Håkan endlich raus, fängt Olivia damit an. Was sind das nur für Scheißgene in dieser Familie! Obwohl meine Mutter es geschafft hat, drei verschiedene, aber gleich hoffnungslose Väter für uns zu finden. Durch und durch verkommen, drogenabhängig und kriminell. Mein Vater hat seinen eigenen Vater um dessen Erspartes betrogen, dabei war es für dessen Beerdigung gedacht. Hat sein Leben lang nur gestohlen und gelogen.«

»Aber du bist nicht so geworden. Du bist Polizistin.«

Marie grinste schief und verdrehte die Augen.

»Ansonsten wäre ich bestimmt auch eine gute Betrügerin, mit einer Freikarte fürs Frauengefängnis Hinseberg geworden. Es gibt mehr Dinge, die mich mit den Insassinnen dort verbinden als von ihnen unterscheiden, glaub mir.«

Sie schwieg.

»Es geht mir echt beschissen.«

»Das verstehe ich. Wir müssen versuchen, eine Lösung zu finden.«

»Wie denn? Sie ist achtzehn. Wenn sie sich mit diesem Scheiß umbringen will, ist das ihr gutes Recht.«

»Es gibt die Möglichkeit einer Zwangseinweisung.«

Marie hob abwehrend die Hand.

»Ich weiß doch, wie das läuft. Bis sie da reinkommt, ist es zu spät. Dieser Typ, mit dem sie zusammen ist, befindet sich bereits im freien Fall, und er zieht alle anderen mit sich.«

Sie biss von ihrem Donut ab. Tess blickte aus dem Fenster.

»Sollen wir uns Arvid Larsson lieber ein andermal vornehmen?«

Sie selbst hätte nichts dagegen, es aufzuschieben.

»Nein, nein«, sagte Marie. »Ich brauche Ablenkung. Habe mich fast schon auf diesen Termin gefreut.«

Tess berichtete von den Ziffern, die nach den Bränden in drei der Häuser gefunden worden waren. Marie deutete zu Arvid Larssons Haus hinüber.

»Klingt fast nach unserem Doktor Feuerteufel, oder?«

Sie schwiegen beide.

»Allerdings passt es nicht so richtig«, sagte Tess, »dass Arvid Larsson es bisher selten auf Privatpersonen abgesehen hatte. Außerdem scheint es keine Verbindungen zu geben, weder zwischen den Opfern untereinander noch zu ihm.«

»Vielleicht hat er sich ja weiterentwickelt«, sagte Marie und biss erneut von ihrem Donut ab.

»Wir müssen behutsam vorgehen. Ich habe gedacht, wir probieren es mit dem Copy-Cat-Trick, behaupten, jemand würde ihn nachahmen. Vielleicht kitzelt das ja sein Ego ein bisschen.«

Marie zeigte auf den Kaffeebecher, den Tess mitgebracht hatte.

»Ist der für mich?!«

»Leider nicht. Ich will versuchen, Doktor Feuerteufel zu bestechen. Letztes Mal hat das geklappt.«

Marie hob die Augenbraue.

»Das ist unfair. Du kaufst kranken Pyromanen guten Kaffee, und deine Kollegin muss sich mit der Burger-King-Plörre begnügen.«

Marie trank einen Schluck aus ihrem Pappbecher und spuckte den Kaffee demonstrativ zum Fenster hinaus.

»Pfui, Teufel!«

Sie startete den Volvo. Tess ließ ihren Wagen stehen, es genügte, dass sie unangemeldet bei Arvid Larsson aufkreuzten. Zwei Autos wären zu viel gewesen. Wenn sie etwas Brauchbares aus ihm herausbekommen wollten, war es wichtig, dass er sich nicht zu sehr unter Druck gesetzt fühlte.

Hinter dem schmutziggrauen Eternithaus, das Arvid Larsson gemietet hatte, erhob sich eine Rauchsäule. Marie und Tess stiegen aus, Chilli ließen sie sicherheitshalber auf der Rückbank liegen.

»Doktor Feuerteufel scheint schon wieder in seinem Element zu sein«, sagte Marie. »Echt schlimm, wie es hier aussieht. Ich begreife nicht, warum Häuser auf dem Land immer so hässlich und heruntergekommen aussehen müssen.«

Tess deutete auf einen Hof in Fachwerkbauweise auf der anderen Seite der Wiese.

»Nicht alle«, sagte sie. »Aber genau das ist doch die von dir so geschätzte Authentizität. Hier wohnen noch richtige Menschen, wie du sie immer nennst.«

»Ja, ja«, sagte Marie. »Jedenfalls besser als die Bademantel-Typen im Spa von Torekov.«

Neben der baufälligen Garage auf Arvid Larssons Grundstück standen drei Autos, von denen keines wirklich fahrtüchtig wirkte. Überall lagen Bierdosen, Plastiktüten, Kartons und Scherben herum. Eine kaputte Hollywoodschaukel quietschte an der Giebelwand.

Als sie um die Hausecke bogen, sahen sie einen Mann mit welligem grauem Haar. Er stand mit dem Rücken zu ihnen an einer Feuertonne und trug eine blaue Fleecejacke und zerschlissene Jeans. Aus einem Fenster des Hauses strömte Countrymusik.

Je näher sie kamen, desto intensiver wurde der Gestank nach Schweiß und Urin, gewürzt mit einem ordentlichen Schluck Brandbeschleuniger.

Marie hielt sich den Arm vor Mund und Nase. Sie hatten abgemacht, dass sie zunächst das Kommando übernehmen sollte und Tess sich im Hintergrund hielt.

Marie steckte sich die Finger in den Mund und pfiff gellend. Der Mann an der Tonne drehte sich um. Tess erkannte die vorstehenden Augen sofort wieder. Sie waren wirklich auffällig, wie Tischtennisbälle mit Punkten darauf.

»Ja, worum geht's?«

Marie hob die Hand und ging auf ihn zu.

»Wir sind von der Polizei in Malmö, wir würden gerne mit Ihnen reden.«

»Von Ihnen hab ich die Schnauze gestrichen voll. Ich habe nichts getan.«

Tess fand, er wirkte nervös, und es sah aus, als hätte er schnell etwas in das Gebüsch hinter der Tonne geworfen. Die riesigen Arbeitshandschuhe waren schwarz vor Ruß.

Sie erinnerte sich nun auch wieder an seinen breiten Dialekt.

»Nein, darum geht es diesmal gar nicht«, sagte Marie beruhigend. »Wir sind wegen etwas ganz anderem hier.«

Bisher schien Larsson Tess noch nicht bemerkt zu haben. Er bückte sich und warf die Reste einer grünlichen Schublade ins Feuer, das heftig prasselte.

Marie deutete auf die Flammen.

»Es brennt, Arvid. Nicht nur in Ihrer Tonne, sondern überall in Österlen.«

»Und was hat das mit mir zu tun?«

»Nichts«, sagte Marie. »Sie sind ja nicht festgenommen.«

Arvid Larsson wandte sich wieder seiner Tonne zu.

»Na, dann ist ja gut. Jede Person, die einer Straftat angeklagt ist, gilt bis zum gesetzlichen Beweis ihrer Schuld als unschuldig. Artikel 6.2 der Europäischen Menschenrechtskonvention.«

Marie schüttelte den Kopf und warf Tess einen Blick zu.

Die Flammen in der Tonne schlugen hoch, und um das imprägnierte Holz sprühten Funken. Tess spürte die Hitze auf ihrem Gesicht. Der Gestank, der aus der Tonne aufstieg, war unerträglich, und sie überlegte, was er wohl hineingeworfen haben mochte.

Arvid Larsson hob den Kopf, als hätte er sie jetzt erst entdeckt. Er starrte sie an. Marie drehte sich um.

»Ja, das ist Tess Hjalmarsson, Chefin bei der Polizei Malmö, Sie kennen sich ja schon. Als wir gehört haben, dass in den Dörfern geredet wird, Sie hätten möglicherweise was mit den Bränden zu tun, hat sie gleich gesagt: Das kann nicht Arvid gewesen sein. So etwas würde er niemals tun.«

Arvid Larsson starrte weiterhin Tess an, dann senkte er den Blick und sagte mit einer etwas freundlicheren Stimme:

»Was wollen Sie dann?«

Tess trat einen Schritt näher.

»Hallo, Arvid. Schön, Sie wiederzusehen. Wir bräuchten Ihre Hilfe, haben Sie kurz Zeit?«

Sie reichte ihm den Kaffeebecher.

»Ist vielleicht schon ein bisschen abgekühlt.«

»Ah, ja.« Er errötete leicht und nahm einen Schluck aus dem Becher. »Um Hilfe hat mich die Polizei noch nie gebeten.«

»Na, dann wird es wohl höchste Zeit, oder?«, sagte Marie.

»Wenn auf See ein Unglück passiert, stehen viele Kluge am Strand«, murmelte Arvid Larsson und stellte seinen Becher auf einem Stuhl neben sich ab.

Tess sah, wie Marie ein paarmal tief in ihren Pulloverärmel atmete, als er sich kurz von ihnen abwandte.

»Ich war immer schon schlecht in Philosophie«, sagte Marie, »aber ich habe gehört, Sie waren sehr erfolgreich in diesem Fach. Sie meinen wahrscheinlich, wir suchen am falschen Ort?«

Arvid Larsson wandte sich wieder seiner Tonne zu, ohne Maries Frage zu beantworten.

Tess fiel seine Gangart auf. Sie hatte sie früher nicht weiter beachtet, während der Vernehmungen und im Gerichtssaal damals hatte er immer gesessen. Seine Arme baumelten hin und her, wenn er ging. Für einen Täter waren solche auffälligen Merkmale immer ungünstig, Zeugen erinnerten sich meist vor allem an Dinge, die herausstachen.

»Was verbrennen Sie da eigentlich?«, fragte Tess. »Es riecht wirklich ziemlich speziell.«

Er drehte sich um und warf ihr einen kurzen Blick zu.

»Bretter und Müll, habe gerade den Schuppen da ausgeräumt«, sagte er und deutete auf ein baufälliges Gebilde etwas weiter weg. »Wahrscheinlich lag aber unten drin noch irgendwas, was der Vorbesitzer verbrannt hat, es hört einfach nicht auf zu stinken.«

»Haben Sie von den Bränden in der Gegend gehört?«

Arvid Larsson stocherte erneut in seiner Tonne.

»Klar, habe ich mitbekommen, dass es hier gebrannt hat. Ich wusste, dass es nur eine Frage der Zeit ist, bis Sie auftauchen und mich deswegen nerven. Ich habe hier schon mehrere Kollegen von Ihnen vorbeifahren sehen.« Er zeigte auf die Straße und spuckte aus. »Nie hat man seine Ruhe. Aber immerhin können sie bestätigen, dass ich mich in den letzten Tagen nicht hier wegbewegt habe.«

Tess schüttelte den Kopf.

»Machen Sie sich nichts draus. Die Kollegen kennen sich

mit dem Fall nicht aus. Wir glauben nämlich, dass es jemand sein könnte, der Sie kopiert.«

Arvid runzelte die Stirn.

»Inwiefern?«

»Indem er versucht, die Verbrechen nachzuahmen, derer Sie verdächtigt wurden. Um die Polizei glauben zu machen, Sie wären das.«

Arvid Larsson lächelte, was seinem schiefen, unproportionierten Gesicht einen merkwürdigen Ausdruck verlieh.

»Ha, wie dämlich, da bringen sie ja zusätzlich auch noch mich gegen sich auf.«

»Ja, Arvid«, mischte Marie sich ein, »es kommt nicht selten vor, dass bestimmte Kriminelle von anderen verehrt werden. Sie schauen zu ihnen auf, wollen versuchen zu beweisen, dass sie genau die gleichen Taten begehen können, so wie sie es in den Zeitungen gelesen haben.«

Arvid schüttelte den Kopf und warf ein weiteres Brett in die Feuertonne.

»Aber ich wurde zu Unrecht verurteilt, ich habe nie etwas getan. Niemand darf mich als Kriminellen bezeichnen.«

»Nein, das wissen wir doch. Aber die, die Sie als Helden betrachten, die wissen es vielleicht nicht.«

Tess trat näher.

»Vielleicht können Sie uns helfen zu verstehen, wie derjenige oder diejenigen ticken?«

Er drehte sich zu ihr um. Tess versuchte das Gefühl zu ignorieren, dass er sie mit seinen vorstehenden Augen von Kopf bis Fuß abtastete.

»Wenn wir also annehmen, Sie werden nachgeahmt«, sagte sie. »Was denken Sie, wäre dann der nächste Schritt? Und was glauben Sie, welche Motive haben sie?«

Arvid fuhr sich mit der Hand über das Gesicht.

»Wahrscheinlich sind sie von der Gesellschaft enttäuscht,

fühlen sich vom System ausgenutzt. Keiner hört ihnen zu, sie bekommen nie eine Chance.«

»Und was macht man in so einem Fall?«

»Man rächt sich natürlich.«

Tess fühlte sich an die Vernehmungen mit ihm vor zehn Jahren erinnert. Die einzige Möglichkeit, Arvid Larsson zum Reden zu bringen war, in hypothetischer Form zu sprechen. Und am besten über andere. Sobald man sich ihm selbst näherte, machte er dicht.

»Man rächt sich«, sagte sie und nickte.

»Ja, man rächt sich an denen, die einen nerven.«

»Und wer könnte das zum Beispiel sein?«

»Alle Möglichen, vom Sozialdienst über das Bildungswesen, die Stadtverwaltung, Betreuer beim Freigang, das Kapital, die Reichen.«

»Auch Einzelpersonen?«

»Das kommt darauf an ...«

»Kommt worauf an?«

»Ob sie in irgendeiner Behörde arbeiten, die einem Stress gemacht hat. Dann würden sie bestimmt auch Rache verdienen. Zumindest würden das diese Personen sicher denken.«

»Was glauben Sie, wie dabei vorgegangen würde? Wäre es nicht wichtig, einen Plan zu haben? Um die Dinge in der richtigen Reihenfolge zu tun?«

Er legte noch einmal Holz nach.

»Planung ist wahrscheinlich das A und O. Man muss einen Schritt nach dem anderen machen, genau berechnen, was wann zu tun ist.«

»Berechnen. Mit Zahlen?«

»Ich habe ja keine Ahnung, wie diese Typen ticken. Die scheinen ja nicht ganz fit zu sein, hier oben.«

Er klopfte sich mit dem Finger an die Stirn.

Tess warf Marie einen Blick zu und sah dabei auf die Uhr, als Zeichen, dass es Zeit war, zum Ende zu kommen. Arvid Larsson stand da, die langen Arme hingen zu beiden Seiten des Körpers herab.

»Wenn ich das getan hätte, dann hätten die, die es getroffen hat, es auf jeden Fall verdient. Und dann hätte ich dafür gesorgt, dass es ordentlich brennt. Aber Ziel und Zweck«, er hob den Zeigefinger, »muss es schon geben.«

Tess begegnete seinem glühenden Blick.

»Als Sie damals verurteilt worden sind, hieß es, Sie hätten Pläne, den Turning Torso anzuzünden. Warum?«

Er schüttelte den Kopf, sah dabei aber amüsiert aus.

»Na, das Gebäude ist doch ein Symbol für das Böse, ein Denkmal, das sich ein paar wenige selbst errichtet haben, um sich unsterblich zu machen und andere den Preis bezahlen zu lassen. Beinahe zwei Milliarden hat das Ding gekostet.«

»Aber wenn man es niederbrennt, dann ist der wirtschaftliche Schaden insgesamt betrachtet doch noch viel größer«, sagte Marie.

Arvid Larssons Gesicht leuchtete förmlich auf.

»Manchmal ist der symbolische Gehalt einer Handlung das Wichtigste.«

Tess merkte, dass es Zeit wurde, Arvid Larsson und seine qualmende Feuertonne zu verlassen. Sie bat ihn sich zu melden, wenn ihm noch etwas einfiel, was ihnen bei den Ermittlungen nützlich sein könnte.

Marie zog rasch einen Stift heraus und schrieb etwas auf ein Stück Papier.

»Das ist Tess Hjalmarssons Nummer, manchmal geht nur ihr Assistent ran, aber da erreichen Sie uns am besten.«

»So, so.«

Er schaute erst auf die Nummer, dann zu Tess.

Sie gingen zu den Autos, und er lief ihnen hinterher.

»Wenn sie die Typen schnappen, die so tun, als wären sie ich, dann richten Sie ihnen doch bitte etwas aus.«

»Was denn?«, fragte Tess und drehte sich um.

»Sie sollen zur Hölle fahren, alle zusammen und jeder einzeln. Sagen Sie ihnen das.«

»Das machen wir, Arvid.«

Sie öffnete die Autotür.

»Alles, was schiefgehen kann, wird auch irgendwann schiefgehen. Oder?«, sagte Arvid.

Tess kannte diesen Ausdruck nicht, auf den er sich offenbar bezog.

»Murphys Gesetz? Sie meinen, sie werden sich irgendwann selbst verraten?«

Arvid Larsson nickte zufrieden.

»Der Kluge lernt aus den Fehlern anderer. Der Dumme aus seinen eigenen.«

Tess atmete tief durch, als sie die Autotüren geschlossen hatten und der Gestank langsam nachließ. Sie fuhr los und sah im Rückspiegel, wie Arvid Larsson ihnen hinterherblickte.

»Er ist nicht dumm«, sagte Marie, »aber völlig irre. Mir schwirrt immer noch der Kopf von seiner Tirade.«

Tess dachte an den Widerwillen und das Unbehagen, das sie vor diesem Besuch empfunden hatte. Jetzt fühlte sie sich seltsam unbeteiligt. Vielleicht weil sie, im Unterschied zu damals, mittlerweile zehn Jahre Berufserfahrung hatte. Im Gegensatz dazu schienen die Jahre im Gefängnis auf Arvid Larsson eher keine größeren Auswirkungen gehabt zu haben. Er gab immer noch denselben Unsinn wie damals von sich, redete in Gleichnissen und benahm sich ausgesprochen seltsam.

Um sicherzugehen, prüfte sie übers Handy die Kennzeichen der Autos, die vor Arvid Larssons Garage standen. Alle drei waren mit einem Fahrverbot belegt. Weitere Autos waren nicht auf seinen Namen angemeldet. Allerdings gehörte Arvid Larsson wahrscheinlich zu den Leuten, denen es egal war, ob sie mit ihrem Auto fahren durften oder nicht.

»Jetzt haben wir zumindest schon mal einen Kontakt hergestellt«, sagte Tess. »Aber wessen Nummer hast du ihm eigentlich aufgeschrieben?«

»Adam Wikmans. Falls Arvid Larsson überhaupt auf die Idee kommt, sich bei uns melden, dann ja wohl kaum, weil er uns was Handfestes zu bieten hat, oder? Dafür bin ich mir einer anderen Sache ziemlich sicher.«

»Was?«

»Dass er in seiner Tonne irgendetwas vor uns verbergen wollte. Dieser furchtbare Gestank kam nicht von Brettern oder altem Gerümpel, selbst wenn es vorher lange vor sich hingegammelt hat.«

Marie hielt kurz inne.

»Ich weiß es nicht, aber er wirkte sehr nervös, als er uns gesehen hat. Irgendeine Scheiße hat er garantiert wieder am Laufen.«

Marie hielt neben dem geschlossenen Geschäft, vor dem Tess geparkt hatte. Sie blieben noch einen Moment sitzen, um ihre Eindrücke zusammenzufassen.

»Gott, was so einer wie der die Gesellschaft kostet«, sagte Marie. »Er muss einer der teuersten Täter Schwedens sein. Was der alles zerstört hat, und dann die ganzen Einsätze und der wahnsinnige bürokratische Aufwand, der nötig war, um ihm überhaupt etwas nachweisen zu können.«

»Ja«, sagte Tess und schaute hinaus. »Und dann all das psychische Leid. Ist dir aufgefallen, dass er am Ende doch gemeint hat, diejenigen ihn imitiert haben, könnten auf Rache aus gewesen sein – und damit indirekt er selbst?«

Marie schnupperte an ihrer Jacke.

»Dieser Gestank wird nicht so schnell wieder rausgehen. Was hatte der bloß in seiner Tonne?«

Tess rief Kerstin Jacobsson an, um ihr von ihrem Treffen mit Arvid zu erzählen.

»Seine ganze Erscheinung wirkt irgendwie verdächtig, wir sollten ihn als Täter nicht ausschließen.«

Sie hörte Kerstin seufzen.

»Entscheidend wird sein, ob wir ihm eine Verbindung zu einem der Opfer nachweisen können. Sieht ja nicht gerade so aus, als hätte er besonders viele soziale Kontakte. Warum sollte einer wie er sich David Gabès vornehmen, unser letztes Opfer?«

»Klingt wirklich eher unwahrscheinlich«, sagte Tess. »Aber er könnte ihn in dem Behandlungszentrum getroffen haben, in dem Linn Andrén gearbeitet hat, weil er eine Überweisung zur Physiotherapie bekommen hat oder was auch immer. Er hat selbst gesagt, dass es Rache gewesen sein könnte.«

Tess erklärte ihr, dass Arvid Larsson behauptet habe, die letzten Tage immer zu Hause gewesen zu sein.

»Er sagte, mehrere Polizeiautos seien bei ihm vorbeigefahren. Vielleicht könnt ihr mal überprüfen, ob ihn die Kollegen zu den Zeiten der Brände gesehen haben.«

Nachdem sie das Gespräch beendet hatte, fragte Marie:

»Und wie kommen wir jetzt am besten raus aus dieser Nummer?«

Tess schüttelte den Kopf.

»Keine Ahnung. Fühlt sich an, als würden wir eher immer tiefer reingezogen.«

Sie öffnete die Autotür.

»Melde dich, wenn du Hilfe brauchst mit Olivia.«

»Danke. Aber ich fürchte, da können nicht einmal wir etwas ausrichten.«

In der Küche war es dunkel geworden. Tess klappte ihren Laptop zu. Sie hatte genug von Arvid Larsson und ging erst mal ins Bad, um Wäsche aufzuhängen. Zweimal hatte sie die Maschine laufen lassen müssen, um den Gestank nach verbranntem Müll aus ihren Sachen zu bekommen.

Kaum war sie wieder in der Küche, drang plötzlich Scheinwerferlicht herein, wahrscheinlich von einem Auto. Die Uhr an der Mikrowelle zeigte 21.37 Uhr. Tess trat ans Fenster, doch das Auto war anscheinend weitergefahren. Sie machte ein paar Lampen an und bemerkte, dass das Licht wieder zu sehen war.

Das Auto wurde langsamer, der Motor verstummte. Ein Baum verstellte Tess die Sicht, als sie sich vorbeugte, um hinauszuschauen. Sie zog sich wieder zurück. Wer kam so spät noch hier vorbei? Mit einem dumpfen Knall schlug draußen eine Autotür zu.

Das Gartentor quietschte. Tess blieb im Flur stehen. Es gab keinen Spion in der Tür, doch durch das schmale bunte Fenster daneben sah sie, wie sich davor ein Schatten bewegte. Chilli saß seltsamerweise ganz still und schaute sie an, ohne zu bellen. Als es dreimal klopfte, griff Tess nach einem metallenen Stiefelknecht, der unter der Garderobe stand. Ihr Bauchgefühl sagte ihr, dass es keine gute Idee war zu öffnen.

Sie leinte Chilli an, schnappte sich ihre Regenjacke und ging zur Verandatür hinaus. Als sie um die Ecke bog und sich der Haustür näherte, erkannte sie die Umrisse eines relativ kleinen Mannes im Profil, im Regenmantel und mit einer Art Hut auf dem Kopf. Der untere Teil des Gesichts war von einer Maske bedeckt.

Tess' schweißnasse Hand umschloss den Stiefelknecht etwas fester, während sie sich der Gestalt näherte. Chilli gab ein Bellen von sich, und der Mann drehte sich um.

Es dauerte einen Moment, bevor sie das Gesicht über der Maske erkannte und ihre Hand sinken ließ.

»Was machst du denn hier?«

Carsten Morris war einer der Letzten, die sie an einem regnerischen Abend wie diesem vor ihrer Haustür erwartet hätte. Seit über einem Jahr hatte sie den dänischen Profiler nicht mehr gesehen.

»Ah, da bist du«, sagte er und schien hinter seinem Mundschutz zu lächeln. »Ich wollte gerade aufgeben. Können wir reingehen?«

Tess ließ die Schultern ein wenig sinken, dann wurde sie wütend.

»Ist dir klar, dass ich dir den hier beinahe über den Schädel gezogen hätte?«

Sie streckte ihm den Stiefelknecht entgegen.

»Entschuldige. Das wäre sehr ungünstig gewesen, denn wir müssen reden, je eher, desto besser.«

Tess deutete mit dem Daumen zur Rückseite des Hauses.

»Da lang, bitte, die Haustür ist abgeschlossen. Um diese Uhrzeit habe ich keinen Besuch mehr erwartet. Vor allem keinen maskierten Mann.«

Chilli sprang an Carsten Morris hoch und jaulte aufgeregt. Seine Mattigkeit nach dem nächtlichen Erbrechen schien wie weggeblasen.

Morris war, ähnlich wie Marie Erling, mit der er im Übrigen eine Beziehung gehabt hatte, kein großer Hundefreund, und normalerweise hielt Tess Chilli zurück, wenn einer von ihnen in der Nähe war. Aber dieses Mal hielt sie sich raus. Es war noch eine milde Strafe für den Stress, dem Morris sie ausgesetzt hatte.

Ihre nassen Jacken tropften und trieften. Tess hängte sie im Flur auf und zog sich einen Wollpullover über. Carsten Morris nahm auf dem Sofa Platz, behielt den Mundschutz jedoch an.

»Nicht, dass du es verdienst, aber willst du einen Tee?«

»Das wäre nett. Tut mir leid, dass ich hier so reingeplatzt bin. Aber ich konnte nicht länger warten.«

Unter dem Regenmantel trug Morris seine übliche Kluft: leicht ausgestellte Jeans, schwarzes Cordjackett und ein rotweiß kariertes Halstuch. Er sah fitter aus als bei ihrer letzten Begegnung. Seine Haut wirkte gesünder, und sein Haar war weniger strähnig.

Tess schaltete den Wasserkocher an und drehte sich zu ihm um.

»Jedenfalls scheint es dir gut zu gehen.«

Carsten Morris wiegte den Kopf.

»Das ist eine Definitionsfrage für uns empfindliche Seelen. Aber ich mache jedenfalls wieder Sport. Ich boxe.«

Tess grinste. Boxen war so ziemlich der letzte Sport, den sie sich bei Carsten Morris vorstellen konnte. Der Profiler galt als einer der Besten Europas, und er und Tess hatten bei ihren letzten beiden großen Ermittlungserfolgen eng zusammengearbeitet. Morris täuschte sich selten, das Einzige, was ihm manchmal ein Bein stellte, war seine eigene Psyche. Er war bereits in verschiedenen Kliniken gewesen, um gegen seine Tablettensucht anzugehen. Darüber hinaus hatte Morris, im Unterschied zu Tess, ein großes Faible für Serienmörder. Wahrscheinlich hatte es damit zu tun, dass er mehrere Jahre in den USA gelebt und beim FBI gelernt hatte.

Während Tess Teetassen aus dem Schrank holte, beruhigte sie sich allmählich. Sie sah Morris sein Handy zücken und eine Nummer eingeben. Dann sagte er:

»Yes, I'm inside now, call you later.«

Tess stutzte. Sofort setzte sich die Gedankenmühle in Gang. War Morris schon einmal hier gewesen? Hatte das Gartentor neulich deshalb offen gestanden? Und was war mit den Akten, die jemand auf dem Couchtisch verschoben hatte? Aber nein, das konnte sie sich nicht vorstellen.

Mit Tassen und Kanne kehrte sie ins Wohnzimmer zurück.

»Okay, Morris, du hast mir einiges zu erklären. Wer, zum Beispiel, war das gerade?«

Carsten Morris hatte sich nach dem Telefonat den Mundschutz wieder hochgezogen.

»Bitte, setz dich doch erst mal«, murmelte er kaum hörbar und klopfte auf das Sofa.

Tess nahm ihre dampfende Teetasse und setzte sich ihm gegenüber. Sie deutete auf seinen Mundschutz. Sie wusste von seiner Ansteckungsphobie, und so wunderte es sie kein bisschen, dass er damit herumlief.

»Ich sitze mindestens einen Meter fünfzig von dir entfernt, und ich wage zu behaupten, dass ich gesund bin – also von mir aus kannst du den gerne abnehmen.«

Carsten Morris zog den schwarzen Mundschutz unters Kinn. Er schien sich kurz zu sammeln, bevor er loslegte.

»Also, ich arbeite gerade zusammen mit der deutschen Polizei an einem Fall. Einem als außerordentlich wichtig eingestuften Fall, und …« Er zögerte. »Wie soll ich sagen: Er hat eine derart hohe Priorität, dass alle daran Beteiligten strenger Schweigepflicht unterliegen.«

»Dann lass mal hören«, sagte Tess und trank einen Schluck Tee.

»Es geht um einen Fall, mit dem du selbst gerade befasst bist.«

Tess stellte ihre Tasse ab.

»Um welchen?«

Vor ihrem geistigen Auge zogen in rascher Folge die Gesichter von Angehörigen und Opfern vorbei.

»Jenny Ramsvik.«

»Der Jenny-Fall? Wieso, und was sind das für Deutsche?«

Carsten Morris blickte sich um, als wollte er sich vergewissern, dass sie tatsächlich alleine waren.

»Hier hört keiner zu«, sagte Tess. »Hoffe ich doch zumindest?«

Morris schüttelte den Kopf.

»Nein, auch wenn sie das sicher gerne tun würden. Sie sind vom deutschen BKA, Bundeskriminalamt, das kennst du sicher.«

»Ja, klar.«

Tess runzelte die Stirn. Wenn das BKA involviert war, handelte es sich ganz sicher nicht um einen Routinefall. Deutsche fahren doch auch Audi, dachte sie weiter und sah wieder die Ordner zum Jenny-Fall vor sich, die plötzlich ordentlich aufeinandergelegen hatten, als sie neulich nach Hause gekommen war.

Sie erhob sich.

»Sind sie hier gewesen? Sie haben mein Haus durchsucht, oder?«

Morris hob beschwichtigend die Hand.

»Das kann ich mir nicht vorstellen. Aber natürlich sind die Deutschen, wie sie sind, sie haben ihre eigenen Methoden.«

»Dann kannst du es also nicht ausschließen?«

Morris antwortete nicht.

»Sie wollen Einblick in alles Material, was du zum Jenny-Fall hast.«

Tess schwieg. Sie setzte sich wieder. Sah den Gürtel vor sich, ihren Trumpf, von dem sie hoffte, dass er sie weiterbringen würde, wenn sie endlich das Wiederaufnahmeverfahren durchbekamen. Sie musste um jeden Preis verhindern, dass irgendetwas über dieses Beweisstück nach außen drang.

Obwohl Jennys Leiche nie gefunden worden war, wusste man aufgrund von Blut- und anderen Spuren, ziemlich sicher, wo der Mord geschehen war. Und an ebendiesem Ort war neben einem Steinhaufen ein Gürtel sichergestellt worden, von dem man annahm, dass er dem Täter gehörte. Man war sogar überzeugt, dass es sich um die Mordwaffe handelte, und so hoffte Tess, dass es mithilfe der neuen Techniken gelingen würde, DNA oder Fingerabdrücke nachzuweisen.

»Woher wissen die Deutschen …?«

Carsten Morris hob erneut die Hand.

»Frag mich nicht, ich kann dir nicht alles beantworten. Es bringt wirklich nichts, ich bekomme selbst kaum Informationen. Aber es war dein Auftritt im Fernsehen neulich, der das Ganze ins Rollen gebracht hat, wo du erzählt hast, dass ihr euch den Jenny-Fall noch mal vornehmen wollt. Genau deshalb bin ich jetzt also hier. Um dich zur Zusammenarbeit mit den Deutschen zu überreden.«

Tess stand wieder auf. Es war wirklich zu ärgerlich, dass Vivi Brygge sie in der Sendung auf Jenny Ramsvik angesprochen hatte.

»Aber das ist mein Fall, da können sie doch nicht einfach dazwischengrätschen. Und wozu diese Heimlichtuerei? Was läuft da?«

Carsten Morris zog ein paar Blätter aus der Innentasche seines Jacketts und faltete sie auseinander.

Dann legte er ein Bild, das schwarzweiße Phantombild eines Mannes um die vierzig mit hohem Haaransatz und hellen, durchdringend blickenden Augen, auf den Tisch.

»Wer ist das?«, fragte Tess.

»Dieser Mann steht unter Verdacht, in Deutschland mindestens zehn Frauen ermordet zu haben. Wahrscheinlich auch noch weitere in Dänemark sowie höher im Norden, und unter diesen war, wie sie jetzt annehmen, auch Jenny Ramsvik. Die Polizei sucht ihn schon seit Jahren. Was man über ihn weiß, hat man von zwei Opfern, die überlebt haben. Einer jungen Frau, der es gelungen ist zu fliehen, und einer anderen, die er irgendwo abgelegt hat, nachdem er sie in seinem LKW gefoltert hatte.«

»Gefoltert?«

Carsten Morris senkte den Blick und sprach leiser.

»Er ist kein normales Kaliber, wenn man das so sagen darf.«

»Und wieso nehmen sie an, dass Jenny zu seinen Opfern gehört?«

Carsten Morris holte tief Luft.

»Das wirst du schon noch verstehen. Derzeit darf ich dazu nichts sagen.«

»Das ist ja unglaublich, welches Getue darum gemacht wird …«

Tess ging im Wohnzimmer auf und ab, sie vermochte nicht stillzusitzen. Was Morris da gesagt hatte, wühlte sie auf. Sie dachte an Jenny Ramsvik, an deren Mutter, Solveig.

»Wie gesagt, es geht über das Gewöhnliche hinaus«, sagte Morris. »Das kann ich dir versprechen.«

»Irgendwelche DNA?«

»Nein, bisher nicht. Und genau deswegen möchten sie gerne Zugriff auf euer Material haben.«

Carsten Morris blickte auf.

»Es wird sich alles klären, wenn du erst die anderen Ermittler in Kopenhagen kennenlernst.«

Tess schauderte, sie zog sich die Ärmel über die Hände, verschränkte die Arme und stellte sich ans Fenster.

»Sind auch Dänen mit im Boot?«

»Nur ein Ermittler, Morten Jul Knudsen. Bisher hat die dänische Polizei noch kein eigenes Cold-Case-Team, aber er wird wohl bald dafür abgestellt werden. Er würde sich freuen, wenn du mal rüberkommst. Da würdest du dann natürlich auch alles Material zu sehen bekommen, das sie bisher gesammelt haben.«

Tess kannte Morten Jul Knudsen dem Namen nach, war ihm aber nie persönlich begegnet.

»Wie läuft es denn mit euren Laboranalysen?«

Tess musterte ihn forschend. Wusste er etwa von ihren Plänen bezüglich des Gürtels? Laboranalysen gehörten nicht zu den Dingen, die Morris brauchte, um das Profil eines Täters zu erstellen. Es war offensichtlich, dass er im Auftrag anderer unterwegs war.

»Was für Laboranalysen meinst du?«

Morris wedelte mit der Hand, wie um zu zeigen, dass sie dem nicht allzu viel Gewicht beimessen sollte.

»Über die Einzelheiten könnt ihr euch ja unterhalten, wenn ihr euch persönlich trefft. Wann hast du Zeit?«

Sie rieb sich das Gesicht, setzte sich wieder aufs Sofa und spürte, wie die Müdigkeit zurückkehrte.

»Im Moment bin ich für einen anderen Fall abgestellt. Muss ich mich auf weitere Überraschungen gefasst machen?«

Morris spielte mit den Gummibändern seines Mundschutzes, den er inzwischen ganz abgenommen hatte.

»Es könnte weitere Opfer in Schweden gegeben haben. Wir wissen, dass er im Land war, als Jenny verschwand.«

Er stand auf.

Chilli sprang ebenfalls vom Sofa und wollte zu ihm. Tess hielt ihn zurück.

»Du darfst mit niemandem darüber reden. Nicht einmal

mit deinem allernächsten Vorgesetzten«, sagte er, zog sich im Flur die Stiefel wieder an und ging zur Tür.

»Ich lebe mit einer Polizistin zusammen.«

»Ich weiß.«

»Und ich werde selbst entscheiden, was ich zu dem Fall beitrage, wenn es so weit kommt. Ich stelle die Bedingungen, und für den Moment kannst du ihnen ausrichten, dass wir keine neuen technischen Spuren haben, über die wir sie informieren könnten.«

Morris nickte.

»Ich glaube, es wäre gut, wenn ihr euch relativ zeitnah treffen könntet. Es eilt ziemlich.«

Er trat auf die Treppe und drehte sich um.

»Der Arbeitstitel lautet ›Operation Villard‹«, sagt er leise. »Wir glauben, sein erstes Opfer war eine Dänin namens Emilia, die vor zwanzig Jahren in Odense verschwand.«

Tess erinnerte sich an das Foto der jungen Frau. Über ihren Fall war im Laufe der Jahre seitenweise berichtet worden.

Sie blieb auf der Treppe stehen, während Morris zum Auto ging.

Es hatte aufgehört zu regnen. Tess sog den Duft des feuchten Herbstwaldes ein und sah zu, wie die Rücklichter sich in der Dunkelheit entfernten. Das Handy in ihrer Tasche vibrierte. Eine Push-Nachricht von *Kvällsposten*:

GANZ AKTUELL: Schrecklicher Hausbrand kurz vor Simrishamn. Mutter eines Kleinkinds aus dem oberen Stockwerk gesprungen.

Freitag, 23. Oktober

Auf dem Flur vor ihrem Büro sah Tess Adam Wikman vorbeihuschen. In wenigen Minuten wollte die Pressesprecherin der Polizeiregion Süd, Westford, eine kurze Pressekonferenz zum letzten Brandmord geben, dem vierten in Folge. Tess machte sich bereit, sie online zu verfolgen, als sie plötzlich unterbrochen wurde.

»Ihr sitzt aber ganz schön dicht hier drinnen.«

Tess blickte auf. Mia Hansson stand in der Tür und deutete vorwurfsvoll auf ihre Schreibtische. In der anderen Hand hielt sie einen Zettel: »Bitte weiterhin Abstand halten«, den sie an die Tür klebte.

»Zumal ihr bald wieder einen über Sechzigjährigen im Team habt.«

Marie nahm ihre Kopfhörer ab und öffnete eine Flasche Desinfektionsmittel.

»Schon, aber Lundberg müsste jetzt ja Antikörper gebildet haben, wir fühlen uns daher relativ sicher.«

»Niemand ist sicher«, sagte Mia Hansson. »Es ist noch lange nicht vorbei. Ich möchte gerne, dass ihr in den großen Besprechungsraum umzieht, sobald er wieder dabei ist.«

»Wir denken drüber nach«, sagte Tess und gähnte aus Versehen.

Mia Hansson verließ beleidigt das Zimmer.

»Sie hasst Super-Cops«, sagte Marie und setzte den Kopfhörer wieder auf.

Tess richtete den Blick wieder auf ihren Bildschirm, wo die Pressekonferenz gerade begann. Der Brand in der kleinen Gemeinde Gröstorp kurz vor Simrishamn war gegen 22.00 Uhr ausgebrochen. Die Bewohnerin des Hauses sowie ihr Sohn waren ohne schwere Verletzungen davongekommen. Westford erklärte, es gebe Hinweise darauf, dass auch dieser Brand mit den vorhergegangenen zusammenhängen könnte. Mit welchen genau, darauf könne man aus ermittlungstechnischen Gründen nicht eingehen.

Klingt, als hätten sie eine weitere Zahl gefunden, dachte Tess.

Westford bat anschließend die Bevölkerung um Hinweise bezüglich eines Fotos, das man auf dem Handy eines der früheren Opfer gefunden hatte, das Foto eines Mannes, den die Verstorbene wahrscheinlich nur wenige Stunden bevor es bei ihr brannte, getroffen hatte.

Gut, dachte Tess. Westford hatte die Gabe, genau so viel und genau so wenig zu sagen, dass sie die Presse bei Laune hielt. Des Weiteren wusste Tess sehr zu schätzen, dass sie immer auch an die Angehörigen der Opfer dachte, wenn sie mit Medienvertretern sprach. Sie bedauerte deshalb sehr, dass Westford bald in Rente gehen würde.

Im Anschluss an ihr Statement prasselten Fragen der versammelten Reporter auf Westford ein. Die Stimmung war aufgeheizt. Gab es bereits einen Verdächtigen? Ging man davon aus, dass der Täter erneut zuschlagen würde? Was konnte die Bevölkerung tun, um sich zu schützen?

Tess stand auf, um Adam Wikman zu suchen. Eine SMS von Carsten Morris traf ein.

»Schon überlegt? Melde dich, sobald du kommen kannst.«

Die Deutschen mussten ihm ganz schön Druck machen. Tess fühlte sich erschöpft, das Treffen mit dem dänischen Profiler hatte ihr eine weitere Nacht mit wenig Schlaf beschert. In ihrem Traum waren diesmal sie und Jenny Ramsvik von der deutschen Polizei über ein großes Feld gejagt worden. Es war ein absolut unglückliches Zusammentreffen, dass sich eine ausländische Polizeibehörde für den Jenny-Fall zu interessieren begann, während sie und Marie in einem neueren Fall ermitteln mussten.

Adam Wikman saß am Schreibtisch und schälte sich eine Mandarine. Er sah sie unter dem Pony, der ihm in die Stirn gefallen war, an.

»Du hast es wahrscheinlich schon mitbekommen? Es hört nicht auf.«

»Eine weitere Ziffer?«

Er nickte und schob die Schalen beiseite.

»Sie haben vorhin eine Vier auf der Hausrückseite gefunden, und die Rauchmelder waren, genau wie in den anderen Fällen, abgeschraubt. Es ist echt ein ganz spezieller Fall, Chefin, und ich glaube, es ist noch nicht zu Ende.«

Sie sahen einander schweigend an. In diesem Moment war Tess heilfroh über ihren Geniestreich, ihn nach Ystad ausgeliehen zu haben.

»Habt ihr ein Überwachungsteam bei Larsson?«

Wikman klopfte auf sein Handy.

»Ich habe gerade noch mit der Streife gesprochen, die gestern Abend bei seinem Haus unterwegs war. Aber sie waren nicht die ganze Nacht vor Ort, und ausgerechnet als der Brand ausgebrochen ist, war das Haus anscheinend nicht bewacht.«

»Dumm gelaufen«, sagte Tess. »Wer ist die Frau, bei der es gebrannt hat?«

Wikman schaute in seinen Unterlagen nach.

»Betty van Friis. Wohnhaft in Gröstorp, Simrishamn. Sie ist davongekommen, weil sie aus dem Schlafzimmerfenster gesprungen ist, und auch ihr Sohn hat es rechtzeitig nach draußen geschafft. Allerdings gibt es da noch was Seltsames.«

Adam Wikman strich sich das Haar aus der Stirn.

»Als die Frau heute früh befragt worden ist, hat sie gesagt, sie hätte Musik gehört, als der Brand ausbrach.«

»Musik?«

»Ja. Und weißt du, was echt spooky ist?«

Er blickte sie ernst an.

»Der Mann, der beim ersten Brand verletzt wurde, Andreas Moose in Vitemölla, der hat genau dasselbe berichtet. Fuck, oder? Was bedeutet das?«

Tess ging zur Tür.

»Vielleicht haben einfach beide vergessen, die Stereoanlage auszumachen. Das wäre doch die wahrscheinlichste Erklärung.«

Wikman rutschte auf seinem Stuhl hin und her und schüttelte den Kopf.

»Aber sie haben diese Musik auch genau gleich beschrieben. Durchdringend, mit lauten Streichern.«

Tess blieb wie angewurzelt stehen.

»Streicher? Hast du die Vernehmungsprotokolle hier?«

Wikman tippte etwas auf seinem Computer.

»Ja, ich habe gerade das letzte Stück von dem mit Betty van Friis eingegeben. Ich kann sie dir mailen.«

»Danke.« Sie wandte sich erneut zum Gehen.

»Noch was«, sagte Adam Wikman. »Wir bekommen Unmengen von Hinweisen zu dem geheimnisvollen Mann auf dem Foto von Linn Andréns Handy.«

»Irgendwas Brauchbares?«

Er lächelte und schob sein Haar beiseite.

»Nein, vor allem das Übliche. Die Leute scheinen so was geradezu auszunutzen, um Exfreunde anzuschwärzen, die sich ihnen gegenüber fies verhalten haben. Und heute früh hat eine Frau angerufen, die überzeugt war, der Mann auf dem Foto wäre Benjamin Ingrosso. Was meinst du, Chefin, soll ich die Spur weiterverfolgen?«

Tess lachte. Sie wusste genau, was diese Art Fotos in der Presse auslösten.

»Nein, das wäre Zeitverschwendung.«

Sie ging zurück in ihr Büro und las die Mail von Adam Wikman.

Das Haus, in dem Andreas Moose wohnte, ein großes, relativ neues Haus, war zur Hälfte schwer beschädigt worden. Andreas Moose selbst war gerade so mit dem Leben davongekommen. Er hatte schwere Brandverletzungen zweiten und dritten Grades erlitten. Vor allem an den Armen würde er einige Transplantationen über sich ergehen lassen müssen. Da seine Frau beim Brand umgekommen war, hatte es einen ganzen Tag gedauert, bis man ihn hatte vernehmen können, und unmittelbar danach hatte sich sein Zustand so verschlechtert, dass er ins Koma versetzt worden war. Eine weiterführende Befragung war derzeit deshalb nicht möglich.

Tess begann zu lesen:

Andreas Moose wurde von einem Stechen in der Nase geweckt, auch bekam er schlecht Luft. Er konnte nicht sagen, wie viel Uhr es war, aber als er die Augen öffnete, war das Schlafzimmer voller Rauch und stand in Flammen.
Er schrie und versuchte seine Frau zu wecken, die neben ihm im Bett lag. Er bekam sein Handy zu fassen und rief die Feuerwehr. Andreas beschreibt, dass er kaum Luft bekam, es aber schaffte, bis zur Schlafzimmertür zu kriechen. Als er sie öffnete, schlug ihm Rauch entgegen, und er begriff, dass das ganze Haus in Flammen stand. Andreas schloss die Tür wieder, dann hörte er Musik aus dem Erdgeschoss. Durchdringende Streichmusik, die immer lauter wurde.

Er beschreibt die Musik als melancholisch, und sie habe sich ständig wiederholt. Die Hitze im Zimmer machte ihn panisch, und er versuchte immer wieder, seine Frau wachzurütteln. Schließlich zog er sie auf den Boden herunter und zum Fenster.
Als die Feuerwehrleute ihn endlich über die Leiter erreichten, war er bewusstlos. Er kann sich nicht erinnern, was anschließend passierte.

Tess scrollte weiter.

Andreas sagt, er hatte das Gefühl, dass das Feuer oder der Rauch die Musikanlage im Erdgeschoss in Gang gesetzt hätten. Das Stück klang nach einem Achtzigerjahre-Hit. Er erkannte ihn wieder, konnte sich aber nicht an den Titel erinnern.

Tess drückte auf Pause. Was für ein Albtraum. Brände hatten etwas so Schicksalhaftes und Unwiderrufliches. Davon abgesehen, dass sie im schlimmsten Fall Menschenleben kosteten, zerstörten sie auch alle Besitztümer und alles, was die Leute sich aufgebaut hatten.

Von der anderen Seite des Raumes hörte sie Maries Tastatur klappern. Tess kehrte zu ihrem Computer zurück und las das Protokoll der ersten Vernehmung von Betty van Friis aus der Nähe von Simrishamn.

Betty van Friis beschreibt, wie sie früh morgens von Brandgeruch geweckt wurde. Wahrscheinlich hatte es da bereits eine ganze Weile im Haus gebrannt.
Betty befürchtete zunächst, dass ihr fünfjähriger Sohn, der im Zimmer neben ihr im Obergeschoss schlief, aufgestanden wäre und eine Kerze angezündet oder ein Elektrogerät eingeschaltet haben könnte, das dann in Brand geraten war.

Aber die Tür zu seinem Zimmer war geschlossen. Sie lief hin und rüttelte an der Klinke, bekam sie aber nicht auf.
Ihr wurde schwindlig vom Rauch, und sie hörte, wie das Feuer auf der anderen Seite knisterte. Sie rief nach ihrem Sohn Reine, bekam aber keine Antwort.
Die Tür war abgeschlossen oder blockiert, von irgendetwas Schwerem auf der anderen Seite. Sie nahm alle Kraft zusammen, und da hörte sie plötzlich die hohen, durchdringenden Streicher. Erst leise und dann immer lauter. Wieder dachte sie, es könnte ihr Sohn gewesen sein, und schrie seinen Namen. Dann hörte sie ein Wimmern und war sich sicher, dass er das war. Sie schlug gegen die Tür, während der Rauch durch den Spalt unter der Tür quoll.
Dann rannte sie zum Fenster, überlegte es sich aber anders, denn sie dachte, wenn sie rausspringen würde, könnte sie nicht mehr zurück, um ihren Sohn zu retten.
Als das Feuer die Tür durchbrach, warf sie sich auf den Boden, kroch zum Fenster und öffnete es. Dann hörte sie die Sirenen der Feuerwehr, jemand musste die 112 angerufen haben.
Sie sprang aus dem Fenster und landete auf der Wiese, wobei sie sich einen Fuß und ein Handgelenk verstauchte, ansonsten blieb sie unverletzt.
Noch während des Brandes hatte Betty gesehen, dass der Rauchmelder im Zimmer ihres Schlafzimmers abgeschraubt worden war, nur noch das Unterteil war an der Decke befestigt. Die beiden im Erdgeschoss schienen ebenfalls außer Funktion zu sein, sie hatte jedenfalls kein Alarmsignal gehört.

Tess spürte, wie es sie kalt überlief, vom unteren Rücken bis in den Nacken und zum Kopf hinauf.

Sie scrollte weiter, las Bettys Bericht zu Ende, wie sie versucht hatte, hinter den Feuerwehrleuten her ins Haus zu laufen, um ihren Sohn zu retten. Wie man sie zurückhielt, was ihr vermutlich das Leben gerettet hatte.

Die Feuerwehrleute fanden den Jungen nicht. Betty wurde panisch, und man brachte sie ins Krankenhaus. Kurz darauf entdeckten sie den Jungen hinter ein paar Bäumen auf dem Nachbargrundstück.

Tess starrte auf den Bildschirm. Scrollte wieder hoch und las alles noch einmal.

Nachdem sie fertig war, blieb sie sitzen, ihr Blick wie festgefroren. Irgendwann sprang der Bildschirmschoner an, ohne dass sie es bemerkte.

Innerhalb weniger Minuten war sie fünfzehn Jahre in der Zeit zurückgewandert. Zurück zu dem Fall, der der Grund dafür war, dass sie jetzt saß, wo sie saß. Zurück zu dem Brand in dem gelben, zweigeschossigen Haus in Östra Grevie. Dem unfassbaren Versagen der Behörden, das sie seither versuchte, wiedergutzumachen. Sie konnte sich sogar den besonderen Geruch in diesem Haus vergegenwärtigen und an den sonnigen, offenen Garten erinnern. Lena Bergmark, die zunächst als Opfer des Brandes betrachtet worden war, von der sich aber später herausstellte, dass sie ermordet worden war. Erst als der Obduktionsbericht auf dem Tisch lag, wurde man sich der Fehleinschätzung bewusst, denn sie hatte keinen Rauch in der Lunge, also musste sie bereits vor dem Brand tot gewesen sein. Der Brand war anscheinend nur ein Mittel gewesen, um die Spuren zu verwischen. Und als sie endlich begonnen hatten, den Fall als Mordfall zu untersuchen, war es zu spät gewesen. Viel zu spät.

Tess war damals noch relativ neu im Malmöer Ermittlerteam gewesen, es war einer ihrer ersten Fälle. Sie war jung und unerfahren und im Grunde nur an den einleitenden Ermittlungen beteiligt gewesen. Als sie später von dem Verdacht erfuhr, es könnte ein Verbrechen hinter Lena Bergmarks Tod gesteckt haben, hatte sie sich dennoch schuldig gefühlt. Der Fall wurde an ein anderes Team weitergegeben, das sich mit Mordermittlungen befasste, und sie konnte deren hoffnungslose Versuche, den Mörder zu finden, nur von Weitem verfolgen, bis der Fall schließlich ganz zu den Akten gelegt wurde.

Das blaue Muster auf dem Bildschirm nahm die Konturen von Tim Bergmarks Gesicht an, dem Sohn von Lena Bergmark. Ernst begegnete er Tess' Blick.

Ein fünfjähriger Junge hatte seine Mutter verloren, und die einzige Verwandte, die sich um ihn kümmern konnte, war seine Großmutter, die zu dem Zeitpunkt jedoch nach einer Hüftoperation im Krankenhaus lag. Also hatte Tess sich seiner erbarmt, teilweise aufgrund ihrer Schuldgefühle. Aber auch, weil er sich so sehr an sie geklammert hatte, als sie versuchten, ihn zu vernehmen. Es endete damit, dass der Junge beinahe drei Monate bei ihr wohnte. Und erst bei ihr zu Hause in der Wohnung in Slottsstaden hatte er irgendwann zu sprechen angefangen.

»Faszinierend, so ein Bildschirmschoner, oder?«

Tess hatte nicht bemerkt, dass Marie zu ihr herübergekommen war.

»Du siehst aus, als hättest du ein Gespenst gesehen. Was ist los?«

Tess holte tief Luft.

»Guckst du Fußball?«

»Fußball? Nein. Oder doch, manchmal gehe ich zu den Spielen der Frauenmannschaft. Rosengård, Seger und wie sie alle heißen. Wieso fragst du?«

»Mit der Herrenmannschaft des Malmö FF kennst du dich nicht aus?«

»Das kann ich nicht behaupten. Worum geht es?«

Tess erhob sich von ihrem Schreibtischstuhl.

»Bist du heute Nachmittag hier im Büro?«

»Ja. Mein Leben ist nicht so aufregend, dass ich sofort losmüsste. Diese Woche hat Tomas die Kinder, und Olivia scheint sich gerade wieder ein bisschen gefangen zu haben.«

Tess ging zur Tür.

»Gut. Ich hole ein paar Akten aus dem Archiv«, sagte sie. »In der Zwischenzeit kannst du die neuen Vernehmungsprotokolle mit den Brandopfern lesen, ich habe sie dir gerade geschickt.«

Sie fuhr mit dem Fahrstuhl in den Keller und ging zu dem Raum, in dem sie das Material zu den älteren ungelösten Fällen aufbewahrten. Sie wusste genau, in welchem Regal die Lena-Bergmark-Akten standen. Jedes Mal, wenn sie hier unten war, streifte sie sie mit dem Blick, in einer Mischung aus Trauer und Hoffnungslosigkeit.

Sie nahm den eingestaubten ersten Ordner heraus und musterte ihn. Der Bergmark-Fall war einer der wenigen, der noch in Ordnern archiviert war. Schritt für Schritt versuchten sie alles Material zu digitalisieren, aber ausgerechnet bei diesem Fall waren sie noch nicht dazu gekommen. Wie zu allem anderen auch nicht.

Als Tess wieder ins Büro des Cold-Case-Teams kam, saß Marie an ihrem Laptop mit den Hardrockband-Aufklebern und trommelte den Takt zur Musik aus ihrem Kopfhörer.

»Sie müssen sich irgendwie gekannt haben«, sagte sie und nahm einen der Ohrstöpsel heraus. »Kerstin Jacobsson und Adam Wikman müssen irgendetwas übersehen haben, als sie ihren Background gecheckt haben. Irgendjemand ist furchtbar wütend auf die Familien Moose und van Friis und wollte sich rächen. Immerhin ist ihnen fast dasselbe zugestoßen! Beide sind vom Feuer geweckt worden, und beide hören diese laute Streichmusik aus dem Erdgeschoss, bei beiden sind die Rauchmelder entfernt worden, und dann wurden auch noch diese Zahlen an ihre Hauswand gemalt. Das klingt doch vollkommen psycho. So was passiert normalen Menschen nicht.«

Marie verschränkte die Arme vor der Brust.

»Warum muss ich das lesen? Du hast doch nicht vor, mich auch noch nach Ystad auszuleihen? Jöns hat gesagt, sie würden uns erst mal in Ruhe lassen, ich dürfte hierbleiben.«

Das letzte Mal, als Marie an ein anderes Team entliehen worden war, um Makkonen im Kampf gegen die Bandenkriminalität beizustehen, war dies in einer minderen Katastrophe geendet, weil Marie alles getan hatte, um rausgeschmissen zu werden.

»Nein, keine Sorge«, sagte Tess.

Dann legte sie die Akten, die sie aus dem Keller geholt hatte, auf Maries Schreibtisch.

»Wir werden uns in den nächsten Tagen mit diesem Fall hier beschäftigen.«

Marie kniff die Augen zusammen und warf ihr einen prüfenden Blick zu.

»Lena Bergmark? Deine Achillesferse?«

Tess verzog das Gesicht.

»So kann man es auch sehen. Ich behaupte nicht, dass es eine Verbindung zum Fall gibt. Aber ich möchte gerne, dass du dir einen Bericht durchliest, den ich damals vor fünfzehn Jahren über den Jungen geschrieben habe, Lenas Sohn. Darüber wie er den Brand von seinem Versteck in der Küche aus erlebt hat.«

Marie hob die Augenbrauen und nickte.

»Tim, der eine Weile bei dir gelebt hat und später zum Nachwuchstalent in der Juniorenmannschaft vom Malmö FF geworden ist? Jetzt verstehe ich, warum du mich gerade nach Fußball gefragt hast.«

Tess nahm einen Ordner vom Stapel und drückte ihn ihr in die Hand.

»Bis ich mir im Klaren darüber bin, wie wir damit verfahren, bleibt das bitte unter uns.«

Sie setzte sich an ihren Laptop und ging auf Tim Bergmarks Facebook-Seite. Vor einigen Jahren hatte er ihr eine Freundschaftsanfrage geschickt, die sie mit ja beantwortet hatte. Tim schien jedoch seit mehreren Monaten nicht mehr auf der Seite aktiv gewesen zu sein. Auf dem letzten Foto posierte er im Mannschaftstrikot von Ajax Amsterdam neben dem niederländischen Trainer.

Tess meinte sich zu erinnern, dass Tim vor relativ kurzer Zeit einen Vertrag bei der niederländischen Mannschaft unterschrieben hatte, demselben Club, in dem auch Zlatan

Ibrahimović seine Profikarriere begonnen hatte. Als sie ihn googelte, stellte sie jedoch fest, dass in letzter Zeit nur noch wenig über ihn berichtet wurde. Den wenigen Artikeln, die sie fand, entnahm sie, dass Tim seit einem guten Jahr in den Niederlanden spielen sollte. Dazu ein Ausschnitt, in dem seine für den Gegner gefährlichen Freistöße als Mittelfeldspieler beim Malmö FF gelobt wurden. In einer Notiz in *Sydsvenskan* aus dem Frühjahr las sie jedoch, dass er aufgrund einer Verletzung bei den letzten Spielen auf der Bank gesessen hatte.

Tess zoomte Tims Gesicht heran. Seltsamerweise sah sie immer noch den Fünfjährigen in ihm, egal wie erwachsen er auf den Fotos aussah. Und neben ihm sah sie unweigerlich den abgeliebten Teddybär, den er damals immer mit sich rumgeschleppt hatte. Sein Fell war so abgewetzt gewesen, dass man kaum noch erkennen konnte, um was für ein Tier es sich handelte. Tess versuchte sich zu erinnern, wie er geheißen hatte. Irgendetwas Amerikanisches jedenfalls.

Es war bereits gegen vier, und Tess und Marie saßen immer noch im Büro. Tess schaute zu den Bäumen auf der anderen Straßenseite hinüber. Marie nahm ihre Ohrstöpsel heraus und richtete sich auf.

»Also hat auch Tim Bergmark Musik gehört? Bei dem Brand, bei dem seine Mutter ums Leben gekommen ist? Das hast du mir nie erzählt.«

Tess stand auf und schloss die Tür zum Flur.

»Wir hatten bisher ja auch noch gar keine Gelegenheit, in Ruhe über den Fall Lena Bergmark zu sprechen. Er lag lediglich auf meinem eigenen Zukunftsstapel. Ich hätte längst damit anfangen müssen, aber ich wusste nie, wo ich ansetzen sollte, es gab nichts Konkretes, dem ich hätte nachgehen können.«

Marie las laut aus dem Protokoll der Vernehmung vor,

das Tess damals mit Tim geführt und zu den unvollständigen Ermittlungsakten gelegt hatte.

»Tim Bergmark beschreibt die Musik als Synthesizer-Klänge, ›schnelle Melodien, ein bisschen wie Geigen, aber Popmusik‹. Er erkannte das Stück nicht, glaubte aber damals, dass es aus dem Schlafzimmer seiner Mutter gekommen war, wo eine Stereoanlage stand.«

Marie blickte von der Akte auf.

»Das klingt fast genauso, wie diese Betty aus Simrishamn die Musik beschrieben hat.«

»Lies weiter«, sagte Tess und nickte.

»Er hörte die Musik ganz deutlich, obwohl das Feuer knisterte und von oben ein Poltern zu hören war. Die ganze Zeit saß er zusammengekauert in einem Zwischenraum neben der Spüle, wo er sich, nach eigener Aussage, ›vor dem Feuer versteckte‹. Er hatte versucht zum Zimmer seiner Mutter zu kommen, aber ›Es war so voll Feuer, dass er wieder runterrennen musste, um nicht selbst in Brand zu geraten‹. Er berichtet, dass er ›Teile des Betts‹ gesehen habe, und er meint auch gesehen zu haben, dass ein Arm seiner Mutter aus dem Bett hing.«

»Mann, geht einem das an die Nieren«, sagte Marie und blickte erneut auf. »Aber was bedeutet das für uns?«

Tess hob die Schultern.

»Ja, was bedeutet das? Wir scheinen es mit einer Person zu tun zu haben, die Musik anmacht, nachdem sie das Feuer gelegt hat, in dem ihre Opfer sterben. Und dazu haben wir einen ungelösten Fall, bei dem ein kleiner Junge vor fünfzehn Jahren nur wenige Kilometer von Österlen entfernt genau dasselbe erlebt hat. Was, wenn sich herausstellt, dass zwei ungelöste Fälle in Wirklichkeit einer sind, der noch dazu mit den aktuellen Bränden zu tun hat? Wenn es Arvid Larsson war, der Lena Bergmark getötet und dann ihr Haus in Brand gesteckt hat? Wir wissen, dass er in der Nähe wohnte, als es passiert ist, und dass das nur wenige Jahre vor dem Beginn seiner Karriere als Pyromane gewesen ist.«

Marie ließ sich auf ihrem Stuhl zurückkippen.

»Wer waren denn die Hauptverdächtigen bei dem Mord an Lena Bergmark?«

Tess zog ein Foto des abgebrannten Hauses heraus. Da man zunächst davon ausgegangen war, dass es sich um einen Unfall handelte, hatte man sich kaum bemüht, irgendwelche Spuren zu sichern.

»Das Haus war bereits ausgeräumt, als sich bei der Obduktion herausstellte, dass sie vor dem Brand gestorben und vermutlich erstickt worden war. Die genaue Todesursache wurde niemals aufgeklärt. Wo hätte man auch anfangen sollen? Sie hatte eine Beziehung mit einem Mann, Bosse hieß der, aber mit dem hatte sie ein paar Monate vor dem Brand Schluss gemacht. Als klar war, dass sie ermordet worden war, geriet er natürlich ins Visier der Ermittler. Außerdem hatten Nachbarn einen Mann gesehen, der mit seinem Fahrrad neben einem Baum gestanden und das Haus beobachtet hatte. Das waren die beiden Hauptspuren, denen die Kollegen damals nachgegangen sind.«

Tess legte das Foto wieder zurück.

»Und wie lief es mit dem abservierten Liebhaber, Bosse? Hatte er ein Alibi?«

»Nein. Er stritt es rundheraus ab, und es gab nichts, womit man ihm hätte nachweisen können, dass er zur Tatzeit vor Ort gewesen war. Und ohne Sachbeweise hat man dann natürlich gar nichts in der Hand.«

Tess schob die Mappe mit den Fotos beiseite.

»Aber wir haben noch einen Trumpf im Ärmel: Lundberg war an der Mordermittlung beteiligt, also in der kurzen Zeit, in der man tatsächlich versucht hat, den Tathergang nachzuvollziehen. Ich werde ihn herbitten, sodass wir alles noch mal gemeinsam durchgehen können.«

»Gerne«, sagte Marie, »dann können wir uns endlich wieder mit einem richtigen Fall beschäftigen. Und Jenny Ramsvik legen wir dann erst mal wieder zu den Akten?«

Es tat Tess in der Seele weh. Sie versuchte das Bild von Solveig Ramsvik an ihrem Küchentisch in Baskemölla zu verdrängen, und ebenso Carsten Morris und die deutsche Polizei. Wenn sie sich entscheiden musste, welchem Fall sie Priorität einräumte, fühlte es sich jedes Mal an, als entscheide sie über Menschenleben. Welches war mehr wert? Normalerweise ging sie danach, bei welchem Fall die größeren Erfolgschancen bestanden, was nahezu immer an das Vorhandensein von Sachbeweisen gebunden war. Weder im Lena-Bergmark-Fall noch in dem von Jenny Ramsvik hatte sie eine richtig heiße Spur. Und auch wenn vieles darauf hindeutete, dass im Fall von Jenny Ramsvik der Falsche festgenommen worden war, hatte es zumindest eine ordentliche Ermittlung gegeben.

Der Mörder von Lena Bergmark war viel zu leicht davongekommen. Während der fünfzehn Jahre, die seitdem vergangen waren, war er vielleicht noch nicht einmal vernommen worden.

»Tim und seine Mutter haben es verdient, dass wir uns den Fall noch einmal ansehen. Das ist das Mindeste, was wir für sie tun können. Wenn es darüber hinaus auch noch Licht in die aktuellen Fälle bringt, umso besser.«

Sie nahm ein Foto von Lena Bergmark aus der Mappe, ging zur Tafel und hängte es auf.

»Nur ein paar Tage, wir durchforsten die Bergmark-Akte und schauen, ob wir dort irgendetwas finden, was die Parallelen zu den aktuellen Bränden stärkt. Und diesen Bosse sollten wir uns auch noch mal vornehmen. Was macht der eigentlich jetzt?«

»Und was ist mit Tim?«, fragte Marie.

»Ich versuche ihn so schnell wie möglich zu erreichen, bevor er es von jemand anderem erfährt.«

Sie sah die abgrundtiefe Schwärze seines Blickes vor sich, erinnerte sich, wie sie damals alles getan hatte, um zu ihm vorzudringen und etwas aus ihm herauszulocken.

»Wann hattest du zuletzt mit ihm Kontakt?«

Tess schüttelte den Kopf.

»Ich habe ihn ein paarmal zufällig in der Stadt getroffen, aber das ist jetzt sicher auch schon wieder ein paar Jahre her.«

Tess hatte ihn damals sehr ins Herz geschlossen. Er hatte nachts immer neben ihr geschlafen, und in den gut drei Monaten hatte sie überwiegend von zu Hause aus gearbeitet, um sich wirklich um ihn kümmern zu können.

Irgendwann hatten die Kollegen ihr gesagt, sie müsse loslassen. Und sie sah selbst ein, dass es nur umso schwerer würde, je länger sie ihn bei sich behielt. Sobald seine Großmutter aus dem Krankenhaus entlassen worden war, war er bei ihr eingezogen. Tess hatte ihn noch lange vermisst.

Hatte sie unrecht daran getan, sich so plötzlich von ihm zurückzuziehen? Vielleicht hätte er sie noch länger gebraucht? Diese Frage hatte sie unmittelbar nach dem Fall noch einige Jahre lang beschäftigt. Sie hatte gemerkt, wie enttäuscht er gewesen war, und als sie ihn zum ersten Mal bei seiner Großmutter in Malmö besuchte, hatte er sie vollkommen ignoriert. Sie war sich ziemlich sicher, dass das seine Art gewesen war, sie zu bestrafen. Als sich auch später daran nichts änderte, hatte sie ihre Besuche als sinnlos empfunden und irgendwann damit aufgehört.

»Du mochtest den Jungen, oder?« Marie suchte ihren Blick.

»Es war schwierig, ihn nicht zu mögen, aber ich habe

tatsächlich versucht, eine innere Distanz zu bewahren. Ein mutterloses Kind von fünf Jahren, das nicht viele andere Leute auf der Welt und noch dazu so ein Trauma hat. Es hat damals zwei Monate gedauert, bis er endlich den Mund aufgemacht hat.«

Marie legte die Papiere beiseite.

»Nicht ungewöhnlich, dass traumatisierte Kinder erst mal nicht sprechen.«

»Nein«, sagte Tess, »und wir haben natürlich auch alle möglichen Experten hinzugezogen und mehrere Psychologen aufgesucht. Aber als ich gemerkt habe, wie schlecht es ihm mit diesem Druck ging, haben wir ihn einfach gelassen.«

»Und am Ende hat er doch gesprochen?«

Tess lehnte sich auf ihrem Stuhl zurück und schlug die Beine übereinander.

»Es war ein Versuch, aber er ist geglückt. Er hatte irgendwann angefangen, sich mit mir in einer eigenen Zeichensprache zu verständigen. Zu Beginn habe ich mich darauf eingelassen, aber auf Dauer ließ sich das nicht durchhalten. Es war, als würde ich den ganzen Tag Rätsel lösen. Tim mochte Eis, also malte er ein Waffelhörnchen in die Luft und leckte daran. Irgendwann habe ich dann so getan, als würde ich ihn nicht mehr verstehen. Da wurde er furchtbar wütend, stellte sich neben den Esstisch und brüllte: ›Ich will Eis.‹«

»Ganz schön schlau. Mensch, Hjalmarsson, du bist ein Genie! Und danach hat er weiter gesprochen?«

»Ja, aber er war wütend auf mich, weil ich ihn reingelegt hatte.«

Tess verstummte.

»Und dann fing er plötzlich an, auch über diese Nacht zu sprechen?«

»Ach, was heißt plötzlich ... Ich musste ihm alles aus der Nase ziehen, und wenn er etwas erzählte, dann war es natürlich kein Vergleich zu dem, wie ein Erwachsener erzählt. Aber vielleicht hat er es gemacht, weil er sich wieder sicher gefühlt hat.«

Tess gab Tims Worte aus dem Gedächtnis wieder.

»Er hatte in seinem Zimmer oben geschlafen, das näher zur Treppe lag, was ihm letztlich das Leben gerettet hat. Er war aufgewacht, wovon genau, wusste er nicht. Ich erinnere mich an eine Studie, laut der Kinder seltener von Rauchmeldern geweckt werden als Erwachsene. Wahrscheinlich war es eher die Musik, und dann ist er instinktiv die Treppe runtergerannt, um vor der Hitze und den Flammen oben zu fliehen.«

»Da muss seine Mutter ja schon tot gewesen sein.«

»Genau. Wer hat dann aber die Musik eingeschaltet, und warum? Und was hat Tim tatsächlich mitbekommen?«

Marie und Tess schwiegen. Es war, als wären sie beide für einen Moment in dem Haus in Östra Grevie, in dem Tims Mutter Lena umgekommen war.

»Du meinst, er könnte den Täter gesehen haben?«

Tess verschränkte die Arme vor der Brust. Klar, hatte sie diesen Gedanken auch schon gedacht, aber hätte Tim dann all die Jahre geschwiegen? Sie konnte es sich nicht vorstellen.

»Wie auch immer, es war unmöglich, das aus ihm herauszubekommen. Aber ich habe später viel über diese Musik nachgedacht. Es gab eine Stereoanlage in Lena Bergmarks Schlafzimmer, aber als man die wahre Todesursache entdeckt hatte, war sie schon nicht mehr da, das Haus war ausgeräumt worden. Falls also eine CD darin steckte, war sie zu dem Zeitpunkt längst verschwunden.«

»Ob Tim den Song heute noch wiedererkennen würde?«

Tess zuckte die Achseln.

»Keine Ahnung. Wie viel behält man aus der Zeit, als man fünf war?«

»Was war eigentlich mit seinem Vater?«

Tess blätterte in den Unterlagen, bis sie das Protokoll seiner Vernehmung fand.

»Enrico Russo war natürlich einer der Ersten, die vernommen wurden, als man wusste, dass Lena ermordet worden war, aber seine neue Frau gab ihm ein Alibi. Bei den anderen war es dasselbe. Weil so spät erst klar war, dass es um Mord ging, hatten alle potenziellen Verdächtigen die Möglichkeit, sich ein Alibi zu verschaffen – oder sie konnten sich nicht mehr erinnern. Du weißt selbst, wie schwierig das immer ist, schon nach Ablauf der ersten achtundvierzig Stunden.«

»Und warum konnte der Vater sich nicht um Tim kümmern?«

»Seine neue Frau stellte sich quer, sie wollte mit Enrico eine neue Familie gründen und nichts mit seiner alten zu tun haben.«

»Puh, wie egoistisch, zumal nach so einer Geschichte.«

»Ja, aber das hätte der Vater klären müssen. Er war für ihn verantwortlich.«

Tess hatte ihn oft genug verflucht, weil sie in jenen Monaten seinen Job hatte übernehmen müssen. Wenn sie Tim nächtelang nach irgendwelchen Albträumen trösten musste und morgens so müde war, dass sie kaum aus dem Bett kam.

Dennoch hatte sie es nie bereut. Sie und Tim hatten auch viel Spaß miteinander gehabt, vor allem, nachdem er zu sprechen begann. Und als er dann zu seiner Großmutter zog, hatte sich ihre Wohnung in Slottsstaden still und leer angefühlt.

Marie erhob sich, griff nach einer großen Sporttasche und ging zur Tür.

»Willst du noch ins Fitnessstudio?«, fragte Tess.

»Nein, zum Boxen. Ist super, um sich abzureagieren.«

Boxen, dachte Tess, nachdem Marie verschwunden war. Sie also auch … Aber warum nicht? Wenn sie sich einen Sport für Marie vorstellen konnte, dann wahrscheinlich am ehesten diesen. Sie selbst war ein ausgeprägter Lauf- und Fitnessstudio-Typ. Aber seit eines Tages plötzlich Karim, einer der Bandenchefs von Malmö, auf einem Laufband neben ihr gestanden hatte, trainierte sie ausschließlich im hauseigenen Trainingsraum. Und während der Pandemie hatte sie sogar das vermieden.

Sie stand auf und streckte sich. Sandra hatte unerwartet geschrieben, sie käme heute früher nach Hause, und Tess freute sich auf einen ruhigen Abend. Und darauf, für sie zu kochen.

Auf dem Weg aus der Tiefgarage sah Tess die Nummer ihrer Mutter im Handy-Display aufleuchten. Sie hatte keine Lust mit ihr zu sprechen, nahm aber trotzdem ab. Marianne hörte sich müde an.

»Ich werde noch wahnsinnig, wenn diese Pandemie nicht bald vorbei ist. Das ist ja wie im Gefängnis.«

Marianne Hjalmarsson begann Telefonate gern damit, etwas aus ihrem eigenen Leben zu erzählen. Tess musste sich immer beeilen, ihre Fragen zu stellen, wenn sie mal kurz eine Pause machte.

»Wie geht es dir?«

»Ach, ganz okay, aber Iris, meine Nachbarin …«

Tess schlängelte sich durch den Verkehr auf der Östra Förstadsgatan und hörte nur mit einem Ohr zu.

»Wie unangenehm zu wissen, dass ein Pyromane in den Dörfern von Österlen unterwegs ist. Meinst du, es ist derselbe, der vor ein paar Jahren schon mal aktiv war?«

»Das lässt sich noch nicht sagen. Aber ich glaube, die allgemeine Bevölkerung muss sich keine besonderen Sorgen machen.«

»Aber du wohnst ja jetzt auch dort, in der Gegend. Ihr seid doch vorsichtig, du und deine …«

Sie zögerte, suchte nach dem richtigen Wort.

»… deine neue Partnerin?«

Tess unterdrückte ein Seufzen.

»Ja, ja«, sagte Marianne, »jetzt lass uns nicht gleich wieder so eine große Sache daraus machen. Hast du eigentlich vor, sie mir irgendwann mal vorzustellen?«

Tess und ihre Mutter waren schon oft aneinandergeraten, wenn es darum ging, wie sie Tess' Freundinnen bezeichnete.

Viele Jahre hatte sie ihre Ex Angela ›eine Freundin‹ genannt, bis Tess irgendwann fand, es sei genug. Daraufhin hatte ihre Mutter sie eine Weile ›die Liebste meiner Tochter‹ genannt.

Und jetzt also ›Partnerin‹. Tess fand alle Umschreibungen gleich furchtbar, aber Partnerin stand so ziemlich an der Spitze. Als ihre Partnerin konnte man möglicherweise Marie Erling bezeichnen, wenn man mit amerikanischen Polizeibegriffen um sich werfen wollte. Aber die eigene Lebensgefährtin so zu nennen, klang seltsam gekünstelt. Sie begriff einfach nicht, wieso die Hetero-Welt sich damit so schwertat. Diese ständige Furcht, etwas falsch zu machen. Warum konnten sie nicht einfach dieselben Wörter verwenden, wie in ihren eigenen Beziehungen auch: Lebensgefährtin, Ehefrau, Freundin, Frau.

»Ihr könntet doch mal zum Essen kommen?«

Tess wäre beinahe in die Mittelleitplanke gefahren. In ihrem ganzen vierundvierzigjährigen Leben hatte ihre Mutter sie noch nie mit einer Lebensgefährtin zu sich zum Essen eingeladen.

»Gerne. Sag einfach, wann es dir passt, dann bespreche ich es mit Sandra. So heißt sie nämlich.«

Tess hielt unterwegs am ICA-Supermarkt in Hammenhög und besorgte ein Stück frischen Lachs. In Malmö hatte sie bereits koreanische Banchan aus dem Restaurant Namu geholt, wo sie und Sandra eins ihrer ersten Dates außerhalb des Polizeigebäudes gehabt hatten.

Seit sie zusammengezogen waren, machte ihr das Kochen viel mehr Spaß, und da Sandra kein sonderliches Interesse daran zeigte, war es mehr und mehr ihre Aufgabe geworden. Auf dem Weg nach Hause musste sie wieder einmal an die ersten Wochen ihrer Beziehung denken.

Alles hatte sich viel schneller entwickelt, als Tess es sich vorgestellt hatte. Nie hätte sie damals gedacht, dass sie gut ein Jahr später bereits als Paar zusammen in einem Haus in Österlen wohnen würden. Obwohl Sandra ihre Chefin gewesen war, war es ihnen gelungen, ihre Rollen abzulegen, sobald sie begonnen hatten, sich außerhalb der Arbeit zu treffen. Sandra hatte darauf bestanden, dass Tess ihr Västra Hamnen zeigen müsste, da sie dort eventuell eine Wohnung kaufen wollte. Tess war das Ganze reichlich konstruiert vorgekommen, als hätte Sandra in Wahrheit vor allem einen Grund gesucht, sich mit ihr privat zu treffen. Und als sie erst einmal zusammen bei Kerzenschein an einem Restauranttisch gesessen hatten, war sie selbst überrascht über die Gefühle, die anscheinend im Verborgenen gelauert hatten. Vielleicht war es tatsächlich so, wie Marie behauptete, dass Tess einfach blind gewesen war.

Chilli bellte freudig, als sie die Tür öffnete, und schlüpfte zwischen ihren Beinen nach draußen. Tess bekam ihn gerade noch zu fassen, bevor er den Boden rund um das Haus absuchen konnte. Auf weitere durchwachte Nächte mit einem kotzenden Hund hatte sie wirklich keine Lust.

Sie ging in die Küche und stellte ihre Einkäufe ab, es war erst sechs Uhr. Während der Ofen vorheizte, würde sie bequem eine kleine Joggingrunde drehen können.

Das Rauschen des Meeres erfüllte die Bucht, als sie den Strand hinunterlief und weiter zur Landzunge. Der Wind hatte sich anscheinend gedreht, denn am Morgen hatte das

Wasser noch vollkommen still und beinahe spiegelglatt dagelegen. Ein intensiver Geruch nach Tang lag über Gislövshammar, und über einem Kadaver am Strand hatte sich eine Schar Möwen versammelt.

Tess lief eigentlich lieber morgens und musste sich anstrengen, um gegen die Schwere in ihren Beinen und ihren inneren Schweinehund anzukämpfen. Als sie über den Fahrradweg weiter Richtung Skillinge lief, musste sie erneut an Tim Bergmark denken. Wie sah sein Erwachsenenleben eigentlich aus, mal abgesehen vom Fußball? Hatte er jemanden kennengelernt, mit dem er zusammenlebte? War es ihm gelungen, das Trauma, das er in seiner Kindheit erlebt hatte, zu überwinden?

Diese Streicher, die Musik, von der er ihr erzählt hatte, damit waren sie nie an die Öffentlichkeit gegangen. Sie waren sich einfach nicht sicher gewesen, wie weit sie sich auf die Erinnerungen eines Fünfjährigen verlassen konnten. Es war ein so seltsames Detail in den Ermittlungen gewesen. Hatte Lena die Musik selbst aufgelegt, mitten in der Nacht, und wenn ja, warum? Vom zeitlichen Ablauf her war es Tess nie gelungen, sich das konkret vorzustellen.

Sie kehrte um und überquerte die Heide, um wieder zum Strand hinunterzukommen und das letzte Stück am Wasser entlangzulaufen. Am Himmel zogen, parallel zum Horizont, ein paar Kraniche vorüber.

An der ehemaligen Aalkate auf der Landzunge angekommen, hielt sie inne, um sich zu dehnen.

Genau wie beim letzten Mal, als sie hier gewesen war, hatte sie das Gefühl, beobachtet zu werden. Sie ließ den Blick über die Sträucher unmittelbar am Strand schweifen. Kein Mensch war zu sehen.

Auch nicht an der Aalkate, vor der ein altes Ruderboot lag und an dessen grauer Fassade ein Fischnetz hing. Die

Kate stand meist leer, Tess sah selten einen Fischer in ihrer Nähe. Sie trat an eins der Fenster, wölbte die Hände um ihr Gesicht und schaute hinein. Die Einrichtung war sehr einfach, die Decke niedrig. Ein Bett zum Übernachten, ein paar Holzstühle und ein Tisch, von dem aus man wahrscheinlich eine der schönsten Aussichten auf das Meer und bis nach Bornholm hatte.

Hier steht die Zeit still, dachte sie. Der abgeschnittene Milchkarton auf dem Tisch, in dem vertrocknete Blumen standen, war dem Logo der Skånemejerier zufolge bestimmt schon zwanzig Jahre alt.

Ein Wandteppich hing an der gemauerten Wand, und an der Längsseite stand eine altmodische Küchenbank, an deren einem Ende Tess etwas aus bauschigem weißem Stoff entdeckte, ein Hoodie oder Pullover, wie es aussah.

Der Wind ließ einen der Bäume hinter ihr knarren, und sie wunderte sich selbst über ihre Reaktion: Sie zuckte zusammen und drehte sich rasch um.

Vielleicht hatten die wiederkehrenden Gedanken an Tim und Lena Bergmark während des Tages sie stärker aus dem Gleichgewicht gebracht, als sie sich eingestehen wollte. Solange sie mit anderen herausfordernden Fällen beschäftigt gewesen war und diese sogar erfolgreich hatte lösen können, hatte es sich logisch und gerechtfertigt angefühlt, dass der Fall zurückstehen musste. Aber jetzt? Und wollte sie sich, wenn sie ganz ehrlich war, überhaupt wieder damit auseinandersetzen?

Vielleicht war es ein Fehler und würde nur zu einem Misserfolg führen, und enttäuschte Angehörigen zurücklassen. War sie wirklich bereit, ausgerechnet jetzt diese Herausforderung anzunehmen und dieses Risiko einzugehen?

Es begann zu dämmern, und sie beschloss, nach Hause zu gehen. Auf dem kleinen Pfad oberhalb des Strandes kam ihr eine missmutige Gestalt mit grüner Mütze entgegen, die Hände tief in den Taschen der Jeans vergraben. Das war ihr etwas eigenwilliger Nachbar, Ricky Nileman, oder Rocky Ricky, wie Sandra ihn nannte, nachdem sie herausgefunden hatten, dass er in den 1980er-Jahren in einer bekannten Malmöer Rockband gespielt hatte. Ricky Nileman hatte beschlossen, dass ein steiniges Stück Strand ganz allein ihm gehörte. Wer die Schilder ignorierte, die er überall aufgestellt hatte, wurde scharf von ihm zurechtgewiesen.

Tess begegnete ihm manchmal auf ihren Runden mit Chilli, und jedes Mal erinnerte er sie an den schlecht gelaunten Sergeant Mick Belker in der Krimiserie Hill Street Blues.

Sie nickten einander kurz zu. Ricky Nileman schaute sie an wie ein Mensch, der bereits das meiste gesehen hatte, und wahrscheinlich war es auch tatsächlich so. Oft stromerte er zwischen den Häusern umher, ein richtiger Schnüffler, dachte Tess manchmal.

Wieder zu Hause, duschte sie schnell und begann dann, das Essen zuzubereiten. Es tat gut, etwas so Alltägliches zu machen, ohne allzu große Anstrengung. Die Bergmark-Akten hatten sie in eine Zeit zurückgeführt, an die sie lange nicht mehr gedacht hatte. Es war anstrengend, sich wieder mit dem damaligen Scheitern und den Gefühlen auseinanderzusetzen, die damit zusammenhingen. Immerhin hatte sie damals eine entscheidende Rolle im Leben eines Kindes gespielt und es dann verlassen müssen.

Eine SMS blinkte in ihrem Display auf. »Schlechte Nachrichten. Ich muss heute Abend doch hierbleiben. Sooo schade! Muss jetzt zu einer Besprechung, der fünften für heute …«

Tess las die Nachricht noch ein zweites Mal und seufzte. Dann warf sie ihr Handy auf den Tisch, löschte die Kerzen und holte sich eine Pizza aus dem Eisfach.

Kurz darauf hatte Tess fertig gegessen. Die Hälfte der Pizza lag noch auf ihrem Teller, und Chilli blickte hoffnungsvoll zu ihr herüber.

Würde so ihr Leben mit Sandra Edding aussehen? Dass sie allein mit einer Fertigpizza und trockenem Mozzarella zu Hause saß? Und als Zugabe ein wütender Exmann, der alles zu tun schien, um ihnen das Leben schwer zu machen? Wer weiß, vielleicht würde es Sandra schon bald zu viel werden, sodass sie ihre Sachen packte und wieder nach Stockholm zu ihren Kindern zog. Und sie selbst würde dann wieder nach Västra Hamnen zurückkehren.

Sie musterte den trostlosen Teller vor sich. Dort gäbe es wenigstens bessere Pizza, dachte sie und beschloss, heute früh schlafen zu gehen.

Montag, 26. Oktober

Gleich am Montagmorgen versuchte Tess, Tim Bergmark zu erreichen, musste jedoch schließlich frustriert aufgeben. Wenig später betrat eine wohlbekannte Gestalt das Büro des Cold-Case-Teams.

»Diesen Dreck wünscht man echt niemandem. Ich habe gedacht, es ist aus mit mir«, sagte Lundberg und stellte seine schwarze Laptoptasche auf den Tisch.

Dafür, dass er fünf Wochen mit Covid im Bett gelegen hatte, sah er ungewöhnlich frisch und munter aus. Die schwarzen Hosenträger saßen vielleicht etwas lockerer über dem weinroten Hemd als sonst, dennoch schien es dem über sechzigjährigen Kollegen wieder gut zu gehen.

Die Gewerkschaft hatte ihnen in den Ohren gelegen, in den Raum Eva Rydberg umzuziehen, wenn er wieder gesund und zurück am Arbeitsplatz war, doch das Team hatte beschlossen, in den eigenen vier Wänden zu bleiben und dort weiterzuarbeiten.

Tess nahm einen Notizblock und legte ihn neben das Whiteboard, an dem in einer Ecke ein Foto der lächelnden Lena Bergmark hing, die auf sie herabblickte.

»Am besten legen wir gleich los.«

Tess zeigte auf die Frau mit dem dunklen, schulterlangen Haar.

»Wenn ich sie ansehe, habe ich ein schlechtes Gewissen und bin gleichzeitig furchtbar frustriert. Beides hat damit zu tun, dass die Polizei damals richtig schlechte Arbeit geleistet hat.«

Tess blickte Lena in die Augen.

»Lena scheint eine wirklich nette Frau gewesen zu sein. Ein guter Mensch, ohne irgendwelchen Dreck am Stecken. Da ich, wie ihr wisst, ihren Sohn Tim ziemlich gut kannte, habe ich ein besonderes und vielleicht auch etwas engeres Verhältnis zu ihr als viele andere Kollegen.«

Tess malte einen Kreis in die Mitte der weißen Tafel.

»Das hier ist so etwas wie ein Symbol für meine Enttäuschung über diesen Fall. Das Ganze ist eine einzige Leerstelle, wir haben so gut wie nichts in der Hand. Wie ihr wisst, helfen uns für gewöhnlich zwei Dinge, diese Art von Fällen aufzuklären: erstens die forensische Entwicklung und zweitens veränderte Loyalitäten der Menschen in der Umgebung des Opfers. Leider können wir hier auf keinen dieser Faktoren setzen.«

Lundberg nickte.

»Das stimmt, die Beweise sind verbrannt, da ist also nicht viel zu holen. Und was Zeugen angeht … Ja, auch da sieht es mau aus. So ohne Weiteres fällt mir niemand ein, der uns etwas Neues zu dem Fall erzählen könnte. Aber vielleicht sehe ich das ja auch zu schwarz.«

»Wollen wir es hoffen«, sagte Tess und heftete ein Foto des fünfjährigen Tim Bergmark unter das seiner Mutter. Es war unmittelbar nach dem Mord aufgenommen worden, und sein Blick war ebenso schwarz wie sein Haar, das ihm in alle Richtungen vom Kopf abstand.

»Dass wir uns diese Ermittlung noch einmal vornehmen und versuchen, jeden Stein einzeln umzudrehen, hat vor allem mit den Beobachtungen dieses Jungen zu tun.«

Sie zeigte auf das Foto.

»Wie ich euch erzählt habe, war es die Musik, von der bei

den aktuellen Bränden die Rede war, die mich stutzig gemacht hat. Streicher, genau wie Tim sie bei dem Brand damals gehört hat. Eine Information, mit der wir nie an die Öffentlichkeit gegangen sind. Jetzt haben wir aktuell zwei Brandopfer, die bezeugen, dasselbe erlebt zu haben. Auch sie haben bei Ausbruch des Brandes elektronische Streichmusik gehört.«

Lundberg schob sich die Brille auf die Stirn und rieb sich das stoppelige Kinn.

»Das ist tatsächlich sehr merkwürdig.«

Tess nickte und zeigte wieder auf die leere Fläche im Kreis auf der Tafel.

»Wenn wir ein bisschen weitergekommen sind, hoffe ich, dass wir diese Leerstelle füllen können. Und vor allem …« Sie blickte ihre Kollegen an. »Vor allem hoffe ich, dass wir ein drittes Foto hier aufhängen können. Nämlich das von Lena Bergmarks Mörder.«

Schweigen breitete sich aus, alle drei blickten zur Tafel.

»Sollten wir keine Spur finden, die uns weiterhilft«, fuhr Tess fort, »dann legen wir den Fall wieder auf Eis. Aber dann haben wir es wenigstens versucht. Zum Glück arbeiten wir bereits sehr gut mit Kerstin Jacobsson aus Ystad zusammen, an die ich Adam Wikman ausgeliehen habe, damit wir anderen nicht weiter mit den aktuellen Brandmorden behelligt werden. Unser Fokus wird darauf liegen, den Mörder von Lena zu finden. Kerstin Jacobsson dagegen konzentriert sich darauf, herauszufinden, wer die Feuer in Österlen gelegt hat. Wenn wir Glück haben, handelt es sich um ein und dieselbe Person. Und wenn wir noch mehr Glück haben, ist es tatsächlich Arvid Larsson, der hier wieder sein Unwesen treibt. Dann hätten wir einen Täter, der bereits von früher einschlägig bekannt ist, und wissen außerdem, wo er zu finden ist.«

Sie heftete ein Foto von Arvid Larsson an das Whiteboard.

»Was hattet ihr denn neulich für einen Eindruck von ihm?«, fragte Lundberg.

Tess und Marie wechselten einen Blick.

»Doktor Feuerteufel ist völlig durchgeknallt«, sagte Marie.

Tess erzählte, wie sie ihn in dem Glauben gelassen hatten, sie suchten nach einer oder mehreren sogenannten Copy-Cats.

»Erstaunlicherweise hat ihn das eher aufgeregt, als dass er sich geschmeichelt fühlte.«

»Ja«, sagte Marie, »in Arvid Larssons Welt ist Arvid Larsson immer das größte Opfer. Egal, was passiert.«

Lundberg musterte die Tafel.

»Die Frage ist, wieso es eine Verbindung zwischen ihm und Lena Bergmark geben sollte.«

»Das stimmt«, sagte Tess. »Aber wie wir alle hier wissen, sind die Dinge nicht logisch, bevor man nicht das ganze Bild hat. Und dann fragt man sich, warum man es nicht sofort gesehen hat. Vielleicht ist es hier ja genauso. Ihre Wege können sich auf eine für uns völlig unbemerkte und unerwartete Weise gekreuzt haben.«

Lundberg räusperte sich und nahm die Brille ab.

»Zwar habe ich die Ermittlungen damals nicht geleitet, aber ich schäme mich immer noch für ihre schlampige Durchführung.«

Er runzelte die Stirn und fuhr fort.

»Damals gab es einige andere große Fälle in Schonen, sodass wir ziemlich unter Druck standen. Wir hatten einfach nicht die Kapazitäten, uns diesem Fall, bei dem gleich am Anfang Fehler gemacht wurden, angemessen zu widmen. Wir sind einfach nicht hinterhergekommen. Im Nachhinein kommt es mir vor, als wären wir Polizisten viel zu leicht davongekommen, die Presse begriff gar nicht, was für Fehler gemacht worden waren. Man sehnt sich ja nicht gerade nach Kritik, aber in diesem Fall …« Er schwieg kurz. »In diesem Fall wäre es gut gewesen, sie hätte genauer hingesehen. Ich fühle mit den Angehörigen.«

Tess klopfte auf die Aktenordner auf dem Tisch.

»Was ihr hier seht, ist im Prinzip alles, was wir haben. Ein paar weitere Ordner liegen auf meinem Schreibtisch. Natürlich haben wir sowohl einen Start-Ordner als auch einen für die laufenden Ermittlungen, aber da ist lange nichts mehr abgeheftet worden.«

»Welche Angehörige gibt es denn noch?«

Lundberg setzte seine Brille wieder auf und las von einem Blatt Papier ab.

»Ich habe vor unserer Besprechung ein bisschen recherchiert, es sieht ziemlich mager aus. Außer dem Sohn gibt es anscheinend ein paar Cousins und Cousinen in Helsingborg sowie eine Tante von Lena in Älmhult. Der Vater ist bereits gestorben, als sie Teenager war. Sie hatte keine Geschwister, und ihre Mutter, Birgitta Bergmark, bei der Tim später aufgewachsen ist, ist 2017 an Krebs gestorben. Tim hast du wahrscheinlich zu erreichen versucht?«

»Ja«, sagte Tess, »leider vergeblich. Er lebt inzwischen in den Niederlanden, wo er als Fußballprofi bei Ajax Amsterdam spielt.«

In eine Ecke des Whiteboards schrieb Tess das Datum, an dem Lena ums Leben gekommen war: die Nacht zwischen dem 25. und 26. August 2005. Das nächste Datum auf dem Zeitstrahl war zwei Monate später, im Oktober, als die Obduktionsergebnisse vorlagen und klar wurde, dass sie nicht durch den Brand gestorben war.

Tess deutete auf dieses Datum.

»Die genaue Todesursache war schwierig festzustellen,

im Bericht wird als eine Möglichkeit genannt, dass sie erstickt wurde. Und weiter: ›kein Ruß in der Lunge‹, was bedeutet, dass sie tot gewesen sein muss, bevor der Brand ausgebrochen ist.«

Lundberg fiel ein.

»Ihre Leiche war durch den Brand ziemlich übel zugerichtet, deshalb war es so schwierig. Aber kleine punktförmige Blutungen um die Bindehaut herum deuteten auf Ersticken oder Tod durch Erwürgen hin.«

Tess zeigte noch einmal auf die dunkelhaarige Frau an der Tafel.

»Lena war fünfunddreißig, als sie starb. Sie hatte eine enge Beziehung zu ihrer Mutter Birgitta in Malmö, die ihr oft half, ihren Sohn zu betreuen, und ihn auch mal zum Kindergarten brachte oder wieder abholte. Lena hat als Physiotherapeutin in einer Praxis in Malmö gearbeitet und ist gependelt.«

Zu den Fotos von Lena und Tim hängte Tess eines von dem gelben Holzhaus.

»Sie wohnte in Östra Grevie, in einem Haus, das sie vier Jahre vor ihrem Tod relativ günstig und im Zusammenhang mit ihrer Scheidung gekauft hatte. Von Freunden wird sie als freundlich und hilfsbereit bezeichnet. Und anscheinend kochte sie gut und lud gern zu sich zum Essen ein. Sowohl als Jugendliche als auch als Erwachsene war sie sehr fleißig. Ihr Sohn Tim war ihr Ein und Alles. Wie viele andere Frauen in dem Alter hatte sie ab und zu Männerbekanntschaften, mit manchen war sie länger zusammen. Der letzte war wahrscheinlich Bo Svahn, auch Bosse genannt. Etwa drei Monate vor ihrem Tod ging die Beziehung auseinander, was anscheinend von ihr ausging. Laut Freunden kam Bosse damit nicht gut zurecht und hatte mehrfach versucht sie zurückzugewinnen.«

Tess schrieb »Tatverdächtige« auf die Tafel.

»Lundberg, wen hattet ihr da?«

Lundberg seufzte.

»Nicht viele. Im Grunde nur Bosse und den Exmann, Enrico Russo, allerdings mit Fragezeichen.«

»Also Tims Vater.«

»Ja. Er war mit seiner neuen Frau nach Italien gezogen, aber zu dem Zeitpunkt, als Lena starb, zu Besuch in Malmö. Seine neue Frau gab ihm ein Alibi.«

»Und Bosse?«

»Hatte keins für den Abend. Natürlich wurde er mehrfach vernommen, aber es gab keine Anhaltspunkte, er scheint ein ganz normaler Typ zu sein. War natürlich ein bisschen enttäuscht, weil Lena nichts mehr von ihm wissen wollte, das gab er aber ganz offen zu. Er wirkte nicht wie einer, der sie deshalb umbringen würde. Heute scheint er Single zu sein, er wohnt in Simrishamn.«

»Wie haben er und Lena sich kennengelernt?«

»Durch gemeinsame Freunde, auf einer Party. Vier Monate waren sie zusammen.«

»Und keine anderen Dates in den letzten Wochen vor ihrem Tod?«

Lundberg blätterte in den Unterlagen.

»Das ist nicht ganz klar. Eine Freundin hat ausgesagt, sie habe das Gefühl gehabt, Lena könnte jemand Neues haben. Aber weiter sind wir nicht gekommen. Und dann gab es noch den Verdacht ...«

Lundberg hielt inne und nickte Richtung Tafel.

»Ja, also gegen Tim selbst.«

»Tim?«, rief Marie laut aus. »Er war doch erst fünf.«

Lundberg brummte.

»Ja, ich habe auch nicht viel darauf gegeben. Vor allem nicht darauf, dass er seine Mutter getötet hat. Es ging wohl eher darum, dass er möglicherweise den Brand verursacht hatte. Er interessierte sich anscheinend für Feuer.«

Tess erinnerte sich an die Gerüchte, und wie sie selbst sie empört zurückgewiesen hatte. Ein paarmal hatte sie sogar den verantwortlichen Ermittler aufgesucht und ihn gefragt, was das solle.

Sie schrieb Tims Namen an die Tafel und zog einen Kreis darum.

»Tim wurde damals mehreren Psychologen vorgestellt, vor allem, um ihn zum Reden zu bringen. Ich war immer dabei.«

Tess schrieb »Spuren« an die Tafel.

»Es gab eine sehr interessante Spur im Haus, die ziemlich auffiel, stimmt's?«

»Ja, die Champagnerflasche und die beiden Gläser.«

Tess brachte ein Foto an, das nach dem Brand aufgenommen worden war, von einer rußverschmierten Flasche und zwei Gläsern, sie zeichnete einen Pfeil und schrieb »Champagner – mit wem?« daran.

»Daraus ergibt sich doch, dass die Lösung des Lena-Mords hier liegt.« Sie kringelte die Flasche und die Gläser ebenfalls ein.

»Mit wem hat Lena in jener Nacht Champagner getrunken? Der 25. August war ein ganz gewöhnlicher Donnerstag. Schul- und Arbeitsalltag hatten nach dem Sommer gerade wieder angefangen. Lena arbeitete in der physiotherapeutischen Praxis, und Tim ging in den Kindergarten. Sie hatten zu Abend gegessen, und Lena hatte Tim ins Bett gebracht, so hat sie es ihrer Mutter Birgitta in einem Telefongespräch erzählt.«

Lundberg öffnete einen Ordner.

»Ja, es scheint ein ganz normaler Tag gewesen zu sein. Auf dem Weg von ihrer Arbeit nach Hause hat sie noch im

Hemköp am Triangeln in Malmö eingekauft und dann Tim in seinem Kindergarten in Östra Grevie abgeholt.«

Lundberg räusperte sich und las weiter:

»Zum Abendessen: Wurst Stroganoff. Es war ein warmer Tag, deshalb haben Tim und sie auf der Terrasse gegessen. Tim hatte ein bisschen Schnupfen und sollte am nächsten Tag eventuell bei seinem Vater bleiben, der gerade in Malmö war. Ihr zufolge wurde Tim immer gegen halb neun zu Bett gebracht, und kurz danach hatte Lena mit ihrer Mutter im Krankenhaus telefoniert. Brigitta hat später ausgesagt, Lena habe überhaupt nicht bedrückt gewirkt. Im Gegenteil, sie sei gut gelaunt gewesen und habe erzählt, sie werde am Wochenende vielleicht nach Kopenhagen fahren. Aber sie hatte Birgitta nicht gesagt, mit wem sie wegfahren würde.«

Tess schrieb »romantisches Wochenende?« an die Tafel.

»Vielleicht bedeutet das, dass es einen neuen Mann in ihrem Leben gab, wie die Freundin angedeutet hatte. Was ist dann passiert?«

Lundberg fuhr fort.

»Das wissen wir nicht so genau. Hier, nach dem Telefonat mit ihrer Mutter, haben wir eine Leerstelle von mehreren Stunden, bis das Feuer ausbrach. Alle, die wir gefragt haben, haben gesagt, dass sie das Haus niemals verlassen hätte, wenn der Junge schlief. Die Nachbarn bezeugten, dass sie abends Licht in den Fenstern gesehen, aber nichts Auffälliges gehört hätten.«

»Und die letzten Beobachtungen?«

Lundberg blätterte erneut in dem Startordner.

»Eine Nachbarin hat sie um kurz vor acht draußen im Garten gesehen. Sie war sich ziemlich sicher, was den Zeitpunkt anging, weil sie sich die Fernsehserie *Kommissionen* ansehen wollte, die um diese Uhrzeit begann. Anschließend hat nur noch Tim sie gesehen, und natürlich ihr Mörder.

Und in dem Bericht, den du selbst mit verfasst hast, steht, dass Tim sich nicht erinnern konnte, aufgewacht zu sein. Er hat durchgeschlafen, bis er geweckt wurde, ob von den Rauchmeldern, vom Rauch oder von der Musik, das wissen wir nicht.«

Der Brand war aller Wahrscheinlichkeit nach gegen drei Uhr nachts ausgebrochen. Ein Zeitungsbote hatte Rauch aus dem oberen Stock quellen sehen und die 112 angerufen.

»Wie viele Rauchmelder hatte Lena Bergmark?«

»Zwei, einen auf jeder Etage. Aber nur einer funktionierte, nämlich der im Erdgeschoss, und das hat Tim wahrscheinlich das Leben gerettet. Was Lena angeht, war es ja ohnehin zu spät, weil sie schon tot war.«

Marie hob die Hand wie in einem Klassenzimmer.

»Können wir noch mal zu den Gläsern und der Champagnerflasche zurück, die unter ihrem Bett gefunden wurden? Das ist ein Bild, das mir einfach nicht aus dem Kopf geht. Als Mutter von Kleinkindern, die ich ja nach wie vor bin, denke ich Folgendes: Lena ist erst fünfunddreißig und will ein bisschen Spaß in ihrem Leben als Alleinerziehende, sie schafft sich also einen heimlichen Liebhaber an. Sie erzählt es niemandem, weil sie Angst hat, wie Bosse reagiert. Außerdem ist ihr wichtig, dass Tim ihn nicht sieht, denn wir wissen ja, wie schnell fünfjährige Kinder sich verquatschen. Der neue Liebhaber schleicht sich also rein, nachdem sie ihm signalisiert hat, dass Tim schläft. Sie bleiben in ihrem Zimmer, haben Sex und trinken Champagner und so weiter. Dann schleicht er sich wieder raus, und da – bum – schlägt Bosse zu. Denn es gab doch Zeugen, die einen Mann vorm Haus beobachtet hatten?«

Tess schrieb »Fahrradmann unterm Baum« ans Whiteboard.

»Also, Lundberg. Was haben wir dazu?«

Lundberg las erneut von den Unterlagen ab.

»Das Ehepaar Ericsson, das in derselben Straße schräg gegenüber wohnt, hat ihn erwähnt. Sie hatten anscheinend recht viel mit Lena zu tun, und dann haben sie also vor dem Brand an mehreren Abenden eine Person beobachtet, die gegenüber von Lenas Haus unter einem Baum gestanden hat. Am letzten Abend sei das so um Mitternacht gewesen.«

»Ich habe noch eine zweite Theorie«, sagte Marie. »Bosse kommt abends spät dorthin, klopft, nachdem er eine Weile mit seinem Fahrrad draußen gestanden hat. Er bettelt und fleht, dass sie ihn einlassen soll, er hat eine Flasche Champagner und zwei Gläser dabei. Um die Stimmung aufzulockern, vielleicht auch, um Lena doch noch mal rumzukriegen. Sie hören Musik. Sie gibt ein kleines bisschen nach, trinkt mit ihm Champagner, aber dann, als er weitergehen und mit ihr schlafen will, sagt sie nein und besteht darauf, dass ihre Beziehung beendet ist. Er wird wütend und erwürgt sie, zündet das Haus an und haut ab. Makes sense, oder? Dann hätte Bosse es allein seinem glücklichen Stern zu verdanken, dass die Polizei ihre Arbeit so schlecht gemacht und das Ganze als Brandunfall bewertet hat«

Eine Weile saßen sie schweigend da.

»Da ist noch etwas an diesen Ermittlungen, das mir total absurd vorkommt«, sagte Marie. »Dass man meinte, Lena habe vielleicht im Bett geraucht. Dabei war sie Nichtraucherin! Es gab Hinweise, dass sie manchmal auf Partys geraucht hat, aber von da bis zu dem Schritt, im eigenen Bett zu rauchen, ist es doch sehr weit.«

Tess erinnerte sich nur zu gut, wie man damals argumentiert hatte. Sie war selbst am Tag nach dem Brand zusammen mit ein paar Kollegen zu dem zerstörten Haus gefahren. Sie hatte gerade erst im Team angefangen und war mitgekommen, um etwas zu lernen. Sie waren durchs Haus gegangen, und da die Haustür von innen abgeschlossen gewesen war, war man zu dem Schluss gekommen, sie habe den Brand selbst verursacht.

»Wie gesagt, wir lassen unseren Überlegungen jetzt einfach mal völlig freien Lauf«, sagte Tess und schrieb Arvid Larsson auf die Tafel.

»Der Pyromane Arvid Larsson ist bisher nie in den Ermittlungen aufgetaucht. Aber wir wissen, dass er damals in der Gegend von Malmö und in Kristianstad gewohnt hat. Er arbeitete für die Wäscherei Landstingstvätten und war überall in Schonen unterwegs, kannte also die Gegend. Ein Jahr später geriet er in Verdacht, eine Frau ermordet zu haben, eine alte Freundin der Familie, die ihm Geld geliehen hatte. Aber dafür wurde er nie verurteilt.«

Tess klopfte mit dem Stift auf seinen Namen.

»Wir können also annehmen, dass er fähig war, zu töten. Und was die Brände in Österlen angeht, gibt es einiges, was auf Arvid Larsson hindeuten könnte. Die Ziffern, die an die Wände gemalt wurden und die an seine Begeisterung für Zahlenspiele erinnerten und an die Kritzeleien zum Turning Torso, die damals in seinen Notizbüchern gefunden wurden. Seine Risikobereitschaft. Die Fähigkeit, sich unbemerkt Zutritt zu fremden Häusern zu verschaffen.«

Marie lehnte sich auf ihrem Stuhl zurück.

»Was hat er für eine Beziehung zu Frauen? Interessiert er sich für sie? Also, abgesehen von dir?«

Tess verdrehte die Augen.

»Das wissen wir nicht. Scheint da relativ mau auszusehen, aber es gibt auch keinen Beweis für das Gegenteil. Dennoch kann ich mir schwer vorstellen, dass Lena Bergmark einen Mann wie ihn hereinbittet, um mit ihm Champagner zu trinken.«

Wieder schwiegen sie eine Weile, dann fuhr Tess fort:

»Wir nehmen jetzt als Erstes Kontakt zu den Angehörigen auf. Außer mit Tim müssen wir auf jeden Fall noch mal mit seinem Vater, Lenas Exmann Enrico Russo, sprechen. Außerdem muss Bosse als derjenige, der das stärkste Motiv hatte, nämlich offensichtlich eifersüchtig war, so bald wie möglich vernommen werden. Zumal niemand ihm damals ein Alibi geben konnte.«

Nach einer kurzen Pause kehrte Tess ins Büro des Cold-Case-Teams zurück. Während sie auf Marie und Lundberg wartete, las sie ihre Mails. Einen Absender kannte sie nicht, Jemen8465T8. Sie öffnete die Nachricht und las:

»Dein Versprechen. Was bedeutet es? Im Fegefeuer wird abgerechnet.«

Fegefeuer? Tess überlegte, welcher Tag heute war. Montag. Dann musste die Brygge-Show also gerade noch mal im Fernsehen wiederholt worden sein. Es war nicht ungewöhnlich, dass dann noch einmal Mails von verschiedenen durchgeknallten Zuschauern kamen, die ihre Meinung dazu äußern mussten. Sie googelte den Begriff »Fegefeuer« und las dazu, dass der geringste Schmerz im Fegefeuer stärker sei als der schlimmste Schmerz auf Erden. Sie überlegte, was sie in der Show gesagt haben könnte, um das zu verdienen.

Lundberg kam herein.

»Kennst du dich mit dem Fegefeuer aus?«

Lundberg rückte sich die Brille zurecht und sah sie fragend an.

»Nein, bisher zum Glück nicht. Aber in den letzten Wochen fühlte es sich an, als wäre ich auf dem besten Weg dorthin. Wieso?«

Tess winkte abwehrend mit der Hand und schloss die E-Mail. Nachdem alle wieder versammelt waren, ging sie zum Whiteboard und erstellte eine Liste der Orte, an denen die letzten Brände stattgefunden hatten, dazu setzte sie die Namen der Bewohner sowie das jeweilige Datum und die Ziffern, die sie in vier der Häuser entdeckt hatten.

5. September. Ehepaar Moose, Vitemölla.
(Ziffer 8 auf der Rückseite des Hauses)
23. September. Ehepaar Morales, Löderup.
(keine Ziffer)
20. Oktober. Linn Andrén, Smedstorp.
(Ziffer 6 an der Kellertür)
22. Oktober. David Gabès, Tomelilla.
(Ziffer 5 über der Treppe im Haus)
23. Oktober. Betty van Friis, Gröstorp/Simrishamn.
(Ziffer 4 auf der Rückseite des Hauses)

»Wie ihr seht, wurde bei dem Brand in Löderup keine Ziffer gefunden. Und zwar einfach deshalb, weil es bis auf die Grundmauern abgebrannt ist. Wir können aber aus guten Gründen annehmen, dass wir dort eine Sieben gefunden hätten.«

Tess fasste die weiteren Ähnlichkeiten zusammen. Alle Brände hatten nachts begonnen, alle Opfer, bis auf David Gabès, waren im Schlafzimmer davon überrascht worden, die Rauchmelder waren abgeschraubt gewesen, und die beiden überlebenden Opfer hatten ausgesagt, sie hätten während des Brands laute Streichmusik gehört.

»Gibt es irgendwelche Anhaltspunkte dafür, dass die Opfer sich gekannt oder irgendwann mal getroffen haben könnten?«, fragte Lundberg.

»Nichts. Aber wie gesagt, unser Fokus liegt auf Lena Bergmark. Und was hier an der Tafel steht, bleibt erst mal unter uns. Wir reden mit niemandem sonst darüber.«

Marie lachte.

»Nein, denn sonst hätten wir für den Rest des Herbstes Palmqvist von *Kvällsposten* am Hacken. Haben wir wahrscheinlich ohnehin schon.«

»Ganz genau«, sagte Tess. »Die Presse darf nichts davon erfahren, sonst macht sie gleich wieder alle verrückt, und bisher sind die Verbindungen zu schwach, um sie mit anderen zu besprechen, selbst intern. Solange wir Lena Bergmarks Angehörige nicht erreicht haben, halten wir die Füße still.«

Lundberg nickte und schaute in seine Unterlagen.

»Ich schlage vor, wir teilen das Material auf, machen einfach drei Stapel«, sagte Tess. »Wenn alle mit ihrem Anteil durch sind, treffen wir uns wieder und planen die weitere Vorgehensweise.«

»Super«, sagte Marie und erhob sich. »Ich hatte mich schon gefragt, was ich mit dem Rest des Tages anfangen soll.«

Tess sah zu Lundberg, der nachdenklich die Tafel musterte.

»Dieser eine Name …«

Er öffnete einen der Ordner und blätterte.

»Diese van Friis, das Brandopfer in Simrishamn.«

»Ja?«

»Hast du ihre Personennummer?«

»Nicht hier. Kennst du die Frau?«

Lundberg drehte den Ordner mit den Vernehmungsprotokollen zu Tess um und zeigte auf einen Namen, der über einer Vernehmung stand.

Bettina van Friis.

»Betty, eine Abkürzung für Bettina, oder nicht?«

Tess antwortete nicht, sah nur den Namen an.

»Hast du eine Altersangabe?«

»Ja, ihre Personennummer steht hier, sie ist im Januar

1977 geboren, also heute dreiundvierzig Jahre alt. Und van Friis ist ja doch eher ein ungewöhnlicher Name.«

»Allerdings.«

Tess klappte ihren Rechner auf und sah im Register nach, wie viele Bettina van Friis in Schweden registriert waren.

»Zwei Treffer. Die eine ist etwas über fünfzig und schreibt sich mit V, also van Vriis. Die andere, unser Brandopfer, wohnhaft in Gröstorp bei Simrishamn, ist 1977 geboren.«

Tess griff zum Telefon und rief Kerstin Jacobsson an. Diese ging sofort dran, sie wirkte gestresst.

»Betty van Friis in Simrishamn? Ja, sie heißt eigentlich Bettina und ist um die vierzig.«

Tess erklärte Kerstin, was Lundberg entdeckt hatte, dass Betty vor fünfzehn Jahren in einem ihrer unaufgeklärten Fälle vernommen worden sei. Außerdem erzählte sie ihr von der Streichmusik, die eine Verbindung zum Mord an Lena Bergmark darstelle, und dass es sich ihrer Meinung nach lohnen würde, nach weiteren Gemeinsamkeiten zu suchen.

»Ach, du meine Güte«, sagte Kerstin Jacobsson. »Und jetzt?«

Tess erklärte, dass sie die Akten aus dem Keller geholt habe und ihr Team gerade dabei sei, alle Vernehmungen noch einmal durchzugehen und die Details zu überprüfen.

»Ich habe gerade erfahren, dass die Tatortuntersucher einen unbekannten Bluetooth-Lautsprecher in Betty van Friis' Haus gefunden haben«, sagte Kerstin. »Wahrscheinlich kam daher die Musik. Sie sagt, sie habe so ein Ding nie besessen.«

Tess runzelte die Stirn.

»Seltsam. Das hieße ja, jemand hat ihn dort platziert. Was ist mit einer Auswertung der Funkmasten, um herauszufinden, wer sich in der näheren Umgebung herumgetrieben hat?«

»Da haben wir bereits einen Beschluss vom Staatsanwalt. Müsste also bereits im Gange sein.«

Nachdem Tess aufgelegt hatte, sah sie wieder Lundberg an.

»Das kann doch kein Zufall sein.«

Sie schwiegen beide. Das war eine erste handfeste Verbindung zwischen Lena Bergmark und den aktuellen Bränden.

»Wenn die Musik von einem Bluetooth-Gerät kam, muss der Täter die ganze Zeit in der Nähe gewesen sein, oder?«

Tess schaute zu Marie hinüber. Die nickte hinter ihrer Kaugummiblase.

»Kommt auf die Reichweite an. Aber ich kann mir schwer vorstellen, dass man ein besonders hochwertiges Ding benutzt, um es in Flammen aufgehen zu lassen. Vor allem müsste man herausfinden können, wer sich mit dem Teil verbunden hat, dazu genügt es schließlich, den Besitzer des entsprechenden Handys zu ermitteln.«

Tess drehte sich zu Lundberg um.

»Woran erinnerst du dich bei Betty van Friis?«

Er lehnte sich zurück und überlegte.

»Sie war eine der wenigen, die wir damals etwas eingehender unter die Lupe genommen haben. Bettina van Friis und Lena haben sich in deren letzten Tagen häufiger getroffen. Wir haben sie vor allem zu Bosse befragt. Sie wusste, dass er die Trennung von Lena nicht gut weggesteckt hatte.«

Tess packte ihre Sachen zusammen.

»Ich glaube, wir sollten hinfahren und sie noch mal befragen.«

Betty van Friis sah Tess erstaunt an.

»Ja, ich habe Lena gut gekannt, aber das ist schon wahnsinnig lange her. Wieso fragen Sie mich jetzt danach?«

Tess beugte sich über den Tisch, Kerstin Jacobsson hatte ihnen einen Vernehmungsraum im Polizeigebäude in Ystad zur Verfügung gestellt, war jetzt aber hinausgegangen, damit sie unter vier Augen reden konnten.

»Es tut mir leid, dass wir Sie so kurzfristig hierherbitten mussten. Aber wie Sie wissen, besteht der Verdacht, dass ein Pyromane in Österlen unterwegs ist, schlimmstenfalls plant er noch weitere Anschläge. Außerdem sehen wir Parallelen zu einem früheren Mordfall. Deshalb wollte ich Sie gerne sprechen.«

»Sie meinen, es könnte derselbe Täter gewesen sein wie bei Lena?«

»Das wissen wir nicht. Deshalb müssen wir genau untersuchen, was passiert ist.«

Bettina van Friis trug eine schwarzweiß karierte Oversized-Jacke sowie helle weite Jeans und hatte sich das Haar zu einem losen Zopf gebunden. Sie wirkte jünger als vierzig, fand Tess.

Äußerlich waren Betty und ihr Sohn bei dem Brand nicht weiter zu Schaden gekommen, doch natürlich beschäftigte sie das Erlebte. Da die Feuerwehr sehr schnell dagewesen war, würde das Haus noch zu retten sein. Doch für die Zeit, in der es renoviert und saniert wurde, mussten sie sich eine andere Unterkunft suchen. Die letzte Nacht hatten sie bei einer Freundin verbracht, die auch jetzt, während der Vernehmung, auf den Sohn aufpasste.

»Was haben Sie gedacht, als Sie erfahren haben, dass Ihre Freundin Lena ums Leben gekommen ist – können Sie sich daran noch erinnern?«

Betty senkte den Blick.

»Es war schrecklich. Erst dachten ja alle, es wäre ein Unfall, sie hätte vergessen eine Kerze auszumachen oder so. Das mit der Zigarette im Bett klang völlig absurd, so was hätte Lena nie gemacht. Aber als dann klar wurde, dass es um etwas ganz anderes ging …« Sie hielt kurz inne. »Als ich in der Zeitung gelesen habe, dass die Polizei von einem Mord ausging, da fühlte sich das vollkommen irreal an.«

»Hatten Sie irgendeine Idee, was ihr passiert sein könnte?«

»Nein, Lena war der netteste und hilfsbereiteste Mensch, den man sich vorstellen kann. Und jetzt, wo ich selbst alleinerziehend bin, wird mir erst richtig klar, wie anstrengend das ist. Ich kann mir nicht vorstellen, dass ihr jemand Böses wollte. Wahrscheinlich sagt man so was meistens über Leute, die gestorben sind, aber in Lenas Fall war es wirklich so. Der Einzige, der mir einfallen würde, ist ihr Exfreund.«

»Bo Svahn, also Bosse?«

»Ja. Er war jedenfalls sauer auf sie, weil sie Schluss gemacht hatte. Und so etwas kommt ja durchaus schon mal vor. Er war damals der einzige Verdächtige, oder?«

»Sind Sie ihm ab und zu begegnet?«

»Ja, aber eher selten, er war eigentlich nicht verkehrt, nur ziemlich eifersüchtig. Er hat ihr wohl mal gesagt, wenn er sie nicht kriegen kann, dann soll auch kein anderer sie haben. Aber so was sagt man ja auch schon mal so dahin.«

Gegen ihren Willen tauchte Cliff Edding in Tess' Gedanken auf. Tickte der vielleicht genauso? Dachte er dasselbe über seine und Sandras Ehe? Wenn er sie nicht kriegte, dann sollte auch niemand anderes …

Sie unterbrach sich selbst und sah Betty an.

»Es gab das Gerücht, Lena hätte jemand Neues kennengelernt und wollte mit ihm einen Wochenendtrip nach Kopenhagen machen. Haben Sie eine Ahnung, wer das gewesen sein könnte?«

»Nein, davon wusste ich nichts.«

Tess nickte.

»Unter Lenas Bett wurden zwei Gläser und eine Flasche Champagner gefunden. Wenn Sie raten sollten: Mit wem hat sie die getrunken? Mit Bosse? Haben sie das manchmal gemacht?«

Betty schnaubte.

»Also, das ist jetzt fünfzehn Jahre her, ich habe wirklich keine Ahnung, was sie gemacht haben, wenn sie alleine waren.«

»Schon klar«, sagte Tess. »Aber Sie haben sie an dem Tag, an dem sie gestorben ist, noch getroffen. Hat sie da irgendetwas über Bosse gesagt?«

»Nein, nichts, sonst hätte ich es der Polizei gesagt.«

»Was hatten Sie für einen Eindruck von Lena, an ihrem letzten Tag?«

Betty lehnte sich zurück und überlegte.

»Das Ding war, dass nichts anders war als sonst. Wir haben uns am Triangeln kurz auf einen Kaffee getroffen, anschließend wollte sie einkaufen und dann nach Hause, um Tim vom Kindergarten abzuholen. Alles war genau wie immer.«

Es war offensichtlich, dass der Mord an Lena etwas war, womit Betty sich nicht noch einmal auseinandersetzen wollte. Bedeutete das auch, dass sie ihnen etwas verschwieg?

Tess sah ein, dass sie für heute hier nicht weiterkommen würde. Stattdessen bat sie Betty, noch einmal zu erzählen, wie es mit dem Brand in ihrem Haus gewesen war.

Das schien ihr sehr viel leichter zu fallen, und je eingehender sie erzählte, desto betroffener schien sie. Als sie fertig war, gab Tess ihr kurz Zeit, sich zu erholen, dann fragte sie nach der mysteriösen Musik.

»Wie würden Sie sie beschreiben?«

Betty überlegte.

»Eindringlich. Helle Streichinstrumente, Geigen oder so. Ein bisschen traurig auch, und sehr seltsam. Ich war kurz davor, ohnmächtig zu werden, deshalb weiß ich nicht, wie zuverlässig meine Erinnerungen sind, aber es klang, als würde es immer lauter.«

»Haben Sie das Stück wiedererkannt?«

»Nein, das Einzige, was ich gedacht habe, war, dass Reine vielleicht die Anlage unten angemacht hatte oder so.«

Tess stand auf und ging zum Fenster.

»In Ihrem Haus wurde ein Abspielgerät gefunden, so ein Bluetooth-Lautsprecher. Der gehörte aber nicht Ihnen?«

»Ich habe davon gehört – total krank. Warum sollte den jemand mitbringen und Musik abspielen, gleichzeitig die Rauchmelder abschrauben und mein Haus anzünden? Wo ist da der Witz?«

Tess nickte und nahm ein Blatt Papier vom Tisch.

»Sie sind bereits von einem Kollegen zu dem Brand befragt worden. Dennoch möchte ich Sie bitten, sich diese Namen anzusehen. Ist irgendwer dabei, den sie kennen?«

Tess legte ihr die Liste mit den Namen der anderen sechs Brandopfer vor. Betty van Friis betrachtete sie eine Weile und schüttelte dann den Kopf.

»Nein. Ihr Kollege hat sie mir auch schon gezeigt.«

»Und es hat nichts bei Ihnen geklingelt?«

Betty schüttelte den Kopf.

»Nein.«

»Und dieser Mann«, sagte Tess und zeigte ihr ein Foto von Arvid Larsson. »Haben Sie den schon mal gesehen?«

Betty schaute erst das Foto an und dann Tess.

»Hat er etwas mit den Bränden zu tun?«

»Im Augenblick haben wir keinen Tatverdächtigen.«

Betty sah sich das Foto noch einmal an.

»Er sieht schon ein bisschen seltsam aus, ich glaube, die Augen hätte ich wiedererkannt. Daran hätte ich mich ganz bestimmt erinnert.«

»Okay, dann sind wir fertig«, sagte Tess, packte ihre Sachen zusammen und nickte Betty zu. »Danke, dass Sie sich die Zeit genommen haben.«

Tess begleitete Betty van Friis noch bis in den Eingangsbereich, wo sie auf Kerstin Jacobsson trafen. In einer Ecke des Raums stand ein Luftreinigungsgerät und brummte, und vor dem Fenster waren ein paar Stühle und Bänke aufgestapelt. Die Polizei in Ystad hatte über viele Jahre Probleme mit ihrem Gebäude aus den Siebzigerjahren gehabt. Der rote, charakteristische flache Ziegelbau galt unter anderem als von Schimmel befallen. Nun hatte man die Pläne, es zu renovieren, verworfen und beschlossen, stattdessen ein neues Gebäude zu bauen.

»Sie verschweigt uns irgendetwas, ich weiß aber nicht, was«, sagte Tess und schaute aus dem Fenster, um Betty dabei zu beobachten, wie sie sich mit dem Handy am Ohr rasch entfernte.

»Das Gefühl hatte ich auch. Am liebsten hätte sie gar nicht noch mal mit uns geredet. Übrigens liegt uns jetzt das Obduktionsergebnis von Linn Andrén vor, anscheinend hatte sie eine ziemliche Menge Stesolid im Körper.«

»Sie stand unter Drogen?«

»Nicht ganz klar, aber durchaus möglich. Es gibt keine Hinweise darauf, dass sie irgendwie abhängig war. Aber es würde erklären, warum sie es nicht geschafft hat, aus dem Schlafzimmer zu kommen.«

Kerstins Handy klingelte. Sie hörte aufmerksam zu und gab Tess ein Zeichen, dass sie noch warten solle. Als sie aufgelegt hatte, konnte sie ein Lächeln nicht unterdrücken.

»Schlechtes Timing, dass Betty schon weg ist, aber dennoch …«

»Was denn?«

»Die Techniker haben Linn Andréns Computer durchsucht. Linn hatte anscheinend eine Freundschaftsanfrage an Andreas Moose in Vitemölla geschickt, aber er hat nicht geantwortet. Schien nicht sonderlich aktiv in den sozialen Medien zu sein.«

Tess hob die Augenbraue und sah Kerstin an.

»Also wissen wir jetzt, dass es eine Verbindung zwischen ihnen gab.«

»Und das ist noch nicht alles. Pass auf: Linn Andrén hatte ein offenes Instagram-Profil. Andreas Moose hat ein Foto in einem ihrer Posts kommentiert. Und darunter, also zu demselben Post, hat niemand anderes als Betty van Friis ebenfalls einen lachenden Smiley hinterlassen und ihm geantwortet. Außerdem folgt Betty Linn auf Instagram, sie müssen sich also irgendwie kennen.«

»Warum hat sie das dann nicht zugegeben?«

»Ja, und was verschweigt sie uns noch?«

Goldenes Herbstlicht färbte den Buchenwald, der vor ihr lag, in einem neonfarbenen Orange. Es war, als würde sie in einen leuchtenden Laubtunnel hineinfahren. Und im Rückspiegel sah Tess die Sonne, die wie ein Feuerball über den Feldern von Österlen lag.

Nachdem herausgekommen war, dass Betty van Friis sie belogen hatte, hatte Kerstin Jacobsson sie sofort noch einmal zu sich zitieren und konfrontieren wollen. Aber würde ihnen das wirklich weiterhelfen? Nach kurzem Hin und Her hatten sie beschlossen, Betty stattdessen lieber zu beobachten und zu schauen, wohin sie das führte.

Als sie die Allee zum Fischerdorf erreichte, hielt Tess an. Ein Aushang war an einem der Bäume befestigt, es ging um einen Fackelzug gegen die Brände der letzten Zeit. Am selben Abend sollte er in mehreren Dörfern stattfinden, unter anderem in Brantevik. »Unsere Herzen brennen für das Dorf. Machen Sie mit, unterstützen Sie uns. Es reicht.«

Sandras SUV stand bereits in der Einfahrt. Tess hoffte, dass sie wenigstens ein schlechtes Gewissen hatte, weil ihre Arbeit sie in letzter Zeit so völlig in Beschlag genommen hatte. Während sie Chilli aussteigen ließ, überlegte sie, wie sie Sandra gegenüber mit ihrem Verdacht umgehen sollte, dass die deutsche Polizei in ihrem Haus gewesen war. Sie konnte sich schon vorstellen, wie sie reagieren würde.

Sandra öffnete und strahlte über das ganze Gesicht.

»Du hast schon überlegt, mich zu verlassen, oder? Gib's zu!«

Immer wieder für eine Überraschung gut, dachte Tess und trat ein. Sie lebten jetzt schon ein gutes Jahr zusammen, aber Sandras Verhalten war für sie immer noch selten vorhersehbar.

»Nein, aber ich habe überlegt, die Vermissten-Hotline anzurufen.«

Sandra lachte.

»Ich weiß, bitte entschuldige. Und gleich erzähl ich dir, wie sinnlos die ganze Aktion obendrein war.«

Sandra packte sie an der Jacke und zog sie an sich.

»Komm.«

Ihrem Kuss konnte Tess nicht widerstehen.

Auf dem Tisch stand eine geöffnete Rotweinflasche, und Tess setzte sich aufs Sofa. Chilli sprang zu ihr herauf und legte seinen Kopf auf ihren Schoß. Sandra reichte Tess ein Glas, dann setzte sie sich neben sie.

»Ich habe übrigens einen der Bauarbeiter getroffen, kurz bevor du gekommen bist. Er hat gesagt, ihr hättet miteinander gesprochen.«

»Das kann nicht sein, ich habe schon länger keinen von ihnen hier gesehen.«

»Nein? Komisch. Er meinte, ihr wärt euch heute früh vor dem Haus begegnet.«

Tess schaute auf das Holzdeck hinaus.

»Nein, das stimmt nicht, solange ich hier war, war keiner von ihnen da. Hast du ihn wiedererkannt? War es einer von denen, die sonst auch da sind?«

Sandra überlegte kurz.

»Nein, ich glaube, ich habe ihn noch nie zuvor gesehen. Aber wenn ich ehrlich sein soll, habe ich sie mir auch nicht wirklich genau angeguckt. Außerdem hatte er sich seine Kappe tief ins Gesicht gezogen.«

Tess trank einen Schluck Wein.

»Erzähl mal von diesem elenden Drogenschiff.«

»Okay«, sagte Sandra und stellte ihr Glas ab. »Also, wir wussten ja, dass es ein Frachter mit Obst und Gemüse aus Venezuela sein würde. Aber es sollten eben auch noch andere Dinge an Bord sein. Leider stellte sich heraus, dass sie die gesamte Ladung Drogen in Rotterdam gelassen hatten. Sie haben die niederländische Polizei an der Nase herumgeführt und den Container dort einfach versenkt. Wir brauchten natürlich eine Weile, um das ganze Schiff zu durchsuchen. Diese Typen sind ziemlich gut darin, etwas zu verstecken. Aber am Ende mussten wir einsehen, dass das, was die größte Beschlagnahme von Kokain in der Geschichte Skandinaviens hätte werden sollen, nichts anderes war als …«

»… ein Haufen Melonen?«

»Ganz genau.«

»Und all die Überstunden, die ihr gemacht habt – nur für ein Obst- und Gemüseschiff?«

Sandra lachte.

»Ja, man mag es kaum glauben, aber so ist es wohl.«

Als Sandra nach oben ging, um sich umzuziehen, schaute Tess kurz auf ihr Handy. Eine Push-Nachricht von *Ystads Allehanda. Hunderte versammeln sich, um gegen die Brände zu demonstrieren.*

Tess stellte ihr Glas ab und klickte das Video an. Der Kiesplatz vor der Dorfschule in Brantevik wurde von Kerzen erhellt, überall standen Leute mit Fackeln in den Händen. Die ganze Szene spielte sich nur wenige Kilometer von ihrem Sofa entfernt ab. Ein Repräsentant der Schwedendemokraten im Gemeinderat von Simrishamn hielt ein Mikrofon in der Hand und ließ seinen Blick über die versammelte Menge schweifen.

»Wir haben es bereits erlebt. Vor etwa vierzehn Jahren wurde unsere Gegend schon einmal von einem Pyromanen heimgesucht. Zahlreiche Menschen fielen ihm zum Opfer.«

Er berichtete von den Bränden in Österlen, als Arvid Larsson zuletzt aktiv gewesen war. Und jetzt sei es wieder so weit, rief er, aber diesmal werde man ihn stoppen.

»Wir werden uns aufmachen und unsere Häuser bewachen. Uns zu Nachtwachen zusammenschließen. Unsere Häuser beleuchten, die Rauchmelder kontrollieren und unsere Türen abschließen. Wir müssen das stoppen, denn es ist eine Bedrohung für unsere Sicherheit, ehrenhafte und unschuldige Mitbürger sind betroffen. Auf die Polizei können wir uns nicht verlassen, also müssen wir es selbst in die Hand nehmen.«

Vereinzelt war Applaus zu hören. Ein offenbar angetrunkener Mann hob ein selbst geschnitztes Holzschwein in die Luft und rief:

»Die Scheißpolizisten sind schuld. Schweine. Sie sollen uns schützen, aber wir auf dem Land sind ihnen egal. Sie lassen uns bei den Bränden sterben und an der Arbeitslosigkeit.«

Mitten in der Menge entdeckte sie Ricky Nilemans Gesicht. Sie machte das Video aus.

Bürgerwehren, dachte Tess. Das kann nur böse enden.

Dienstag, 27. Oktober

Sie spürte, dass Sandra nah dran war. Ihre Atmung veränderte sich, und ihr Körper spannte sich an.

»Da, genau da«, flüsterte sie. »Mach weiter.«

Tess hatte nicht vor, aufzuhören, und genau in dem Moment, als Sandra kam, öffnete sie die Augen und sah sie an. Tess liebte diesen Moment über alles.

Sandra hob die Arme über den Kopf.

»Wow.«

»Gut?«

»Mhm. Phantastisch.«

Sie schmiegte sich an sie, und Tess schlang die Arme um sie. Weniger als eine Minute später war sie wieder eingeschlafen. Tess lauschte auf ihren Atem, der einem anderen Rhythmus folgte als das Meeresrauschen draußen. Jedes Mal, wenn sie Sex gehabt hatten, fühlte ihre Beziehung sich vollkommen selbstverständlich an, und alles, was sie bedrohte, rückte in weite Ferne. Von Josefsehen und -beziehungen hatten sie beide genug, es war nichts, wonach sie sich zurücksehnten. Doch in letzter Zeit hatten sowohl die Auseinandersetzungen mit Sandras Exmann als auch ihre Überstunden zwischen ihnen gestanden, und Sex war immer mehr in den Hintergrund gerückt.

Tess streckte sich nach dem Handy, stellte fest, dass es halb sieben war, und flüsterte Sandra ins Ohr.

»Schläfst du?«

»Ja.«

»Ich muss dir was erzählen.«

Sandra öffnete die Augen.

»Du suchst dir ja wirklich prima Zeiten aus.«

»Da gibt es nicht viel auszusuchen. Ich muss in einer Stunde los. Und ich glaube, hier schleicht tagsüber jemand herum. Also, ums Haus.«

»Hier? Wieso?«

Tess berichtete von dem Audi, den sie mehrmals in der Gegend gesehen und wie sie sich beim Joggen auf der Landzunge oft beobachtet gefühlt hatte. Vom Gartentor, dass offen gestanden hatte, als sie nach Hause gekommen war, und von den seltsamen Meisenknödeln auf dem Grundstück, von denen Chilli krank geworden war.

Sandra schien nicht ganz überzeugt.

»Und dann ist neulich noch etwas passiert. Und das hat, glaube ich, nichts mit den vergifteten Meisenknödeln zu tun. Ich glaube, es ist jemand im Haus gewesen und hat meine Unterlagen durchsucht. Inzwischen weiß ich, dass es wahrscheinlich deutsche Ermittler waren, die versucht haben, etwas über meine Erkenntnisse im Jenny-Fall herauszubekommen. Ich habe gesehen, dass das Fenster mit dem Lüftungshaken offenstand und … ja, dort könnten sie reingekommen sein.«

Sandra setzte sich abrupt auf.

»Wann?«

»Vor ein paar Tagen.«

»Oh Gott.«

Sie sprang aus dem Bett, zog sich den Bademantel über und lief die Treppe hinunter. Kurz darauf hörte Tess, wie sie auf der Terrasse mit jemandem telefonierte.

Als sie selbst herunterkam, trat Sandra wieder ins Haus. Tess sah sie fragend an.

»Das klang fast, als würdest du halb Europa von den Deutschen und von meinen Ermittlungen erzählen.«

Sandra setzte sich an die Kücheninsel.

»Ich musste Antonsson die Lage schildern. Und zwar aus ganz bestimmten Gründen.«

Antonsson war Sandras engster Mitarbeiter bei der Polizei in Helsingborg.

»Ich habe sensibles Material hier im Haus, sowohl in Papierform als auch auf meinem privaten Laptop, da ist eine Kopie der ganzen Geschichte mit dem Drogenfrachter abgespeichert. Namen von allen möglichen Leuten aus der Unterwelt, die den Drogenhandel bestimmen und die wir und die Zollbeamten mühsam ausfindig gemacht haben. Außerdem Pläne, wie es gelingen könnte, sie zu stoppen. Und – was am heikelsten ist – Informationen von der dänischen, niederländischen und deutschen Polizei. Es wäre sehr ungünstig, wenn das in den falschen Händen landen würde.«

Tess verstaute ein paar Gläser im Küchenschrank.

»Wie viel hast du gesagt? Von meinen Fällen?«

»Nur das Allernotwendigste, du brauchst dir keine Sorgen zu machen. Aber wenn sie wirklich hier eingedrungen sind, müssen wir was unternehmen, sie zur Rede stellen.«

»Nein«, sagte Tess und schenkte ihnen Kaffee ein. »Wir behalten es lieber erst mal für uns. Sie würden es ohnehin niemals zugeben, das weißt du genauso gut wie ich.«

Sie fasste kurz das Wichtigste von Morris' Besuch und dem plötzlichen Interesse der Deutschen am Jenny-Fall zusammen.

»Das gibt ihnen noch längst nicht das Recht, in unserem Haus herumzuschnüffeln. Außerdem klingt es total unwahrscheinlich.«

»Ich will sie aber erst mal kennenlernen, um zu hören, worum es eigentlich geht.«

Sandra nickte.

»Kamera und Alarmanlage besorgen wir uns aber trotzdem. Noch was anderes …«

Jetzt kommt's, dachte Tess.

»Ich habe mich entschieden, ich fahre am Donnerstag nach Stockholm. Die Kinder haben Herbstferien, und ich habe sie jetzt schon seit zwei Wochen nicht mehr gesehen. Sie fehlen mir.«

»Klar, verstehe ich doch.«

»Und dann muss ich ja auch noch mit Cliff reden.«

Tess nahm ihr Handy und hielt es ihr hin.

»Bist du dir sicher, dass er dort ist? Er scheint sich eher hier in der Nähe herumzutreiben.«

Sandra sah sie fragend an.

Tess zeigte ihr das Foto auf Instagram. Sie gab ungern zu, dass sie sich das Profil von Sandras Exmann angesehen hatte, aber sie konnte nicht anders, sie musste ihr den Post zeigen.

»Das hier ist in Höllviken, er hat es vor ein paar Tagen gepostet.«

»Höllviken? Das kann nicht sein. Unmöglich! Er hat doch Felix und Lo.«

»Ja, aber der Pub ist eindeutig dort, es sei denn, er hat gephotoshopt. Aber auch dann wirft das einige Fragen auf, oder?«

Sandra schwieg kurz.

»Ja, ich muss das natürlich prüfen, aber es kann nicht sein … Vielleicht ist bei Instagram irgendwas falsch gelaufen.«

»Kommt ja schon mal vor«, sagte Tess in ironischem Tonfall. »Vielleicht macht er aber auch ernst und kommt her, um dich zur Rede zu stellen. Hast du in den letzten Tagen noch mehr nette Nachrichten von ihm bekommen?«

»Ja, mehrmals täglich.«

»Und was schreibt er?«

»Er benutzt die schlimmsten Ausdrücke, die du dir vorstellen kannst, und noch ein bisschen darüber hinaus. Und ich verdiene es im Grunde nicht, am Leben zu sein.«

»Würde er seine Drohungen wahrmachen?«

»Nein, auf keinen Fall, schon allein wegen der Kinder. Aber ehrlich gesagt, kommt er mir immer mehr wie ein völlig Fremder vor.«

»Und trotzdem willst du ihm von uns erzählen? Trotz seiner aggressiven Anfälle?«

Sandra senkte den Blick.

»Irgendwann muss es ja sein, und es wird ohnehin immer schwieriger. Wäre auch blöd, wenn er es von Dritten erfahren würde. Außerdem hat Felix gefragt, ob wir uns nicht einen Abend alle zusammen treffen könnten, wenn ich in Stockholm bin.«

Tess spürte, wie es ihr einen Stich versetzte.

»Und dann macht ihr einen auf heile Familie? Obwohl er sich so aufführt und dir so schreckliche Dinge schreibt?«

»Ach was, nein! Aber ich muss irgendwie versuchen, das hinzukriegen. Wenn man gemeinsame Kinder hat, muss man manchmal so was machen. Ich glaube, das ist für alle gut. Auch für dich.«

»Für mich? Wieso das denn?«

»Ich meine, auf lange Sicht. Um den Druck rauszunehmen, um zu verhindern, dass dir der schwarze Peter zugeschoben und dir vorgeworfen wird, alles kaputtgemacht zu haben. Was meinen Ex angeht, brauchst du dir keine Sorgen zu machen, das weißt du doch, oder? Es ist verdammt lange her, seit diese Ehe in ihren letzten Zuckungen gelegen hat. Ich will niemand anderen als dich.«

»Das würdest du auch zeitlich gar nicht schaffen.«

Sandra lachte.

»Aber vielleicht solltest du lieber eine Weile in Malmö schlafen, solange ich weg bin? Wenn du dich hier nicht sicher fühlst?«

Tess protestierte.

»Nein, auf keinen Fall. Ich lasse mich doch nicht von hier vertreiben. Ich komme schon zurecht. Aber ich frage mich inzwischen, ob es nicht Rocky Ricky gewesen ist, der die Meisenknödel ausgelegt hat. Wie der Chilli immer anguckt, wäre es ihm zuzutrauen.«

Tess nahm ihre Kaffeetasse mit nach oben und machte sich fertig. Als sie aus der Dusche kam, hörte sie es unten an der Haustür klopfen. Sandra sah sie fragend an. Einer der Vor- und Nachteile daran, in einem abgelegenen Fischerdorf zu wohnen, bestand darin, dass man eigentlich nur sehr selten spontanen Besuch bekam.

Tess ging hinunter und öffnete. Draußen standen ihre Mutter sowie eine Frau, bei der es sich wahrscheinlich um die häufig von ihr erwähnte Nachbarin Iris handelte, mit der sie im Sommer ausgedehnte Abendmahlzeiten im Garten zelebrierte. Beide trugen einen Mundschutz im Leoparden-Look, den sie sich unters Kinn gezogen hatten.

Tess bemühte sich um einen erfreuten Gesichtsausdruck.

»Mama – das ist ja eine Überraschung.«

»Wir waren gerade mit dem Auto in der Nähe. Iris ist seit einem halben Jahr nicht mehr rausgekommen, das reinste Gefängnis, sie brauchte einfach mal eine Luftveränderung.«

Tess nickte und lächelte die Nachbarin an.

»Das kann ich gut verstehen. Aber seid vorsichtig.«

»Ach was«, sagte Iris. »Wir wollen auf dem Rückweg nur noch mal kurz bei Bo Ohlsson in Tomelilla vorbei. Wir zwei haben doch sowieso nicht mehr lange, was macht es da schon aus.«

Sie sahen sich an und kicherten wie zwei Teenager, die von zu Hause abgehauen waren.

»Ja, und da dachte ich, ich will doch wenigstens mal das Haus sehen, in dem du – oder ihr – jetzt wohnt. Wie hübsch es hier ist, so nah am Meer.«

Marianne senkte die Stimme.

»Bei der Lage kann es nicht ganz billig gewesen sein, oder?«

Sie reckte den Hals und versuchte in den Flur hineinzuschauen. Tess spürte, dass Sandra hinter ihr aufgetaucht war.

»Das ist Sandra«, sagte sie und zog sie neben sich.

»Hej, hej«, sagte Sandra und winkte ein bisschen. »Tja, leider kann man sich gerade nicht normal begrüßen.«

»Nein, aber dazu gibt es ja hoffentlich später noch die Gelegenheit«, sagte Marianne. »Ich habe Tess schon gesagt, sie soll dich mal zum Essen mitbringen. Aber sie arbeitet ja immer so viel. Ist das bei dir auch so? Soweit ich weiß, bist du auch bei der Polizei?«

»Ja. Die Pandemie hat ja einiges lahmgelegt, aber eben leider nicht die Kriminalität.«

»Nein, das stimmt. In Söderslätt fürchten wir uns jetzt vor allem vor den Bränden, davor, dass es bei uns jetzt auch damit losgeht. Terese meint, es könnte sich um einen neuen Serientäter handeln?«

»Mama, wir wissen noch nicht, was dahintersteckt.«

»Aber es scheint tatsächlich so, als wäre wieder dieser Irre von damals unterwegs. Einige unserer Nachbarn haben bereits Überwachungskameras installiert. Habt ihr das auch?«

»Wir sind noch nicht dazu gekommen«, sagte Tess. »Und leider können wir euch auch nicht einmal hereinbitten, weil wir beide gleich losmüssen.«

»Gehört euch das Haus hier zusammen?«, fragte Iris.

Sandra lächelte sie an.

»Ja, das kann man so sagen. Ich habe es gekauft, aber wir leben zusammen hier.«

»Ja, so ist das heute«, sagte Iris. »Meine Tochter hat zwei Freundinnen in Malmö, die jetzt geheiratet haben. Also, einander. Die Zeiten ändern sich, und das ist wahrscheinlich auch gut so. Als ich in Ystad zur Schule ging, gab es Gerüchte über einen Lehrer, er würde mit einem anderen Mann zusammenleben. Das war bestimmt nicht besonders lustig für ihn.« Iris lachte und präzisierte schnell: »Also, dass so über sie geredet wurde.«

Marianne drehte sich zu ihr um.

»Dann sollten wir vielleicht mal wieder los.«

»Ja«, sagte Tess, »wir würden euch wirklich gerne einen Kaffee anbieten, aber gerade heute passt es leider ganz schlecht.«

Sie zog ihr Handy heraus und schaute nach der Uhrzeit. Sandra legte einen Arm um sie.

»Also, für eine Tasse würde es schon noch reichen, wenn ihr möchtet. Aber es wäre vielleicht nicht richtig, wegen Corona, oder was meint ihr?«

Tess' Mutter strahlte.

»Nein, nein, das hat Zeit. Aber gerne recht bald, war nett, euch zu sehen.«

Nachdem sie gegangen waren, schloss Tess die Tür, lehnte sich an die Wand und atmete tief durch.

»Hilfe!«

Sandra lachte.

»Hör auf, so kritisch zu sein, ich finde, sie wirkt nett.«

»Schön, dann kannst du dich ja mit ihr treffen.«

»Was hast du nur gegen deine Mutter? Lass uns sie so bald wie möglich mal zum Essen besuchen.«

Tess antwortete nicht. Sie konnte selbst nicht erklären, warum sie fühlte, was sie fühlte. Im Augenblick ließ sich das Verhältnis zwischen ihr und ihrer Mutter bestenfalls als neutral beschreiben, oder unverbindlich. Zumindest von Tess' Seite aus. Natürlich merkte sie, dass ihre Mutter sich bemühte, ihr wieder näherzukommen. Indem sie unangekündigt vorbeikam und sie sogar zum Essen einlud. Doch diese Bemühungen kamen für ihren Geschmack reichlich spät. Hinter ihnen lagen zu viele Jahre, in denen Tess sich im Stich gelassen und nicht als die akzeptiert gefühlt hatte, die sie war. Ihre Mutter hatte es nach außen hin nie gezeigt, dazu war sie viel zu kultiviert und sozial gebildet. Es zeigte sich eher an subtilen Dingen, zum Beispiel an ihrer Wortwahl. So hatte Tess immer das Gefühl gehabt, dass sie ihre Schwester viel mehr wertschätzte. Und das bezog sich sowohl auf ihre Berufswahl als auch auf ihre sexuelle Neigung. Beides war Marianne wahrscheinlich einfach fremd. Als Tess verkündet hatte, sie wolle zur Polizei, hatte sie ganz entsetzt gewirkt. Und Tess war sich sicher, dass sie dabei nicht die Gefahren im Sinn hatte, die der Beruf mit sich brachte. Polizistin war in ihren Augen einfach kein attraktiver Beruf. Die Löhne waren zu niedrig, die Tätigkeiten zu einfach und unakademisch. Sie hätte es wahrscheinlich lieber gesehen, wenn sie Medizin oder Wirtschaft studiert hätte, oder Jura, wie ihre Schwester Isabel.

Als sie wieder in der Küche waren, rief Marie an.

»Habe Frühdienst, hoffe, ich störe nicht? Erinnerst du dich noch an den Krankenpfleger im Östra Sjukhuset, der seine Patienten ermordet hat und so als einer der wenigen Serienmörder Schwedens gilt?«

»Ja? Ist er wieder aufgetaucht?«

»Nein, aber weißt du, was Lenas Exfreund, Bosse Svahn, heute beruflich macht?«

»Nein.«

»Er ist Feuerwehrmann.«

»Feuerwehrmann?«

»Ja, in der Feuerwache Östra Skåne. Wenn jemand weiß, wie man Brände legt, dann ja wohl er.«

»Interessant«, sagte Tess. »Wir müssen ihn uns noch mal vornehmen.«

»Genau das habe ich auch gedacht. Habe ihn schon einbestellt. Um elf im Byvägen in Simrishamn, in dem Café am Hafen. Ich nehme den Zug, das Auto ist in der Werkstatt, du hast also noch zwei Stunden.«

Um kurz vor elf parkte Tess unten am Hafen. Die Sonne kämpfte sich durch eine dünne Wolkendecke, und die Möwen über den Fischerbooten am Kai gegenüber versuchten sich gegenseitig zu übertönen. Marie lehnte an dem geschlossenen Eis-Büdchen, die Stirn gerunzelt und in ihr Handy vertieft.

Dann gingen sie quer über die Straße zum Café Byvägen, wo sie mit Bosse Svahn verabredet waren. Das weiß gekachelte Öko-Café war in einer ehemaligen Warenannahme untergebracht. Tess entdeckte einen Mann, der mit einer Tasse Kaffee auf einer schmiedeeisernen Bank im Innenhof saß – das musste Bosse Svahn sein. Marie ging hinein, um die Bestellung aufzugeben, während Tess ihn begrüßte. Sie hatte sich noch immer nicht an die merkwürdige Steifheit gewöhnt, die entstand, seit man sich nicht mehr mit Handschlag begrüßte.

Tess überlegte, ob er wohl wusste, dass Tim nach dem Brand bei ihr gewohnt hatte. Sie erinnerte sich, dass eine Lokalzeitung damals berichtet hatte, eine Polizistin habe sich des elternlosen Jungen angenommen.

Bosse war ein ziemlich gut aussehender, kräftiger Mann mit rötlichem Gesicht. Tess hatte ihn routinemäßig bei Facebook überprüft, anscheinend das einzige soziale Medium, das er nutzte. Jeden Freitag postete er ein nahezu identisches Selfie, auf dem er mit einer Bierdose in der Hand ein schönes

Wochenende wünschte. Er wohnte irgendwo in Simrishamn, und zwar alleine, und vielleicht waren die freitäglichen Grüße ein Versuch, daran doch noch etwas zu ändern.

Bosse trug einen schwarzen Schutzanzug mit dem Logo von SÖRF, der südschwedischen Feuerwehr, und sagte, er habe lediglich eine kurze Mittagspause, dann müsse er zu einem Seminar in der Nähe zurück. Marie balancierte ein Tablett mit zwei Tassen Kaffee und einem Stück Käsekuchen für sich selbst an den Tisch.

Tess erklärte, sie hätten sich den Lena-Bergmark-Fall noch einmal vorgenommen. Bosse Svahn nickte gleichmütig und trank einen Schluck Kaffee. Als er die Tasse zum Mund hob, sah sie, dass er sich am Handgelenk eine Flamme auf den Unterarm hatte tätowieren lassen.

»Ich dachte, es hätte da keine brauchbaren Spuren mehr gegeben«, sagte er. »Schließlich war man ja zunächst von einem Unfall ausgegangen.«

Tess nickte

»Das stimmt, es gibt nur wenige Spuren, aber es ist zum Glück ja noch gelungen, ein paar ihrer persönlichen Sachen sicherzustellen.«

Die Gentechnik entwickle sich ja auch immer weiter, es gebe inzwischen viel bessere DNA-Analysen und viele andere revolutionäre Methoden bei der Untersuchung von Spuren. Außerdem erlaube ihnen eine Gesetzesänderung inzwischen, sich verschiedener Ahnenforschungsregister zu bedienen.

Dass es im Lena Bergmark-Fall keine einzige gesicherte DNA-Spur gab, erwähnte sie nicht. Sie wollte vor allem sehen, wie Bosse reagierte.

»Obwohl es inzwischen ja echt lange her ist, befragen wir jetzt noch mal alle, mit denen sie damals näher zu tun hatte. Wie haben Sie beide sich eigentlich kennengelernt?«

Bosse blies die Backen auf und ließ die Luft langsam entweichen.

»Puh … Wir waren auf einer Party von gemeinsamen Bekannten. Einer meiner Kumpel hat damals in derselben Praxis gearbeitet wie sie. Er war umgezogen, es war seine Einweihungsparty und … ja, es hat sofort klick gemacht.«

Tess sah, wie Marie die Augenbraue hob, und schaute weg.

»Vier Monate waren wir, glaube ich, zusammen. Dann wollte sie plötzlich nicht mehr. Von einem Tag auf den anderen. Ich habe es einfach nicht kapiert. Ich fand, wir hatten es gut miteinander.«

Tess nickte.

»Wie haben Sie darauf reagiert?«

»Ich kann nicht behaupten, dass ich erfreut war. Vor allem habe ich mich gefragt, was in sie gefahren war. Aber ich habe sie nicht getötet, falls Sie das denken.«

Tess lächelte entwaffnend.

»Deshalb sind wir nicht hier. Wir reden völlig unvoreingenommen mit allen Beteiligten.«

Tess legte ein Foto von Lena auf den Tisch und warf Marie einen raschen Blick zu.

»Was gefiel Ihnen an Lena?«

Bosse schaute sich das Foto an und kniff die Lippen zusammen, schüttelte den Kopf.

»Echt traurig, das Ganze. Ich muss zugeben, ich mochte diese Frau sehr. Sie war fröhlich, nett, hilfsbereit. Vielleicht ein bisschen zu hilfsbereit. Manchmal hatte man den Eindruck, sie vergaß darüber sich selbst, schließlich hatte sie es finanziell auch nicht gerade leicht. Ich wollte sie unterstützen, dachte, auch dem Jungen könnte es guttun, für den sie sich immer viel zu sehr verantwortlich gefühlt hat. Der Vater war ja überhaupt nicht mehr präsent, ich glaube, er ist dann sogar ins Ausland gezogen.«

Tess erinnerte sich, dass Tim Bosse langweilig fand. Erst hatte sie gedacht, er wäre vielleicht eifersüchtig auf den neuen Mann seiner Mutter gewesen, aber dann war ihr klargeworden, dass er nie mit Tim gespielt hatte, worauf ein Fünfjähriger natürlich reagierte.

»Was hatten Sie für eine Beziehung zu Lenas Sohn?«

»Da hat sich nicht viel entwickelt, wir haben uns ja kaum gesehen. Lena wollte das trennen, deshalb haben wir uns vor allem getroffen, wenn ihre Mutter auf Tim aufpassen konnte.«

Tess trank einen Schluck Kaffee, ließ den Blick über die geschmackvollen Möbel im Innenhof schweifen und zum Durchgang, der sich zum Meer hin öffnete.

»Was haben Sie gedacht, als sie ermordet wurde – wer könnte ihr das angetan haben?«

Bosse schüttelte den Kopf.

»Kurz nachdem es passiert ist, habe ich sehr viel darüber nachgedacht. Lena hat nicht geraucht, das mit der Zigarette im Bett war völliger Blödsinn. Ich erinnere mich, dass es zwischendurch auch hieß, der Junge hätte gerne mit Streichhölzern gespielt. Und dann hörte man plötzlich, sie sei gar nicht durch den Brand gestorben. Nein, mir fällt wirklich niemand ein. Aber vielleicht hat sie sich ja auch mit Leuten getroffen, die ich nicht kannte und die ihr nicht guttaten.«

»Gab es Hinweise darauf?«

Bosse zögerte, kratzte sich im Nacken.

»Ja, ich glaube, sie hatte da irgendwie neue Freunde gefunden. Sie mochte es, Leute zu treffen, war ja auch oft genug allein mit dem Jungen. Manchmal kam es mir vor, als würde sie vor etwas davonlaufen.«

Ein älteres Paar kam herein und setzte sich ans andere Ende des Cafés.

»Was hätte das sein können?«

»Keine Ahnung«, sagte Bosse, »überhaupt keine. So gut kannte ich ihre Vergangenheit nicht.«

»Woran haben Sie gemerkt, dass sie mit neuen Leuten zu tun hatte?«

Tess musste an den Zeugen denken, der von einem Mann vor Lenas Haus berichtet hatte, an mehreren Abenden kurz vor deren Tod. War das Bosse gewesen, der sie beobachtet hatte?

»Ich erinnere mich an eine Essenseinladung bei ihr zu Hause, gegen Ende unserer Beziehung. Ich war ein bisschen beleidigt, weil sie mich nicht eingeladen hatte. Wahrscheinlich war es ein Anzeichen dafür, worauf es hinauslief, vielleicht hätte ich das kapieren müssen. Diese Betty, ihre Freundin, war jedenfalls eingeladen, und es fühlte sich an, als planten sie irgendwas, wovon ich nichts wissen sollte, ich habe mich natürlich gefragt, was das sein könnte. Vielleicht eine Art Doppeldate, ich habe keine Ahnung.«

Er breitete fragend die Arme aus und lächelte.

Betty van Friis, dachte Tess. Schon wieder. Was spielte sie eigentlich für eine Rolle in dem Ganzen? Bosse schien sie jedenfalls nicht sonderlich gemocht zu haben.

»Was hatten Sie für einen Eindruck von Betty?«

Bosse verzog das Gesicht.

»Ich habe mich gewundert, dass sie überhaupt miteinander zu tun hatten, auf mich wirkte sie irgendwie ausgeflippt, das passte vom Stil her gar nicht zu Lena.«

»Inwiefern?«

Bosse blickte sich um.

»Sie trug merkwürdige Klamotten, und irgendwie musste ständig gefeiert werden, ich weiß nicht … nicht mein Typ jedenfalls.«

Marie trank einen Schluck Kaffee und sah ihn an.

»Hat sie sich zwischen Sie und Lena gedrängt?«

Bosse zuckte die Achseln.

»Es war eher so, dass Lena sich veränderte, nachdem sie sich kennengelernt und mehr miteinander zu tun hatten.«

»Unter Lenas Bett wurden eine Flasche Champagner und zwei Gläser gefunden.«

Bosse brummte.

»Tja, mit mir hat sie die nicht getrunken. Sie hat nie viel getrunken, deshalb war ich ziemlich überrascht, als ich das gehört habe.«

Er sah auf die Uhr.

»Sie können gleich wieder zu Ihrem Seminar«, sagte Tess beschwichtigend. »Nur ein paar letzte Fragen noch. Sie sind dann zur Feuerwehr gegangen?«

Er lachte.

»Ja, das kann einem natürlich ein wenig seltsam vorkommen. Aber es hatte nichts mit Lena zu tun. Ich bin jetzt seit zehn Jahren bei der Feuerwehr. Ich wollte einen Job, bei dem man etwas nützt, der wichtig ist.«

Sie standen auf und gingen zum Ausgang. Marie eilte zum Auto, Tess und Bosse blieben noch kurz vor der Tür stehen.

»Mussten Sie zu einem der aktuellen Brände hier in Österlen ausrücken?«, fragte Tess.

»Nein, ich hatte nie Dienst, wenn sie stattfanden. Ziemlich unangenehme Sache. Weiß man schon, was dahintersteckt?«

Tess schüttelte den Kopf.

»Unsere Kollegen in Ystad kümmern sich um die Ermittlungen.«

Sie verabschiedeten sich, und Bosse ging zu seinem Auto, um zu dem Seminar zu fahren.

Als Tess zu Marie ins Auto stieg, schallte laute Hardrockmusik über den Hafen. Marie trommelte im Takt auf ihren

Schoß und auf dem Lenkrad, eine Männerstimme brüllte dazu: »Here I go again on my own«.

Tess ließ sich auf den Beifahrersitz sinken und zog die Tür hinter sich zu, obwohl es eigentlich ihr Wagen war. Marie fuhr gern, aber angesichts ihres Fahrstils zog Tess es normalerweise vor, selbst zu fahren.

»Ist es okay, wenn ich ein bisschen leiser mache?«

»Warte kurz.«

Ein Gitarrensolo erfüllte das Auto, und Tess wartete ab, bis es zu Ende war. Anschließend drehte Marie leiser und fuhr am Hafen entlang und weiter auf die Straße Richtung Bahnhof.

»Und, was denkst du?«, fragte Tess.

»Über Bosse? Ein richtiger Kontrollfreak, typisch für seine Zeit. Und einer, der kein Nein akzeptieren kann. Und eifersüchtig war auf Betty.«

Marie äffte ihn nach.

»›Ich wollte ihr helfen‹. Vielleicht wollte sie seine Hilfe ja gar nicht. Vielleicht war sie gar nicht so schwach, wie er gerne glauben wollte. Vielleicht war sie ganz zufrieden damit, allein zu leben. Vielleicht war sie sogar richtig froh, dass ihr Exmann ins Ausland gezogen war, weiß doch jeder, was für ein *Pain in the ass* ein Ex sein kann.«

Tess nickte zustimmend und verdrängte rasch das Bild von Cliff Eddings Gesicht, das schon wieder vor ihrem geistigen Auge auftauchte.

»Aber«, sagte sie, »ist er wirklich ein Mörder, der zurückkehrt und sich an den Leuten rächt, mit denen Lena damals zu tun hatte?«

Marie wechselte, trotz durchgezogener Linie, auf die andere Fahrbahn, gab Gas und überholte ein Auto.

»Was hattest du denn selbst für einen Eindruck?«

Tess überlegte.

»Es kam mir echt vor, wie er auf das Foto von Lena reagiert hat, als hätte er ihr Gesicht sehr lange nicht mehr gesehen. Es schien ihn wirklich zu berühren. Aber natürlich kann er das auch gespielt haben.«

»Ja, wenn er ein Psychopath ist, kann er zu Hause trotzdem alle Wände mit Bildern von ihr tapeziert haben.«

Tess musste an Lenas neue Freunde denken, von denen Bosse erzählt hatte. Was war das für ein Essen, zu dem sie Betty eingeladen hatte, aber nicht ihn? War damals irgendetwas passiert, was Lenas tragischen Tod verursacht hatte?

Wie groß war Bosses Eifersucht wirklich gewesen? Sie wusste, was dieses Gefühl mit Menschen machen konnte. Die Leute töteten für Liebe, Geld und Macht. Wenn man es ein wenig eindampfte, ging es im Grunde immer nur darum. Und wenn Bosse gar nichts mit alldem zu tun hatte, ja, dann war er einer der vielen unschuldig Verdächtigten, denen sie im Laufe der Jahre begegnet war, und auf die sich ein Leben lang die misstrauischen Blicke der anderen richteten.

»Solange Lenas Fall nicht gelöst ist, wird er immer einer der Hauptverdächtigen bleiben, egal was er tut«, sagte sie und schaute aus dem Fenster auf die flachen, lehmigen Felder. Als sie merkte, dass sie mit sich selbst redete, richtete sie ihre Gedanken wieder auf Tim Bergmark. Inzwischen stresste es sie regelrecht, dass es ihr nicht gelang, ihn zu erreichen. Die Angehörigen nicht zu informieren, wenn sie einen Fall wiederaufnahmen, widersprach ihren Prinzipien zutiefst.

Im Laufe des Vormittags hatte sie den niederländischen Club angerufen, und man hatte versprochen, jemand würde ihr Anliegen an Tim Bergmark weiterleiten. Außerdem hatte sie seinen Vater, Enrico Russo, angerufen und ihm mitgeteilt, dass sie noch einmal mit ihm reden müssten. Aus

Erfahrung wusste sie, dass es nur eine Frage der Zeit war, bis es an die Öffentlichkeit drang, dass sie sich noch einmal mit dem Fall beschäftigten. Und sei es, dass Lasse Palmqvist es über seine Kanäle erfuhr. Und dann würde es nicht lange dauern, bis er die Verbindung zu den aktuellen Bränden in Österlen herstellte. Er hatte sie ja bereits danach gefragt und den Gedanken geäußert, Arvid Larsson könnte etwas damit zu tun haben.

Eine Weile fuhren sie schweigend. Es nieselte auf die Windschutzscheibe, und von Maries Spotify-Liste erklang passenderweise »November Rain« von Guns n'Roses. Übers Wochenende waren die Uhren auf Winterzeit umgestellt worden, sie näherten sich also mit großen Schritten der Zeit der Dunkelheit. Am Horizont ragte der Turning Torso wie ein Pfahl vor dem glitzernden Öresund auf.

»Hast du übrigens die Tätowierung an seiner Hand gesehen?«, fragte Marie. »Feuer scheint wirklich seine Leidenschaft zu sein. Aber besonders gut gemacht war sie nicht.«

Sie schob den Ärmel ihres T-Shirts hoch, um ihre Motörhead-Tätowierung mit den feuersprühenden Augen des Monsters zu zeigen.

»Wenn schon, denn schon.«

Tess überlegte, wie viele Stunden sie schon mit Maries verschiedenen Musiklisten im Auto verbracht hatte. Die Liebe ihrer Kollegin zu älterem, klassischem Hardrock wie Motörhead, Krokus, Whitesnake und den Scorpions schien unerschöpflich. Tess vermutete, dass es an der Wut lag, die sie noch aus Kindheitstagen in sich trug, ein genuiner Protest gegen die Erwachsenen und das Establishment, die sich nie um sie gekümmert hatten, als sie sie wirklich brauchte. Dass sie inzwischen selbst zum Establishment gehörte und Mutter dreier Kinder war, schien daran nichts zu ändern. Marie war durch und durch ein Löwenzahnkind, und die schlimmste Folge des Coronavirus schienen für sie tatsächlich all die abgesagten Konzerte zu sein.

Tess drehte sich zu ihr.

»Irgendwas Neues von Olivia?«

»Nein, sie ist immer noch clean, zumindest war sie es gestern. Man weiß nie, ob das wirklich stimmt, aber es klang, als wollte sie wirklich weg von diesem Idioten.«

»Sag Bescheid, wenn du Hilfe brauchst. Ich habe eine Freundin, Alice, sie ist Suchttherapeutin und hat eine eigene Klinik, es soll eine der besten sein. Sie würde Olivia bestimmt aufnehmen.«

»Sicher?«

»Ja, aber sie muss es selbst wollen.«

»Ich rede mit ihr.«

»Wie nimmt deine Mutter es eigentlich auf?«

»Meine Mutter? Du weißt doch, was für ein Verhältnis wir zueinander haben. Im letzten Jahr ist es auch mit der Demenz immer schlimmer geworden, ich glaube, sie kriegt das alles gar nicht mehr mit. Sie ist total nett in letzter Zeit, bei den meisten ist das ja eher umgekehrt, aber bei ihr ist es, als hätte sie durch die Krankheit vergessen, wie man es anstellt, gemein zu sein. Auch schön.«

Marie redete selten über ihre Kindheit, und wenn sie ihre Mutter einmal erwähnte, dann waren es harte Worte. Es war eins der wenigen Dinge, die sie gemeinsam hatten, dachte Tess: eine komplizierte Beziehung zur Mutter. Und sie beide hatten sich wahrscheinlich, ohne es zugeben zu wollen, immer nach ihrer Anerkennung gesehnt und mit der Enttäuschung gelebt, wenn sie die nicht bekamen.

Marie bog schlitternd auf den Parkplatz vor dem Polizeigebäude ein und brachte das Auto mit einer Vollbremsung zum Stehen.

Im Polizeigebäude angekommen, sah Tess eine ausländische Nummer auf ihrem Handydisplay und ging in den Besprechungsraum, um das Gespräch anzunehmen.

Enrico Russo, Tims Vater, meldete sich, er hatte einen starken italienischen Akzent. Tess erklärte ihm, dass sie die Ermittlungen des Mordes an seiner Exfrau, Lena Bergmark, wiederaufnehmen würden.

»Das ist gut, das begrüße ich sehr. Er sollte nicht davonkommen.«

»Denken Sie dabei an jemand Bestimmtes?«

»Ja, ja, es muss was mit dem merkwürdigen Typen zu tun haben, mit dem sie zusammen war, kurz bevor sie starb. Ich weiß seinen Namen nicht mehr.«

»Bosse Svahn.«

»Kann sein. Der stand doch draußen und hat ihr Haus beobachtet, die Nachbarn haben ihn mit seinem Fahrrad warten sehen. So ist es doch immer, ein Mann bringt seine Frau um, weil sie sein Ehrgefühl verletzt und mit ihm Schluss gemacht hat. Männlichkeit erträgt so etwas nicht. Das kennen wir Italiener nur zu gut.«

Tess sagte, sie würden sich den Fall noch einmal unvoreingenommen ansehen, und derzeit gebe es niemanden, den sie besonders im Verdacht hätten. Enrico Russo meinte, das verstehe er, und im Übrigen erinnere er sich noch gut an sie und sei ihr nach wie vor dankbar für alles, was sie damals für Tim getan habe.

Tess hörte das schlechte Gewissen heraus. Denn natürlich war es doch merkwürdig, dass der Sohn nach dem Tod seiner Mutter bei einer Polizistin untergekommen war, und nicht bei seinem Vater.

»Es war damals so, wie es war, und es nützt nichts, sich immer wieder Vorwürfe zu machen«, sagte er und seufzte. »Meine Frau war mit der Situation damals einfach überfordert, sie war schwanger und ertrug es nicht, dass ich bereits ein Kind mit einer anderen hatte. Sie ist eine eher traditionelle Italienerin.«

»Wie ist Ihr Verhältnis zu Tim heute?«

»Besser«, sagte Enrico Russo. »Viel besser. Allerdings ist es schon etwas länger her, dass wir miteinander gesprochen haben. Er spielt jetzt in den Niederlanden, bei Ajax Amsterdam. Wie sind so stolz auf ihn und hoffen, dass er bald nach Italien wechselt. Das war jedenfalls im Gespräch, er war im Frühjahr hier und hat Verhandlungen mit einem Verein geführt.«

»Ach, schön. Ich habe ebenfalls versucht ihn zu erreichen, aber es hat noch nicht geklappt.«

»Wahrscheinlich ist er sehr beschäftigt, Sie wissen ja, wie das ist, auch ich erreiche ihn manchmal ewig nicht. Aber soweit ich weiß, hat er eine schöne Wohnung in Amsterdam gefunden, wo er sich wohlfühlt. Wir wollten ihn eigentlich im Sommer besuchen, aber dann ging es nicht, wegen Corona.«

»Wann hatten Sie zuletzt Kontakt?«

Enrico Russo überlegte.

»Vor ein paar Wochen, glaube ich.«

»Im Oktober?«

»Nein, vielleicht eher im September, ich bin mir aber nicht ganz sicher, die Zeit vergeht so schnell. Wir sind selber gerade umgezogen.«

»Aber damals war er in den Niederlanden?«

»Als wir telefoniert haben, war er tatsächlich gerade in Malmö, er hat seine Wohnung dort ja behalten. Ich glaube, er hatte einen Termin mit einem Sponsor. Und während der Pandemie hatten sie eh eher individuelles Training, mussten sich selber kümmern.«

»Wie ging es ihm damit?«

»Er fand es anstrengend. Die Jungs wollen einfach Fußball spielen und nicht den ganzen Tag irgendwelche Lauftrainings absolvieren.«

Tess musste schmunzeln, sie sah wieder vor sich, wie der fünfjährige Tim den Ball im Hof endlos gegen eine Wand gespielt hatte.

»Das stimmt. Was glauben Sie, wie er es findet, wenn wir den Fall jetzt wiederaufnehmen?«

»Also, für Tim war das damals wirklich hart. Lena und ich waren nur wenige Jahre zusammen, vielleicht wären wir besser gar nicht zusammengekommen. Aber Tim ist aus unserer Beziehung hervorgegangen. Wahrscheinlich hat er mir nie richtig verziehen, und dann ist auch noch seine Mutter gestorben. Er hat mich manchmal angerufen und nach ihr ausgefragt, wollte über alte Erinnerungen reden. Hör auf zu graben, sage ich immer, es ist, wie es ist. Guck nach vorn. Konzentriere dich auf den Fußball. Aber es war schwer. Für uns Katholiken sind die Mütter ja heilig, und ich möchte, dass es für ihn ebenso ist, auch wenn sie tot ist.«

Ein paar Sekunden wurde es still am anderen Ende, als würde Enrico nachdenken.

»Ich glaube, er würde es gut finden, dass Sie wieder ermitteln. Aber vielleicht ist es auch zu spät, er hat, glaube ich, die Hoffnung längst aufgegeben.«

Enrico Russo versprach, ihr Tims aktuelle Kontaktdaten zuzuschicken und sich zu melden, wenn er etwas von ihm hörte. Als die SMS mit Tims Nummer auf ihrem Display erschien, sah Tess, dass es dieselbe war, die sie bereits hatte.

Aber wenigstens hatte sie jetzt einen Angehörigen von Lena Bergmark über die Wiederaufnahme des Falls informiert.

Als Tess ins Büro kam, winkte Lundberg ihr zu und warf dabei einen Blick auf Marie, die mit Kopfhörern dasaß und konzentriert lauschte.

»Bevor ich es vergesse: Maries Schwester …«

Tess sah ebenfalls zu ihr herüber.

»Olivia Erling. Sie wurde vor ein paar Wochen wegen eines Betrugsversuch festgenommen. Hatte gemeinsam mit einem stadtbekannten Drogenabhängigen Geld vom Bankkonto einer älteren Frau abgehoben – der Enkeltrick.«

»Oh nein«, sagte Tess und warf erneut einen Blick auf Marie. »Ich habe schon gehört, dass sie ziemlich auf Abwege geraten ist.«

»Ja. Olofsson hat mich angerufen, er hatte den Nachnamen in der Anzeige wiedererkannt und festgestellt, dass sie die Schwester einer Kollegin ist.«

Ein Anruf unterbrach ihn. Nachdem Lundberg aufgelegt hatte, wandte er sich erneut Tess zu.

»Das war Kerstin Jacobsson. Die Überwachung von Betty van Friis hat sich anscheinend gelohnt. Sie hat sich in Åhus mit einem Mann getroffen, in einer Sushi-Bar. An seinem Auto haben sie sich wieder getrennt. Ich gebe das Kennzeichen mal im zentralen Fahrzeugregister ein.«

2005
Krebsessen

Lena Bergmark streckte sich, und schließlich gelang es ihr, die Lampionkette zu befestigen, die quer über der Terrasse hing. Sie kletterte vom Stuhl herunter und betrachtete zufrieden den geschmückten Tisch, der mit Plastiktellern, bunten Hütchen, Nussknackern und Schnapsgläsern gedeckt war.

Es war kurz vor fünf und draußen noch richtig warm. Die Augusthitze hatte Schweden fest im Griff, und das schon seit Wochen. Auch in den Gärten ringsum hingen Lampions in den Büschen und Bäumen. Lena freute sich auf den Abend, und auch wenn diese Zusammenkünfte sich für ihren Geschmack in letzter Zeit ein wenig schräg gestalteten, genoss sie sie. Eine willkommene Abwechslung in dem monotonen Leben mit einem Kleinkind, das sie normalerweise führte.

Und dieser Abend würde besonders aufregend werden, denn es sollte einen Neuzugang geben.

Natürlich war es schade, dass ihre Mutter erkältet war und nicht auf Tim aufpassen konnte. Andererseits war sie es gewohnt, ihren Sohn dabeizuhaben. Und zum Glück waren alle in der Clique einverstanden gewesen, dass sie sich bei ihr zu Hause trafen, das machte das Ganze sehr viel einfacher.

Lena setzte sich auf die Terrasse, um sich ein bisschen auszuruhen, winkte Kaj und Katarina zu, den Nachbarn von gegenüber. Es war ihr ein bisschen unangenehm, jeder konnte sehen, dass sie heute ein Krebsessen veranstaltete. Vielleicht hätte sie sie dazu bitten sollen, aber sie war sich nicht sicher, ob sie sich in dieser Gesellschaft wohlfühlen würden. Außerdem gaben ja auch sie manchmal Essen, zu denen sie als Nachbarin nicht eingeladen war. Das war völlig in Ordnung, beschloss sie, und stand auf.

Eine Serviette war vom Wind heruntergeweht worden, und sie hob sie wieder auf. Dabei dachte sie an diesen Sommer, der nun bald zu Ende ging. Er war, trotz allem, schön gewesen.

Vor allem das Springsteen-Konzert in Ullevi im Juni, zu dem sie und Betty gefahren waren. Der London-Urlaub, den sie mit Tim geplant hatte, war aufgrund des Terroranschlags im Juli leider abgesagt worden, aber der Spätsommer war so schön gewesen, dass sie beinahe jeden Tag baden gehen konnten. Natürlich war Tim erst einmal enttäuscht gewesen. Sie wusste, wie sehr er sich darauf gefreut hatte, Big Ben zu sehen. Ihr Sohn war völlig verrückt nach großen, hohen Gebäuden, aber sie hatte ihm versprochen, dass sie es im nächsten Frühjahr nachholen würden.

Jetzt war noch eine Woche Ferien, bevor alles wieder begann. Aus den Lautsprechern drang der Sommerohrwurm von James Blunt, »You're beautiful«.

Es klingelte an der Haustür.

»Tada«, rief Betty und blies in eine Partytröte, als Lena ihr öffnete. »Findet hier etwa eine Party statt?«

Sie trug eine große lilafarbene Sonnenbrille und ihr ausgefallenstes Bohemian-Chic-Kleid mit Bommeln an den Seiten. Vor allem aber hatte sie einen gut aussehenden, hochgewachsenen braunhaarigen Mann an ihrer Seite.

»Das ist Mattias.«

Lena gab ihm die Hand und blickte in seine etwas schüchternen, aber freundlichen Augen. Sie gingen in die Küche, und Betty packte einen Karton mit gemischten kleinen Schnapsfläschchen aus. Lena schenkte Sekt ein und reichte jedem ein Glas.

»Wollen wir heute das Rollenspiel nicht lieber weglassen und einfach nur Spaß haben?«, fragte Betty. »Vielleicht kann ja auch Andreas sich ausnahmsweise mal darauf einlassen.«

Lena zuckte die Achseln.

»Ich hätte nichts dagegen.«

Sie warf einen verstohlenen Blick auf Mattias. Das hellbraune T-Shirt saß perfekt um Arme und Schultern. Sie sah, wie Betty lächelte und ein »süß, oder?«, mimte.

Es war Lena beinahe ein bisschen peinlich. Betty hielt wahrlich nicht damit hinterm Berg, dass sie sie verkuppeln wollte. Was Lena nicht ganz einordnen konnte, weil sie zunächst den Eindruck gehabt hatte, Betty sei selbst an ihm interessiert. Anscheinend war sie inzwischen davon abgekommen.

Tim kam die Treppe heruntergerannt und landete mit einem Rums vor ihren Füßen. Er trug ein Trikot von Manchester United und klammerte sich an ihren Beinen fest. Sie sah, wie er Mattias und Betty skeptisch musterte. Am liebsten wäre er mit ihr allein zu Hause gewesen, das wusste sie. Aber selbst ihre Mutter hatte ihr neulich gesagt, sie brauche nun mal auch ein bisschen Erwachsenengesellschaft.

Nach und nach trafen die anderen Gäste ein, und sie gingen auf die Terrasse und setzten sich an den Tisch. Die Krebse hingen über den Rand der Schüsseln, und ringsherum wurde eifrig geschlürft.

Lena schaute kurz zu Linn herüber, die an einem Ende

des Tisches saß und Mattias begehrliche Blicke zuwarf. Sie konnte es ihr nicht verübeln, er sah wirklich gut aus. Außerdem hatte er etwas natürlich Scheues an sich, das ihr gefiel – im Unterschied zu Andreas' eher aufdringlicher Art. Lena wollte es nicht in den Kopf, dass jemand wie Mattias Single war. Sie erinnerte sich, dass Betty erzählt hatte, er habe eine Beziehung gehabt, aber Schluss gemacht. Wenigstens war er nicht verheiratet gewesen, wie so viele andere in ihrem Umfeld. Lena stand auf und rückte den Sonnenschirm zurecht. Die Abendsonne schien immer noch warm, es fühlte sich an, als wären sie in Spanien.

Auf der anderen Seite der Hecke tauchte Katarina auf, und Lena duckte sich, um ihrem Blick nicht zu begegnen.

Kaum war das erste Schnapslied verklungen, stimmte Andreas schon das nächste an.

»Los, kommt, das finnische – das ist kurz.«

Er machte eine Kunstpause und hob sein Glas.

»Kipp es!«

Alle lachten.

»Solche Lieder gibt es in Tunesien nicht, oder, Brahim?«

Was auch immer man an Andreas aussetzen mochte: Es war nie langweilig in seiner Gesellschaft. Lena sah, wie Brahim verlegen lächelte und den Kopf schüttelte, als Andreas ihm einen weiteren Krebs auf den Teller legte. Er hatte offensichtlich Mühe, damit zurechtzukommen.

Neben ihm saß Tim, der ebenfalls Schwierigkeiten hatte, seinen Krebs zu knacken.

»In wenigen Minuten gebe ich euch eine neue Challenge«, sagte Andreas und erhob sein Bierglas. »Und dann, finde ich, sollte wir unserer Clique einen Namen geben.«

Betty und Lena sahen sich verlegen an. Keine von ihnen hatte letztlich gewagt, Andreas zu sagen, dass sie auf die Spiele lieber verzichten wollten. Vielleicht hatten sie Angst, dass es schlechte Stimmung geben würde. Bei ihm wusste man das nie so genau.

Lena begegnete Mattias' Blick und lächelte. Er wirkte ein wenig verloren. Hoffentlich würde ihn Andreas schroffe Art nicht vertreiben, und hoffentlich war es nicht das letzte Mal, dass er kam.

Lena stand auf, um noch etwas Brot zu holen und zur Toilette zu gehen. In der Küche schnitt sie Baguette auf und legte es in den Korb. Sie fühlte sich angenehm entspannt vom Schnaps, hatte sich aber von Andreas nicht zu mehr verleiten lassen, als ihr guttat.

Im Flur stieß sie mit Mattias zusammen, der gerade aus der Toilette kam. Sie ließ ihn lächelnd vorbei.

»Gefällt es dir?«, fragte sie.

»Ja, es ist sehr nett.«

»Das ist schön. Man muss nur aufpassen, sich nicht von Andreas' Trinktempo mitreißen zu lassen. Jedes zweite Glas Wasser, das ist der Trick«, sagte sie, zwinkerte ihm zu und schloss die Tür.

Nachdem sie fertig war, ging sie wieder in die Küche, um das Brot zu holen. Durchs Fenster schaute sie zum Baum auf der anderen Straßenseite hinüber. Ein Fahrrad lehnte am Stamm, und sie stützte sich auf der Spüle ab und streckte sich, um besser sehen zu können. Neben dem Baum entdeckte sie die Umrisse eines Menschen, aber es war zu dunkel, um zu erkennen, wer es war.

Lena gab auf und kehrte auf die Terrasse zurück. Tim schien keine Lust mehr auf Krebse zu haben und spielte auf der Wiese mit seinem Fußball. Die Sonne war endlich untergegangen, und es wurde draußen erträglich. Sie hatte ein paar Decken mitgebracht, die sie auf die Bänke legte. Als sie sich setzte, hatte Linn den Platz gewechselt und saß jetzt auf Tims Stuhl, neben Mattias.

Als Lundberg auflegte, sah Tess sofort den Triumph in seinem Blick.

Er ist schon wieder ganz der Alte, dachte Tess.

Lundberg schien sich nach seiner Genesung kaum zurückhalten zu können, wieder auf der Arbeit zu erscheinen. Das erinnerte sie daran, dass sie noch mal mit Per Jöns über seine Stelle sprechen musste. In zwei Jahren wurde er fünfundsechzig, und Tess gegenüber hatte er mehrfach angedeutet, dass er sich nichts Schlimmeres vorstellen konnte, als in Rente zu gehen.

»Was gibt's?«, rief sie ihm vom Schreibtisch aus zu.

Lundberg richtete sich auf und streckte einen Finger in die Luft. Marie nahm ihre Kopfhörer ab und blickte ebenfalls von ihrem Bildschirm auf.

»Ich glaube, wir haben da einen sehr interessanten Zusammenhang«, sagte er. »Ich habe diesen Typen überprüft, mit dem Betty van Friis gestern in Åhus Sushi gegessen hat. Wenn ihm das Auto gehört, in dem er herumfährt, dann heißt er Mattias Falk.«

Lundberg ging ans Whiteboard und brachte das Foto an, das der Kollege, der Betty am Vortag beobachtet hatte, von ihr geschossen hatte. Es zeigte sie neben einem großen, braunhaarigen und sehr schlanken Mann vor einem Sushi-Restaurant.

Lundberg deutete auf das Foto.

»Mir kam der Name gleich so bekannt vor, ich wusste nur nicht, wo ich ihn gehört hatte. Dann fiel mir ein, dass ich die Besitzer der Häuser in Österlen überprüft hatte, in denen es gebrannt hat, von Vitemölla bis Löderup. Was ein wenig herausstach, war dieses spanische Paar Morales, Maria und Josep, die Gastforscher, die Ende September so tragisch in ihrem Haus verbrannt sind. Und jetzt habe ich festgestellt, dass sie dieses Haus vor einem halben Jahr von – ja, ratet mal, von wem, gekauft haben.«

Ein paar Sekunden schwiegen alle.

»Mattias Falk?«, fragte Tess schließlich.

»Bingo.«

»Jetzt wartet mal«, sagte Marie, »damit ich es auch verstehe, obwohl ich keinen Hochschulabschluss habe. Ihr meint, der Mann, mit dem Betty Sushi gegessen hat, war der Vorbesitzer des Hauses, das in Löderup abgebrannt ist?«

»Ganz genau«, sagte Lundberg und klemmte die Hände unter seine Hosenträger. »Er und seine Frau haben Löderup vor etwa einem halben Jahr verlassen, um nach Åhus zu ziehen. Was sagt uns das jetzt?«

Tess starrte die Tafel an, ihr wurde fast schwindlig. Genau solche neuen Zusammenhänge brachten die Ermittlung weiter, eine Belohnung für Stunden endlosen Wiederkäuens. Manchmal aber auch einfach nur Glück.

»Also mich führt das zu dem Schluss, dass alle, die von den Bränden betroffen waren, irgendwie mit Betty zu tun haben. Was diese wiederum aus irgendwelchen Gründen zu verbergen versucht.«

Tess stand auf und trat neben Lundberg ans Whiteboard.

»Okay, wenn wir das mal zusammenfassen, dann haben wir Linn, von der wir wissen, dass Betty ihr auf Instagram folgt, außerdem kommentiert sie ihre Posts. Dasselbe gilt für Andreas, die drei sind also auf irgendeine Weise über die sozialen Medien miteinander verbunden. Linn ist tot und Andreas so schlecht dran, dass wir ihn derzeit nicht vernehmen können.«

Tess zog einen Pfeil von Betty zu dem spanischen Paar.

»Und jetzt ist auch hier eine Lücke geschlossen worden. Denn durch diesen Kai aus der Kiste, der in einem Sushi-Restaurant in Åhus aufgetaucht ist, lässt sich auch der Brand in Löderup mit Betty in Verbindung bringen.« Sie schrieb Mattias Falk neben Betty. »Das kann doch kein Zufall sein.«

»Nein«, stimmte Lundberg ihr zu. »Irgendetwas muss es da geben.«

Tess unterstrich den verbleibenden Namen an der Tafel.

»David Gabès, früher Brahim Gabès, änderte vor neun Jahren seinen Namen. Der beliebte und jetzt leider ebenfalls verstorbene Physiotherapeut aus Tomelilla. Wie passt er da rein? Er arbeitete als Freiwilliger in einem Verein für Geflüchtete, das scheint von den anderen keiner gemacht zu haben. Kerstin Jacobsson hat mit seiner Frau gesprochen, sie kannte keins der anderen Brandopfer mit Namen.«

Lundberg schob sich die Brille in die Stirn.

»Warum hat er seinen Namen geändert?«

»Seiner Frau zufolge war es einfacher, David zu heißen als Brahim, wenn man eine eigene kleine Praxis in Tomelilla betreibt.«

Tess kringelte den Namen ein.

»Aber was ist mit den Ziffern, die wir jeweils am Tatort gefunden haben. Wofür stehen die?«

Marie legte die Füße auf den Tisch.

»Wir gehen also davon aus, dass Mattias Falk das eigentliche Brandopfer in Löderup sein sollte, und dass das spanische Paar nur das Pech hatte, sein Haus übernommen zu haben. Die Person, die die Brände gelegt hat, hat schlecht recherchiert und gedacht, Mattias Falk würde noch dort wohnen. Hat der Täter inzwischen seinen Irrtum entdeckt und will ihn jetzt möglicherweise korrigieren?«

»Oder das Ganze war ein Scheinmanöver von Mattias, der es so aussehen lassen wollte, als wäre er ebenfalls gefährdet?«, überlegte Tess.

»Hm«, machte Marie, »dasselbe könnte aber auch für Betty gelten. Nur zwei haben überlebt, abgesehen von Andreas, der nur knapp davongekommen ist. Es könnten auch Betty und Mattias sein, die hinter den Bränden stecken und sich jetzt getroffen haben, um den nächsten Schritt zu planen, vielleicht wollen sie ein weiteres Haus anzünden.«

Lundberg brummte skeptisch.

»Das hört sich zu sehr nach Fernsehserie an.«

»Sag das nicht«, wandte Marie ein. »Denk an Knutby, Thomas Quick oder den Lasermann. Irre Motive, verrückte Typen, falsche Bekenntnisse. Besser als jede Fernsehserie.«

»Ja, ja«, sagte Tess zerstreut und schaute weiter auf die Fotos und die Pfeile an der Tafel.

Sie behielt sie auch noch im Blick, als sie wieder zum Schreibtisch ging und sich setzte. Irgendetwas war da, sie versuchte es einzufangen, ein Gedanke, der tags zuvor vorbeigeflattert war, als sie das Protokoll der Vernehmung von Gabès' Frau gelesen hatte, die von Kerstin durchgeführt worden war. Ein Gedanke, der sich dann wieder verflüchtigt hatte, weil sie mit etwas anderem beschäftigt gewesen war. Sie fluchte innerlich, weil sie ihn nicht abgespeichert hatte.

Lundberg und Marie starrten ebenfalls weiter auf die Tafel.

»Und wie bringen wir das jetzt alles mit Lena Bergmarks Tod in Verbindung?«

Lundberg seufzte tief.

»Gute Frage. Außer Betty verbindet sie bisher immer noch ausschließlich die Musik.«

»Gibt es schon was Neues von den Technikern in Ystad, haben sie in den anderen Häusern ebenfalls Überreste von irgendwelchen Wiedergabegeräten gefunden?«

Lundberg schüttelte den Kopf.

»Das Letzte, was ich gehört habe, war, dass es eine sehr zeitraubende Arbeit ist, die Häuser sind schwer beschädigt. Ein kleines Abspielgerät schmilzt da gut und gerne zur Unkenntlichkeit zusammen.«

Tess stand auf.

»Ich glaube, wir hatten alle drei das Gefühl, Betty weiß mehr, als sie zugibt – auch was den Mord an Lena angeht«, sagte Tess. »Wir wissen, dass sie uns ihre Verbindung zu Mattias verschwiegen hat, und müssen herausfinden, wieso. Wir sollten dringend noch mal mit ihr sprechen.«

Mattias Falk zog die Autotür hinter sich zu und starrte geradeaus. Er vermochte sich nicht zu rühren. Es war, als hätte die Kälte, die sich vorhin sein Rückgrat entlang ausgebreitet hatte, ihn zu Eis erstarren lassen und gelähmt. Hatte sie ihm etwas angemerkt?

Nein, er ging davon aus, dass es ihm gelungen war, den Schein aufrechtzuerhalten. Übelkeit übermannte ihn, zum Glück hatte er im Sushi-Restaurant nichts gegessen, sondern während des Treffens mit Betty nur einen grünen Tee getrunken.

Die Frontscheibe beschlug. Sein Herz klopfte wie wild, er musste sich auf seine Atmung konzentrieren. Lena. Ihre braunen, freundlichen, ein wenig schüchternen Augen. Ihr Tod. Immer hatte es ein Davor und ein Danach gegeben. Unter der Oberfläche. Sobald es hochkam, schob er es schnell beiseite. In den letzten Jahren war es ihm beinahe gelungen, gar nicht mehr an sie zu denken.

Und weil niemand nach Antworten suchte, was damals eigentlich geschehen war, hatte niemand ihn je gezwungen, etwas zu sagen. Bis jetzt.

Er hob die Hände, sah, wie sie zitterten, und schloss sie um Mund und Nase, spürte die Wärme seines eigenen Atems. Die Gedanken drehten sich in seinem Kopf, er fühlte sich unschlüssig, wusste nicht, was er tun sollte. Er steckte die Hand in die Hosentasche und suchte nach dem

Autoschlüssel, und als er ihn nicht fand, in die andere Hosentasche. Nichts. Er umklammerte mit beiden Händen das Lenkrad.

Eine Frau ging auf dem Bürgersteig vorbei und schaute zu ihm herein. Ihre Blicke trafen sich. Es war, als könnte sie direkt in ihn und in seine Vergangenheit blicken, als könnte sie alles sehen, was er getan und was er nicht getan hatte. Und es würde ihr kaum gefallen, was sie sah.

Am liebsten hätte er die Tür aufgestoßen und sie angeschrien, sie solle ihn in Ruhe lassen, »kümmere dich um deinen eigenen Scheiß!«, doch das tat er nicht.

Stattdessen legte er den Kopf auf die Hände, atmete tief durch und richtete sich dann langsam wieder auf. Bei dieser Bewegung hörte er den Schlüsselbund in seiner Jacketttasche klappern. Er steckte den Autoschlüssel ins Zündschloss und drehte ihn um. Ein Schweißtropfen rann ihm über die Schläfe. Eine plötzliche Wut auf sich selbst durchzuckte ihn. Wie hatte er nur glauben können, ausgerechnet er bliebe verschont?

Sein ganzes Leben hatte er darauf verwendet zu fliehen und alles zu vermeiden, was wehtat und unangenehm war. Egal ob es sich um Menschen handelte, um Entscheidungen oder Ereignisse.

Doch die Vergangenheit rannte neben ihm her, parallel zu seinem Fluchtweg. Was für ein Idiot er doch gewesen war, zu glauben, er wäre ihr entkommen.

Tess verließ Malmö, um nach Östra Grevie hinauszufahren. Es war viele Jahre her, seit sie zuletzt an dem Ort gewesen war, wo Lena Bergmark mit ihrem Sohn gewohnt hatte, bevor sie ermordet worden war. Sie wusste, was passieren würde, wenn sie zum Tatort zurückkehrte. Dort kam sie dem Opfer immer am nächsten, Gedanken, die sonst von anderem blockiert wurden, wurden plötzlich klarer, greifbarer. Und genau diese Klarheit brauchte sie jetzt.

Noch immer jagte sie diesem Detail hinterher, das ihr durch den Kopf gegangen war, als sie kürzlich die Bergmark-Akte studiert hatte.

Als sie am Friedhof Bolmers Högar vorbeikam, wurde die große, neugotische Kirche von Östra Grevie von Weitem sichtbar. Der Ort war bekannt für seine Folkhögskola, in deren Nähe Lena Bergmarks Haus gestanden hatte, in einer Nebenstraße zur Hauptverkehrsader.

Tess parkte ein Stück vom Haus entfernt. Es war ein bewölkter Nachmittag, und sie ging zu der hohen Hecke hinüber, die den Garten umgab. Die Überreste von Lena Bergmarks gelbem Holzhaus waren damals abgerissen worden, aber das Fundament sowie ein Nebengebäude waren erhalten geblieben. Inzwischen war ein rotes Haus mit weißen Giebeln am selben Ort errichtet worden.

Auf dem Grundstück stand kein Auto, und Tess überlegte, ob die neuen Besitzer wohl wussten, was sich hier vor fünfzehn Jahren abgespielt hatte. Schon oft hatte sie sich darüber gewundert, wie Leute in Häuser oder Wohnungen ziehen konnten, in denen ein Mord geschehen war. Sie dachte dann immer, dass sie selbst sich niemals von den Bildern freimachen könnte, die an einem solchen Ort ständig hochkommen mussten.

Tess betrachtete das Haus, ersetzte es in ihrer Vorstellung durch Lenas. Erinnerte sich an den verrußten, brandgeschädigten Giebel im Obergeschoss, wo Lenas Schlafzimmer gelegen hatte.

Es waren noch so viele Fragen offen, zu dem Abend, an dem Lena Bergmark ihr Leben verloren hatte. Mit wem hatte sie ihn verbracht? Hatten sie etwas Bestimmtes gefeiert, Lena und ihr geheimnisvoller Besuch, mit dem sie Champagner getrunken hatte? Und vor allem: War die Person auch ihr Mörder?

Hatte Lena hier manchmal aus dem Küchenfenster geschaut, an den letzten Tagen ihres Lebens, in diesem heißen Sommer vor fünfzehn Jahren? Was war ihr durch den Kopf gegangen? Hatte sie sich bedroht gefühlt, es aber für sich behalten?

So wie Tess sich Lena als Mensch vorstellte, war das sehr wohl möglich. Lenas etwas schüchternes Gesicht stand ihr deutlich vor Augen. Ein Gesicht, das ihr noch viele Jahre nach ihrem Tod so vertraut gewesen war, vor allem in der Zeit, in der Tess noch intensiveren Kontakt zu Tim gehabt hatte. Später war es ein bisschen verblasst, wie es auch mit den Gesichtern von Freunden und Bekannten geschieht, die man lange nicht gesehen hat.

Aber jetzt kehrte es wieder zurück, deutlicher als je zuvor. Lena auf der Terrasse, mit Tim auf dem Schoß. So hatte man sie das letzte Mal gesehen.

Tess drehte sich um und betrachtete das Nachbarhaus

auf der anderen Straßenseite, wo das Ehepaar Ericsson nach wie vor wohnte. Vor ihrem Grundstück stand der hohe Baum, und sie hatten ausgesagt, dass sie dort einen Mann mit einem Fahrrad hatten stehen sehen. Mehrmals in Lenas letzter Lebenswoche hatten sie ihn dort beobachtet. Der Baum war immer noch grün, lediglich ein paar Blätter hatten sich bereits gelb verfärbt.

Ein älterer Mann ging am Zaun irgendeiner Arbeit nach, sie vermutete, es war Kaj Ericsson. Sie sah, wie er in ihre Richtung blickte, und ging zu ihm hinüber.

Nachdem Tess erklärt hatte, dass sie für die Polizei Malmö arbeite und für die Ermittlungen im Fall Lena Bergmark zuständig sei, lehnte Kaj Ericsson den Spaten an die Hauswand und runzelte die Stirn.

»Gibt es denn etwas Neues in dieser Sache?«

Tess schüttelte den Kopf.

»Eigentlich nicht. Aber wir überprüfen regelmäßig, ob irgendwelche Hinweise hinzugekommen sind.«

Kaj Ericsson wischte sich die Stirn.

»Ja, so etwas vergisst man natürlich nicht. Erst vor ein paar Tagen waren wir in Vellinge an ihrem Grab.«

Eine dunkelhaarige Frau um die sechzig tauchte auf. Das musste seine Frau Katarina sein.

»Diese schreckliche Nacht werde ich nie vergessen«, sagte sie mit Blick auf das Nachbarhaus. »Die Trauer, die wir damals empfunden haben, lässt sich natürlich nicht mit der ihres Sohnes oder der ihrer Mutter vergleichen. Aber wir standen uns doch ziemlich nah, deshalb war es auch für uns nicht leicht. Zumal das Ganze ja nie aufgeklärt worden ist. Wir haben lange überlegt, ob wir nicht lieber wegziehen sollten. Man saß ja immer da und schaute zu ihrem Haus hinüber. Dieser schwarze Giebel hat mich lange Zeit richtig fertiggemacht.«

Kaj fiel ein:

»In der ersten Zeit kamen oft Leute, die einfach nur gucken wollten, sie saßen im Auto und starrten zu dem Haus hinüber. Das ist wahrscheinlich menschlich, aber uns war das unangenehm.«

»Was haben Sie gedacht, als es passiert ist?«

Katarina seufzte.

»Ach, was haben wir damals gegrübelt. Hätten wir es irgendwie verhindern können? Wir sind ja erst aufgewacht, als das erste Löschfahrzeug kam, und da kam schon dicker Rauch aus dem oberen Stockwerk. Der erste Schock kam, als wir erfuhren, dass sie tot war. Es erschien uns so unwirklich, denn es war ja kein großer Brand. Und dann, eine ganze Weile später, kam die Erklärung …« Katarina hielt kurz inne. »Und das war natürlich ein noch größerer Schock. Ermordet. Hier, direkt gegenüber, in der Nacht, während wir geschlafen hatten. Und dann der Junge, der noch im Haus war …«

Sie verstummte erneut.

»Es war so furchtbar. Seitdem habe ich eine Todesangst vor Feuer. Ich kann hohe Flammen in offenen Kaminen nicht ertragen, und auch keine Feuer zur Walpurgisnacht.«

Kaj legte eine Hand auf ihren Arm.

»Niemand scheint bemerkt zu haben, dass sie bedroht wurde«, sagte Tess. »Aber Sie haben damals einen Mann mit einem Fahrrad beobachtet?«

Katarina zeigte auf den Baum.

»Dort stand er. Ich habe überlegt, wer das sein mochte, dachte, vielleicht jemand, der sich für sie interessierte.«

»Wie oft haben Sie ihn denn gesehen?«

»Ich denke, an mindestens vier Abenden in den letzten Wochen ihres Lebens.«

»Wie würden Sie ihn beschreiben?«

»Es war sehr dunkel, und er stand hinter dem Baum.

Auch das Fahrrad habe ich nur von hinten gesehen. Ich glaube, er hatte etwas auf dem Kopf, eine Kapuze oder so.«

Tess nickte, das stimmte mit den Aussagen aus früheren Vernehmungen überein.

»Sie müssen doch überlegt haben, wer das sein könnte?«

Katarina und Kaj sahen sich an.

»Ja«, sagte Kaj. »Klar haben wir das. Ich habe immer vermutet, dass es dieser Bosse war, mit dem sie eine Weile zusammen war.«

»Wie kamen Sie darauf?«

»Ach«, sagte Kaj und verschränkte die Arme. »Im Grunde hatte ich keinen Beweis dafür. Aber ich habe ihn einmal abends wütend rauslaufen sehen, er hat die Tür hinter sich zugeknallt. Das war wahrscheinlich, als sie Schluss gemacht hat … und an so was denkt man später natürlich.«

Katarina presste die Lippen zusammen.

»Es fühlt sich immer falsch an, Leute zu verdächtigen, aber es passiert halt leicht, wenn etwas nicht aufgeklärt wird. Ich fand allerdings, Bosse war zu klein. Der unterm Baum wirkte größer und schlanker.«

Tess schaute auf ihre Uhr und sagte, sie müsse los, würde sich aber melden, wenn ihr noch etwas einfiele.

Kaj und Katarina begleiteten sie ein Stück zum Auto. An der Grundstücksgrenze angekommen, sagte Kaj:

»Es war so eine Erleichterung, Tims Erfolg im Fußball zu beobachten. Wir hatten uns wirklich Sorgen gemacht, was aus ihm werden würde.«

Tess öffnete die Autotür.

»Ich habe versucht, ihn zu erreichen. Haben Sie noch Kontakt zu ihm?«

»Nein, schon lange nicht mehr. Aber ich bin mir relativ sicher, dass ich ihn erst neulich hier gesehen habe. Er stand da und schaute auf das Haus.«

Tess stutzte. Stimmte es also doch, dass Tim Bergmark wieder in Schweden war?

»Neulich? Wie lange ist das denn ungefähr her?«

Kaj überlegte und drehte sich zu seiner Frau um.

»Vor drei Wochen oder so?«

»Ja«, sagte diese. »Ich wollte eigentlich rüber und ihn ansprechen, aber da war er schon wieder weg.«

Alle drei schauten zu dem Haus hinüber.

»Lena war so ein freundlicher Mensch«, sagte Katarina. »Ich weiß, dass man das im Nachhinein oft sagt, wenn jemand gestorben ist, aber in ihrem Fall stimmt es wirklich. Sie hat sogar ehrenamtlich gearbeitet, hat Leuten geholfen, die es nicht einfach hatten. Wie kann so einem Menschen so etwas zustoßen?«

Tess' Gesicht leuchtete auf. Sie bedankte sich bei dem Paar und setzte sich ins Auto.

Als sie um die Ecke war, hielt sie an und spürte, wie sich Erleichterung in ihr ausbreitete. Die Ericssons mussten sich über ihre veränderte Stimmung gewundert haben. Sie konnten ja nicht wissen, dass sie ihr dabei geholfen hatten, zu finden, was sie in den letzten Stunden so fieberhaft gesucht hatte.

Ehrenamtlich. Lena war nebenher auch noch ehrenamtlich tätig gewesen.

Sie wählte Lundbergs Nummer, der sofort dranging.

»David Gabès«, sagte Tess. »Für welche Organisation hat er gearbeitet?«

Tess hörte, wie Lundberg recherchierte, die Tasten seines Laptops klackten.

»Warte, hier habe ich es. David Gabès hat für einen Verein namens ›Zugang‹ gearbeitet, also neben seiner Arbeit als Physiotherapeut.«

Tess schwieg.

»Hallo?«, fragte Lundberg schließlich.

Sie spürte, wie sich eine Art Euphorie in ihr ausbreitete.

»Ich wusste es! Als ich das Protokoll von der Vernehmung seiner Frau gelesen habe, die Kerstin durchgeführt hat, habe ich den Namen der Organisation wiedererkannt. Aber ich wusste nicht, woher ich ihn kannte.«

»Bitte entschuldige einen alten Mann – was bedeutet das?«

»Das bedeutet, dass wir aller Wahrscheinlichkeit nach eine weitere entscheidende Verbindung zwischen den aktuellen Bränden und dem Lena-Bergmark-Fall gefunden haben. Neben ihrer Arbeit als Physiotherapeutin war Lena ehrenamtlich für denselben Verein tätig. Wenn du dir die Bergmark-Akte anschaust, findest du auch da eine Erwähnung von ›Zugang‹, darauf wette ich meinen Monatslohn.«

Tess hörte Papier rascheln, dann las Lundberg vor: »Im Frühjahr 2003 arbeitete Lena ehrenamtlich für den Verein ›Zugang‹, der Neuankömmlinge in kleineren Ortschaften Schonens unterstützte. In Teams von zwei oder drei Personen wurden, meist um die Abendzeit, Flüchtlingslager und Erstunterkünfte aufgesucht, um die Leute über die schwedische Gesellschaft zu informieren und ihre Fragen zu beantworten. Außerdem nahm Lena auch an Spendenaktionen teil, bei denen Kleidung, Fahrräder und anderen Dinge gesammelt wurden, die die Leute gebrauchen konnten.«

»Ja«, sagte er anschließend. »Du scheinst das richtig gesehen zu haben. Sehr unwahrscheinlich, dass sie sich nicht gekannt haben.«

Tess startete den Motor und setzte die Fahrt fort.

»Wird interessant sein zu hören, was Betty van Friis uns über David Gabès zu sagen hat. Ob sie seinen Namen wohl schon mal gehört hat, oder ob sie ihn genauso wenig kennt wie all die anderen.«

Nachdem sie aufgelegt hatte, dachte sie, selbst wenn Lena Bergmark weder Linn, noch Andreas oder Mattias je getroffen hatte, so gab es doch eindeutige Verbindungen zwischen ihr, Betty und David. Und nun hatte es bei ihnen allen gebrannt. So etwas konnte kaum Zufall sein.

In jeder Mordermittlung gab es diesen besonderen Moment, in dem sich ein Puzzleteil so einfügte, dass man endlich weiterkam. Sie traute sich noch nicht zu jubeln, aber es fühlte sich an, als wäre dieser Augenblick nicht mehr weit.

Mittwoch, 28. Oktober

Es war Vormittag, und der Regionalzug namens Östen Warnerbring rollte auf dem Bahnhof von Simrishamn ein. Marie Erlings Dienstwagen war immer noch in der Werkstatt, und nur sie und ein Rentnerehepaar stiegen an der Endhaltestelle aus.

»Da wären wir also wieder. Unsere Wege scheinen nicht gerade nach Rom zu führen«, sagte Tess.

Sie gingen zu ihrem Auto, das sie direkt beim Bahnhof hatte.

»Anscheinend ist Betty van Friis bis auf Weiteres ins Hotel Svea gezogen, wo eine Freundin von ihr arbeitet.«

»Dann hoffe ich mal, dass sie dort Strom hat«, sagte Marie und grinste.

Tess und Marie hatten auch im Zusammenhang mit früheren Cold-Case-Ermittlungen viel Zeit in Simrishamn verbracht. Als sie vor drei Jahren den Annika-Fall aufgeklärt hatten, zog der Orkan Rut über das Land und hatte die gesamte Gegend lahmgelegt, und sie waren selbst im Hotel Svea gestrandet. Alle Straßen, die aus Simrishamn herausführten, waren damals gesperrt gewesen, weil Bäume und Hochspannungsmasten umgestürzt waren. Und auch das Hotel, in dem sie die Nacht verbracht hatten, war von einem Stromausfall betroffen gewesen.

Jetzt lag das Meer strahlend blau vor ihnen, als sie zum Hafen hinunterfuhren. Tess bog links auf die Straße ein und musste plötzlich abbremsen, weil ein grellrosa Epa-Traktor, eines dieser Leichtkraftfahrzeuge, die bei den Jugendlichen auf dem Land so beliebt waren, mitten auf der Fahrbahn liegengeblieben war. Sie warteten einen Augenblick, doch das Fahrzeug schien Motorprobleme zu haben.

Die Heckscheibe war voller fantasievoller Aufkleber.

»Oh Gott«, sagte Marie und zeigte amüsiert auf einen von ihnen. »›Hupe, wenn du heute früh Sex hattest.‹ Wollen wir hupen?«

»Also, meinetwegen nicht«, sagte Tess und setzte den Blinker, um zu überholen.

Als sie mit dem Fahrzeug gleichauf waren, hupte Marie laut. Sie schauten hinüber und stellten fest, dass zwei junge Frauen darin saßen. Tess ließ die Scheibe herunter.

»Braucht ihr Hilfe, oder so?«

Die kaugummikauende Frau hinterm Steuer verdrehte die Augen und zeigte ihr den Mittelfinger.

»Was soll das denn«, rief Marie und wollte sofort aussteigen.

Tess lachte und hielt sie zurück.

»Dann müssen sie eben alleine klarkommen.«

Sie fuhr weiter Richtung Hafen.

Die malerischen Gässchen lagen verlassen da, ein paar ausdauernde Stockrosen blühten noch vor den bunt gestrichenen Straßenhäusern, doch das Eis-Büdchen und der Imbiss am Hafen waren für diese Saison bereits geschlossen. Tess bog in die Kopfsteinpflasterstraße hinter dem Hotel ein, um dort zu parken.

Sie stiegen aus und umrundeten das gelbe, zweigeschossige Gebäude des Hotels. Tess ließ ihren Blick über den Kleinboothafen schweifen. Die Ostsee war vollkommen ruhig und beinahe spiegelblank, ein scharfer Kontrast zu den hohen Wellen, die sie während des Orkans erlebt und die damals beinahe den steinernen Schutzwall vor dem Hotel durchbrochen hatten.

Im Eingangsbereich stand ein großes Schild, das die Gäste an das traditionelle, in diesem Jahr aber wegen Corona eingeschränkte Gänseessen am Martinstag erinnerte, und im Restaurant Piraten war das Personal gerade dabei, das Frühstücksbuffet abzuräumen. Betty van Friis kam ihnen an der Rezeption entgegen, genau wie beim letzten Mal hatte sie sich das Haar zu einem losen Zopf gebunden und trug dieselbe schwarzweiße Jacke. Die Rezeptionistin nickte ihnen steif zu, sie schien auf dem Laufenden darüber zu sein, wer sie waren und was sie hier taten.

»Hier lang, wir dürfen einen der Besprechungsräume im Tagungsbereich nutzen«, sagte Betty und ging ihnen voraus in den Innenhof, wo ein großes buntes Wandgemälde eine der Hauswände schmückte und in der Mitte eine Buche thronte.

»Toll, dass Sie und Ihr Sohn für ein paar Tage hier unterkommen können«, sagte Tess, um die Stimmung ein wenig zu lockern.

»Um diese Jahreszeit ist es hier ja nicht gerade ausgebucht, und es dauert wohl noch eine Weile, bis wir wieder in unser Haus zurückkönnen.«

Betty arbeitete als Beleuchtungstechnikerin am Kulturhaus in Kristianstad und erzählte, dass sie eigentlich gerne aus Österlen weg und dort hinziehen würde.

»Aber Reine fühlt sich wohl in seinem Kindergarten, deshalb bin ich da leider nicht ganz so flexibel.«

In dem hellen, frisch renovierten Raum stand ein Whiteboard, das Tess sofort zu sich heranzog. Betty setzte sich auf einen der schwarzen Stühle am Holztisch und zog sich die Jacke aus.

»Ich kann mir vorstellen, dass es unangenehm für Sie

ist, schon wieder mit uns sprechen zu müssen«, sagte Tess. »Und ich weiß, dass auch die Polizei Ystad Sie bereits mehrfach befragt hat. Aber es sind ein paar neue Hinweise aufgetaucht, die wir überprüfen müssen, um in unseren Ermittlungen weiterzukommen. Es ist wichtig, dass wir weitere Brände verhindern können.«

»Klar«, sagte Betty und schaute auf die Tischplatte.

Tess schrieb die Namen der Brandopfer in chronologischer Reihenfolge an die Tafel. Auf die andere Hälfte der Tafel schrieb sie den Namen von Lena Bergmark.

Betty rutschte auf ihrem Stuhl hin und her.

»Es gibt da Fragezeichen, die wir hoffentlich mit Ihrer Hilfe ausräumen können. Sie haben ausgesagt, keinen dieser Namen zu kennen, richtig? Abgesehen von Lena Bergmark natürlich.«

Betty blickte zur Tafel und nickte kaum merklich.

»Wir haben inzwischen Linn Andréns Computer untersucht, um zu schauen, ob es irgendetwas gibt, das erklären könnte, was ihr zugestoßen ist. Denn genau wie in Ihrem Fall war der Brand eindeutig gelegt, was wiederum heißt, dass Ihnen jemand schaden wollte.«

Tess zeichnete einen Pfeil zwischen Andreas' und Linns Namen. Aus dem Augenwinkel sah sie, wie Betty sich auf die Tafel konzentrierte.

»Die sozialen Medien sind uns bei der Polizei manchmal eine große Hilfe. Was mich überrascht hat, ist, dass Linn Andreas Moose eine Freundschaftsanfrage geschickt hat, auf die er aber nicht mehr antworten konnte. Das zeigt, dass es zumindest eine Art Verbindung zwischen ihnen gegeben haben muss, denn eine Freundschaftsanfrage zu verschicken ist ja eine aktive Handlung.«

Betty runzelte die Stirn, ohne etwas zu sagen.

»Natürlich haben wir uns auch ihren Instagram-Account

angeschaut. Man will ja nachvollziehen, wo die Person so unterwegs war, wie ihr Leben aussah, vor allem zum Ende hin, welche Kontakte sie hatte und so weiter. Und da haben wir das hier gefunden.«

Tess zog weitere Pfeile, diesmal zwischen Betty, Linn und Andreas. Dann drehte sie sich um. Betty schwieg und betrachtete die Pfeile.

»In dem fraglichen Post geht es um ein Saufgelage, eine Comiczeichnung. Und Ihre beiden Namen kamen darin vor, Ihrer und Linns. Linn hat ungefähr geschrieben, ›das erinnert mich an einen gewissen Sommer‹. Und im selben Thread, sozusagen als Antwort, haben Sie einen lachenden, vielleicht auch verlegenen Smiley gepostet.«

Inzwischen fühlte Betty sich sichtlich unwohl.

»Haben Sie einen Screenshot oder so?«

»Wir haben Linns Accounts in den sozialen Medien abgemeldet, aber ich habe tatsächlich eine Kopie hier auf meinem Handy.«

Sie ging zu Betty und legte das Handy vor ihr auf den Tisch. Tess sah, dass ihre Hand zitterte, als sie es aufhob.

Eine Weile saß sie schweigend da und schien abzuwägen, Tess vermutete, dass ihr keine der Alternativen wirklich gefiel.

»Ja, sieht aus, als wäre ich das gewesen. Aber ich kann mich nicht daran erinnern.«

»Verstehe«, sagte Tess. »Man kann sich heutzutage ja auch wirklich nicht an alle eigenen Likes und Kommentare erinnern. Aber wenn Sie das jetzt so sehen, halten Sie dann immer noch an Ihrer Aussage fest, sie würden weder Andreas Moose noch Linn Andrén kennen?«

Betty strich sich die Haare zurück und schlug die Beine übereinander.

»Kann sein, dass ich Linn mal bei einer Party getroffen habe. Nach der letzten Vernehmung habe ich noch mal gründlich darüber nachgedacht, und ich glaube, so könnte es gewesen sein. Der Name kam mir doch irgendwie bekannt vor.«

»Und Andreas Moose?«

»Nee, ich glaube nicht. Ich habe ja relativ viele Kontakte, sowohl auf Insta als auch auf Facebook, sodass es nicht ganz leicht ist, den Überblick zu behalten. Aber ich glaube, er ist nicht dabei.«

Tess unterstrich den Namen von David Gabès zweimal.

»David Gabès kam beim Brand in seinem Haus in Tomelilla ums Leben. Ich habe gestern mit seiner Frau gesprochen, sie und die Kinder sind jetzt wieder in ihre Heimat, Tunesien, geflogen, es war ihnen zu viel, hierzubleiben, mit all den Erinnerungen. Aber in unserem Gespräch ist ebenfalls eine interessante Verbindung aufgetaucht, nämlich diese hier …«

Tess zog einen weiteren Pfeil, diesmal von Gabès zu Lena Bergmark.

»Es hat sich herausgestellt, dass David und Lena beide in einem ehrenamtlichen Projekt gearbeitet haben und sehr gut befreundet waren.«

»Und gestern«, fiel Marie jetzt ein, »haben wir erfahren, dass David vor ein paar Jahren seinen Vornamen geändert hat, er hieß eigentlich Brahim Gabès, aber mit dem Vornamen war es nicht einfach, ein eigenes kleines Unternehmen zu führen, gerade in Tomelilla, wo mehr als dreißig Prozent der Bevölkerung die Schwedendemokraten wählen. David funktionierte da anscheinend besser.«

Tess warf Betty einen raschen Blick zu, die wie erstarrt zur Tafel blickte. Dann drehte sie sich mit übertrieben nachdenklichem Gesichtsausdruck um und zeigte auf die Namen.

»Wir wissen, dass es sich bei den aktuellen Bränden in

Österlen wahrscheinlich um ein und denselben Täter handelt. Die Musik, die jedes Mal abgespielt wurde, die Ziffern an den Häusern und die sabotierten Rauchmelder – das sind Tatsachen, die wir nicht ignorieren können, und …«

Sie schrieb einen weiteren Namen an die Tafel: Mattias Falk. Dann drehte sie sich zu Betty um, die rote Flecken im Gesicht und am Hals bekommen hatte.

»… als dann in dem ganzen Chaos noch dieser Mann in Åhus auftauchte …«

Sie machte eine ausladende Geste zur Tafel.

»Mag sein, dass es wie ein einziges Durcheinander aus Namen und Pfeilen aussieht. Aber es hat sich herausgestellt, dass dieser Mattias Falk der Vorbesitzer des Hauses in Löderup ist, in dem das spanische Ehepaar Morales verbrannt ist. Und plötzlich sieht es aus, als ob alle diese Menschen doch auf irgendeine Weise miteinander in Verbindung stehen, oder?«

Tess hielt inne und trat näher zu Betty, setzte sich auf die Tischkante und schaute ihr in die Augen.

»Mattias Falk kennen Sie doch, oder?«

Betty schwieg, ihr Blick flackerte. Endlich flüsterte sie:

»Ich wusste nicht, dass Brahim seinen Namen in David geändert hat. Nicht, dass wir je wirklich befreundet gewesen wären, aber was das angeht, habe ich nicht gelogen. Ich kannte ihn als Brahim.«

Betty hielt den Blick auf ihre Hände gesenkt. Tess fragte leise:

»Und die anderen?«

Betty blickte auf, ohne etwas zu sagen. Tess überlegte, ob sie ihr jetzt das Foto aus Åhus zeigen sollte, auf dem sie und Mattias Falk vor dem Sushi-Restaurant zu sehen waren, oder ob sie lieber abwarten und es als Trumpf im Ärmel behalten sollte. Marie saß hinter Betty und wedelte mit dem

Handy, zum Zeichen, dass sie damit bereitstand. Aber Tess wollte lieber, dass Betty sich von sich aus öffnete und zu diesen Dingen äußerte.

Betty van Friis holte tief Luft.

»Ich habe keine Ahnung, wer unsere Häuser anzündet und uns töten will.«

Sie drehte sich um und sah auch Marie an.

»Sie glauben doch wohl nicht, dass ich es war?«

»Sind Sie es denn?«, fragte Marie.

Betty fasste sich an die Brust. Dann wandte sie sich wieder Tess zu.

»Nein, das müssen Sie mir glauben … ich könnte nie … Bin ich deshalb hier?«

Tess erhob sich.

»Nein, dann hätten wir sie schon längst offiziell vernommen.« Sie merkte, wie sie langsam die Geduld verlor, und im selben Augenblick sah sie, wie Marie aufstand, zu Betty ging und ihr das Handy vor die Nase hielt.

»Verdammt noch mal, wir haben nicht den ganzen Tag Zeit! Vielleicht werden demnächst noch mehr Häuser angezündet. Was ist zum Beispiel mit diesem Typen hier, Mattias Falk – wird er der Nächste sein? Jetzt machen Sie endlich das Maul auf!«

Tess blickte sie überrascht an und gab ihr ein Zeichen, dass sie sich beherrschen solle.

Betty wandte sich an Tess.

»Himmel … Wo haben Sie dieses Foto her?«

»In dieser Ermittlung sind wir auf alle Hinweise angewiesen.«

»Aha«, sagte Betty, »und das rechtfertigt, dass Sie die Leute einfach ausspionieren?«

Tess war fest entschlossen, Betty ihre wahren Gefühle nicht spüren zu lassen. Deshalb setzte sie sich und schwieg.

So konnte man Leute wie Betty am besten zum Reden bringen. Wenn nur Marie nicht wieder austickte.

Tess verschränkte die Hände hinter dem Kopf und schaute zur Decke. Sie zählte die Sekunden, und als sie bei sechzig angelangt war, machte Betty den Mund auf.

»Als ich das mit den Zahlen und der Musik gehört habe, und dass mehrere Leute dasselbe erlebt haben …«

Betty blickte immer noch auf die Tischplatte, ihr Hals war jetzt vollständig rot angelaufen.

»… das fühlte sich echt gruselig an. Ich habe mich einfach nicht getraut, ich war wie gelähmt und paranoid und wollte mich nur noch verstecken. Wer tut so etwas? Und als Sie mir die Namen gezeigt haben, bekam ich es noch mehr mit der Angst zu tun.«

Marie verdrehte die Augen.

»Wo soll ich anfangen?« Betty fasste sich an den Kopf.

»Am besten von vorn«, sagte Marie.

Tess warf ihr einen warnenden Blick zu.

»Die letzten Monate in Lenas Leben waren ein bisschen speziell. Wir trafen uns als Gruppe regelmäßig zum Essen. Dabei kannten wir uns eigentlich nicht besonders gut. Also, ich und Lena schon, und Lena und Linn hatten auch mehr miteinander zu tun. Aber ansonsten waren es einfach nur Arbeitskollegen, die mitkamen und so weiter. Wie zum Beispiel Brahim, oder David, wie er sich dann anscheinend genannt hat. Das Ganze fing mit einer ziemlich bescheuerten Idee an …« Zum ersten Mal lächelte Betty. »Es ist ein bisschen peinlich, das zu erzählen.«

Sie warf Tess einen scheuen Blick zu, und die nickte auffordernd.

»Hier drinnen ist gar nichts peinlich, hier sind nur wir drei, und wir haben alle schon mal komische Dinge gemacht in unserem Leben.«

Sie sah Marie streng an, um ihr klarzumachen, dass sie jetzt unbedingt den Mund halten musste.

»Wie auch immer, es war Andreas, ein Ex von Linn, der vorschlug, wir könnten doch Rollenspiele machen.« Wieder hielt Betty inne. »Ich war zunächst skeptisch, aber dann habe ich mich darauf eingelassen. Wir waren wahrscheinlich alle … wir waren um die dreißig, keiner von uns hatte bisher eine Familie gegründet, außer Lena, die ja Tim hatte. Wir lebten mehr oder weniger auf dem platten Land, hatten irgendwie Langeweile, und diese Essen brachten ein bisschen Farbe in unser Leben, ein bisschen Spannung. Klar, tranken wir auch eine ganze Menge, vor allem Andreas, der eigentlich jedes Mal betrunken war. Und wir versprachen alle, niemandem etwas über diese Abende zu erzählen.«

»Wer war noch in der Gruppe?«

Betty nickte Richtung Tafel.

»Die Namen stehen alle dort.«

Tess wandte den Kopf und schaute ebenfalls hin.

»Dann waren das nur Sie?«

»Ja, und Lena natürlich, wir haben uns immer bei ihr in Östra Grevie getroffen. Das Ganze ging so über zwei, drei Monate. Nach Lenas Tod haben wir uns, glaube ich, gar nicht mehr gesehen.«

»Warum?«, fragte Tess erstaunt.

»Ich glaube, wir hatten alle ein bisschen Angst, vor allem, nachdem klar war, dass sie ermordet worden war.«

»Angst, wovor?«

»Vielleicht davor, reingezogen zu werden. Und weil wir einander nicht so gut kannten – wir trafen uns ja nur zu diesen Essen –, war es ziemlich einfach, das Ganze zu beenden.«

»Erzählen Sie uns von den Rollenspielen – wie genau hat das funktioniert?«

»Entweder spielten wir ein Brettspiel, das einer von uns mitbrachte. Wir bildeten zwei Mannschaften und bekamen verschiedene Rollen zugewiesen, die die anderen erraten mussten. Oder wir stellten uns gegenseitig Aufgaben, und man musste neue Sachen ausprobieren oder so. Manchmal ziemlich ausgeflippte. Und fast immer war es Andreas, der mit den Ideen kam.«

»Wie sah das ganz konkret aus?«

Betty zuckte die Achseln.

»Sie sind von der Polizei, aber ich nehme mal an, dass das jetzt verjährt ist. Also, Andreas hat zum Beispiel mal Marihuana mitgebracht, und dann sollten das alle ausprobieren. Ich glaube, ich war die Einzige, die es schon mal gemacht hatte. Auf der London Bridge, während einer Klassenfahrt.«

»Nein, das werden wir natürlich nicht verfolgen«, sagte Tess und lächelte beruhigend. »Ich habe es auch auf einer Klassenfahrt ausprobiert, auf der Spanischen Treppe in Rom – so was macht doch fast jeder.«

Marie sah sie überrascht an.

»Und dann haben alle Marihuana geraucht?«

»Ja. Lenas Sohn war an dem Abend nicht da, seine Oma hat auf ihn aufgepasst, sonst hätte sie da, glaube ich, nicht mitgemacht. Sie war schon sehr überbehütend. Und meistens war er halt auch dabei, sie waren ja nur zu zweit. Aber sie hat immer versucht, ihn ins Bett zu bringen, bevor wir mit den Spielen anfingen.«

»Was ist mit Sex?«, fragte Marie.

»Wie, mit Sex?«

»Waren es auch solche Spiele? Sie waren doch drei Frauen und drei Männer, nicht unwahrscheinlich, dass es da auch um so was ging.«

Betty schwieg kurz, sie wirkte verlegen.

»An einem Abend, also dem letzten, hat Andreas so was

vorgeschlagen. Aber der war ja auch vollkommen durchgeknallt. Er wollte was von Linn. Wahrscheinlich ist er nur deshalb überhaupt dabei gewesen, um irgendwie wieder an sie ranzukommen.«

»Und wie ist es ausgegangen?«

»Es wurde nichts daraus. Andreas war betrunken und wurde aggressiv, er fing an, Linn zu betatschen, und die regte sich furchtbar darüber auf. Das Ganze endete in einem Riesenstreit.«

»Wie hat Lena darauf reagiert?«

Betty überlegte.

»Sie war ja an sich eher zurückhaltend, ich glaube, sie fand es blöd. Überhaupt war sie an diesem letzten Abend sehr still und irgendwie in sich gekehrt. Es fiel mir schon auf, als ich hinkam, ich hatte das Gefühl, etwas bedrückte sie.«

»Inwiefern?«

»Sie hat fast nichts gesagt. Ein paarmal ist sie auch vom Tisch aufgestanden, ich erinnere mich, dass ich mich darüber gewundert habe.«

»War ihr Sohn Tim an dem Abend auch dabei?«

»Er war da und hat einen Film geguckt. Jetzt, wo ich selbst einen Sohn in dem Alter habe, denke ich, er hätte das vielleicht lieber nicht mitbekommen sollen. Vor allem nicht an diesem letzten Abend, als Andreas so betrunken war und vollkommen austickte. So etwas sollte ein Kind nicht mit ansehen.«

»Ist an diesen Abenden sonst irgendetwas passiert, was für uns interessant sein könnte? Könnte irgendjemand etwas gegen sie gehabt haben?«

Betty überlegte.

»Vielleicht Bosse. Ich glaube sogar, Lena hat mal gesagt, er stünde bestimmt vor dem Haus und würde uns beobachten.«

»Sonst niemand?«

»Nein, soweit ich mich erinnern kann, nicht. Wir waren alle Singles, deshalb gab es niemanden, der sich daran stören konnte, dass wir uns trafen und was wir machten. Deshalb war es ja auch im Grunde so lächerlich, dass wir diese Essen geheim halten sollten.«

Tess trat wieder zur Tafel, sie wollte das Gespräch mit Betty beenden. Es schien ihr plötzlich dringend, Mattias Falk so schnell wie möglich zu erreichen.

Sie deutete auf seinen Namen.

»Es gibt nur einen hier, bei dem es nicht gebrannt hat.«

»Ja«, sagte Betty, »deshalb bin ich ja auch schnell nach Åhus, um ihn zu warnen.«

»Und wie hat er reagiert?«

»Er war furchtbar erschrocken und wollte nach Hause, um seine Rauchmelder zu überprüfen.«

Tess wischte die Namen und Pfeile von der Tafel und schrieb stattdessen die Ziffern 8, 6, 5 und 4 hin.

»Das sind die Ziffern, die wir nach den Bränden gefunden haben. Wäre das Haus in Löderup nicht vollständig abgebrannt, hätten wir wahrscheinlich auch da eine Zahl gefunden, vermutlich eine Sieben. Haben Sie irgendeine Idee, wofür diese Zahlen stehen könnten?«

Betty schaute hin und warf den Kopf in den Nacken.

»Als wären wir Vieh, das abgezählt wird, oder was? Die Vier an meinem Haus – was soll das bedeuten? Das vierte Opfer?«

»Nein, der Brand in Ihrem Haus war der fünfte, zumindest von denen, die uns bekannt sind. Das kommt also nicht hin.«

»Und würde man Lenas Haus mitzählen, wäre es der sechste gewesen«, sagte Marie. »Vielleicht haben wir es aber auch mit einem schlechten Rechner zu tun. Außerdem waren Sie ja nur zu sechst in der Gruppe, es scheinen aber acht Ziffern zu sein.«

Betty schüttelte den Kopf.

»Ich habe echt keine Ahnung, das Ganze scheint völlig krank zu sein.«

Nachdem sie die Befragung von Betty van Friis beendet hatten, gingen Tess und Marie wieder zum Auto.

»Warum bist du so aufgebraust und hast ihr das Foto gezeigt? Ich hatte sie und das Gespräch völlig im Griff, es wäre nicht nötig gewesen.«

Marie wandte sich ab.

»Ja, ja, ich habe wohl die Geduld verloren. Aber immerhin habe ich sie zum Reden gebracht.«

»Das hätte ich auch so hingekriegt.«

Sie stiegen ein, und Marie wechselte das Thema.

»Rollenspiele«, sagte sie und schnaubte. »Ich frage mich ja, was sie in Wirklichkeit für schmutzige Dinge im Sinn hatten, wenn sie sich bei Lena zum Essen getroffen haben. Klang ziemlich obszön, das musst du doch zugeben. Einander Aufgaben stellen. Gott, wie die sich gelangweilt haben müssen. Erwachsene Menschen, die spielen und sich verkleiden, das ist echt das Schlimmste. Sollte mich irgendwann mal jemand zur Mittelalterwoche auf Gotland zwangsanmelden – ich schwör's, ich bringe mich um.«

Tess lachte und fuhr los.

»Ich glaube, so etwas gibt es häufiger, als man denkt, gerade auch unter Männern.«

Sie warf Marie einen Blick zu.

»Aber jetzt fahren wir erst mal zu Mattias Falk nach Åhus. Bin gespannt, was er dazu zu sagen hat. Unvorbereitet klappt so etwas am besten, auch wenn ich annehme, dass Betty gleich zum Telefon gerannt ist.«

Hinter Brösarp bog Tess auf die Bundesstraße nach Kristianstad ein. Von der Anhöhe oberhalb des kleinen Ortes Maglehem aus hatte man einen Blick über die gesamte Hanö-Bucht, und hinter einem Hügel, an dem die Straße eine starke Kurve beschrieb, breitete sich die flache Landschaft Kristianslätten vor ihnen aus.

»Weed auf der Spanischen Treppe«, sagte Marie und schnalzte mit der Zunge. »Stimmt das?«

»Vielleicht, vielleicht auch nicht.«

»Mensch, Hjalmarsson.« Marie schüttelte den Kopf und grinste. »Deine ausschweifende Vergangenheit schockiert mich.«

Kurz vor Åhus fuhren sie über den Fluss Helge Å und dann nach Äspet hinunter, ein Waldgebiet am Meer, in dem Ferienhäuser und teure Villen sich aneinanderreihten.

Mattias Falk und seine Frau Ulrika wohnten in einem großen Haus etwas oberhalb des Meers und näher zur Hauptstraße hin. Laut Lundberg lag der Schätzwert bei fünf Millionen Kronen. Es handelte sich also nicht gerade um ein Sommerhäuschen.

Als sie die Adresse erreichten, stellten sie fest, dass niemand zu Hause war. Die Tore waren geschlossen, die Garageneinfahrt leer. Tess schaute auf die Uhr.

»Wahrscheinlich kommen sie bald nach Hause. Lass uns solange zum Meer runter und eine bisschen frische Luft schnappen.«

Sie fuhren durch den Kiefernwald und ließen das Auto auf einem Parkplatz stehen. Tess konnte sich nicht erinnern, je in Åhus gewesen zu sein, zumindest nicht als Erwachsene. Die Stadt lag nur ein kleines Stück nördlich von Österlen, dennoch hatte die Gegend hier einen ganz anderen

Charakter und eine andere Kultur als die Dörfer weiter im Süden. Es gab viele Boote und mehr Menschen, die das ganze Jahr über hier wohnten. Der weiße Sandstrand, der sich von Sandhammaren bis nach Åhus erstreckte, war etwas schmaler als im Süden. Nur das Meer war ebenso herbstgrau und still wie entlang der übrigen Küste.

Tess und Marie gingen schweigend am Wasser entlang. Außer einem Mann, der mit seinem Hund unterwegs war, war niemand zu sehen. Tess warf einen Stein in das spiegelblanke Wasser.

»Olivia ist gestern zu mir nach Hause gekommen«, sagte Marie plötzlich. »Sie war völlig zugedröhnt, man konnte die Pupillen kaum noch sehen. Ich musste sie reinlassen, sie hat lauter unzusammenhängendes Zeug geredet …«

Sie biss die Zähne zusammen und schaute aufs Meer.

»Ich habe sie kaum wiedererkannt. Kannst du dir vorstellen, was das für ein Horror ist, wenn man jemanden, den man liebt, nicht mehr wiedererkennt? Meine kleine Schwester – verdammt, ich hab ihr den Hintern abgewischt und ihr die Windeln gewechselt! Hab mich um sie gekümmert wie eine Art zweite Mutter.«

»Soll ich mal meine Bekannte anrufen, Alice, die Suchttherapeutin?«

»Wenn du willst.«

»Klar. Wo ist Olivia denn jetzt?«

»Keine Ahnung. Sie hat die Nacht auf meinem Sofa geschlafen, die Kinder waren nicht da. Als ich aufgestanden bin, war das Wohnzimmer leer, die Decke lag auf dem Boden, und sie war weg. Ich wollte es nicht wahrhaben, aber es sah aus, als hätte sie die Schubladen nach Geld oder irgendwas anderem durchsucht.«

Tess seufzte.

»Wir versuchen, sie wieder auf den richtigen Weg zu

bringen. Wenn sie auch nur annähernd aus demselben Holz geschnitzt ist wie du, müsste es klappen.«

Sie gingen zum Auto zurück und fuhren noch einmal zu Mattias Falks Villa hinauf.

Ein dunkelblauer Volvo stand in der Einfahrt, und eine Frau und ein Mann um die fünfundvierzig gingen mit Papiertüten zum Haus hinauf. Es war zweigeschossig und sah aus, als wäre es relativ neu und eins der teureren in der Gegend, ausgestattet mit Pool und einem Gästehaus auf dem Grundstück.

»Mattias Falk?«

Das Paar drehte sich um.

Tess hielt ihren Dienstausweis hoch und ging auf das Tor zu.

Mattias war groß, dunkelhaarig, schlank und etwas schlaksig, Tess nahm an, dass Frauen ihn attraktiv fanden. Seine Frau Ulrika stand etwas weiter hinter ihm. Laut Lundbergs Recherche besaß sie ein eigenes Einrichtungsgeschäft in Åhus. Mattias war Ingenieur und beschäftigte sich mit Energiefragen in einem Unternehmen in Kristianstad. Sie waren seit zehn Jahren verheiratet und hatten keine Kinder. Ihr Sohn Leo war vor sieben Jahren an Leukämie gestorben, als er zwei Jahre alt gewesen war.

»Es ist doch nichts passiert?«, fragte Ulrika Falk beunruhigt.

»Nein, aber können wir uns kurz unterhalten?«

»Klar, kommen Sie rein.«

Mattias öffnete das Tor und ließ sie ein. Im Flur schlug er vor, sie könnten sich in die Küche setzen. Ulrika Falk war vorausgegangen und packte bereits die Einkäufe auf einem Bartisch aus, der den großen Raum in zwei Hälften teilte. Sie fragte, ob sie etwas trinken wollten, sie würde ohnehin Kaffee machen. Marie nahm die Einladung an, ehe Tess etwas sagen konnte.

An der Wand zum Flur entdeckte sie das Foto eines blonden Jungen, wahrscheinlich des verstorbenen Sohnes. Ulrika schien im selben Alter zu sein wie ihr Mann, das halblange braune Haar hatte ein paar graue Strähnen, doch vom Gesamteindruck zu schließen, war das durchaus beabsichtigt. Sie schien eine Menge Geld für ihre Garderobe auszugeben.

Tess erklärte, sie seien wegen der Brände hier, die sich in letzter Zeit ereignet hätten. Wie Mattias ja wisse, befänden sich unter den Opfern mehrere seiner früheren Freunde.

Er bedeutete ihnen, dass sie sich an den Küchentisch setzen sollten.

Alkohol, dachte Tess. Mattias roch definitiv, als hätte er etwas getrunken. Nicht viel, aber ein leichter Dunst lag in der Luft. Sie warf Marie einen raschen Blick zu, die es ebenfalls bemerkt zu haben schien.

Mattias rieb sich das Kinn und blickte besorgt, er wirkte müde und erschöpft.

»Ich habe es gestern erst gehört. Hat Betty Ihnen erzählt, dass wir früher miteinander zu tun hatten?«

»Ja, genau. Sie hat uns von der Clique erzählt, die sich immer bei Lena Bergmark zu Hause getroffen hat.«

»Ich habe so ein schlechtes Gewissen wegen dieses spanischen Ehepaars, dem wir das Haus in Löderup verkauft haben. Morales hießen sie.«

»Ein schlechtes Gewissen, aber vor allem auch Angst«, sagte Ulrika und stellte einen Teller Kardamomschnecken sowie Tassen auf den Tisch.

»Du kanntest sie«, fuhr sie fort und nickte Mattias zu. »Ich habe sie nie getroffen, das meiste lief ja über einen Makler. Und dennoch.«

Tess erklärte, sie und Marie würden vor allem den Mord an Lena Bergmark untersuchen, nun aber hätten sich die Wege zweier verschiedener Ermittlungen gekreuzt.

»Und das auf eine dramatische und unerwartete Weise.«

Mattias wölbte die Hände um seinen Mund. Vielleicht versuchte er zu verbergen, dass er getrunken hatte.

»Ich wusste nicht, wer bei den Bränden ums Leben gekommen ist, bevor Betty es mir erzählt hat«, sagte Mattias. »Es ist so furchtbar.«

»Ja. Erzählen Sie uns, wie Sie Lena Bergmark eigentlich kennengelernt haben?«

Ulrika stand auf.

»Das war vor meiner Zeit. Sie können mich ja rufen, wenn Sie mich brauchen, ich habe noch was zu tun, aber wenn Sie Fragen an mich haben, sagen Sie Bescheid.«

Tess lächelte sie an.

»Für uns ist das in Ordnung«, sagte sie.

Mattias nickte, und seine Frau begab sich ans andere Ende der Küche, wo sie weiter ihre Einkaufstüten auspackte.

»Das ist alles schon so lange her«, sagte Mattias. »Lena und ich haben uns bei einem Essen bei ihr zu Hause kennengelernt. Es war eine Gruppe, die sich manchmal traf, und Betty, die ich vorher schon kannte, hatte gefragt, ob ich nicht mal mitkommen wollte. Ich war, glaube ich, zwei- oder dreimal mit dabei.«

Er warf einen Blick zu seiner Frau hinüber.

»Ehrlich gesagt«, er lächelte und schüttelte den Kopf, wobei er eine Hand in den Nacken legte. »Es waren ziemlich merkwürdige Veranstaltungen.«

»Erzählen Sie uns davon«, sagte Tess.

Mattias sah erneut zu seiner Frau hinüber.

»Ich weiß nicht genau, was sie gemacht haben, bevor ich

dazukam. Vor allem eines der Treffen, ich glaube, das letzte, lief total aus dem Ruder. Einer der Typen …« Er lehnte sich zurück und sah zur Decke. »Wie hieß der noch gleich?«

»Andreas Moose?«

Mattias zeigte mit dem Finger auf sie.

»Ganz genau. So hieß er. Ich habe gehört, sein Haus in Vitemölla ist abgebrannt. War das nicht der erste Brand?«

Tess nickte.

»Schrecklich. Wie geht es ihm denn?«

»Nicht besonders, er hat schwere Verbrennungen erlitten, und seine Frau ist ums Leben gekommen.«

»Das habe ich gehört. Wirklich schlimm. Auch wenn ich ihn ein bisschen …« Mattias schüttelte den Kopf, »… verrückt fand. So etwas verdient man einfach nicht, und dass dann die Frau stirbt … Hatte er Kinder?«

»Zwei, aber die waren zum Glück über Nacht bei Freunden, es war ja ein Freitag, als das passiert ist, sie leben also beide noch. Inwiefern war er verrückt?«

»Er trank viel und hatte komische Ideen. Warf mit Geld um sich, und es wirkte so, als wäre er für Geld auch über Leichen gegangen. Es hieß, er bade im Luxus und habe tolle Autos und schicke Häuser.«

Wieder schaute er zu seiner Frau hinüber.

»Beim letzten Mal gab es ordentlich Krach.«

Tess fiel ein, dass auch Betty das erwähnt hatte, und als sie sah, dass Ulrika Falk die Küche verlassen hatte, fragte sie Mattias, worum es in dem Streit denn gegangen sei.

»Er wollte ständig irgendwelche albernen Spiele spielen.« Mattias schüttelte den Kopf. »Keiner sonst war daran interessiert, und dann fing er an, eine der Frauen zu begrapschen, Sara, hieß sie, glaube ich.«

»Linn. Linn Andrén.«

»Ja, genau.«

Mattias machte eine Geste in die Richtung, in der seine Frau verschwunden war.

»Es fühlt sich ein bisschen komisch an, vor Ulrika über diese Dinge zu reden. Sie weiß das ja alles, wir haben keine Geheimnisse voreinander, aber es war einige Jahre, bevor wir zusammen waren. Ich war Single, damals. Es waren die letzten wilden Single-Jahre.«

Tess nickte, obwohl sie nicht glaubte, dass Mattias wilde Jahre gehabt hatte.

»Wie haben Sie Lena an diesem letzten gemeinsamen Abend wahrgenommen?«

Sein Blick ging erneut zur Decke.

»Sie war wie immer, nichts Besonderes, soweit ich mich erinnere.«

»Nicht niedergeschlagener als sonst, oder so?«

Er sah ein wenig verwundert aus.

»Also, mir ist nichts aufgefallen.«

»Was haben Sie gedacht, als Sie es gehört haben?«

»Ich war geschockt.«

»Haben Sie irgendeine Idee, wer ihr das angetan haben könnte?«

Mattias senkte den Blick.

»Ich kannte sie nicht besonders gut und wusste auch nicht viel über ihren Hintergrund.«

»Haben Sie ihren Exfreund mal getroffen, Bosse?«

»Nein, er war bei diesen Essen nie dabei, soweit ich weiß, war die Beziehung beendet.«

Eine Weile blieb es still. Tess hörte, dass Ulrika Falk wieder zurück in die Küche kam. Marie streckte die Hand nach einer weiteren Kardamomschnecke aus.

»Verfolgen Sie eine bestimmte Spur? Verdächtigen Sie ihren Ex?«

»Es ist noch zu früh, um das zu sagen, diese Hinweise

und die Verbindungen zwischen Ihnen sind völlig neue Informationen für uns.«

Tess zog ihr Handy heraus und zeigte Mattias ein Foto des Pyromanen Arvid Larsson.

»Kennen Sie diesen Mann?«

Mattias beugte sich vor und musterte Doktor Feuerteufel.

»Er sieht ziemlich seltsam aus. Vielleicht sollte meine Frau ihn sich auch mal anschauen.«

Ulrika Falk, die sich eine rote Samthose angezogen hatte, kam an den Tisch und betrachtete ebenfalls das Bild.

»Oh Gott, die Augen!«, sagte sie. »Haben Sie denn schon irgendeinen Verdächtigen?«

Tess legte das Handy wieder hin.

»Bisher nicht. Aber was glauben Sie selbst? Gibt es jemanden in Ihrem Umfeld, jetzt oder von früher, der so etwas tun könnte?«

»Auf gar keinen Fall«, sagte Mattias mit Nachdruck. »Es scheint sich um einen vollkommen Irren zu handeln. Wir überlegen seit gestern ständig und sind alle Bekannten von uns durchgegangen.«

Mattias faltete die Hände unterm Kinn.

»Natürlich denkt man: Sind wir jetzt an der Reihe, wenn es in Löderup die Falschen getroffen hat? Und wie schützt man sich? Man möchte gar nicht mehr allein im Haus sein.«

»Das stimmt«, sagte Ulrika. »Ich habe die ganze Nacht kaum geschlafen, bin alle zehn Minuten aufgewacht und habe gelauscht, geprüft, ob es irgendwie nach Rauch riecht. Was sollen wir denn jetzt machen? Ich meine, wir haben eine Alarmanlage und Rauchmelder, aber das scheint bei den anderen ja auch nichts genützt zu haben.«

Mattias verschränkte die Arme vor der Brust.

»Erzähl ihnen, was du heute früh gemacht hast.«

Ulrika schüttelte den Kopf.

»Ich bin im Nachthemd nach draußen gelaufen, um zu gucken, ob irgendwelche Zahlen an unseren Wänden standen. Die Nachbarn müssen gedacht haben, ich bin vollkommen durchgeknallt.«

»Ich verstehe das«, sagte Tess. »Vielleicht sollten Sie einfach ein paar Tage wegfahren.«

Ulrika hob abwehrend die Hände.

»Damit der Brandstifter freie Bahn hat und alles in Flammen aufgeht, was wir besitzen? Nein, wir bleiben. Wenn jemand uns angreifen sollte, wehren wir uns, so gut wir können.«

Sie deutete zum Flur.

»Ich habe heute gleich zwei neue Feuerlöscher gekauft.«

»Indirekt sind wir ja durchaus bedroht, wenn man bedenkt, dass unser altes Haus in Löderup abgebrannt wurde. Kann man da nicht Personenschutz bekommen?«

»Ich werde das prüfen. Unsere Kollegen in Ystad kümmern sich um die aktuellen Brände. Bis dahin sollten sie die Alarmanlage einschalten, wachsam bleiben und immer mal die Rauchmelder überprüfen.«

Sie standen auf und gingen Richtung Flur. Bei dem Foto an der Wand blieb Tess stehen.

»Ist das ihr Kind?«

»Ja, aber es lebt leider nicht mehr. Sieben Jahre ist das jetzt her, Krebs. Es war unser Einziges.«

»Wie traurig.«

»Stimmt aber nicht ganz, dass es unser Einziges war.«

Mattias drehte sich abrupt zu seiner Frau um.

»Wir hatten noch eins«, fuhr sie fort. »Aber das ist schon vor der Geburt gestorben, daher …« Sie zeigte auf ein Gemälde an der Wand. »Das soll unser kleines Mädchen darstellen, oder den Fötus, muss man wohl eher sagen. Ab wann zählt ein Menschenleben? Aber wir wissen, dass es ein Mädchen war.«

Mattias legte einen Arm um sie.

»Wir müssen nicht von all unserem Elend erzählen«, sagte er in beschwichtigendem Ton. »Es ist ja auch so schon anstrengend genug.«

»Tut mir sehr leid«, sagte Tess noch einmal.

Im Rückspiegel sah Tess Mattias und Ulrika auf der Treppe stehen. Sie schauten ihnen hinterher, während sie die ruhige Villengegend verließen.

»Was hattest du für ein Gefühl?«

»Ganz schön versnobt«, sagte Marie, »wohlhabend. Kontrolliert. Und nervös. Wahrscheinlich lügen sie auch, er zumindest. Mattias verschweigt uns irgendetwas, von dem er nicht will, dass seine Frau es erfährt. Wir hätten sie getrennt befragen sollen.«

»Ja, ein zweites Gespräch wäre durchaus angebracht. Was glaubst du, was er uns in ihrem Beisein nicht erzählen wollte?«

»Ich glaube ja, bei diesen lächerlichen Spieleabenden, die sie bei Lena gemacht haben, ist irgendetwas Ernsteres passiert.«

»Was, zum Beispiel?«

»Keine Ahnung, vielleicht hatte er doch engeren Kontakt zu einer der Personen.«

»Mit wem?«

»Tja, so richtig steige ich bei den Konstellationen auch nicht durch. Aber ich tippe auf eine der Frauen. Es scheinen ja Hetero-Veranstaltungen gewesen zu sein. Also Lena, Betty oder Linn. Er hat sich wirklich bemüht, seine Rolle in dem Ganzen zu verharmlosen.«

»Aber Betty hat ebenfalls ausgesagt, dass Mattias erst gegen Ende dazugestoßen ist. Trotzdem stimme ich dir zu, irgendwas stimmt da nicht.«

Marie drehte das Autoradio lauter, während Tess auf die E22 Richtung Malmö fuhr.

»Vielleicht ist ja auch Mattias auf irgendeiner Art Rachefeldzug und brennt die Häuser der anderen ab. Dumm nur, dass er dann nicht so tut, als wäre er ebenfalls ein Opfer.«

»Mhm«, machte Tess. »Wobei er das gewissermaßen ja gemacht hat, durch den Brand in Löderup.«

»Schon, aber wenn es jetzt in den nächsten Tagen einen Brand in ihrem neuen Haus gibt, dann würde ich sogar Geld darauf setzen, dass sie beide überleben. Und dass sie den Brand mit den neuen Feuerlöschern löschen, die Ulrika Falk uns im Flur gezeigt hat.«

Tess musterte sie von der Seite.

»Glaubst du selbst daran?«

»Hast du eine bessere Theorie?«

»Bosse?«

»Dafür, dass er bei diesen seltsamen Veranstaltungen nicht dabei sein durfte? Die scheinen ja komplett bescheuert gewesen zu sein.«

»Mattias hat nach Alkohol gerochen.«

Tess drehte das Radio leiser.

»Ja, aber wenn ich ständig darauf warten würde, dass mir jemand eine Zahl ans Haus sprüht, dann würde ich mich auch mit irgendwas betäuben wollen.«

Sie fuhren schweigend weiter. Tess musste immer noch an ihren Besuch in Åhus denken, und wie sie selbst das Ehepaar Falk erlebt hatte. Sie konnte nicht genau sagen, was sie gestört hatte, aber es war eine Unbeseeltheit und Leere. Vielleicht hatte sie das aber auch nur selbst hinzugedichtet, nachdem sie die tragische Geschichte über die beiden verstorbenen Kinder gehört hatte, von denen eines nie geboren worden war.

Obwohl Tess immer ein sehr gespaltenes Verhältnis dazu gehabt hatte, selbst schwanger zu werden, erinnerte sie sich noch gut an das Gefühl, als sie es selbst vor einem Jahr einmal vergeblich versucht hatte. Die enttäuschten Hoffnungen, von denen sie vorher selbst gar nichts gewusst hatte. Sie hatte nie zuvor gedacht, dass man so sehr um ein ungeborenes Kind trauern könnte. In den Wochen, in denen sie noch auf das Ergebnis gewartet hatte, hatte sich der Gedanke, sie würde ein Kind bekommen, bereits verfestigt, und sie hatte angefangen, Pläne für dieses Leben zu schmieden. Und als die Illusion dann geplatzt war, hatte sie sich so leer gefühlt, wie sie es nie zuvor erlebt hatte. Zum Glück hatte sie auch damals intensiv an einem Fall gearbeitet, sodass sie sich ein wenig ablenken konnte. Doch in dem Herbst, der darauf folgte, hatte die Trauer erneut zugeschlagen und sie hatte sich, zum ersten Mal in ihrem Leben, depressiv gefühlt.

»Ich muss an das ungeborene Kind denken«, sagte Marie, als hätte sie ihre Gedanken gelesen. »Das Gemälde, das dort hing. Schien ein heikles Thema zu sein, und dennoch war es ihnen wichtig zu erwähnen, dass sie noch ein weiteres Kind hatten.«

Plötzlich klingelten Maries und Tess' Handy gleichzeitig. Tess fuhr rechts ran. Kerstin Jacobsson klang aufgeregt.

»Sie haben Arvid Larsson bedroht«, sagte sie. »Etwa fünfzig Leute haben sich heute Nachmittag vor seinem Haus in Eljaröd versammelt. Anscheinend hat irgendwer gesehen, wie er Brandbeschleuniger gekauft hat und hat ein Foto davon in einer Facebookgruppe hochgeladen. Sie haben ihm Steine in die Fenster geworfen und herumgeschrien. Arvid Larsson hat sich im Haus versteckt, die Kollegen mussten regelrecht bei ihm einbrechen. Es war das reinste Chaos vor dem Haus, die Leute hatten Eisenstangen und Brecheisen dabei und brüllten seinen Namen.«

»Wie ist es ausgegangen?«

»Wir haben Verstärkung gerufen, das dauerte natürlich eine Weile. Aber dann ist es uns gelungen, eine Handvoll Leute wegen Hausfriedensbruch und Sachbeschädigung festzunehmen.«

Die Bürgerwehr, dachte Tess. Genau das hatte sie befürchtet, dass die Hetze gegen Arvid Larsson so enden würde.

Tess informierte Kerstin über die Befragung des Ehepaars Falk und bat sie zu prüfen, ob den beiden für ein paar Tage Personenschutz gewährt werden konnte.

Nachdem sie aufgelegt hatten, ging sie auf Facebook und sah sich den Thread »Sturm auf Doktor Feuerteufel« an. Es war offensichtlich, dass dies den Überfall auf Arvid Larsson ausgelöst hatte, ein Hass-Post folgte auf den anderen. »Vertreibt den Abschaum mit seinen eigenen Mitteln. Let there be fire.«

2005
Das letzte Essen

Ein weiterer Brief, ungefähr desselben Inhalts. Lena las ihn noch einmal, Panik breitete sich in ihr aus. Es war nur ein einziger Satz, auf einem gewöhnlichen DIN-A4-Blatt, genau wie beim ersten Mal.

»Wirst du sterben in seinen Armen, heute Nacht?«

Lena war aufgewühlt, fühlte sich schwindlig. Sie war es nicht gewohnt, angefeindet zu werden. Schon in ihrer Kindheit hatte sie die Rolle der Vermittlerin innegehabt, ihre Freunde fanden immer, sie sollte Diplomatin werden. Immer hatte sie versucht, den Blickwinkel anderer einzunehmen, auszugleichen wo nötig, sowohl im Freundeskreis als auch auf der Arbeit.

Was hatte sie getan, dass sich plötzlich jemand so über sie aufregte? Oder trieb einfach nur jemand seinen Spaß mit ihr?

Erneut warf sie einen Blick aus dem Fenster. Sie musste sich sehr zusammennehmen, um so normal wie möglich zu wirken, jetzt, da die Essensgäste nach und nach eintrudelten. Am liebsten hätte sie alles abgesagt. Aber Betty und Mattias standen seit zwei Stunden in ihrer Küche und bereiteten alles vor. Da einfach Kopfschmerzen vorzuschieben war unmöglich.

Sie öffnete die Schreibtischschublade, in der bereits der

Brief vom Vortag lag, nahm diesen heraus und las ihn ebenfalls noch einmal.

»Du folgst deinen Händen statt deinem Kopf. Du weißt, dass das falsch ist.«

Gab es etwas Feigeres, als solche anonymen Briefe zu schicken? Wenn es einem nicht passte, was ein anderer tat, dann konnte man das doch einfach sagen.

Die Wut und das Gefühl, ungerecht behandelt zu werden, verliehen ihr neue Energie, und sie stopfte beide Briefe unter ein Buch in der Schreibtischschublade.

Leichteren Schrittes als sie hinaufgegangen war, ging sie die Treppe wieder hinunter. Niemand hatte das Recht, ihr diese Chance zu vermiesen; nach der kräftezehrenden Trennung von Tims Vater und den letzten Jahren als alleinerziehende Mutter hatte sie es verdient, endlich wieder glücklich zu sein.

In der Küche erblickte sie Mattias. Sie konnte sich nicht erinnern, je so leidenschaftliche Gefühle gehabt zu haben, zumindest nicht als Erwachsene. Mittlerweile hatten sie sich bereits zweimal allein getroffen, und sie konnte sich vorstellen, dass etwas Längerfristiges daraus wurde.

Sie wusste, dass ihm beim letzten Essen Andreas und seine ständigen Challenges zu viel gewesen waren. Zumal Andreas sich auf ihn eingeschossen hatte – vielleicht nicht ganz unerwarteterweise. Dennoch hatte sie ihn überreden können, wieder mit dabei zu sein. Sollte er Andreas doch einfach ignorieren.

Betty beugte sich über die Arbeitsplatte und flüsterte:

»Jetzt siehst du schon wieder besser aus.«

Lena lächelte.

»Ich bin nur ein bisschen müde, Tim hat letzte Nacht so schlecht geschlafen.«

Sie spürte Bettys skeptischen Blick, als sie nach den Tellern griff, um den Tisch zu decken. Es klingelte, und Lena öffnete die Tür. Auf der Treppe stand Linn mit einer großen Pie-Form.

»Komm rein«, sagte Lena. »Die anderen sind in der Küche.«

Sie ging noch einmal nach oben. Wenn sie ehrlich war, hatte sie ein wenig gehofft, Linn würde diesmal nicht kommen. Es war offensichtlich, dass sie Mattias ebenfalls attraktiv fand, und beim letzten Mal hatte sie ganz offen mit ihm geflirtet. Lena konnte nichts dagegen tun und es ihr auch nicht vorwerfen. Aber wenn endlich einmal ein gut aussehender Mann auftauchte, der noch dazu Interesse an ihr zeigte, war es unangenehm, eine Konkurrentin mit am Tisch zu haben.

Lena hatte vorher lange mit Betty telefoniert und versucht, ihre Gefühle zu sortieren. Betty hatte ihr versichert, sie brauche sich keine Sorgen zu machen, Mattias interessiere sich nur für sie. Lena redete eigentlich nicht gern über solche Dinge, wenn Tim zu Hause war. Er schnappte alles auf, was man sagte, und sie konnte einem Fünfjährigen ja schlecht die Beziehungen erklären, die Erwachsene untereinander führten.

Sie warf einen Blick in sein Zimmer, er schien völlig versunken in einen Film.

»Alles gut?«, fragte sie.

Tim blickte auf und nickte, ohne etwas zu sagen, dann wandte er sich wieder dem Bildschirm seines tragbaren DVD-Players zu. Lena beschloss, dass er ebenso gut oben bleiben konnte, wenn er keine Lust hatte, runterzugehen.

Sie ging in ihr Schlafzimmer und holte sich die Strickjacke, die sie dort vergessen hatte. Bevor sie hinausging, trat sie ans Fenster, legte die Stirn an die Scheibe, sodass sie im Dunkeln besser sehen konnte, und schaute zu dem Baum auf der anderen Straßenseite hinüber. Bosse hatte sie in der vergangenen Woche angerufen und gefragt, ob sie jemand Neues kennengelernt hätte.

»Wieso fragst du?«

»Nur so ein Gefühl«, hatte er gesagt.

Aber war es tatsächlich Bosse, den sie an mehreren Abenden hintereinander unter dem Baum vor dem Haus gesehen hatte? Würde er sich wirklich so sehr erniedrigen, und ihr noch dazu seltsame Briefe schicken?

Lena konnte es nicht recht glauben. Noch einmal schaute sie hinaus. Bosse war zwar eifersüchtig, aber der Ton in den Briefen war ein völlig anderer. Oder konnte man das anhand so weniger Zeilen gar nicht beurteilen?

Kurz darauf waren alle um den Tisch in Lenas Esszimmer versammelt. Andreas erhob sich, und sie spürte, wie sie unruhig wurde. Wenn er doch bloß keine peinlichen Spielvorschläge machte und merkwürdige Aufgaben stellte.

Andreas erhob sein Weinglas.

»Ein Toast auf die Gastgeberin!«

»Und auf die, die das Essen vorbereitet haben«, sagte Lena und prostete Mattias und Betty zu. Mattias strahlte sie an, und Lena merkte, wie Linn sie beobachtete.

Das Essen ging seinen Gang, und ein angenehmes Stimmengemurmel erfüllte den Raum. Auch Tim, der irgendwann doch heruntergekommen war und sich zu ihnen gesellt hatte, schien zufrieden und schaute seine DVD jetzt auf dem Sofa weiter.

Lenas Gedanken kehrten wieder zu den Drohbriefen zurück. Sie hatte kurz überlegt, sich Betty anzuvertrauen, damit sie ihr half, die Situation zu deuten, aber sie war sich ziemlich sicher, dass sie es nicht für sich behalten würde. Und sie wollte nicht, dass es das halbe Land erfuhr.

Sie warf einen Blick zu Mattias hinüber, der mit Brahim

diskutierte, die beiden mochten sich offensichtlich. Lena hoffte, Andreas hätte das Spiel namens »Ich hab noch nie« vergessen, das sie irgendwann mal begonnen hatten. Sie hoffte, dass der Abend einfach so weitergehen konnte. Auch von den anderen schien niemand wirklich interessiert daran, das Spiel weiterzuspielen. Als Andreas jedoch an sein Glas klopfte, wusste sie, dass es wohl Wunschdenken gewesen war.

Andreas nahm eine Karte vom Tisch und las:

»Ich habe noch nie … den Partner getauscht.«

Linn hob die Hand, und Andreas lachte und zeigte mit dem Finger auf sie, schenkte ihr sofort einen Lakritzschnaps ein, den sie trinken musste.

»Was sind wir doch für Draufgänger«, sagte Andreas und ließ den Blick über die anderen Gäste schweifen. »Wollen wir es ausprobieren?«

Um den Tisch wurde es mucksmäuschenstill.

»Wie meinst du das? Wir sind ja gar keine Paare.«

»Genau, deshalb macht es ja viel weniger aus. Wollen wir?«

Lena war sich sicher, dass Andreas diese Karte vorab zurechtgelegt hatte, um ein bisschen Spannung und Dramatik zu erzeugen. Sie warf Mattias einen Blick zu, er fühlte sich offensichtlich unwohl mit der Situation.

Andreas trank einen großen Schluck Wein.

»Also, was ist?«

Brahim erhob sich und begann die Teller abzuräumen.

»Ich glaube, es ist ziemlich eindeutig, dass da niemand Lust drauf hat. Entweder suchen wir uns ein anderes Spiel, oder wir spielen einfach gar nicht mehr.«

Lena stand ebenfalls auf und räumte Geschirr zusammen. Sie schaute rasch zu Tim hinüber, doch der schien nicht bemerkt zu haben, dass sich die Stimmung am Tisch verändert hatte.

»Ach, kommt schon, wir haben doch gesagt, wir wollen Grenzen überschreiten und Muster durchbrechen. Und jetzt zieht ihr den Schwanz ein.«

Brahim drehte sich um und packte ihn am Kragen.

»Halt jetzt die Klappe.«

Lena ging hinaus und bekam nur noch von draußen mit, wie die beiden Männer sich anblafften. Sie ging in die Küche, ihr war schwindlig und sie brauchte kurz Zeit für sich selbst. Sie würde jetzt Tim ins Bett bringen und versuchen, die anderen rauszuschmeißen.

Während der ersten Zusammenkünfte hatte sie die Spiele als etwas Spannendes, Neues empfunden. Sie hatten sich vorgenommen, Grenzen zu verschieben, gemeinsam Dinge auszuprobieren und Gedanken auszutauschen, die man mit sonst niemandem besprach.

Aber inzwischen war alles anders. Der Kitzel war weg, und Andreas hatte etwas beinahe Sektiererisches angenommen, in seiner Art, sie zu schulmeistern und auf seinen Ideen zu beharren. Je mehr er trank, desto schlimmer schien es zu werden. Was wollte er eigentlich damit erreichen?

An diesem Abend empfand Lena ihn als besonders selbstherrlich und überspannt. Es wurde Zeit, mit diesen Zusammenkünften aufzuhören.

Sie ging ans Fenster und schaute hinaus. Auf der anderen Straßenseite, im Dunkel neben dem Baum, machte sie die Umrisse eines Menschen mit hochgezogener Kapuze aus, dessen Hände auf dem Fahrradlenker ruhten.

Es war später Nachmittag in Malmö, und Tess hatte eben Marie nach ihrem Besuch in Åhus zu Hause abgesetzt. Sie kam gerade am Beijers Park vorbei, als ihr einfiel, sie könnte doch einfach zu Tims Wohnung fahren und bei ihm klingeln, auf gut Glück, vielleicht war er ja zu Hause. Zumindest könnte sie mit den Nachbarn sprechen oder einfach nur durch den Briefschlitz schauen und so vielleicht etwas Neues erfahren.

Tims Vater Enrico hatte ja gesagt, dass er in letzter Zeit öfter in Malmö war. Sandra war mit Chilli zu Hause, und so hatte Tess es nicht besonders eilig.

Sie fuhr rechts ran und schaute auf ihr Handy. Keine entgangenen Anrufe. Sie musste an die Begegnung mit Mattias Falk vor ein paar Stunden denken, an diese Clique, an deren gemeinsame Essen. Wie war das wohl für Tim gewesen? Konnte er ihr davon erzählen und ihnen so bei den Ermittlungen weiterhelfen?

Tess hatte ein Foto von Lena Bergmark auf dem Handy, das schaute sie sich jetzt noch mal an. Die dunkelhaarige Frau lächelte ein wenig scheu in die Kamera.

Fotos von ermordeten Menschen hatten etwas extrem Düsteres an sich. Vor allem in den Fällen, in denen man nicht wusste, was ihnen widerfahren war und wie die letzten Minuten ihres Lebens ausgesehen hatten. Hatten sie um ihr Leben gekämpft? Waren sie überrascht gewesen? Wütend?

Wussten sie, was mit ihnen geschah? Zu welchem Zeitpunkt hatten sie aufgegeben, war ihnen bewusst, dass sie keine Chance mehr hatten?

Schreckliche Fragen, auf die man wahrscheinlich niemals eine Antwort bekommen würde.

Tess ließ den Motor an und fuhr weiter Richtung Bellevuegården, wo Tims Wohnung lag. Sie fuhr am Pildamms Park vorbei und bog in die Hålsjögatan ein. Das Haus lag in der Nähe von Kroksbäck, wo es in den letzten Jahren beinahe täglich zu Schießereien zwischen Bandenmitgliedern und zu Autobränden gekommen war. Sie erinnerte sich, dass vor ein paar Jahren sogar ein Anschlag mit Handgranaten auf ein Sozialbüro ganz in der Nähe verübt worden war. In Malmö lag alles näher beieinander als in Göteborg oder Stockholm. Manche behaupteten, das wäre der Grund für die vielen Schießereien hier. Man war so schnell vor Ort, dass man unterwegs keine Zeit hatte, es sich noch mal anders zu überlegen.

Weniger als einen Kilometer von Kroksbäck entfernt, Richtung Meer, lag eine ganz andere Welt: die teuerste Wohngegend Malmös, Fridhem, auch Zlatan Ibrahimović hatte hier einst eine Nobelvilla besessen.

Tess blickte das achtgeschossige Haus aus gelben Ziegelsteinen an, das sich in der Dämmerung vor ihr erhob. Tim Bergmark war im fünften Stock gemeldet. Als sie sich umdrehte, sah sie ein Stück vom Stadion. Sie nahm an, dass er deshalb hierhergezogen war, um es nicht so weit zum Training und zu den Spielen zu haben.

Tess schloss ihr Auto ab und ging zum Eingang. Ein Mann kam heraus, und sie ging rasch zu ihm, erklärte, sie habe den Türcode vergessen, und schlüpfte hinein.

Im Treppenhaus roch es nach Essen und Hausmüll. Im

Fahrstuhl drückte sie die Fünf. Plötzlich wurde sie unsicher. Was, wenn er gar nicht erfreut darüber war, dass sie den Fall wiederaufgenommen hatten? Wenn er einfach nur verbittert war, ihr gegenüber und gegenüber der Polizei im Allgemeinen? Darauf wäre sie nicht vorbereitet.

Tess' Herz klopfte, als sie sich der Tür mit dem Namensschild Bergmark näherte. Sie zögerte. Vielleicht war es doch keine so gute Idee, unangemeldet hier aufzutauchen. Wenn sie bis morgen wartete, könnte sie versuchen, ihn über den Verein zu erreichen.

Schließlich entschied sie sich, dennoch zu klingeln. Als drinnen nichts zu hören war, klopfte sie.

Eine Tür auf dem Gang öffnete sich, und eine schwarzhaarige ältere Frau schaute heraus. Tess nickte ihr zu und klopfte erneut.

»Da ist schon lange niemand mehr drin gewesen.«

Tess drehte sich um.

»Kennen Sie Tim?«

»Ach, was heißt kennen, wir sind Nachbarn«, sagte die Frau in Malmöer Tonfall mit einem leichten ausländischen Akzent. »Ich glaube, er ist ins Ausland gezogen, mein Sohn sagt, er ist ein guter Fußballer. Ich wundere mich nur, dass er die Wohnung nicht untervermietet hat, aber das macht vielleicht auch nicht jeder.«

»Wann haben Sie ihn denn zuletzt gesehen?«

Die Frau öffnete die Tür noch etwas weiter und trat ins Treppenhaus. Sie schien zu überlegen. Aus ihrer Wohnung war Fernsehgemurmel zu hören und Männer, die sich unterhielten.

»Das muss irgendwann Ende des Sommers gewesen sein. Letzte Woche musste ich die Post in seinen Briefschlitz zurückstopfen, der war so voll, dass alles heraushing.«

Tess schaute auf den Briefschlitz mit Tims Namen. Sie

hob ihn an und sah auf einen Haufen Gratiszeitungen und Werbebroschüren, die den Boden bedeckten.

»Sind Sie eine Freundin von ihm? Erst dachte ich ja, seine Mutter, aber dann hätten Sie ja gewusst, wo er ist. Außerdem sehen Sie dafür ein bisschen zu jung aus.«

Tess ging zum Fahrstuhl zurück.

»Ja, ich bin eine alte Freundin, aber es ist lange her, seit wir uns zuletzt gesehen haben. Dann muss ich anderweitig versuchen, ihn zu erreichen.«

Als Tess wieder auf der Straße stand, war es schon fast dunkel. Das Stadion leuchtete wie ein großer weißer Baiserkringel. Morgen würde sie in der Geschäftsstelle des Malmö FF anrufen, die konnten ihr bestimmt bei der Suche nach Tim helfen.

Sie stieg ins Auto und fuhr auf die Lorensborgsgatan hinaus und von dort weiter nach Gislövshammar.

Zu Hause angekommen, stand noch der Pick-up der Bauarbeiter mit dem Logo »JederZeitArbeiter« vor dem Haus. Sie schaute auf die Uhr, es war schon nach sieben. Hatten die Handwerker bis jetzt gearbeitet? Sie tauchten – passend zum Firmennamen – zu den merkwürdigsten Zeiten auf, dachte sie und parkte hinter dem Auto. Mårten, der jüngere der beiden Brüder, der ein T-Shirt mit der Aufschrift »JederZeitMårten« trug, nickt ihr zu, während er eine Kappsäge auf der Ladefläche verstaute.

Tess stieg aus, sie musste an den unbekannten Bauarbeiter auf dem Verandadeck denken, mit dem Sandra neulich gesprochen hatte.

»Waren Sie am Montag schon mal hier?«

»Nein, da waren wir auf einer anderen Baustelle, deshalb mussten wir hier unterbrechen. Aber das haben wir Ihrer … ja, also der Dunkelhaarigen auch schon gesagt.«

Selbst für jemanden, der in Schonen lebte, war Mårtens Dialekt kaum zu verstehen.

»Und einen anderen Kollegen haben Sie auch nicht vorbeigeschickt?«

Er spuckte den Snus-Tabak aus und lachte.

»Nee, also in unserer kleinen Firma sind wir nur zu zweit, das hätten wir gewusst. Aber jetzt sind wir auch bald fertig hier.«

Als Tess die Tür öffnete, kam ihr Chilli entgegengerannt. Sie streichelte ihn und ging weiter ins Haus. Sandra saß am Küchentisch, drehte sich aber nicht zu ihr um.

»War es einer von den beiden Typen draußen, mit denen du letzte Woche gesprochen hast?«

»Keine Ahnung, hab nicht aufgepasst.«

Tess verstand kaum, was sie sagte.

»Was ist los? Haben sie wieder Mist gebaut?«

»Nein, nein, sie waren super, sind fast fertig geworden.«

»Was ist es denn dann?«

Sandra drehte sich um, ihre Augen waren rot und geschwollen. Es gab zwei Dinge, die Sandra zum Weinen brachten: ihre Kinder und sentimentale Filme. Letzteres konnte Tess wahrscheinlich ausschließen.

»Guck doch selbst«, sagte Sandra und deutete auf ein Paket, das auf dem Küchentisch stand.

Tess schaute in den Karton.

»Glasscherben? Ist was kaputtgegangen? Von wem sind die?«

»Keine Ahnung, ich kann auch nur raten«, sagte Sandra. »Wahrscheinlich ein Geschenk für mich, es stand auf der Treppe, als ich nach Hause gekommen bin. Ich habe nicht darüber nachgedacht, Lo hat gesagt, sie hätte mir was gebastelt und sie wollte es schicken, deshalb war ich mir sicher, dass es von ihr ist.«

Tess ging in den Flur, um ein Paar Handschuhe zu holen, dann kehrte sie zu dem Paket zurück.

»Hast du irgendetwas angefasst?«

»Ja, ich habe es aufgemacht.« Sie hielt den Finger mit der Schnittwunde hoch.

Tess verdrehte die Augen.

»Wie konntest du! Wir müssen es sichern und Fingerabdrücke nehmen, du hättest es gar nicht anfassen dürfen. Du hattest doch überhaupt keine Ahnung, von wem es ist und was drin ist.«

»Ich habe einfach nicht dran gedacht, natürlich weiß ich, dass es dumm von mir war.«

»Manchmal fragt man sich wirklich, was du von Beruf bist.«

Tess leerte den Inhalt des Pakets auf den Tisch. Es knirschte, und Hunderte kleiner spitzer Scherben fielen heraus.

»Und warum sollte er dir so etwas schicken? Warum denkst du, es wäre von ihm?«

Inmitten der Scherben lag ein Zettel mit einer kurzen Botschaft. Tess nahm ihn heraus und las.

»Nichts als Scherben sind geblieben.«

Sie sah Sandra an, die eine Grimasse schnitt, dann holte sie ein Glas Wasser an der Spüle.

»Vielleicht ist es ja gar nicht von ihm? Oder ist das eine heimliche Botschaft an dich, die ich nicht verstehe?«

Sandra drehte sich zu ihr um und trank das Glas leer.

»Es sagt uns, dass er Ulf Lundell liebt. Und die Scherben bedeuten wohl, dass etwas kaputtgegangen ist.«

»Was haben denn Glasscherben mit Ulf Lundell zu tun?«

»Ein Song. Ich kenne den Text und weiß, wann wir es gehört haben.«

Mehr wollte Tess gar nicht darüber wissen.

»Der dreht wohl allmählich völlig durch. Wenn das so weitergeht, zeig ich ihn an.«

»Nein, wir halten den Ball flach. Das geht vorbei.«

Tess deutete auf die Scherben.

»Findest du wirklich, dass es danach aussieht? Bist du dir sicher, dass du nach Stockholm willst?«

»Ja, ich will zu den Kindern. Aber ob es eine gute Idee ist, wenn Cliff auch dabei ist, weiß ich noch nicht.«

Kurz darauf war Sandra erschöpft eingeschlummert. Tess hörte an ihrer Atmung, dass sie tief und fest schlief. Sie betrachtete sie, strich mit der Hand über ihr Haar. Der Ärger, den sie empfunden hatte, war nicht gerechtfertigt, das wusste sie. Kinder mit einem Mann zu haben, der sich so aufführte, musste furchtbar anstrengend sein. Dennoch fiel es Tess schwer, ihre Gefühle zu bändigen.

Sie drehte sich um, nahm ihr Handy, googelte die Textzeilen des Lundell-Lieds, Sandra hatte ihr den Titel noch genannt.

»Verliebt und erlöst/zerbrechen wir Glocken, zerbrechen das Glas/der Tag wird zum Lustrausch/die Nacht brennt in Sternen-Ekstase«.

Rasch klickte Tess den Text weg und legte ihr Handy auf den Nachttisch zurück.

Nie wieder würde sie sich ein Lied von Ulf Lundell anhören.

Donnerstag, 29. Oktober

Im zweiten Stock des Polizeigebäudes war es ungewöhnlich menschenleer. Tess nahm an, dass es sowohl an den Herbstferien als auch an der neuen Coronawarnung lag, die gestern für Schonen ausgesprochen worden war. Die Anzahl der Neuinfektionen war durch die Decke gegangen, und es wurde dazu aufgerufen, wann immer möglich von zu Hause aus zu arbeiten.

Tess stand am Fenster und schaute hinaus. Sie fühlte sich ein wenig niedergeschlagen, nachdem Sandra am Morgen nach Stockholm aufgebrochen war. Und sie machte sich Sorgen: Wenn jemand Glasscherben und kryptische Nachrichten verschickte, stellte das seine Zurechnungsfähigkeit infrage. Was würde Cliff Eddings nächster Schritt sein? Abgesehen davon musste sie zugeben, dass sie eifersüchtig war, weil er einen Abend in Sandras Gesellschaft verbringen würde, während sie selbst Sandra in den letzten Wochen kaum zu Gesicht bekommen hatte.

Das Telefon klingelte, es war Brännström vom Nationalen Forensischen Zentrum, NFC, in Linköping. Tess hatte ein schlechtes Gewissen, sie hätte ihn längst anrufen müssen, wegen der Jenny-Ermittlungen und des Gürtels, den er analysieren wollte, sobald er ein wenig Zeit erübrigen konnte.

»Entschuldigung, dass ich mich nicht gemeldet habe – hier war so viel los, dass ich einfach nicht dazu gekommen bin«, sagte sie.

»Macht nichts – ich habe hier auch so für die nächsten Wochen genug zu tun. Aber da ist was in Sachen Jenny …«

Tess wartete. Brännström brauchte oft eine Weile, bis er zur Sache kam.

»Gestern hat mich ein Mann angerufen, der behauptete, von der Deutschen Kriminalpolizei zu sein. Er hatte Fragen zu meinem Analysematerial für den Jenny-Ramsvik-Fall.«

»Wie bitte? Hat er seinen Namen genannt?«

Tess spürte, wie ihre Verärgerung wuchs. Die Deutschen schienen überhaupt keinen Respekt zu haben. Wieso glaubten sie, einfach so in anderer Leute Ermittlungen hineingrätschen zu können?

»Warten Sie, ich schau mal nach.«

Brännström schien in seinen Notizen zu blättern.

»Irgendein Alexander Meyer. Bin mir allerdings nicht sicher, wie er geschrieben wird.«

»Und was haben Sie ihm gesagt?«

»Ich gebe doch nicht einfach Material an irgendwelche ausländischen Polizeibeamten raus!«

»Danke, genau das wollte ich hören.«

»Allerdings klang er so, als sollte ich es lieber tun.«

»Hat er Ihnen gedroht?«

»Nicht direkt, aber er hat angekündigt, er würde sich wieder bei mir melden. Er hat es nicht direkt gesagt, aber ich hatte das Gefühl, er weiß, dass es diesen Gürtel gibt und dass der sich hier bei mir befindet. Faselte irgendwas von einer Analyse, die anstehen würde.«

»Aber davon weiß doch niemand, außer mir und Marie Erling.«

»Genau. Ich jedenfalls habe sonst niemandem davon erzählt.«

Weshalb sie dann bei mir herumgeschnüffelt haben, dachte Tess. So etwas hatte sie von einer ausländischen Polizeibehörde bisher noch nie erlebt. Wie sollten sie nach so einem verkorksten Anfang noch gut und vertrauensvoll zusammenarbeiten?

Sie sagte Brännström, dass es beim Jenny-Fall Verbindungen nach Deutschland geben könne.

»Viel mehr weiß ich darüber aber auch noch nicht. Wir haben hier ja noch nicht einmal ernsthaft mit den neuen Ermittlungen begonnen. Können Sie das mit dem Gürtel bitte trotzdem weiterhin für sich behalten, wenn die Deutschen sich wieder bei Ihnen melden?«

»Ja, unbedingt. Ich lasse mich doch von denen nicht unter Druck setzen.«

Auch nachdem sie aufgelegt hatten, war Tess noch fassungslos über das, was Brännström ihr da berichtet hatte. Dieser Tag schien lauter schlechte Nachrichten bereitzuhalten. Alexander Meyer – was war das wohl für ein Typ?

Sie wählte Carsten Morris' Nummer, der ging aber nicht ans Telefon. Also hinterließ sie ihm eine Nachricht, mit der Bitte, sie zurückzurufen.

Anschließend holte Tess die Ordner zum Jenny-Fall aus dem Schrank. Sie musste wieder daran denken, wie sie gestern durch den Briefschlitz in Tims Wohnungstür gestarrt hatte. Die Werbebroschüren auf dem Boden verrieten, dass er lange nicht zu Hause gewesen war, und auch die Nachbarin hatte ihn seit dem Sommer nicht mehr gesehen.

»Wo bist du?«, fragte sie laut ins Leere und suchte dann die Telefonnummer der Geschäftsstelle des Malmö FF heraus. Die Frau, die sie dort erreichte, verband sie mit einem Sten Abrahamsson, der ein wenig reserviert reagierte, als Tess ihren Namen und ihren Rang nannte.

Tess erklärte, dass sie versuchten, Tim Bergmark zu erreichen. Dass sie vor vielen Jahren als einzige Kontaktperson eine sehr enge Beziehung zu ihm gehabt habe und nun mit ihm sprechen müsse, weil sie die Ermittlungen zum Mord an seiner Mutter wiederaufgenommen hätten.

Abrahamsson zeigte sich daraufhin verständnisvoller und wirkte nicht mehr ganz so abweisend.

»Wir haben jetzt auch schon eine Weile nichts mehr von ihm gehört. Haben Sie es mal bei Ajax Amsterdam probiert?«

»Ja, aber bisher haben sie sich noch nicht zurückgemeldet. Dann ist Tim also gerade in Amsterdam?«

»Ja, davon gehe ich aus. Im Frühjahr hat er jedenfalls mit Jong Ajax trainiert.«

»Wer ist das?«

»Die Reservemannschaft.«

»Reservemannschaft?«

»Ja, ihm ist es leider nicht gelungen, da unten richtig durchzustarten.«

Sten Abrahamsson zögerte kurz, dann fuhr er fort.

»Trotzdem ist es wahrscheinlich am besten, Sie versuchen es dort noch mal – wir wissen derzeit leider auch nicht mehr.«

Nachdem sie das Gespräch beendet hatten, blieb Tess noch eine Weile sitzen und betrachtete das Mannschaftsfoto des Malmö FF vom letzten Jahr, das sie sich auf den Desktop gezogen hatte. Tim stand in der letzten Reihe, auf der linken Seite, mit ernstem Gesichtsausdruck und hinter dem Rücken verschränkten Armen.

Reservemannschaft. Wie er das wohl weggesteckt hatte? Schließlich machte es für einen Profi einen gewaltigen Unterschied, ob man tatsächlich in der Mannschaft oder nur in der Reservemannschaft spielte.

Sie blieb an seinem finsteren Blick hängen. Vielleicht kam es ihr nur jetzt im Nachhinein so vor, aber sie meinte, dass sein Gesichtsausdruck sich bereits in den Monaten unmittelbar nach dem Tod der Mutter verändert hatte.

Es hatte Momente gegeben, in denen Tim sich öffnete. In denen er für einen Moment zu vergessen schien, was passiert war, und wie ein gewöhnlicher, fröhlicher Fünfjähriger wirkte. Zum Beispiel, wenn Tess mit ihm einen Ausflug zum Öresund machte und er dann am Fuß der Brücke stand und zusah, wie oben der Zug vorbeidonnerte. Oder wenn er hohe Kräne bestaunte oder den neu errichteten Turning Torso. Je größer und höher ein Bauwerk, desto besser.

Sie wollte gerade aufstehen, als das Telefon klingelte, ein Dragan Nicolic vom Malmö FF.

»Aber Sie können ruhig Dagge zu mir sagen, das tun hier alle. Ich habe gehört, Sie haben sich nach Tim Bergmark erkundigt?«

»Das hat sich ja schnell herumgesprochen.«

»Ja«, sagte Dagge und lachte ein wenig. »Ich habe gehört, wie meine Kollegen sich vorhin darüber unterhalten haben. Wenn Sie Zeit haben, auf einen Sprung vorbeizuschauen, kann ich Ihnen vielleicht weiterhelfen.«

Zehn Minuten später saß Tess im Auto Richtung Stadion, um Dagge in der Geschäftsstelle des Malmö FF aufzusuchen. Endlich schien sich in Sachen Tim Bergmark etwas zu bewegen.

Dagge hatte gemeint, er wäre wahrscheinlich derjenige im Verein, der Tim am besten kannte, er hatte ihn seit seiner Jugend begleitet und war jetzt stellvertretender Physiotrainer der Herrenmannschaft.

Als Tess am alten Stadion aus dem Auto stieg, erinnerte sie sich plötzlich wieder, wie ihr Vater Bengt sie manchmal zu einem Spiel mitgenommen hatte. Tess hatte das Gebäude als riesig empfunden, beim Betreten der Tribüne war ihr fast schwindlig geworden.

In der Geschäftsstelle empfing sie ein sportlich aussehender, dunkelhaariger Mann um die dreißig in einem hellblauen Hoodie mit der Aufschrift »Himmelblaues Glück«. Dagge führte sie in einen Raum, dessen Wände mit Mannschaftsfotos, Wimpeln und Diplomen tapeziert waren. An einer Wand hing ein Poster der Malmö-Legende Bosse Larsson, in der Hocke vor dem Stadion. Obwohl Tess in seiner aktiven Zeit gerade erst geboren war, erkannte sie den Mittelfeldstürmer mit den abstehenden Ohren sofort. Derzeit befand sich die Herrenmannschaft des Malmö FF im Endspurt auf der Jagd nach der Meisterschaft, nachdem sie den ganzen Herbst über die Tabelle angeführt hatte. In wenigen Wochen würde sich herausstellen, ob sie die Meisterschaft tatsächlich zum einundzwanzigsten Mal gewinnen würde.

»Die entscheidende Schlacht rückt näher, oder?«, fragte Tess und deutete auf einen Pokal in der Ecke.

»Stimmt«, sagte Dagge und lachte ein bisschen. »Aber ohne Publikum ist es nicht dasselbe. Hoffen wir, dass sich daran bald wieder etwas ändert.«

Dagge setzte sich auf einen schwarzen Bürostuhl und legte das Handy vor sich auf den Tisch.

»Sie haben sich nach Tim Bergmark erkundigt?«

Tess setzte sich ihm gegenüber.

»Ja, ich weiß nicht, wie viel sie über seinen familiären Hintergrund wissen?«

Dagge nickte nachdenklich.

»Timmy, wie wir ihn hier nennen, trägt sein Herz nicht gerade auf der Zunge, aber wir kennen einander recht gut.«

Dagge sprach Malmöer Dialekt mit einem serbischen Akzent.

»Dann wussten Sie, dass seine Mutter bei einem Brand ums Leben gekommen ist, als er noch klein war?«

»Ja, das wissen hier alle, auch wenn er nicht gerne darüber spricht.«

Tess erklärte, dass es ihnen bisher nicht gelungen war, den Täter zu ermitteln, und dass Tim damals eine Weile bei ihr gewohnt habe, ihr Kontakt aber inzwischen nahezu abgebrochen sei.

»Das habe ich, glaube ich, schon mal von Ihnen gehört. Ich glaube, Tim fand es cool, dass Sie Polizistin sind.«

Tess lächelte und fuhr fort.

»Trotzdem ist es mir nicht gelungen, ihn telefonisch zu erreichen. Wissen Sie, wo er sich derzeit aufhält?«

Dagge rutschte auf seinem Stuhl hin und her.

»Tim ist verschwunden, das ist das Ding.«

»Verschwunden?«

»Ja, zumindest denke ich das. Aber es kommt ganz darauf an, wen Sie fragen.«

Tess schwieg kurz und versuchte die Information zu verarbeiten.

»Was genau bedeutet verschwunden? Ist er nicht mehr bei Ajax Amsterdam?«

Dagge griff nach seinem Handy, als wollte er etwas überprüfen.

»Ich glaube, er war im Sommer hier, um eigenständig zu trainieren. Einerseits wegen des Virus, andererseits gab es wohl auch Probleme mit dem niederländischen Trainer. Er meinte, er gebe ihm keine Chance. Er durfte sich nicht in ihren Umkleiden umziehen, dort nicht einmal seine Wasserflasche auffüllen. Seine Rückennummer ging an einen anderen. Total verrückt. Und Timmy war ja wirklich nicht faul, er hat immer sein Bestes gegeben.«

Tess dachte an all die Stunden, in denen Tim in ihrem Hof Fußball gespielt hatte. Sie wusste, wie viel der Sport ihm bedeutete.

Dagge blickte zum Fenster. Tess hatte das Gefühl, er überlegte, ob er offen mit ihr sprechen sollte. Dann stand er plötzlich auf und schloss die Tür. Nachdem er sich wieder gesetzt hatte, fuhr er sich mit den Händen über das Gesicht.

»Das hier sollte ich wahrscheinlich nicht sagen, aber als ich mitbekommen habe, dass Sie mit meinem Kollegen über Tim geredet haben, war mir klar, dass er nicht die ganze Wahrheit sagen würde. Und das fand ich nicht richtig.«

»Die ganze Wahrheit?«, fragte Tess verblüfft.

»Mein Gott, dem Jungen geht es nicht gut. Er braucht Hilfe.«

Dagge schaute wieder zum Fenster, sein Blick wurde ernst. Er holte Luft und begann zu erzählen.

»Anfang September kam ein Angestellter der Geschäftsstelle abends hierher, um etwas zu holen, das er vergessen hatte. Als er die Tür öffnete, entdeckte er Tim, der auf einem Stuhl stand und sich an der Decke zu schaffen machte. Anscheinend war vergessen worden, die Alarmanlage einzuschalten, im Erdgeschoss war eine Scheibe eingeschlagen.«

Dagge hielt inne und schüttelte den Kopf.

»Er wollte das ganze Ding einfach abfackeln.«

Eine merkwürdige Kälte breitete sich in Tess' Gliedern aus.

»Abfackeln? Was meinen Sie damit?«

Dagge machte eine Geste zur Decke hin.

»Lasse, so hieß er, hat gesehen, dass er den Rauchmelder abgeschraubt hatte. Und auf dem Boden stand ein Kanister Brandbeschleuniger, daneben lagen Stofffetzen, die er bereits damit getränkt hatte. Was soll man da anderes denken?«

Tess sah Dagge schweigend an, bemüht, sich nicht anmerken zu lassen, was sie gerade dachte und fühlte. Es drehte sich in ihrem Kopf, am liebsten wollte sie einfach nur wegrennen.

»Und dann?«

»Tja, sie haben sich anscheinend eine Weile angestarrt.

Dann hat Lasse gefragt, was er da vorhabe. Tim hat einfach nur seine Sachen genommen und ist rausgerannt.«

Dagge machte ein bekümmertes Gesicht.

»Ich wurde gebeten, mit ihm zu reden, und seltsamerweise war er sogar zu Hause. Aber ...«

Tess fiel es schwer stillzusitzen.

»Er war da, aber es war nicht der Timmy, den ich kannte.«

»Wie meinen Sie das?«

»Erst hat er sich tausendmal entschuldigt und mich angefleht, dass das alles unter uns bleibt. Nach dem Fiasko mit Ajax kam er sich wie ein Versager vor, und dann hatte er das Gefühl, auch der Malmö FF würde sich nicht mehr für ihn interessieren, und ... ja, da ist ihm wohl irgendwie eine Sicherung durchgebrannt. Ich erinnere mich, dass er genau das gesagt hat ..., dass er Vergeltung üben wollte. Aber dann ...«

Dagge suchte offensichtlich nach den richtigen Worten.

»... dann fing er an, über Gott und über Religion zu reden, was so überhaupt nicht zu ihm passte.«

Er fuhr sich mit der Hand über den Dreitagebart.

»Ich sagte zu ihm: Scheiße, Mann, bist du religiös geworden oder was? Er erzählte irgendwas davon, dass es mehr geben müsse im Leben, sonst wäre ja alles sinnlos. Er meinte, er hätte angefangen den Koran zu lesen, sei aber dann zur Bibel übergegangen. Wollte mir darin etwas über Versöhnung, Sintflut und Vergeltung zeigen und ... ja, ich weiß nicht, was noch alles, es war völlig irre. So hatte ich ihn noch nie erlebt. Ich bin selber auf dem Papier zwar Muslim, aber verdammt, ich habe weder den Koran noch die Bibel gelesen und finde alle Religionen scheiße. Und ich bin mir ziemlich sicher, dass er früher genauso gedacht hat.«

Dagge schüttelte den Kopf.

»Ich habe schreckliche Angst um ihn bekommen und

habe ein paar Leute aus der Führungsspitze des Vereins angerufen. Wir haben uns darauf geeinigt, dass wir ihn irgendwo einweisen lassen. Aber am nächsten Tag war er verschwunden, und seitdem hat niemand mehr etwas von ihm gehört oder gesehen.«

Tess stand auf.

»Wann genau war das?«

Dagge griff erneut nach seinem Handy, um in seinem Kalender nachzuschauen.

»Als ich zu ihm bin, wollte ich ihm vorschlagen, zusammen ein Spiel zu gucken, Manchester United gegen Liverpool, das fand am selben Abend statt. Aber ich kam gar nicht dazu, ihn zu fragen, er schien sich in dem Moment irgendwie gar nicht mehr für Fußball zu interessieren. Hier, am dritten September war das.«

Dagge breitete die Arme aus.

»Wahrscheinlich hätte ich Ihnen das alles gar nicht erzählen dürfen, die im Verein werden ganz schön sauer auf mich sein. Aber es hätte sich falsch angefühlt, das für mich zu behalten, wenn Sie ihn doch gerade wegen dem, was seiner Mutter passiert ist, suchen.«

Durchs Fenster sah Tess ein paar Jugendliche in hellblauen Trikots unten auf dem Gelände trainieren. Sie schienen für nichts anderes Augen zu haben als für den Ball, mit dem sie über den Rasen liefen.

»Doch, doch«, sagte sie zu Dagge, »es ist sehr gut, dass Sie mir das erzählt haben. Möglicherweise haben Sie dadurch Leben gerettet.«

Tess schlug die Autotür zu und starrte vor sich hin. Trotz ihres inneren Widerstands fügte sich das Bild unbarmherzig zusammen.

Sie startete den Motor und fuhr los, bei Kroksbäck warf

sie einen Blick zu dem Häuserblock hinüber, in dem Tims Wohnung lag. Krampfhaft hielt sie das Lenkrad umklammert. Sie fühlte sich schwach, und in ihrem Kopf schwirrte alles durcheinander.

Sie kam an Kalkbrottet und Sibbarsfältet vorbei und hielt erst, als sie schon fast das Meer erreicht hatte, unten neben dem Aussichtsplatz. Erst als sie ausgestiegen war, konnte sie wieder richtig atmen.

Um den Schwindel zu vertreiben, beugte sie sich vor, die Hände auf den Knien, und atmete ein paarmal tief durch. Ein typischer Oktobernebel lag über dem stillen Wasser, vom spärlichen Verkehr auf der Öresundbrücke drang ein schwaches Brausen herüber.

Die Einsicht hatte sie wie ein Faustschlag getroffen. Der Absender der Drohmails. Sonny0925, der so aggressiv gefragt hatte, warum sie im Fernsehen säße und Scheiße labere, statt sich um ihre Fälle zu kümmern.

Der Name war ihr bekannt vorgekommen, gleich nachdem sie ihn im Anschluss an die Brygge-Show gelesen hatte, aber dann war anderes dazwischengekommen. Jetzt leuchtete er förmlich in Neonfarben vor ihr auf: Sonny hatte der heiß geliebte Teddy des damals fünfjährigen Tim geheißen, den er überall mit sich herumgeschleppt hatte.

Und der 25. September war sein Geburtstag. Tim also war es gewesen, der im Anschluss an die Sendung diese Mail geschrieben hatte. Sie erinnerte sich, wie sie damals seinen Geburtstag gefeiert hatten. Er hatte sich wünschen dürfen, was immer er wollte, und wie so oft hatten sie von genau diesem Punkt hier zu der beinahe fertiggestellten Öresundbrücke hinaufgeschaut. Dann hatten sie in seiner Lieblingseisdiele Eis geholt und am Abend auf ihrem Sofa in der Tärningholmsgatan zusammen einen Film geschaut.

Sie blickte über das Wasser, die Pfeiler der Hochbrücke

ragten wie Wachtürme über dem Sund auf. Tim hatte also am Ende der Dunkelheit, die in ihm lauerte, nachgegeben. Er hatte den Halt verloren, wie Dagge es ausgedrückt hatte.

Und jetzt war er untergetaucht, sein Verschwinden fiel genau mit dem Zeitpunkt des ersten Brandes zusammen. Hatte er die Freunde seiner Mutter bestraft, wie er seinen ehemaligen Verein hatte bestrafen wollen? Einer nach dem anderen hatte dasselbe durchlebt, was Lena zugestoßen war. Aber warum? Was hatten diese Menschen getan, dass sie in seinen Augen den Tod verdienten?

Tess wurde übel. Das alles konnte kein Zufall sein, es war viel zu eindeutig.

Ein Frachter näherte sich der Brücke. Am anderen Ufer waren Teile der Kopenhagener Skyline zu erkennen. Tess wusste, was sie zu tun hatte, und griff nach ihrem Handy. Ausnahmsweise einmal ging Carsten Morris sofort ran.

»Ich brauche deine Hilfe.«

Tess hielt sich den Kopf, als würde er gleich platzen.

»Das hätte mir viel früher auffallen müssen, ich hätte sehen müssen, dass …«

Per Jöns unterbrach sie. Er stand am Fenster seines Büros, hatte ihr den Rücken zugewandt. Vor einer halben Stunde hatte sie den Aussichtspunkt an der Brücke verlassen, um ihn noch auf der Arbeit abzupassen.

»Vielleicht wolltest du es einfach nicht wahrhaben?«

»Aber davon darf man sich doch nicht beeinflussen lassen.«

Sie nahm eine Schmerztablette und stürzte sie mit einem Glas Wasser herunter.

»Wir sind auch nur Menschen. Selbst du. Und Malmö FF hat nie Anzeige erstattet. Das, vor allem in Zusammenhang mit den abgeschraubten Rauchmeldern, hätte doch sonst die Alarmglocken zum Läuten gebracht, als es mit den anderen Bränden losging.«

»Ja«, sagte Tess. »Aber Dagge sagte, der Verein wollte Tim schützen. Man kann sich die Schlagzeilen ja auch lebhaft vorstellen. Sie haben gesehen, dass es ihm nicht gut ging, und wahrscheinlich gehofft, er würde sich schon wieder fangen.«

Jöns stemmte die Hände in die Hüften und kehrte an seinen Schreibtisch zurück.

»Und jetzt scheint er wie von Rache besessen. Vielleicht

denkt er dabei ja auch an dich? Mir gefällt nicht, wie sich das entwickelt.«

Tess stand auf.

»Ich habe seine Mutter nicht getötet. Und ich war auch nicht für die anschließenden Ermittlungen verantwortlich – weit davon entfernt.«

»Natürlich, dir ist überhaupt nichts vorzuwerfen. Und auch keinem der Kollegen. Dass die Ermittlungen nicht zügig vorangingen oder dass wir nicht weitergekommen sind, ist Teil der Realität, in der wir leben. Aber mit Blick auf eure gemeinsame Vergangenheit könnte es sinnvoll sein, dass du Personenschutz bekommst. Zumindest solltest du eine Notruf-App installieren.«

Er lehnte sich zurück, die Hände über dem Bauch gefaltet.

»Die E-Mail von Sonny0925 kam, wie erwartet, über ein VPN. Das Ganze führt zu einer IP-Adresse in Göteborg, die wahrscheinlich nur fake ist.«

Tess war nicht überrascht.

»Ich habe keine Ahnung, wie gut Tim sich mit IT-Dingen auskennt«, sagte sie. »Aber er ist jedenfalls nicht so dumm, sich eine anonyme Mail-Adresse auf seinen eigenen Namen einzurichten.«

Sie schaute auf die Uhr.

»Morgen trete ich wieder in der Brygge-Show auf.«

»Wieso?«

»Um über den Fall zu sprechen und ihm die Möglichkeit zu geben, sich bei mir zu melden.«

Per Jöns rieb sich nachdenklich das Kinn.

»Wie gesagt, mir gefällt das alles nicht.«

Tess verstaute ihren Rechner in der Tasche.

»Carsten Morris ist auf dem Weg hierher, ich brauche seine Hilfe, um zu verstehen, wie Tim Bergmark tickt.«

»Hm. Wie geht es unserem dänischen Freund denn gerade?«

»Ach, er wirkt ziemlich fit, scheint nicht mehr so viele Tabletten zu nehmen.«

Per Jöns nickte.

»Ich glaube, wir sollten das Ganze in den nächsten Tagen möglichst noch für uns behalten. Und wir müssen jetzt den Fall von Ystad übernehmen. Die neuen Erkenntnisse bedeuten ja, dass wir einen Tatverdächtigen für die Brände in Österlen haben.«

Tess stand auf. Sie hatte im Gefühl, dass dies ein langer Tag werden würde, und sie musste mit der Hundesitterin, Kajsa, sprechen und fragen, ob sie Chilli über Nacht bei sich behalten könnte.

»Aber bitte keine öffentliche Fahndung, zumindest noch nicht«, sagte sie. »Sonst ist er definitiv weg, und das wäre fatal. Wir müssen näher an ihn heran.«

Sie ging zur Tür, aber Jöns rief sie noch mal zurück.

»Du bist emotional nicht vielleicht doch ein bisschen zu sehr verstrickt?«

Sie drehte sich um.

»Nein, ich empfinde absolut nichts für einen Brandstifter, der Menschenleben riskiert.«

Als Tess in das Büro des Cold-Case-Teams kam, saß Profiler Carsten Morris bereits dort und starrte auf das Whiteboard. Ein schwarzer Mund-Nasen-Schutz bedeckte die Hälfte seines Gesichts, und er trug schwarze Lederhandschuhe, vermutlich ebenfalls als eine Art Virusschutz. Obwohl es bereits spät am Tag war, hatte Morris sich gleich in den nächsten Zug gesetzt, nachdem sie ihn vor einer guten Stunde angerufen und ihm von Tim Bergmark erzählt hatte.

»Danke, dass du so schnell kommen konntest.«

Morris warf ihr einen kurzen Blick zu.

»Immer wieder gerne.«

Dann drehte er sich wieder zur Tafel um, auf der die Namen der Opfer und die Ziffern standen.

»Er fängt mit Acht an und ist jetzt bei Vier, dennoch scheint er inzwischen alle abgearbeitet zu haben, die bei den Treffen damals dabei waren. Was bedeutet das?«

Tess setzte sich neben ihn und betrachtete ebenfalls das Whiteboard.

»Und was haben diese Leute getan, dass sie in seinen Augen den Tod und noch dazu dasselbe Schicksal verdienen wie seine Mutter?«

Carsten Morris schlug die Beine übereinander.

»Ich kann seine Psyche nur anhand seiner Handlungen beurteilen. Deshalb bist derzeit du diejenige, die das beste Profil erstellen kann. Du kennst seine Persönlichkeit.«

Tess wehrte ab.

»Nein, ich kenne ihn nicht mehr. Es besteht ein großer Unterschied zwischen dem fünfjährigen Tim Bergmark, der bei mir gewohnt hat, und dem, was er geworden zu sein scheint.«

Morris nahm ein Kaugummi und steckte es sich unter der Maske umständlich in den Mund.

»Im Grunde ist man sein Leben lang so ziemlich dieselbe Person. Zumindest die groben Züge sind bereits früh angelegt. Also nenn mir ein paar von seinen. Wie war Tim als Kind, gab es Dinge, die er besonders mochte?«

Tess sah in Tims braune Augen auf dem Foto.

»Er mochte Eis, hohe Gebäude und Fußball.«

Sie überlegte, was in den Monaten, die er bei ihr gelebt hatte, am schwierigsten gewesen war, worum sie am meisten hatte kämpfen müssen: ihn zum Reden zu bringen. Und als er endlich so weit war: Wie sie versucht hatte, auch an das heranzukommen, worüber er nicht reden wollte, nämlich die Erinnerungen an den Abend, an dem seine Mutter gestorben war. Nur ein einziges Mal war ihr das gelungen, an dem Abend, an dem er von der Musik erzählt hatte, die er gehört hatte, als der Brand bereits wütete.

»Und er war stur«, sagte sie. »Stur wie kaum sonst jemand, den ich kenne.«

Sie sah vor sich, wie er die Lippen aufeinanderpresste, um zu zeigen, wie wenig Lust er hatte zu reden.

»Wenn er sich etwas vorgenommen hatte, hat er es auch durchgezogen.«

Carsten Morris nickte nachdenklich.

»Das kam ihm in Sachen Fußball wahrscheinlich zugute. Und was waren seine Schwächen?«

Tess schloss die Augen und versuchte sich fünfzehn Jahre zurückzuversetzen.

»Er war zurückhaltend, ein wenig schüchtern, genau wie seine Mutter. Aber er hatte auch ein schlechtes Selbstwertgefühl. Wenn etwas gut lief, war alles in Ordnung, aber wenn er auf Widerstand traf, brach gleich die ganze Welt zusammen. Manchmal bekam er dann richtige Wutanfälle und warf mit Kissen und anderen Gegenständen um sich. Allerdings war es schwierig herauszufinden, wieviel dabei an dem Trauma lag, das er durch den Tod seiner Mutter erlitten hatte, und ob er sich unter anderen Umständen ebenso aufgeführt hätte.«

Morris stand auf und ging an die Tafel, stellte sich direkt vor ein Foto von Tim Bergmark.

»Auffällig scheint mir die Faszination für große Gebäude, Höhen, Brücken und Baukräne, die du erwähnt hast. Das kann natürlich auf eine großartige Persönlichkeit hindeuten, zu der sich so ein Kind später im Leben entwickelt. Dass er ein geringes Selbstgefühl hatte, muss da kein Widerspruch sein, im Gegenteil. Es ist eher typisch für einen Borderliner. Überhöhtes Selbstwertgefühl an einem Tag, Selbstverachtung am nächsten. Eine emotional instabile Persönlichkeit.«

Er drehte sich zu ihr um.

»Kannst du mir noch mal die letzte E-Mail vorlesen, von der du glaubst, dass er sie geschrieben hat? Die mit dem Fegefeuer?«

Tess öffnete ihr E-Mail-Postfach und las laut vor:

»Dein Versprechen. Was bedeutet es? Im Fegefeuer wird abgerechnet.«

Morris kniff die Augen zusammen. Sie waren das Einzige von seinem Gesicht, was wirklich zu sehen war.

»Mmh«, murmelte er und setzte sich wieder neben sie. »Das Fegefeuer. Den Katholiken zufolge ein Ort der Reinigung, wo die Seelen darauf warten, ins Paradies eintreten zu dürfen. Was meint er damit?«

Tess war klar, dass das eine rhetorische Frage war und er keine Antwort von ihr erwartete.

»Sein Bekannter im Verein hatte doch etwas von religiösen Grübeleien erzählt. Das würde ja passen.«

»Stimmt«, sagte Tess. »Die Frage ist nur, wie man das deutet.«

»Mir will das mit den Ziffern nicht aus dem Kopf«, sagte Morris. »Darüber hinaus kann eine gnadenlose Selbstüberschätzung zu dem Gefühl führen, man hätte göttliche Eigenschaften.«

Er trat ans Fenster und schaute in die Dunkelheit hinaus.

»Im Fegefeuer wird die Seele von Schuld und Sünden gereinigt, damit sie bereit ist für das Himmelreich. Das ist immerhin besser, als in der Hölle zu schmoren.«

»Dann kann man dafür ja sogar noch dankbar sein.« Tess lächelte schief.

»Das Interessante am Fegefeuer ist, dass es sich in vielen künstlerischen Werken widerspiegelt, wie etwa im Hamlet oder Dantes Göttlicher Komödie. Ich habe mal gelesen, das purgatory, wie es auf Englisch heißt, sei eine Hölle mit Hoffnung. Geradezu poetisch, oder? Die Frage ist, ob Tim Bergmark der Meinung ist, dass alle, die zu der Essensclique seiner Mutter gehörten, von ihren Sünden gereinigt werden müssten. Und ob er dann derjenige ist, der sie in dieses Fegefeuer schicken muss.«

Tess betrachtete ihn, Morris war ganz in seinem Element, sobald er sich in die komplizierte Psyche eines Täters vertiefte.

»Sein Vater ist Italiener und Katholik. Vielleicht hat er in den letzten Jahren angefangen, sich ihm verstärkt zuzuwenden.«

»Möglich«, sagte Morris. »Es kommt durchaus vor, dass Söhne ihre Väter, von denen sie in der Kindheit nichts mehr wissen wollten, plötzlich auf einen Sockel stellen, wenn sie älter werden. Eine himmelschreiende Ungerechtigkeit gegenüber der alleinerziehenden Mutter, wenn du mich fragst, die sich die ganze Zeit um sie gekümmert hat.«

Carsten Morris schien in seine eigenen Gedanken abzutauchen. Tess fiel plötzlich auf, dass sie sehr wenig über seine eigene Kindheit und seinen familiären Hintergrund wusste. Vielleicht war es ihm genauso ergangen?

Morris deutete erneut auf das Foto von Tim.

»Ein Rächer, der kryptische Zahlen hinterlässt, an oder im Haus der Opfer. Und der will, dass diese fünf Personen dasselbe durchmachen wie seine Mutter. Irgendetwas müssen sie in seinen Augen getan oder nicht getan haben, was ihn wahnsinnig enttäuscht hat. Vielleicht hat er, als das Kind, das er war, die Situation damals auch völlig falsch gedeutet und dieses Bild dennoch im Laufe der Jahre zu seiner Wahrheit gemacht. Und vielleicht ist er sogar so abgebrüht, dass es ihm gleichgültig ist, wer von ihnen seine Mutter umgebracht hat. Vielleicht will er sie kollektiv bestrafen.«

Morris suchte Tess' Blick, und sie nickte. Es klang alles sehr plausibel.

»Alles beginnt, als er auf Widerstand stößt. Im Fußball, der sein Leben bestimmt, läuft es plötzlich nicht mehr rund, die niederländische Mannschaft will ihn nicht. Sein ganzes Leben bricht zusammen, seine Identität. Die Trauer und Verzweiflung seiner Kindheit brechen wieder auf. Das Gefühl zu scheitern. Das ist für jeden schwer auszuhalten, umso mehr aber für einen Profisportler, und dann noch mit so einem Trauma im Gepäck. Das Einzige, was seine Panik in diesem Zustand lindern kann, ist, Rache zu nehmen für das, was ihn im Leben am meisten verletzt hat: den Tod seiner Mutter.«

Eine Weile saßen sie schweigend da.

»Das scheint mir nachvollziehbar, erklärt aber noch nicht die Sache mit den Ziffern. Oder was sein nächster Schritt sein wird.«

Morris überlegte, die Hände vor Mund und Nase zusammengelegt.

»Was ist mit den Zehn Geboten?«, fragte er schließlich.

Er blickte zur Decke und ratterte sie auswendig herunter, vom achten bis zum ersten.

Tess sah ihn überrascht an.

»Ich weiß, was du denkst, aber ich bin kein bisschen religiös. Dafür habe ich vor vielen Jahren in Washington mal an einem sehr komplizierten Fall mitgearbeitet. Die Zungen der Opfer waren mit den zehn Geboten tätowiert. Gar nicht so unüblich, dass ein bestimmter Tätertyp sie als Symbol verwendet. Auch wenn das mit der Zunge …«

Er unterbrach sich selbst.

»Das achte Gebot. Du sollst nicht falsch Zeugnis reden wider deinen Nächsten.«

Morris sah zur Tafel.

»Andreas Moose. Wurde er für eine Lüge bestraft? Das siebte: Du sollst nicht stehlen. Der Brand sollte Mattias Falk treffen, stattdessen kam das spanische Paar ums Leben. Was könnte das bedeuten? Wem hat Mattias, falls es so ist, etwas gestohlen?«

Er zeigte auf Linn Andrén.

»Sechstes Gebot. Du sollst nicht ehebrechen. Weder Linn noch Lena waren verheiratet.«

Er blickte Tess an.

»Was hatte Linn für eine Beziehung zu Tim?«

»Laut Lenas Freundin Betty überhaupt keine, er hat sie nur bei den Essen getroffen. Linn war ja auch für Lena Bergmark eine relativ neue Bekanntschaft. Aber …«

Tess überlegte kurz.

»Eine Sache will mir nicht aus dem Kopf: dass Linn am letzten Abend ihres Lebens ein Date hatte. Mit einem Mann, den sie zufällig auf der Arbeit kennengelernt hatte, er hatte dort irgendeinen Auftrag erledigt. Das wissen wir aus einer Nachricht, die sie an eine Freundin geschickt hat. Es gibt auch ein Foto von ihm, von hinten aufgenommen. Kerstin Jacobssons Team hat jede Menge Tipps dazu bekommen, aber keinen, der uns weitergeführt hätte.«

»Dann könnte Tim sie aufgesucht und ein Date mit ihr vereinbart haben, und anschließend hätte er sie getötet und ihr Haus angesteckt?«

»Eiskalt und berechnend, wenn das so stimmt.«

»Was ist mit dem fünften und interessantesten«, fragte Morris. »Du sollst nicht töten. David Gabès.«

Er kniff die Augen zusammen und sah zur Tafel.

»Scheint mir nicht plausibel«, sagte Tess. »Gabès und Lena haben sich bei einer ehrenamtlichen Tätigkeit kennengelernt, es ging darum, Menschen zu helfen. Eher das Gegenteil von Töten. Außerdem scheinen sie gut befreundet gewesen zu sein.«

»Machen wir erst mal weiter. Die letzte Ziffer. Vier für Betty van Friis. Du sollst deinen Vater und deine Mutter ehren?«

Tess schüttelte erneut den Kopf, stand auf und ging zur Tafel. Sie zeigte auf eine Karte der schwedischen Ostküste, auf der die Ziffern und die Daten der einzelnen Brände festgehalten waren.

»Wenn Brand Nummer zwei Mattias Falk treffen sollte, warum hat Tim dann nicht später noch mal zugeschlagen und seinen Fehler korrigiert? Er muss doch mitbekommen haben, dass Mattias umgezogen war.«

Morris spielte mit einem Stift.

»Vielleicht wartet er noch auf die passende Gelegenheit.

Niemand weiß schließlich, wo er ist, er scheint es nicht sonderlich eilig zu haben.«

Morris nahm ein neues Kaugummi aus der Tüte.

»Was mich beschäftigt, ist, dass Tim zu Hause war, als seine Mutter starb … Neben Lena Bergmark war also ein Kind im Haus, worauf der Täter keine Rücksicht genommen hat, er hat dessen Tod einfach in Kauf genommen. So wütend man auch auf jemanden sein mag, gehört doch schon viel dazu, ein unschuldiges Kind zu töten. Was sagt das über die entsprechende Person aus?«

»Dass sie eiskalt war«, sagte Tess. »Oder dass sie nicht wusste, dass Tim zu Hause war.«

Sie stand auf und ging ans Fenster, schaute auf die Uhr. Es war acht Uhr abends, und die meisten Kollegen waren bereits gegangen.

»Wir sollten noch mal in Tims Wohnung fahren und schauen, ob wir dort etwas finden. Wir haben inzwischen so viel in der Hand, da liegt eindeutig ein dringender Tatverdacht vor.«

Sie drehte sich zu Morris um.

»Ich ruf Marie an und bitte sie mitzukommen.«

Morris hielt sein Handy hoch.

»Sie ist schon unterwegs.«

Werbebroschüren und Briefe rutschten ihnen entgegen, als sie die Tür zu Tims Wohnung öffneten.

Tess hatte den Vermieter erreicht, der ihnen trotz der späten Stunde einen Reserveschlüssel brachte.

»Wir kommen jetzt zurecht, danke«, sagte sie zu ihm und schloss die Tür hinter sich und den Kollegen.

Bevor sie den anderen in die Wohnung folgte, kontrollierte Tess, ob ihre Dienstwaffe griffbereit war.

Die Luft war abgestanden, was bestätigte, dass lange niemand in der Wohnung gewesen war. Tess hob eine Gratiszeitung vom fünften September vom Boden auf. Das Wohnzimmer war äußerst spärlich möbliert. Ein großer Fernseher hing einem beigen Dreiersofa gegenüber an der Wand. Auf dem nackten Parkettboden lagen keine Teppiche.

Tess ging weiter ins Schlafzimmer. Das Bett war gemacht, die Tagesdecke ordentlich darübergebreitet. Die Wände waren kahl bis auf ein Hängeregal, auf dem ein paar Fotos und Bücher standen. Sie fühlte sich unbehaglich. Irgendetwas hier drinnen stimmte nicht. Eine ungesunde Einsamkeit lag über dem Ganzen. Eine düstere Leere.

Auf einem der Fotos war Tim als kleiner Junge zu sehen. Tess vermied es, seinem ernsten Blick zu begegnen. Fotos von seinem Vater und seiner Mutter standen daneben, auf einem von ihnen waren sie alle drei zusammen zu sehen. Dann gab es noch Fotos von der Jugend- und Herrenmannschaft des Malmö FF. Ein anderes Foto schien relativ neu zu sein, es zeigte einen lächelnden Tim in einem Mannschaftstrikot mit niederländischer Werbung. Ajax Amsterdam, die ihn nie richtig aufgenommen hatten.

Auch eine rote Bibel fand sich zwischen den Büchern auf dem Regal. Tess blätterte in einem von ihnen, als Morris sie ins Wohnzimmer rief. Er kniete mit einem Bein auf dem Sofa und betrachtete das Poster, das darüber hing.

Tess trat zu ihm. Das Poster löste in ihr dasselbe Gefühl aus wie der Blick ins Schlafzimmer. Alles wirkte so düster und unglaublich einsam.

»Der Ätna«, sagte er. »Du weißt, wo der liegt?«

»Ja, auf Sizilien, der höchste Vulkan Europas. Tims Vater kommt von dort.«

»Der Ätna hat aber auch große historische und mythologische Bedeutung. Wusstest du das?«

Ohne ihre Antwort abzuwarten, fuhr er fort.

»Früher, vor vielen hundert Jahren, da glaubte man, der Ätna wäre eines der beiden Tore zur Hölle. Das andere vermutete man in Irland, im Purgatorium des Heiligen Patrick auf Station Island.«

Tess sah, wie er auf die rauchende Spitze des Vulkans deutete.

»Hier befand sich der Legende nach das Fegefeuer. Das Reinigungsbad, bevor man weitergehen durfte. Je nachdem, was für ein Leben du auf Erden geführt hattest, war die Zeit bemessen, die du in Leid und Qual verbringen musstest. Nicht besonders angenehm, wie du dir vorstellen kannst.«

Er klopfte mit dem Finger auf das Poster, dann stand er auf.

»Vielleicht könnte man aber auch noch ein anderes Symbol darin sehen.«

»Welches?«

»Einen Vulkan, der lange geschlummert hat, in dessen Innern es aber die ganze Zeit brodelt. Und dann passiert etwas, das Gleichgewicht wird gestört, die Erde bebt, und der Deckel fliegt hoch, das Feuer bricht aus. Das sind Kräfte, die sich nicht aufhalten lassen, so wie Tim sie wahrscheinlich verspürt.«

Tess betrachtete schweigend das Bild. Der mächtige Vulkan passte darüber hinaus zu Tims Interesse für große, aufsehenerregende Gebäude und Phänomene. Sie blickte sich weiter im Wohnzimmer um.

»Ziemlich großer Bildschirm«, sagte sie und deutete auf den Computer.

»Wahrscheinlich zockt er viel.« Carsten Morris hielt ein paar DVDs hoch, die daneben lagen.

»Einen Laptop wird er sicher auch irgendwo haben.«

Tess kramte in den Spielen herum.

»Das müsst ihr euch angucken«, rief Marie aus der Küche.

Tess und Morris gingen hinüber, Marie stand mit dem Rücken zu ihnen. Als sie beiseitetrat, sah Tess ein Foto von sich, das mit zwei Magneten mitten am Kühlschrank befestigt war. Es handelte sich um einen Zeitungsausschnitt, und die Bildunterschrift *Super-Cop* war mit Kugelschreiber umkringelt.

Marie und Carsten Morris sahen sich an.

»Bloß gut, dass wir hierhergekommen sind«, sagte Marie. »Morgen schicken wir die Techniker, damit sie die Wohnung noch mal gründlich auf den Kopf stellen. Wer weiß, was sie noch alles finden. Das da ist jedenfalls nicht nur ein Fan-Foto.«

Tess trat näher und betrachtete es genauer.

»Wahrscheinlich nicht«, sagte sie und fotografierte die Kühlschranktür.

»Ob er wohl damit gerechnet hat, dass du hierherkommst?

Oder hat er es die ganze Zeit da hängen gehabt und es angeschaut, wann immer er sich was aus dem Kühlschrank genommen hat? Ich weiß gar nicht, was ich gruseliger fände.«

Sie öffnete den Kühlschrank und schaute hinein.

»Eine Party hat er jedenfalls nicht geplant. Was für ein trauriger Anblick! Wahrscheinlich hat er nicht einmal vor, hierher zurückzukehren.«

Tess warf ebenfalls einen Blick in den Kühlschrank. Bis auf ein paar ausgequetschte Tuben und ein paar Konservendosen war er leer.

Aus dem Treppenhaus drang Lärm herein. Tess zog ihre Waffe und lief in den Flur, stellte sich an die Tür und lauschte.

Die Fahrstuhltür schlug zu, und jemand schlurfte über den Gang, schien etwas hinter sich herzuziehen. Vorsichtig spähte Tess durch den Spion und sah einen Mann, der mehrere Kartons vor sich herschob. Als er in einer anderen Wohnung verschwand, steckte sie die Waffe ins Holster zurück, ging wieder in die Küche und schüttelte den Kopf.

»Lasst uns gehen.«

Sie wandte sich an Morris, der wieder ins Wohnzimmer gegangen war.

»Den Computer sollten wir lieber gleich mitnehmen, zumindest die Festplatte.«

Marie fasste sie an der Schulter.

»Du brauchst Personenschutz, das ist dir schon klar, oder?«

Tess antwortete nicht. Sie schaute wieder auf den glühenden Vulkan an der Wand über dem Sofa. Wie hatte es nur so weit kommen können?

»Im Grunde deutet nichts darauf hin, dass er etwas gegen mich unternehmen will.«

»Keine Chance, Hjalmarsson.« Marie wurde laut: »Er

hat ein Scheißfoto von dir an seinem Kühlschrank, und darunter steht *Super-Cop*. Ich gebe gerne zu, dass du schön und erfolgreich bist, aber ich glaube nicht, dass er es deshalb dort hängen hat.«

Tess spürte, wie Wut in ihr aufkam. Sie hatte ihm den Mund abgewischt und ihm zu essen gegeben, seine Klamotten gewaschen. Hatte ihn herumgetragen und getröstet und sich um ihn gekümmert, als niemand anderes dazu bereit oder in der Lage war und er es am nötigsten brauchte. Und selbst wenn das jetzt schon sehr lange her war, konnte es doch nicht vollkommen egal sein, oder?

Jedenfalls würde sie sich nicht von ihm diktieren lassen, wie sie ihr Leben zu führen hatte.

Tess warf einen Blick auf Morris, der wieder vor dem Poster des Ätna stand.

»Was auch immer du jetzt tun wirst, du musst das hier wirklich ernst nehmen. Ich glaube, dieser junge Mann hat seine Mission noch nicht beendet.«

Mission, dachte Tess. Sie hatte nicht vor, ein Teil von Tims Mission zu werden.

Sie ging ins Bad, das einen ebenso kargen Eindruck machte wie der Rest der Wohnung. In dem einfachen Spiegelschrank über dem Waschbecken lagen eine Zahn- und eine Haarbürste. Sie legte beides in eine Papiertüte. Dann ging sie zum Computer im Wohnzimmer und zog ein paar Stecker heraus.

»Gehen wir.«

Gemeinsam trugen sie den Computer sowie die Kabel aus der Wohnung. Im Treppenhaus fiel Tess ein, dass sie noch etwas vergessen hatte, und sie ging noch mal in die Wohnung zurück.

Sie schaltete im Schlafzimmer das Licht an und nahm die rote Bibel aus dem Regal.

Als sie schon fast wieder bei den Autos waren, drehte Marie sich zu ihr um.

»Du kannst gerne bei mir übernachten, wenn du möchtest.«

»Danke, das ist nett. Aber ich habe nicht vor, mich von ihm einschüchtern zu lassen, ich schlafe in Västra Hamnen. Außerdem glaube ich, du hast heute schon Übernachtungsbesuch.«

Sie nickte zu Morris hinüber, der vor ihnen her ging.

Marie lachte.

»Du würdest ja wohl kaum mit in meinem Bett schlafen?«

»Nicht, wenn es sich vermeiden lässt«, antwortete Tess und stieg in ihr Auto.

Tess öffnete ihre Wohnungstür in der Kompassgatan in Västra Hamnen. Die stickige Luft und die Post auf dem Fußabtreter erinnerten sie unangenehm an Tims verlassene Wohnung.

Sie drehte eine Runde durch die Zimmer, nahm eine Cola Zero aus ihrer Tasche, öffnete die Terrassentür und ging hinaus. Der Oktober neigte sich dem Ende zu, und der Baum unten im Hof hatte seine letzten Blätter verloren. Zwischen den Häuserfassaden erahnte sie einen Streifen Meer, und sie lehnte sich ans Geländer und sog die frische Luft ein. »Im Fegefeuer wird abgerechnet.« Was hatte er vor? Und wo war er jetzt?

Sie schaute auf ihr Handy. Sandra hatte ihr noch nicht zurückgeschrieben. Sie wünschte sich, sie wäre hier, sie wollte sie anrufen und ihr sagen, dass sie ihr fehlte. Wollte ihre Stimme hören, ihre Arme um sich spüren. Andererseits wollte sie Sandra auch nicht stören, während sie in Stockholm mit ihren Kindern zusammen war.

Tess leerte die Cola in wenigen Zügen und merkte plötzlich, wie hungrig sie war. Sie ging zum Kühlschrank und öffnete ihn, doch auch dieser erinnerte an Tims Wohnung. In der Speisekammer fand sie eine Packung Knäckebrot, die sie mit aufs Sofa nahm.

Auf dem Tisch lag Tims rote Bibel. Als sie sie öffnete, fiel ein Foto heraus. Es versetzte ihr einen Stich, als sie sich bückte und es betrachtete.

Ihr eigenes und Tims Kindergesicht lächelten ihr entgegen. Sie wusste genau, wann es aufgenommen worden war. Sie waren auf dem Jahrmarkt in Bakken, nördlich von Kopenhagen gewesen. Am Abend hatten sie dann noch ihre Großtante Thea besucht, in deren Garten in Södra Sallerup. Und Tante Thea hatte dieses Foto geschossen.

Tim hatte gerade angefangen wieder zu sprechen, und an diesem Abend sprudelte es nur so aus ihm heraus.

Tess war überrascht, wie jung sie selbst aussah. Sie wirkte so unbeschwert und irgendwie unschuldiger als heute. Ihr Haar war länger, und auch wenn sie nach wie vor nur wenige Fältchen hatte, war ihr Gesicht damals doch völlig glatt gewesen.

Tess drehte das Foto um. Sie wollte nachschauen, ob er etwas auf die Rückseite geschrieben hatte, doch sie war leer.

Dass Tim ein Foto von ihnen beiden mit sich herumtrug, war nicht verwunderlich, sie hätte selbst gern eines in ihrem Bücherregal gehabt. Warum hatte sie das eigentlich nicht? War es der Versuch zu verdrängen, wie wichtig sie einmal in seinem Leben gewesen war? Wollte sie die Erinnerung auf Abstand halten, ihn nicht zu nah an sich herankommen lassen?

Im Treppenhaus waren Schritte zu hören, und Tess ging in den Flur, um durch den Spion zu schauen, sah aber niemanden. Sie lauschte, eine Tür schlug zu, dann wurde es still.

Wusste Tim, wo sie wohnte? Hatte sie das irgendwann einmal erwähnt, als sie sich in der Stadt getroffen hatten?

Sie löschte das Licht und legte die Waffe neben sich auf den Teppich am Sofa, wo sie kurz darauf einschlief.

Freitag, 30. Oktober

Die fünf Ermittlerinnen und Ermittler sowie Carsten Morris saßen im Raum Seger und betrachteten schweigend das vergrößerte Foto von Tim Bergmark an der Tafel.

»Die technische Abteilung lässt ausrichten, dass sie bald mit dem Rechner fertig sind«, sagte Lundberg und schob sich die Brille von der Stirn auf die Nase.

Kerstin Jacobsson und Adam Wikman waren über den neuesten Stand in Kenntnis gesetzt worden, und Jöns hatte erklärt, dass sämtliche Ermittlungsarbeiten zu den Bränden nun nach Malmö verlagert werden würden.

»Ich habe übrigens Neuigkeiten zu Arvid Larsson«, sagte Kerstin Jacobsson. »Auch wenn wir ihn intern schon mehr oder weniger als Täter ausgeschlossen hatten, haben wir jetzt Anlass, es ganz offiziell zu tun.«

»Das heißt?«, fragte Tess. »Was genau ist passiert?«

»Er ist erneut angegriffen worden, diesmal aber von einem Wildschwein.«

»Einem Wildschwein?«

»Ja, letzte Nacht. Arvid Larsson wurde in einem Wildgehege außerhalb von Andrarum festgenommen, wo er eingebrochen war, um Wildschweine zu jagen. Sein Schuss war aber nicht tödlich, der Eber ist zum Gegenangriff übergegangen und hat ihn ins Bein gebissen. Jetzt liegt Larsson in Kristianstad im Krankenhaus. Ein Jäger, der gleich nebenan wohnt, hatte den Schuss gehört und war zu dem Gehege gelaufen. Ihm gelang es, den wildgewordenen Eber zu erschießen.«

»Wie ärgerlich für Doktor Feuerteufel«, sagte Marie.

»Ja«, sagte Kerstin, »und das ist noch nicht alles. An seinem Haus in Eljaröd wurden die Überreste eines anderen Schweins gefunden, vermutlich am selben Ort gewildert.«

Sie nickte Adam Wikman zu.

»Du warst dort und hast es entdeckt.«

Wikman strich sich mit der ihm typischen Geste die Haare aus der Stirn.

»Ja, es hat bestialisch gestunken.«

»Dann wissen wir also endlich, was er in seiner Tonne verbrannt hat«, sagte Marie. »Super gemacht, Wikman.«

Sie zwinkerte ihm zu. Tess konnte den Gestank förmlich riechen. Marie hatte also recht gehabt, dass er dort etwas vor ihnen verbergen wollte. Dass es sich dabei jedoch um ein Wildschwein handelte, darauf wäre sie im Traum nicht gekommen.

Kerstin Jacobsson fuhr fort.

»Eine Besitzerlaubnis für das Gewehr, mit dem er geschossen hat, gibt es nicht. Er wird wohl zu Sozialstunden verdonnert werden oder wandert gleich wieder ins Kittchen, wegen Wilderei und illegalen Waffenbesitzes. Vor allem aber gibt ihm diese Straftat ein Alibi für einen der Brände. Der Jäger, der für das Wildgehege zuständig ist, hat eine Videokamera installiert und ist noch mal die Aufnahmen der letzten vierzehn Tage durchgegangen. Am 23. Oktober, und zwar ziemlich genau zu der Zeit, als es bei Betty van Friis angefangen hatte zu brennen, ist Arvid Larsson durchs Wildgehege gelaufen und hat mit einem nicht angemeldeten Gewehr auf Wildschweine geschossen.«

Auf dem Laptop vor Tess blinkte eine neue Nachricht auf,

und im selben Moment steckte der IT-Forensiker Pierre Wou seinen Kopf zur Tür herein. Er nickte ihr zu.

»Der beschlagnahmte Computer ist durchgesehen, ich habe dir gerade einen Link mit einer Kopie von allem geschickt. Hauptsächlich Fußball, dazu ein paar philosophische Gedanken. Hoffe, es bringt euch weiter. Ein paar Dokumente waren auch gelöscht, die versuchen wir noch wiederherzustellen. Ich gebe euch dann noch mal Bescheid. Er ist, wie gesagt, über ein VPN gegangen, sie könnten in der Cloud gespeichert sein. Sein Suchverlauf bestätigt, dass er dich mehrfach gegoogelt hat, deine Adresse, Artikel über dich in *Sydsvenskan* sowie bei SVT und in anderen Medien.«

Morris zog eine eckige braune Brille aus seinem Jackett und setzte sie sich über dem Mundschutz auf die Nase.

Tess warf ihm einen überraschten Blick zu, sie hatte ihn noch nie mit Brille gesehen.

»Dann lass uns mal schauen«, sagte er und beugte sich vor.

Tess klickte den Ordner an, der von Tims Rechner stammte. Hauptsächlich handelte es sich um Links mit Informationen zum Malmö FF sowie zu Ajax Amsterdam. Tess las eine aufgebrachte Mail, die Tim wahrscheinlich an die niederländischen Vereinsvorsitzenden geschrieben hatte. Auf Englisch fluchte Tim darüber, dass er in der Reservemannschaft spielen sollte, und machte ihnen klar, dass er für weitere Spiele mit Jong Ajax nicht zur Verfügung stehen werde. Seine Wut und Enttäuschung waren offensichtlich.

Morris deutete auf ein anderes Dokument.

»Ich glaube, hier nähern wir uns dem echten Tim Bergmark. Interessant.«

Marie winkte von der anderen Tischseite mit beiden Armen.

»Es wäre eine große Erleichterung für uns, wenn du den

Mundschutz abnehmen könntest. Schützt dich ja sowieso nicht.«

Morris tat, als hätte er sie nicht gehört. Kerstin sah Marie an, wohl überrascht über den Ton, den sie gegenüber dem berühmten Profiler anschlug.

Tess steckte das Kabel ein, das ihren Computer mit einem großen, an der Wand befestigten Bildschirm verband. Tim hatte das Dokument »Purgatorio« getauft. Sie fürchtete sich schon vor dessen Inhalt.

Wollte sie wirklich in seine irre Gedankenwelt hineingezogen werden? Wahrscheinlich hatte sie gar keine Wahl, und so runzelte sie lediglich die Stirn, als ein von Hand gezeichnetes Bild auf dem Bildschirm erschien. Die Zeichnung war offensichtlich gescannt oder abfotografiert und bestand aus seltsamen schrägen Linien, die er beschriftet hatte.

Carsten Morris las laut ab.

»Superbia, acedia, ira, burgie, avaritia, invidia, luxuria, gula. Sieh mal einer an«, sagte er und sah beinahe zufrieden aus. »Mit so einem haben wir es also zu tun.«

Marie sah ihn fragend an.

»Was ihr da seht, sind die sieben Todsünden, wie man sie in der katholischen Kirche kennt. Sünden, die den Menschen zum ewigen Tode verdammen. In der Bibel werden sie eigentlich gar nicht erwähnt, es war Papst Gregorius, der sie später zusammengestellt hat. Um der Hölle zu entkommen, müssen einem die Sünden vergeben werden. Auch dann entkommt man dem Feuer nicht, aber man landet nur im Fegefeuer, was als etwas mildere Strafe betrachtet wird.«

Marie blickte von ihrem Handy auf.

»Aber wenn Google und ich das richtig verstehen, sind die Sünden nie durchnummeriert worden.«

»Stimmt«, sagte Morris, »aber diese Art Täter schafft sich ihr eigenes System.«

Carsten Morris hielt inne und blickte Tess an.

»Jetzt wird Tims Mail an dich auch verständlicher, in der er sich auf das Fegefeuer bezieht. Die sieben Terrassen der Sünden müssen auf dem Weg zum Fegefeuer passiert werden.«

»Es sind aber doch acht Wörter«, sagte Marie.

»Ja, klar, stimmt«, antwortete Morris und kniff die Augen ein wenig zusammen. Dann zeigte er auf das Wort »bugie«.

»Das ist Italienisch und bedeutet Lüge, wenn ich mich richtig erinnere, es gilt traditionell nicht als Todsünde. Tim Bergmark scheint das allerdings anders zu sehen. Es gibt manchmal Täter, die so etwas machen. Sie sind etwas speziell und … ja, oft nicht ganz richtig im Kopf.«

»Sind Mörder das überhaupt jemals?«, fragte Wikman.

Carsten Morris sah ihn verwundert an.

»Es gibt durchaus Täter, die völlig normal sind.«

Er lehnte sich zurück und faltete die Hände hinterm Kopf.

»Ich glaube, hier haben wir die Antwort darauf, was hinter den Ziffern an den Häusern steckt.«

Tess hatte in der Zwischenzeit die Übersetzung der sieben Todsünden herausgesucht und schrieb sie der Reihe nach neben die Ziffern und die Opfer an der Tafel:

Hochmut, Faulheit, Zorn, (Lügen), Habgier, Neid, Wollust, Völlerei.

»So«, sagte sie. »Wenn wir oben mit dem ersten Opfer beginnen, dann hätte Andreas Moose sich des Hochmuts schuldig gemacht. Und Mattias, der als zweites Opfer vorgesehen war, der Faulheit. Anschließend David Gabès, Zorn.«

Eine Weile schwiegen alle und blickten skeptisch drein.

»Dreh sie doch mal um«, schlug Marie vor.

»Wie meinst du das?«

»Bei den Ziffern zählt er doch herunter. Das gilt dann

wahrscheinlich auch für die Todsünden. Moose mit der Acht an der Wand hat sich der achten Sünde schuldig gemacht. Völlerei. Das war genau die Eigenschaft, mit der Mattias ihn beschrieben hat, als wir ihn neulich befragt haben. Er schwelgte im Luxus.«

Tess sah sie bewundernd an.

»Da könntest du recht haben.«

Sie wischte alles weg und begann mit dem achten Wort. Dann sahen sie sich alles gemeinsam an.

»Stimmt es jetzt?«

»Ja«, sagte Lundberg. »Ich muss gerade an Kerstin Jacobssons Gespräch mit David Gabès' Witwe denken. Sie sagte, er habe sich ein paarmal Geld von Lena geliehen. Und hätte sich damit vielleicht der Habgier schuldig gemacht … Dann würden zumindest zwei schon mal stimmen.«

»Welche der Sünden«, fragte Tess und zeigte erneut auf die Wörter an der Tafel, »würde denn dann für den Mord an seiner Mutter stehen?«

»Im Grunde keine«, sagte Morris. »Aber das Interessante ist, dass Zorn, also die dritte Sünde, in manchen Fällen mit dem Tod gleichgestellt wird. Eine Drei ist aber bisher noch nicht aufgetaucht, oder?«

»Nein«, sagte Tess und zeigte an die Tafel. »Sie wäre aber bald dran, wenn er sich weiter an die Reihenfolge hält. Trotzdem sind es immer noch fünf Opfer und acht Sünden.«

Es wurde still im Raum, und Tess merkte, dass alle sie ansahen.

»Okay, verstehe. Ihr geht davon aus, dass er mich mitzählen wird. Also, ich glaube das nicht. Aber lasst uns den Gedanken trotzdem weiterdenken. Welcher Sünde hätte ich mich schuldig gemacht?«

»In seinem kranken Hirn können es verschiedene sein«, meinte Marie.

»Ich denke auch«, sagte Morris. »Ich könnte mir zum Beispiel vorstellen, dass du gelogen hast, indem du gesagt hast, du würdest denjenigen finden, der seine Mutter getötet hat. Aber wenn die Reihenfolge, die Marie vorgeschlagen hat, stimmt, hätte Betty van Friis bereits die Vier, die von ihm hinzugefügte Sünde, also die Lüge. Was ist mit Faulheit?«

Marie schnaubte.

»Was für eine Frechheit, nachdem sie sich so aufopfernd um ihn gekümmert hat, obwohl sie das überhaupt nicht hätte tun müssen.«

Morris hob die Hände.

»Ich bin nicht derjenige, der hier mit Vorwürfen kommt.«

Tess schaute auf die Uhr. In einer Stunde musste sie für die Einspielung der Brygge-Show an Lena Bergmarks Grab in Vellinge sein. Und davor musste sie sich noch mit der BOPS, der für Opfer- und Personenschutz zuständigen Abteilung, in Verbindung setzen, damit sie ihr die Notruf-App installierten.

»Dann machen wir hier für heute Schluss und treffen uns morgen wieder«, sagte sie.

Nachdem die anderen ihre Sachen zusammengepackt hatten und gegangen waren, blieben nur noch Tess und Morris im Büro zurück.

»Die Deutschen haben sich heute früh bei mir gemeldet. Sie haben ein Treffen zu den vermeintlichen Villard-Morden mit dir für nächste Woche vorgeschlagen, das soll ich dir ausrichten.«

Tess fuhr sich mit der Hand durchs Haar und deutete auf die Tafel.

»Ja, wenn das bis dahin erledigt ist, vielleicht. Aber es muss von beiden Seiten fair ablaufen. Keine weiteren Schnüffeleien in meinen Ermittlungen.«

Morris schüttelte den Kopf.

»Du weißt, wie die Deutschen sind, sie haben ihre eigenen Regeln.«

Genau wie ihr Dänen, dachte Tess, sagte aber nichts.

Sie ging zur Tafel.

»Vielleicht hat das Ganze auch nur für Tim Bergmark selbst eine Logik«, sagte sie. »Vielleicht zeichnet er tagelang irgendwelche Muster, Felder und Linien und versucht sie selber zu deuten. Manche Täter kann man einfach nicht verstehen, oder?«

Morris zupfte an seinem Mundschutz.

»Das kann schon sein, es gibt mehr oder weniger unmögliche Psychen. Aber Tim Bergmark ist kein unorganisierter Täter, im Gegenteil. Alles deutet darauf hin, dass er sich alles lange und gut überlegt hat. Und er hat überhaupt keine Angst davor, dass du seinen Plan durchschauen und versuchen könntest, ihn zu stoppen. Eher im Gegenteil. Er will dich herauslocken, ins Licht, will deine Irrtümer aufzeigen. Du sollst sie zugeben und dann dafür bestraft werden.«

Tess zog sich die Jacke über.

»Jetzt werde ich erst mal versuchen, ihn aus der Reserve zu locken.«

»Und – ab!«

Tess ging auf die Kamera zu und bog dann in einen schmalen Kiesweg ein.

Lena Bergmark lag auf dem Friedhof neben der Kirche in Vellinge, ein paar Kilometer westlich von Östra Grevie, wo sie und Tim gewohnt hatten. Ihre Mutter Birgitta stammte von hier, sie selber war hier aufgewachsen. Die traditionell weiß geschlämmte Schonen-Kirche aus dem 12. Jahrhundert stand mitten im Ort.

Tess kam sich ein wenig albern vor, als sie vor dem Grab in die Hocke ging. Es war mit einer schwarzen Marmorplatte mit der Inschrift »Vermisst – unvergessen« bedeckt. Um die Kanten wuchs Gras, man konnte sehen, dass sich nicht regelmäßig um die Grabstelle gekümmert wurde. Unter Lenas Namen war der ihrer Mutter Birgitta eingraviert.

Sie überlegte, ob Tim wohl damit rechnete, eines Tages ebenfalls hier begraben zu werden. Auf dem Stein war jedenfalls noch Platz für einen weiteren Namen. Oder wo wurde man begraben, wenn man keine eigene Familie gegründet hatte? In einem Friedwald? Wo wollte er irgendwann einmal liegen?

Tess hatte den Gedanken noch nicht zu Ende gedacht, als die Kamerafrau schon rief:

»Danke, das reicht. Sehr schön. Tolles Licht, und die Kirche im Hintergrund ist perfekt.«

Tess streichelte kurz den Stein, dann erhob sie sich.

»Das war gut, das nehmen wir auch noch mit rein. Können Sie das bitte noch mal machen?«

Tess seufzte insgeheim, lächelte dem Team jedoch zu und hockte sich wieder hin.

»Genau so?«

»Ja, bitte.«

Nachdem sie die Szene abgedreht hatten, ging Tess zu Vivi Brygge hinüber.

»Können wir die letzte Frage noch mal wiederholen?«, fragte die Kamerafrau.

Vivi Brygge nickte.

»Also, es war gut, aber ich bin mir nicht sicher, ob wir den Ton ganz mit drauf haben.«

Vivi Brygge drehte sich zu ihr um, und die Kamera startete.

»Warum ist gerade dieser Fall so besonders für Sie?«

Tess blickte ernst in die Kamera.

»Manche Fälle berühren einen mehr als andere, das ist einfach so. Lenas Tod verfolgt mich seit fünfzehn Jahren. Die ursprünglichen Ermittlungen waren erfolglos, ihr Mörder ist davongekommen. Das hätte niemals passieren dürfen. Ich bin es ihrem Sohn schuldig, es erneut zu versuchen und diesmal alles richtig zu machen.«

Tess schaute zum Grab und spürte, wie die Kamerafrau ihr Gesicht heranzoomte. Wenn sie jetzt noch eine Träne verdrückte, würde sie wahrscheinlich vor Begeisterung ausrasten. Aber es gab Grenzen. Beide, sowohl Vivi Brygge als auch die Kamerafrau hatten gefragt, ob sie nicht auch ein paar Szenen am Haus in Östra Grevie drehen sollten, aber Tess hatte das abgelehnt. Sie hatte das starke Gefühl, dass Tim das nicht gewollt hätte.

Vivi Brygge lächelte und nickte. Sie kannte Tim Bergmark und wusste, dass er inzwischen ein erfolgreicher Fußballer war. Da aber die Geschichte mit dem Tod seiner Mutter nie offiziell gemacht worden war und er selbst bei dem Beitrag nicht mitwirken würde, unterließen sie es, seinen Namen zu nennen.

»Toller Abschluss. Danke«, sagte Vivi Brygge. »Hoffentlich guckt er sich das an. Zu schade, dass Sie den Kontakt verloren haben, wenn ich er wäre, würde ich mich im Anschluss an die Sendung sofort bei Ihnen melden.«

Tess lächelte. Genau das hoffte sie auch.

Doch wahrscheinlich würde es ganz anders kommen, als Vivi Brygge es sich vorstellte.

»Wo willst du denn hin? Du kannst mich doch nicht einfach alleine lassen, komm zurück!«

Ulrikas Rufe hallten immer noch in ihm nach. Ihr Haus in Åhus war zu einem Gefängnis geworden. Mattias ertrug es nicht länger, nur dazusitzen und abzuwarten, bis die Katastrophe eintrat. Er schaute abwechselnd auf die Straße und in den Rückspiegel, versuchte auszumachen, wer im Auto hinter ihm saß. Fuhr es jetzt nicht schon ziemlich lange hinter ihm her?

Er setzte den Blinker und bog in eine Waldeinfahrt ein, um zu sehen, ob das Auto langsamer wurde. Nachdem es geradeaus weitergefahren war, wartete er noch eine kleine Weile, schloss die Augen und lehnte den Kopf an die Nackenstütze. In seinem Zustand hätte er eigentlich nicht auf den Straßen unterwegs sein dürfen, aber zu Hause lief er nur noch im Kreis, auf der Jagd nach irgendwelchen Schatten.

Sie waren überall. Im Haus und auf dem Grundstück, unten am Strand, im Geschäft und in seinen Träumen. Der Schatten dessen, der ihn verfolgte und darauf wartete, ihn anzugreifen, seine Zähne in ihn zu schlagen und ihn auf dem Scheiterhaufen zu verbrennen. Ulrika hatte ihm geraten, sich Hilfe zu suchen, sich ein Beruhigungsmittel verschreiben zu lassen.

Aber wozu? Um zu entspannen und sich in sein Schicksal

zu fügen? Die Polizei war ein paarmal dagewesen, er hatte die Autos draußen gesehen, manchmal hatten sie auch geklingelt, um zu zeigen, dass sie aufpassten. Sie hatten gefragt, ob alles okay sei. Was sollte er dazu sagen, und wie hätten sie ihm helfen können?

Er fuhr wieder auf die Straße.

Es war Freitagnachmittag, und er hatte kaum etwas gegessen. Erneut schaute er auf das Lenkrad und seine angeknabberte Nagelhaut, fuhr in südlicher Richtung an der Küste entlang. In Löderup bog er am Strandbad ab und setzte den Weg ein paar Kilometer fort.

An der Kreuzung, wo die Briefkästen der Siedlung standen, hielt er an, musterte den hellgrünen, der ihrer gewesen war. Ulrika hatte die Farbe ausgesucht, weil ihr Häuschen das einzige grüne Haus in der Umgebung gewesen war. Das spanische Ehepaar Morales hatte seinen Namen in blauen Buchstaben quer über den Kasten geschrieben und eine Margerite darunter gemalt.

Maria und Josep. Voller Erwartungen an ihr neues Leben in einem Land, das sie zuvor noch nie besucht hatten. Er war als Gastforscher in Lund tätig, sie studierte Biologie und wollte halbtags in einem Laden in Ystad arbeiten. Sie wollten eine Familie gründen, Kinder haben. Zu Beginn war Mattias skeptisch gewesen. Vielleicht wegen dieses ständigen Geredes über Kinder, vielleicht hatte er ihr übertriebenes Beziehungsglück nicht ertragen.

Er schaute zu dem blauweißen Absperrband hinüber, das sich teilweise gelöst hatte und im Wind flatterte, dann rollte er weiter bis zur Grundstücksgrenze. Sein Herz klopfte schneller, und er spürte, wie sich sein Magen zusammenzog, als er die verkohlten Reste des Hauses betrachtete. Solange er es nicht mit eigenen Augen gesehen hatte, war es nur ein böser Traum gewesen, aus dem man irgendwann aufwachte.

Aber hiervor konnte man die Augen nicht verschließen, es war absolut real.

In vier der abgebrannten Häuser hatte jemand gewohnt, der an Lenas Tisch gesessen hatte. Die Frage war, warum dieses Haus und nicht ihr neues in Åhus angezündet worden war, wo sie bereits seit über einem halben Jahr gemeldet waren. Mattias googelte seinen eigenen Namen.

Das Erste, was angezeigt wurde, war ein Artikel in *Sydsvenskan*, der vor ihrem Umzug erschienen war. Ein Interview mit Ulrika und ihm unten am Strand von Löderup, in dem sie von ihrer Angst vor der Erosion erzählten. Genau an diesem Abschnitt der Küste wurde der Strand nämlich immer weiter abgetragen, und zwar unter anderem aufgrund der Bugwellen des Bornholm-Katamarans. Auf einem weiteren Foto sah man sie beide auf der grünen Veranda. Wenn man also lediglich seinen Namen eingab, war dieses Haus einer der ersten Treffer.

Mattias stieg aus. Das Einzige, was verriet, dass hier einmal ein Haus gestanden hatte, war der Schornstein, der wie ein roter Ziegelturm aus den Trümmern ragte. Mattias hatte im Internet geschaut, ob irgendwo über die Ziffern berichtet wurde, von denen Betty ihm erzählt hatte, aber bisher schien es der Polizei gelungen zu sein, diesen Aspekt unter Verschluss zu halten.

Ein Geruch nach verbranntem Holz und Feuersbrunst hing nach wie vor über dem Grundstück. Das Nachbarhaus war ein typisches Ferienhaus und schien leer zu stehen. Eine Kohlmeise hüpfte zwischen den Brandresten umher, ansonsten war es absolut still.

Die Blätter des Kirschbaums, den Ulrika vor ein paar Jahren gepflanzt hatte, leuchteten noch immer rot in einer Ecke des Grundstücks, alle anderen Bäume verloren ihre Blätter bereits.

Mattias blickte sich kurz um, bevor er unter dem Absperrband hindurchschlüpfte und dort hinschaute, wo einmal ihre Veranda gewesen war. Ein Teil der Planken hatte den Brand überstanden, sie lagen verstreut auf der Wiese, er erkannte ein paar hellere wieder, die er selbst eingesetzt hatte, als er das Deck renoviert hatte.

Mattias musste daran denken, wie er nach Unterzeichnung des Vertrags mit den Morales im Frühjahr dort gesessen und noch ein wenig geplaudert hatte. Er hatte ihnen Ausflugsziele an der Küste genannt, von denen er dachte, dass sie ihnen gefallen könnten, die Sanddünen in Sandhammaren, Stenshuvud, die Crêperie und das Mandelmanns in Rörum, den überlaufenen Lagunenstrand bei Knäbäckshusen.

Es kam ihm vor, als wäre das eben erst gewesen. Anschließend hatte er sie vor den Wildschweinen und Rehen in der Abenddämmerung gewarnt, vor den gefährlichen Strömungen entlang der Österlen-Strände. Vor den Schneewehen an den Nebenstraßen, wenn der Wind von der Seite kam. Die hatten sie nun gar nicht mehr erlebt.

Mattias überlegte, wie wohl die letzten Minuten ihres Lebens ausgesehen hatten. Wo und wie hatte man sie gefunden? Hatten sie versucht zu fliehen, und wenn ja, warum war es nicht gelungen? In welchem Zustand waren ihre Leichen gewesen, als man sie gefunden hatte?

Allgemein wurde ja behauptet, Ertrinken sei der beste Tod. Vielleicht war es dasselbe Gefühl, wenn man am Rauch erstickte? Geriet man in einen diffusen, beinahe angenehmen Zustand? Er hoffte es und schloss die Augen, versuchte sich das Ganze vorzustellen. Ihm wurde heiß, beinahe fiebrig davon.

In der Tasche seiner Jeans vibrierte das Handy. Er hatte einen Anruf von Ulrika verpasst und las:

»Jemand hat an der Haustür geklingelt, aber als ich hin bin, war niemand da. Bitte komm nach Hause, ich ertrage es nicht, hier alleine zu sein.«

Wieder jagte sein Puls, die Ruhe, die er eben noch empfunden hatte, war wie weggeblasen. Der Brand- und Rußgeruch wurde plötzlich erstickend, und er lief zum Auto, um nach Hause zu fahren. An der Grundstücksgrenze drehte er sich noch einmal um und warf einen letzten Blick auf den Schornstein und das heruntergebrannte Haus.

Wenn man informiert war, war man gewarnt. War man gewarnt, war man auch vorbereitet. Er nahm an, dass ihnen deshalb noch nichts zugestoßen war. Ein lang andauernder, quälender Prozess, bei dem man wusste, welche Strafe einen erwartete, und nicht das Geringste tun konnte, um ihr zu entkommen. Konnte Rache perfider sein?

Eine zittrige, glühende Drei tauchte erneut vor seinem geistigen Auge auf.

Tief in seinem Innern wusste er, dass es im Grunde nur mehr als gerecht wäre.

Tess schaltete den Fernseher ein und setzte sich aufs Sofa. Chilli hatte es sich bereits bequem gemacht – die Brygge-Show begann in wenigen Minuten –, als eine SMS von Sandra eintraf.

»Kannst du kurz anrufen?«

Tess war es beinahe gelungen zu verdrängen, dass dies der Abend war, an dem Sandra ihre Kinder und ihren Exmann treffen wollte. Und von einem sechshundert Kilometer entfernten Sofa aus konnte sie ja ohnehin nicht viel dagegen tun.

Ihr Herz klopfte, als sie nach dem Handy griff. Hatte Sandra von ihrer Beziehung erzählt? Und wenn ja, wie hatten sie es aufgenommen?

Sie wählte ihre Nummer. Es klang, als ob Sandra irgendwo draußen stünde.

»Wie läuft's?«, fragte Tess.

»Gut, besser als erwartet.«

Sandra klang erleichtert. Im Hintergrund waren Verkehrslärm und Stimmen zu hören.

»Was heißt besser? Du lebst jedenfalls noch?«

»Warte kurz«, sagte Sandra.

Tess hörte sie mit jemandem reden.

»So, ich musste nur schnell ins Taxi steigen. Jetzt kann ich reden. Ja, ich habe von uns erzählt, und ja, ich lebe noch.«

»Ein Glück. Wie haben sie es aufgenommen?«

Sandra schwieg kurz, dann sagte sie, so als wäre sie selbst verwundert: »Er hatte es schon geahnt, hat wohl selber auch jemand Neues kennengelernt – behauptet er zumindest.«

»Schön, aber warum ist er dann noch so wütend?«

»Keine Ahnung. Wir konnten nur kurz sprechen, als wir für einen Moment allein waren, ohne die Kinder, und ich wollte nicht zu genau nachfragen.«

»Na, dann. Also hat die Heimlichtuerei endlich ein Ende, oder?«

»Ja, so ist es«, sagte Sandra und lachte. »Schon merkwürdig, oder?«

»Und keine Szenen, keine Wutanfälle oder Ähnliches? Keine Scherben?«

»Nein, er war vollkommen ruhig und gelassen. Vielleicht stimmt es ja, und er hat wirklich was geahnt.«

»Vielleicht hat er aber auch hier rumgeschnüffelt. Du hast ihn nicht gefragt, ob er sich einen silbernen Audi gekauft hat?«

Sandra lachte erneut, sagte, sie sehne sich nach ihr, und fragte, wie es ihr zu Hause gehe, ob etwas passiert sei. Tess zögerte, dann gab sie ihr eine zensierte Zusammenfassung über Tim und die Wendung, die ihre Ermittlungen genommen hatten.

»Muss ich mir Sorgen machen?«

»Um mich? Nein. Ich habe eine Notfall-App und Chilli, bin also doppelt gesichert.«

Nachdem sie aufgelegt hatten, sah Tess Cliff Edding vor sich. Sie glaubte keinen Moment, dass er eine neue Freundin hatte, das hatte er wahrscheinlich nur gesagt, um sich nicht unterlegen zu fühlen. Dennoch war sie erleichtert, dass das Treffen gut verlaufen war, und freute sich für Sandra. Und natürlich über das Gefühl, sich nicht mehr verstecken zu müssen.

Der dramatische Jingle der Brygge-Show ertönte, und sie drehte sich wieder zum Fernseher um. Zur Einleitung wurde eine kurze Reportage über Ahnenforschung und DNA gesendet, dann war es Zeit für Super-Cop, wie SVT ihren regelmäßigen Auftritt genannt hatte.

Tess und Vivi Brygge standen einander auf dem Friedhof gegenüber und redeten über den Cold-Case-Fall dieses Abends, den Mord an Lena Bergmark. Es folgte die Szene am Grab. Tess hatte sich mittlerweile daran gewöhnt, sich selbst im Fernsehen zu sehen, aber sie wusste, wie durchgeplant jede Replik und jede Bewegung waren, und musste sich eingestehen, dass der Beitrag ein wenig hölzern wirkte.

Anschließend sprachen Vivi Brygge und ein Kriminologe live im Studio über den Fall.

»Augenblick.« Vivi Brygge griff nach dem Knopf in ihrem Ohr.

»Ich bekomme einen Hinweis von der Sendeleitung. Ja, okay … Wir scheinen Lena Bergmarks Sohn in der Leitung zu haben, den wir mehrfach kontaktiert hatten. Ist das richtig?«

Tess setzte sich kerzengerade auf.

Und dann erfüllte Tims Stimme das Studio.

»Ja richtig, ich bin es. Ich habe Ihre Nachricht bekommen, aber … Ich habe gerade so viel zu tun, dass ich es zu spät gesehen habe.«

»Phantastisch. Danke, dass Sie zurückgerufen haben, wir freuen uns immer sehr, wenn Angehörige bereit sind, mitzuwirken. Denn wer wüsste besser als sie, wie es sich anfühlt, wenn ein Fall nie aufgeklärt worden ist? Ich nehme an, Sie haben den Beitrag gesehen, den wir heute Nachmittag mit Kriminalkommissarin Tess Hjalmarsson gedreht haben, richtig?«

»Ja, genau. Und da gibt es ein paar Dinge, die ich richtigstellen muss.«

»Aha. Und was wäre das?«

Tess stöhnte. Wie konnte man so ein Gespräch einfach laufen lassen? Zwar erkannte sie Tims Stimme, aber wie konnte das Fernsehteam, das Tim nie getroffen hatte, sich sicher sein, dass wirklich er es war, der im Studio anrief?

Da sie lediglich Vivi Brygges Handynummer besaß, hatte sie keinerlei Möglichkeit, rechtzeitig etwas zu unternehmen, geschweige denn eine Nachverfolgung zu veranlassen, bevor das Gespräch vorbei war.

Vivi Brygge runzelte die Stirn.

»Trotz Ihrer schwierigen Vergangenheit, haben Sie später im Leben einiges erreicht. Tess Hjalmarsson hat mir erzählt, dass Sie in dem Beruf, den Sie ergriffen haben, sehr erfolgreich sind. Können Sie uns darüber etwas sagen?«

Ein kurzes sarkastisches Lachen.

»Das würde ich selber so nicht behaupten. Und wir haben auch seit Jahren keinen Kontakt mehr, sie weiß einen Dreck über mich.«

Vivi Brygge machte ein bekümmertes Gesicht.

»Nicht? Wie schade. Dann erzählen Sie doch mal, wie es tatsächlich ist.«

»Im Augenblick bin ich zum Beispiel arbeitslos. Es geht mir schlecht, ich habe Einschlafprobleme. Und …«

Vivi Brygge unterbrach ihn.

»Wie leben Sie heute, sind Sie noch in Malmö?«

»Ich wohne auf dem Land, unter freiem Himmel, soweit das Wetter es zulässt. Dieser Herbst eignet sich ganz gut dafür. Und es ist billig. Das braucht man, wenn man kein Geld hat und auch keinen Job. Nicht jeder kann sich ein schickes Strandhaus mit Meerblick leisten, das mehrere Millionen kostet.«

Tess stand auf, um in den Garten hinauszuschauen. Doch in der Dunkelheit machte sie lediglich ihr eigenes Spiegelbild in der Fensterscheibe aus.

Das teure Strandhaus war eindeutig auf sie gemünzt. Und was meinte er mit »unter freiem Himmel« – was bedeutete das?

Sie verschränkte die Arme vor der Brust und wandte sich wieder dem Fernseher zu.

Vivi Brygge wirkte immer nervöser und schien Kontakt mit der Sendeleitung zu suchen.

»Wenn wir noch mal zu dem Fall zurückkehren«, sagte sie. »Die Polizei hat ja nun die Ermittlungen zum Mord an Ihrer Mutter wiederaufgenommen. Wie ist das für Sie?«

»Das hätten sie schon vor Jahren tun sollen. Aber es war ihnen einfach egal. Dabei wäre es so einfach gewesen. Ich weiß schließlich auch, was damals passiert ist, dazu muss man nicht Einstein sein.«

Vivi Brygge hob die Hand, wie um ihn zu unterbrechen.

»Habe ich richtig gehört, Sie wissen, wer Ihre Mutter getötet hat?«

»Ja.«

»Haben Sie es der Polizei gesagt?«

Bis auf Tims Atem war es vollkommen still.

»Sie werden es beizeiten schon mitbekommen.«

Vivi Brygge wandte sich der Kamera zu.

»Und hier scheinen wir die Verbindung zu Lena Bergmarks Sohn verloren zu haben.« Sie wirkte konfus. »Dieses Ende hatten wir so wirklich nicht vorgesehen … Wir sehen uns auf alle Fälle nächste Woche wieder, doch zunächst einmal sage ich danke fürs Zuschauen und wünsche Ihnen noch einen schönen Abend.«

Sobald der Jingle ertönte, schaltete Tess den Fernseher aus.

Sie sah, dass ihre Mutter sie zu erreichen versuchte. Kurz

überlegte sie, einfach nicht dranzugehen, dann griff sie doch nach dem Handy.

»Was war das für ein Typ? Der Beitrag mit dir war sehr schön, wie immer. Du machst dich gut auf dem Bildschirm. Aber der Typ klang wirklich beängstigend.«

Tess stellte sich ans Küchenfenster und blickte hinaus.

»Mach dir keine Sorgen. Er ist ein bisschen speziell, sie hätten ihn niemals durchstellen dürfen.«

»Aber ist das nicht der Junge, der bei dir gewohnt hat, als er klein war? Der sich weigerte zu sprechen, bis er irgendwann ›Eis‹ sagte?«

»Ja, aber es geht ihm nicht so gut.«

»Das habe ich gemerkt. Wie konnte das nur so aus dem Ruder laufen? Wenn ich mich richtig erinnere, hattest du erzählt, er wäre Profi-Fußballer geworden. Puh, mit was für unangenehmen Typen du zu tun hast.«

»Du, ich muss auflegen«, sagte Tess, »die Arbeit …«

»Ja, aber versprich mir, dass du bald zum Essen kommst, damit wir mal richtig reden können. Und bring deine …«

»Sandra.«

»Ja, bring sie mit.«

Nachdem Tess aufgelegt hatte, sah sie, dass sowohl Jöns als auch Kerstin Jacobsson und Marie versucht hatten, sie zu erreichen.

»Das war definitiv nicht gut gelöst von SVT. Was machen wir jetzt? Ruf mich an«, schrieb Jöns.

Marie fasste sich etwas kürzer: »Wie krank war das denn! Ruf an, wenn ich zu dir kommen soll.«

Und Kerstin Jacobsson fragte, wie es ihr gehe.

Tess hatte keine Lust, mit noch jemandem zu sprechen.

Ihre Mail-App zeigte an, dass sie eine neue Nachricht bekommen hatte. Ihr Herz klopfte, als sie den Absender sah: Sonny0925.

»Wie fandest du die Sendung?«

Ein einziger Satz. Sie beschloss rasch zu antworten: »Kannst du mich anrufen?«, und schickte ihm ihre Nummer, obwohl er sie längst haben musste, nachdem sie so oft versucht hatte, ihn zu erreichen.

Dann wartete sie. Nach ein paar Minuten hört sie ein erneutes »Pling«.

»Bisschen spät, oder?«

Tess stand auf. Was war das für ein krankes Spiel, glaubte er wirklich, er könnte ihr Angst machen?

Sie rief Per Jöns an und erzählte ihm von Tims Nachricht. Jöns wollte ihr eine Streife vorbeischicken, aber Tess meinte, die Waffe und der Alarm würden genügen.

»Wenn er noch einmal Kontakt zu dir aufnimmt, sagst du sofort Bescheid, dann müssen wir dich woanders unterbringen.«

»Schon okay«, sagte sie und legte ihr Handy weg.

Normalerweise hätte es Tess sehr beunruhigt, auf diese Weise von einem Täter kontaktiert zu werden. Sie musste an den Valby-Mann denken, der sogar so weit gegangen war, in ihre Wohnung in Västra Hamnen einzudringen.

Mit Tim ging es ihr da anders. Nicht, dass sie ihn nicht ernst nehmen würde. Wenn ihre bisherigen Theorien stimmten, war er durchaus in der Lage, schwere Verbrechen zu begehen, kein Zweifel.

Aber als er ihr nach der Sendung geschrieben hatte, hatte sie Hoffnung geschöpft, dass es ihr gelingen könnte, zu ihm durchzudringen, einen Zugang zu ihm zu finden. Das war ihr schließlich auch gelungen, als er klein gewesen war: Sie hatte versucht, hinter den finsteren Blick zu dringen. Sie zweifelte nicht länger daran, dass er hinter den fünf Brandmorden in Österlen steckte. Aber dass er sich meldete, verschaffte ihnen die Möglichkeit, mit ihm zu kommunizieren und ihn dadurch vielleicht sogar zu stoppen. Bestenfalls war sein Kontaktversuch ein Hilferuf.

In ihrem Kopf gab es keine Verbindung zwischen den Bildern von Tim als kleinem Jungen und Tim als Erwachsenem. Es war der Erwachsene, der die Verbrechen begangen hatte und dafür bestraft werden musste. Diesen Mann kannte sie nicht. Aber irgendwo in ihm steckte immer noch der fünfjährige Junge, den sie hoffte, irgendwie erreichen zu können.

Sie ging nach oben, wo sie sich den schwarz karierten Flanell-Schlafanzug anzog. Die Sig Sauer legte sie auf einen Hocker neben das Bett, um sie im Notfall griffbereit zu haben.

Es war bald elf, und sie schaltete eine Fernsehserie ein. Chilli legte sich ans Fußende des Betts. Tess schaltete den Fernseher wieder aus und scrollte auf ihrem Handy, es fiel ihr schwer, sich zu entspannen.

Von draußen war das rhythmische Rauschen des Meeres zu hören. Leise Regentropfen auf dem Fensterbrett. Chilli schien bereits zu schlafen, und auch Tess' Körper sehnte sich nach langem, tiefem Schlaf. Sie streckte die Hand nach der Lampe aus, als es dreimal fest klopfte.

Chilli zuckte zusammen und wollte die Treppe hinunterrennen, doch Tess bekam ihn am Halsband zu fassen. Sie griff nach ihrem Handy. Kein entgangener Anruf, keine Nachricht.

Tess stand auf und befahl Chilli, still liegenzubleiben. Sie zog sich Jeans und Pullover über, hörte den Hund vom Bett her knurren. Sie nahm die Sig Sauer vom Hocker, ging zur Treppe und lauschte.

Bis auf das Brummen der Wärmepumpe war es absolut still. Sie zuckte zusammen, als es erneut zweimal heftig klopfte.

Chilli knurrte, sie zischte ihm zu, still zu sein, ging vorsichtig ins Bad und trat ans Fenster. Die Außenbeleuchtung erhellte einen Bereich unmittelbar vor der Haustür, diese selbst war aber nicht einsehbar, auch die Außentreppe konnte sie von oben nicht erkennen.

Tess überlegte, welche Alternativen sie hatte. Sie konnte im Bad bleiben und abwarten oder hinuntergehen und nachsehen. Sie tastete nach dem Handy in ihrer Tasche. Noch schien es ihr zu früh, den Alarm auszulösen.

Dann beschloss sie, sich der Situation zu stellen. Chilli folgte ihr dicht auf den Fersen die knarrende Wendeltreppe hinunter. Unten angekommen, holte sie Chilli seinen Lieblingsknochen aus dem Korb, damit er sich weiterhin still verhielt.

Durch das längliche, grün gefärbte Flurfenster neben der Eingangstür ließ sich nichts erkennen. Tess ärgerte sich, dass sie die Tür nicht gegen eine andere mit besserem Schloss und Spion ausgetauscht hatten. Sie hatten schlicht und einfach nicht damit gerechnet, auch im Herbst noch so viel Zeit in Gislövshammar zu verbringen.

Einen Moment stand sie still und lauschte. Ein leises Brummen vom Kühlschrank, von der Wärmepumpe, vielleicht ein entferntes Auto, Chilli nagte geräuschvoll an seinem Knochen. Sie fühlte sich, als säße sie in der Falle. In Västra Hamnen hätte sie wahrscheinlich längst die Tür aufgemacht, auch ohne Spion. Aber hier, auf dem Land, war das trotz Waffe kaum ratsam.

Also setzte sie sich auf die Treppe, die Sig Sauer in der Hand und Chilli zu ihren Füßen. Von dort hatte sie einen Überblick über Flur und Veranda. Sie schaute auf ihr Handy, immer noch keine neue Nachricht. Die Notruf-App war installiert, wenn es brenzlig wurde, brauchte sie sie nur zu betätigen.

Chilli musste etwas gehört haben, denn plötzlich rannte er bellend zur Verandatür, ohne dass sie ihn aufhalten konnte. Tess erhob sich und ging langsam an der Wand entlang, bis zum Vorhang. Sie achtete darauf, wie das Licht fiel, um keinen Schatten zu werfen. Dann schaute sie durch einen kleinen Spalt hinaus.

Die Veranda lag verlassen da.

Tess drehte sich um, ging in den Flur und nahm Chilli an die Leine. Auch wenn er ein kleiner Hund war, wusste sie, dass er sie verteidigen würde, wenn sie angegriffen wurde.

Sie zog sich die Jacke an, steckte die Taschenlampe ein und ging durch die Verandatür nach draußen. Dann schlich sie sich an der Wand entlang, blieb stehen und lugte vorsichtig um die Ecke.

Vor der Haustür stand niemand.

Sträucher versperrten die Sicht auf die Straße.

Tess zog Chilli an der Leine hinter sich her zwischen zwei Sträucher. Sie trat an den Zaun und schaute auf die Straße, die im Dunkeln verlassen dalag.

Rasch verließ sie ihr Versteck und lief über das Grundstück Richtung Meer. Bei dem kleinen Gehölz blieb sie stehen, zog die Taschenlampe heraus und blickte sich suchend um. Leichte Nebelschwaden lagen über dem Strand.

Chilli zerrte an der Leine und schnüffelte am Boden. Tess ließ den Lichtstrahl über die Büsche und Sträucher an der Strandkante wandern. Als sie auf den Weg zum Meer hinaustrat, nahmen Wind und Meeresrauschen zu, sie blieb stehen.

Und einige Meter weiter, unter dem Apfelbaum, entdeckte sie eine breitschultrige Silhouette, die auf einem Stein saß, den Blick aufs Wasser gerichtet.

Obwohl sie nichts Genaues erkennen konnte und auch sein Gesicht nicht sah, war sie sich sicher.

»Tim?«

Um ihn nicht unnötig zu reizen, richtete sie die Taschenlampe zum Boden.

Die Waffe lag schwer im Holster unter ihrer Jacke, doch sie hatte beschlossen, sie fürs Erste dort zu lassen.

»Was machst du hier?«

Er schien langsam den Kopf zu wenden.

»Du weißt, dass ich versucht habe, dich zu erreichen. Du musst dich stellen, das weißt du doch, oder?«

»Ich muss gar nichts.«

Diese Stimme kannte Tess gut. Sie trat ein paar Schritte zurück, die Taschenlampe immer noch zu Boden gerichtet.

Neben ihr knurrte Chilli und zog sie zurück Richtung Weg, dann begann er laut zu bellen.

»Stehenbleiben!« Tims Stimme hallte über die Bucht, Tess sah, wie er aufstand. Er wandte ihr immer noch den Rücken zu. »Sonst muss ich dir wehtun.«

Sekunden vergingen. Beide blieben wie angewurzelt stehen. Tim blickte weiter auf das Meer hinaus.

Vorsichtig fuhr Tess mit der Hand in die Tasche und löste den Alarm aus. Keine hastigen Bewegungen jetzt, dachte sie. Wind und Meer zwangen sie, die Stimme zu erheben, damit er sie hören konnte. »Ich weiß, dass du meinst, es ist zu spät, und offensichtlich hast du deine eigene Vorstellung, wer deine Mutter getötet hat. Aber jetzt musst du die Sache mir überlassen.«

Ihre Augen gewöhnten sich allmählich an das schwache Licht, und sie konnte erkennen, dass Tim einen dunkelgrünen Anorak und eine ebenso dunkle Hose trug.

»Mach das Licht aus.«

Sie tat, was er gesagt hatte. Trotz der Dunkelheit ahnte sie, dass er einem Ast auswich und auf sie zukam. Chilli bellte erneut. Tess trat noch ein paar Schritte zurück und hielt mit der anderen Hand die Waffe unter der Jacke umklammert.

Sie hatte vergessen, wie groß er war, und bemühte sich ruhig zu bleiben.

»Jeden Tag«, sagte er und näherte sich langsam, »habe ich darauf gewartet, dass du zurückkommst. Jeden Tag, über mehrere Jahre, dann habe ich aufgegeben. Du hattest mir versprochen, mich nie zu verlassen, ich wollte nicht bei meiner Oma wohnen.«

Nein, dachte Tess, das stimmt nicht. Du wolltest keinen Kontakt mehr mit mir. Doch sie sagte nichts, und er fuhr fort.

»Und du hattest mir versprochen herauszufinden, wer meine Mutter getötet hat. Hoch und heilig hattest du es mir versprochen. Ich erinnere mich an jedes Wort, kann es hier drinnen immer noch hören.«

Er tippte sich mit dem Finger an die Stirn.

Als er die Kiefer zusammenpresste und sie schweigend anstarrte, sagte sie leise:

»Ich verstehe, dass du enttäuscht von uns bist.«

Er hob die Hände.

»Du hast alles versaut. Jetzt ist es zu spät, das verstehst du doch.«

Plötzlich empfand sie trotz allem eine große Nähe zu ihm, für ein paar Sekunden war es, als stünde hier wieder der Fünfjährige.

»Nein, es muss nicht zu spät sein«, sagte sie. »Wenn du jetzt aufhörst, können wir mit deiner Hilfe dafür sorgen, dass alles ans Licht kommt und wieder geradegerückt wird.«

Er trat noch ein paar Schritte näher, sein Gesicht wurde von der Gartenbeleuchtung erhellt.

Sie zuckte beinahe zurück, so abgrundtief finster war sein Blick. Vollkommen starr blickte Tim ihr in die Augen.

»Hältst du mich vielleicht für vollkommen bescheuert? Ihr würdet mich doch niemals gehen lassen.«

Sie umfasste die Waffe etwas fester, bemühte sich um einen ruhigen Ton.

»Dir ist jedenfalls mehr geholfen, wenn du jetzt mit mir mitkommst und wir das Ganze zu Ende bringen.«

Er lächelte höhnisch.

»Du hast da was missverstanden. Ich werde dir ganz bestimmt nicht folgen, und *wir* werden hier gar nichts beenden.«

Tim trat noch einen Schritt näher.

»Ich werde es tun. Aber nicht hier.«

Er drehte sich um und verschwand Richtung Meer. Tess machte die Taschenlampe wieder an und richtete sie auf seinen Rücken.

»Tim«, rief sie, »bleib stehen. Ich kann dich nicht gehen lassen.«

Als er keine Anstalten machte, stehenzubleiben oder ihr auch nur zuzuhören, zog Tess die Waffe und richtete sie auf seine Beine. Ihre Hände zitterten, als sie die Arme streckte. Die Silhouette unten am Strand verwandelte sich in eine Gestalt nicht größer als einen Meter, in ein Kind.

Sie drehte den Kopf, schaute aufs Meer, wollte die Bilder verdrängen, doch sie zogen immer schneller an ihr vorbei. Der Fünfjährige, der zusammengekauert in der Küche des vom Brand zerstörten Hauses hockte. Sein schwarzer Anzug mit den viel zu langen Ärmeln auf der Beerdigung seiner Mutter. Seine Hand in ihrer, beim Besuch des Vergnügungsparks in Bakken. Sein Jubelschrei in der Berg-und-Tal-Bahn, die Stunden im Auto, wenn sie Musik gehört und laut mitgesungen hatten.

Tess kniff die Augen zusammen, ihre Hände, mit denen sie die Waffe umklammerte, waren schweißnass.

Es gibt ihn nicht mehr, vergiss ihn.

Sie richtete die Sig Sauer zum Himmel, der Warnschuss hallte über die Bucht. Chilli erstarrte, Enten flogen auf und flatterten hektisch davon.

Der Schatten, der sich immer weiter von ihr entfernte, drehte sich um, lief dann aber scheinbar unberührt weiter.

Tess senkte die Waffe und zielte erneut auf seine Beine. Versuchte die Bilder wegzublinzeln, die sich ihr noch immer aufdrängten. Seine warme Stirn an ihrem Arm, wenn sie ihm Gutenachtgeschichten vorgelesen hatte, wie sie in Tante Theas Garten Fußball spielten.

Mit zitternden Händen ließ sie die Waffe sinken, sah ihn über die Strandwiese davonlaufen und in der Dunkelheit verschwinden.

Samstag, 31. Oktober

Tess saß allein im Büro und wartete. Die helle, tiefstehende Herbstsonne fiel auf Chilli, der zu ihren Füßen lag und im Traum zuckte. Sie trank einen Schluck Kaffee aus ihrer Super-Cop-Tasse. Ihr Versagen bei der Konfrontation mit Tim am vorhergehenden Abend machte ihr schwer zu schaffen.

Ja, es hatte sie überrascht, dass er zu ihrem Haus gekommen war. Dennoch hätte sie nie damit gerechnet, dass sie gar nicht mehr in der Lage sein würde zu handeln. Es fiel ihr schwer, sich das einzugestehen, aber Per Jöns hatte recht gehabt, sie war emotional zu sehr betroffen, um dem Fall gerecht zu werden. Auch wenn sie selbst der Meinung war, dass Empathie im Beruf eine ihrer größten Stärken war, war sie eigentlich darauf trainiert, diese auszuschalten, wenn es nötig war. Gestern war ihr genau das aber nicht gelungen.

Sie hatte die Chance gehabt, ihn zu stellen, war aber nicht in der Lage gewesen, auf ihn zu schießen, um ihn aufzuhalten. Auch wenn die Vergangenheit sie eingeholt hatte, hätte sie professioneller mit der Situation umgehen müssen. Sie hatte versagt. Und dieses Gefühl überwältigte sie völlig.

Als die Streife auf den Notruf hin bei ihr eingetroffen war, war Tim bereits in der Dunkelheit verschwunden. Ein Spürhund hatte oberhalb der Strandwiese angeschlagen, aber an dem Weg zur Allee hinauf hatten alle Spuren geendet.

In einem Großeinsatz hatten sie anschließend halb Österlen nach ihm durchkämmt. Was, wenn sie keine weitere Chance bekamen, wenn es Tim gelang, ihnen endgültig zu entkommen, oder noch schlimmer, wenn er seinen Rachefeldzug fortführte und noch mehr Menschen tötete? Sie könnte es sich niemals verzeihen.

Solche Gedanken drehten sich in ihrem Kopf, während sie dasaß und die Wand anstarrte.

Wie war sie überhaupt in diese Situation geraten? Jeder machte mal Fehler, aber vielleicht hätte sie sich in den zehn Jahren, in denen sie das Cold-Case-Team leitete, energischer um den Fall Lena Bergmark kümmern müssen. Vor allem angesichts der engen Beziehung, die sie über Monate zu Tim gehabt hatte.

Sandra hatte mehrmals angeboten, wieder nach Hause zu kommen, nachdem sie gehört hatte, was passiert war, aber Tess hatte abgelehnt. So, wie die Dinge lagen, konnte keine von ihnen sich derzeit im Haus aufhalten, das hatten sowohl Jöns als auch Lauridsen von der Personensicherheit ihr klargemacht. Das Haus stand unter Beobachtung der BOPS, falls Tim auf die Idee kam zurückzukehren.

Die Ereignisse in Gislövshammar hatten sich bereits am Morgen in den Medien herumgesprochen. *Kvällsposten* titelte auf der ersten Seite: »Nächtliches Drama an Polizistinnen-Haus. Westford: Aktuell kein Kommentar«.

Vivi Brygge von SVT hatte ihr eine Nachricht geschickt, und Lasse Palmqvist versuchte jede Viertelstunde, sie anzurufen, seit sie auf dem Sofa im Büro des Cold-Case-Teams aufgewacht war, wo sie und Chilli die Nacht verbracht hatten.

Tess hörte Schritte auf dem Flur. Per Jöns kam herein und setzte sich auf einen Stuhl neben ihrem Schreibtisch.

»Sei nicht so hart mit dir selbst. Angesichts der Umstände sollten wir eher froh sein, dass du so glimpflich davongekommen bist.«

Tess schaute auf ihre Hände hinab.

»Ich hätte anders agieren müssen, das lässt sich nicht wegreden. Du hattest recht, ich habe zugelassen, mich von meinen Gefühlen und meiner eigenen Vergangenheit steuern zu lassen, und das …«

»Stopp! Wir haben einen Tatverdächtigen für fünf Morde, und du stehst aller Wahrscheinlichkeit nach ebenfalls auf seiner Liste. *Wir* haben die Situation falsch eingeschätzt und sind zu leichtfertig mit der Bedrohung umgegangen. Du hättest gestern Abend gar nicht allein im Haus sein dürfen.«

Tess atmete tief durch, versuchte anzunehmen, was Jöns sagte. Im Grunde wusste sie, dass er recht hatte, sie alle hätten die Situation besser einschätzen müssen. Sie trug nicht die alleinige Schuld.

»Ich muss mit Westford besprechen, wie wir das nach außen kommunizieren«, sagte Jöns. »Bis auf Weiteres bleibt das alles unter uns. Im Prinzip ist ja nichts passiert, und auch die BOPS hält es aus sicherheitstechnischen Gründen für besser, den Ball flach zu halten, bis wir Tim gefasst haben.«

Dass es Tess' und Sandras Haus gewesen war, an dem es am vorhergegangenen Tag einen Polizeieinsatz gegeben hatte, schienen die Medien jedoch bereits spitzbekommen zu haben. Auf den Bildern, die *Kvällsposten* am Morgen auf ihrer Homepage veröffentlicht hatte, konnte sie Autos in der Nähe ihres Hauses erkennen.

Eine der leitenden Kolleginnen bei der BOPS, Helga Lauridsen, kam herein, setzte sich an den Tisch und klappte ihren Laptop auf.

»Wir hätten Ihnen mehr geben müssen als nur die Notfall-App«, sagte sie kurz angebunden. »Sie haben sich sicherlich selbst schon viele Gedanken über die Dinge gemacht, die ich Ihnen jetzt erläutern werde, aber ich bin dazu angehalten, die Checkliste mit Ihnen durchgehen. Ihr Zuhause – soweit wir wissen, haben Sie zwei, eine Wohnung in Västra Hamnen und das Haus in Gislövshammar?«

»Ja.«

»Bis auf Weiteres ist es ausgeschlossen, dass Sie sich in einem davon aufhalten. Gibt es irgendeinen anderen Ort, wo Sie tagsüber ihre Ruhezeiten verbringen können, den Sie selbst als sicher beurteilen würden?«

Ruhezeiten tagsüber, dachte Tess. Was für Paragrafenreiter!

»Überlegen Sie ruhig einen Moment, wir kommen später noch mal darauf zurück. Ansonsten würden wir Sie in einem Hotel einquartieren. Weiter: Ist Ihr Auto mit einem Panikalarm ausgerüstet?«

»Ja, ich fahre einen Dienstwagen, der ist damit ausgestattet.«

»Gut. Haben Sie schulpflichtige Kinder?«

»Nein, keine Kinder.«

»Haben Ihr Lebenspartner oder Ihr Ehemann Kinder?«

»Keine, die mit mir verwandt wären. Sie leben in Stockholm.«

»Und ich gehe davon aus, dass er über die Ereignisse an Ihrem Haus informiert ist?«

»Sie. Ja, sie weiß Bescheid. Sie ist gerade in Stockholm.«

Tess sah Helga Lauridsen etwas notieren.

»Gut. Dann ist unsere Empfehlung, dass sie erst mal dortbleibt, bis die Situation sich wieder beruhigt hat.«

Tess nickte stumm, wahrscheinlich stand es nicht in ihrer Macht, über Sandra zu entscheiden.

»Wir möchten, dass Sie fürs Erste in keine Geschäfte gehen, jemand wird für Sie einkaufen, wenn Sie etwas brauchen. Dasselbe gilt für das Abholen von Paketen oder anderen Postzustellungen, auch das sollten Sie für den Moment vermeiden.«

»Okay.«

Da sie ohnehin selten Post bekam, schien ihr das kein großes Opfer.

»Und nehmen Sie keine Geschenke an.«

Tess verzog das Gesicht.

»Versprochen.«

Sie sah den Karton mit den Glasscherben vor sich, und war sich plötzlich gar nicht mehr so sicher, dass dieses »Geschenk« tatsächlich für Sandra bestimmt gewesen war.

»Wir kümmern uns um eventuelle Fahrten, die Sie unternehmen müssen, und bitten Sie, uns Ihren heutigen Terminplan mitzuteilen.«

Tess wurde kribbelig, sie fühlte sich wie eine Patientin, die eingeliefert, herumgefahren, behandelt und wieder entlassen werden würde.

»Falls es erneut zu einer Konfrontation kommen sollte, wissen Sie, wie Sie sich verhalten?«

»Ja, ich gehe regelmäßig zum Schießtraining. Und zwar gerne.«

Sie warf Per Jöns einen Blick zu, der plötzlich verlegen wirkte. Alle in der Abteilung wussten, dass der Chef einer der schlechtesten Schützen unter ihnen war und riskierte, die Waffenerlaubnis zu verlieren, wenn er sich nicht bald zusammenriss.

»Ab sofort gelten Sie als rund um die Uhr im Dienst, das heißt, Sie sind berechtigt, die Waffe immer bei sich zu tragen. Natürlich unter Einhaltung der üblichen Sicherheitsvorkehrungen.«

»Natürlich«, sagte Tess und hoffte, das hier wäre bald zu Ende.

Helga Lauridsen überflog noch einmal die Fragen in ihrem Dokument und blickte dann wieder zu ihr auf.

»Wie beurteilen Sie die Situation insgesamt: Glauben Sie, dass die Bedrohung ausschließlich etwas mit Ihrem Beruf zu tun hat?«

Tess runzelte die Stirn. Was meinte Lauridsen?

»Na ja, zumindest hat sie mit dem Fall zu tun, in dem ich gerade ermittle.«

»Entschuldigung, aber ich muss das fragen, denn es kommt vor, dass Homosexuelle eher solchen Bedrohungen ausgesetzt sind, auch bei der Polizei. Das würde bedeuten, dass wir dann auch Personenschutz für Ihre Partnerin bereitstellen müssten.«

Tess schüttelte den Kopf.

»Damit hat es nichts zu tun.«

Sie überlegte, ob Marie Erlings Haus nicht am besten geeignet wäre, um dort für ein paar Tage unterzukriechen. Einerseits arbeiteten sie ohnehin gemeinsam an dem Fall und ihr Haus lag in der Nähe der Polizeistation, und andererseits wusste Tim Bergmark wahrscheinlich nicht, in welcher Beziehung sie zueinander standen.

Sie nannte Lauridsen die Adresse ihrer Kollegin in Kirseberg.

»Das klingt nach einer guten Alternative, wenn Sie es vorziehen, nicht ins Hotel zu gehen. Wir überprüfen das Haus und machen eine Einschätzung, solange bleiben Sie bitte hier. Lassen Sie die Alarmfunktion eingeschaltet, wir melden uns dann zur Sicherheitslage für die Adresse, die Sie mir da gerade genannt haben.«

Daraufhin klappte sie ihren Laptop zu, erhob sich und ging wieder hinaus.

Als Carsten Morris hereinkam, entschuldigte sich Jöns. Er tat sich schwer mit dem Dänischen, und Tess vermutete, dass er sich in Gesellschaft des Profilers immer ein wenig unsicher fühlte, weil er ihn nicht verstand.

Morris musterte sie.

»Wie geht es dir?«

Sie zuckte die Achseln.

»Ich war schon zufriedener mit mir selbst, wenn man das so sagen kann.«

Er lächelte und lehnte sich auf seinem Stuhl zurück.

»Ich glaube, das Schwierigste für dich ist eigentlich, dass alle anderen erfahren, dass du nicht auf ihn geschossen hast. Dass du diese Chance nicht genutzt und Schwäche gezeigt hast. Aber tief im Innern, wenn du ganz allein wärst mit deinen Gedanken und niemand anderes da wäre, um zu urteilen, kannst du dein Handeln sehr wohl verstehen. Oder? Ich hätte jedenfalls genauso gehandelt.«

Morris nickte zum Flur hin.

»Die meisten hätten so gehandelt. Wir müssten uns vielmehr vor denjenigen fürchten, bei denen das nicht der Fall gewesen wäre.«

»Klar, Tim Bergmark hat sich zu einem kaltblütigen Mörder entwickelt, aber für dich ist er vor allem noch der fünfjährige, mutterlose Junge, um den du dich gekümmert hast. Und da auf ihn zu schießen, also …«

Er blickte ihr in die Augen.

»Ich bin froh, dass du nicht so ein Mensch bist.«

Tess musste lächeln, ihr war klar, dass der Psychiater Morris ihr gerade ein positives Gutachten ausgestellt hatte.

»Was du dir bewusst machen musst, ist, dass er dich wahrscheinlich über einen längeren Zeitraum permanent beobachtet hat.«

Tess musste an den unbekannten silbernen Audi denken,

der ihr in Gislövshammar mehrfach aufgefallen war. Wie sie sich beobachtet gefühlt hatte, wenn sie am Strand und auf der Landzunge bei der Aalkate gewesen war. Was war noch rund um ihr Haus passiert, ohne dass sie es bemerkt hatte? Und wie lange hatte er sich dort schon herumgetrieben? Die seltsamen Meisenknödel, die Chilli auf dem Grundstück gefunden und angeknabbert hatte – hatte er die auch ausgelegt, in der Absicht, den Hund zu vergiften?

Morris blickte aus dem Fenster.

»Die Frage ist, was sein eigentliches Ziel ist. Womit möchte er sein Werk jetzt noch krönen?«

Aus dem Augenwinkel entdeckte Tess Marie an der Tür.

»Ich hätte dich doch begleiten sollen«, sagte Marie. »Warum musst du nur immer so stur sein?«

Tess antwortete nicht.

»Dann hätten wir ihn gehabt, das ist dir doch klar, oder? Es wäre vorbei gewesen, und wir hätten ein ruhiges Allerheiligen-Wochenende genießen können.«

Tess schwieg weiter. Carsten Morris schien gar keine Notiz von Marie zu nehmen, sondern klickte sich durch die Dokumente auf Tim Bergmarks beschlagnahmtem Computer.

Marie kam in den Raum und schloss die Tür hinter sich.

»Keine Chance jedenfalls, dass ich ihn hätte davonkommen lassen«, fuhr sie fort. »Würde ich dich nicht besser kennen, hätte ich dich für verrückt erklärt.«

Carsten Morris erhob sich und packte seine Sachen. An der Tür drehte er sich noch einmal um und sagte zu Marie:

»Ich finde, du solltest froh sein, dass du keine Freundin und Kollegin hast, die auf fünfjährige Kinder schießt. Denn genau das hat sie gestern gesehen.«

Marie runzelte die Stirn und blickte ihm verwundert hinterher.

»Ach du Scheiße, was ist denn mit dem los? Von was für einem Fünfjährigen redet denn der? Du lässt dir doch keine Gehirnwäsche verpassen, mit so einem Therapie-Gequatsche? Ich muss es noch mal sagen: Ich kapier nicht, dass du ihn nicht einfach gestoppt hast, wo du doch die Chance dazu hattest. Du bist eine der besten Schützinnen, die ich kenne.«

Tess seufzte, Marie nahm wirklich niemals ein Blatt vor den Mund. Meistens kam Tess gut damit zurecht, denn so wusste sie immer, woran sie war. Manchmal aber, so wie jetzt, wäre ein bisschen Feingefühl auch nicht verkehrt gewesen.

»Kann ich trotzdem heute Nacht auf deinem Sofa schlafen? Wenn die BOPS es als sicher genug einstuft?«

»Klar. Und dann hoffe ich, dass dieser Irre vorbeikommt und wir ihm ins Bein schießen und ihn festnehmen können. Ich werde persönlich die Waffe auf ihn richten.«

Sie stieß Tess in die Seite.

»Denn wie's aussieht, ist nicht jeder hier im Haus dazu in der Lage.«

»Kannst du mal anhalten?«, sagte Marie und blickte von ihrem Handy auf. Sie waren schon fast in Kirseberg, aber ihr verzweifelter Ton ließ Tess aufhorchen, und sie fuhr rechts ran.

»Was ist los?«

»Olivia.«

»Wo ist sie?«

»In der Trelleborgsgatan hinter dem Folkets Park. Sie ist anscheinend bewusstlos. Eine Überdosis. Ihre Freundin Tindra ist dort, sie sagt, Olivia ist nicht ansprechbar und bekommt schlecht Luft.«

Tess machte sofort kehrt und fuhr Richtung Möllevångstorget zurück.

»Hat sie einen Krankenwagen gerufen?«

»Nein, lass uns abwarten und erst mal schauen, was mit ihr ist, sie soll nicht schon wieder in die Klinik. Da ist es immer nur das Gleiche, sie bringt die Leute dazu, ihr alle möglichen Pillen aufzuschreiben, und dann ist sie wieder drauf, sobald sie draußen ist.«

»Sollen wir sie in Alices Klinik fahren? Ich kann mal nachhören, ob sie sie sofort aufnehmen könnten.«

Marie schaute aus dem Fenster.

»Das könnten weder Olivia noch ich uns leisten.«

»Sie macht uns einen Freundschaftspreis«, sagte Tess. »Ich habe doch schon mit ihr gesprochen.«

»Warum tut sie das für jemand völlig Fremdes? Sie weiß doch nicht einmal, wer Olivia ist.«

»Weil es nach wie vor gute Menschen ohne egoistische Motive gibt. Alice hatte es als Teenager selbst schwer, mit Drogen und allem, sie kennt das also. Olivia kann das Geld später zurückzahlen, wenn sie so weit ist.«

Marie nickte.

»Dann frag sie gerne. Ich weiß keinen anderen Ausweg mehr.«

Tess schrieb eine SMS an Alice, dann fuhr sie weiter.

»Wer ist noch mit in der Wohnung, weißt du das?«

»Dieser Vollidiot, Kråke. Anscheinend sind sie nur zu zweit in dem Raum, und sie sind beide vollkommen dicht.«

Sie bogen in die Trelleborgsgatan ein. Tess musste an Lauridsen denken, sie war gerade dabei, alle Verhaltensregeln zu brechen, die diese ihr erst vor ein paar Stunden auferlegt hatte.

Vor der Tür eines heruntergekommenen Mietshauses wartete Tindra bereits auf sie. Sie parkten und eilten zu ihr.

»Olivia hatte mir seit vorgestern nicht geschrieben«, sagte Tindra. »Ich habe einfach vermutet, dass sie hier ist. Sieht ziemlich schlimm aus da drinnen, nur dass ihr vorbereitet seid.«

»Ich gehe vor«, sagte Tess.

Sie gingen die Treppe in den zweiten Stock hinauf, die hellgrünen Wände waren fleckig. Tess erhielt eine SMS von Alice, in der sie ihr die Adresse ihrer Klinik bei Lomma mitteilte.

Tindra zeigte ihnen die Tür, und Tess drückte vorsichtig die Klinke herunter. Das Licht im Flur brannte, ansonsten war alles dunkel.

Ein durchdringender, süßlicher Geruch schlug ihnen entgegen. Irgendwo spielte leise Musik.

Tess wandte sich Marie zu, die ein grimmiges Gesicht machte. Sie bereute, dass sie sie mit nach oben hatte gehen lassen. Wenn es um ihre kleine Schwester ging, konnte Marie völlig unberechenbar werden.

»Du bleibst hier, ich check erst mal die Lage«, sagte sie zu ihr.

Marie antwortete nicht.

»Okay?«

Marie nickte kaum merklich.

»Hallo?«, rief Tess in die dunkle Wohnung. Tindra blieb an ihrer Seite.

Der Boden war mit Klamotten und alten Papiertüten bedeckt. Die Rollos waren heruntergelassen, und auf einer großen Matratze auf dem Boden zeichnete sich etwas unter einer dicken Decke ab. Ein blonder Schopf schaute heraus, und Tess begriff, dass es sich um Maries Hassobjekt, Olivias Freund Kråke handeln musste. Auf dem schwarzen Sessel hinter der Matratze saß ein dunkelhaariges junges Mädchen, zusammengesunken, der Kopf hing ihr auf die Brust. Auf dem Couchtisch dazwischen lagen jede Menge kleine Dosen, abgebrannte Kerzen, Strohhalme, Pulver, ein Feuerzeug, Geldscheine und Zeitungen. Tess war bereits mehrfach in Junkie-Wohnungen gewesen und erkannte die klassischen Utensilien wieder. Es sah aus, als wären Olivia und Kråke nicht die Einzigen, die hier regelmäßig herkamen.

Olivia trug eine schwarze Trainingsjacke mit goldenen Biesen an den Ärmeln sowie eine grüne Mütze. Auf ihrem Schoß lag eine braun gesprenkelte Katze, die leise maunzte und zu ihnen aufblickte.

Tess trat zum Sessel und beugte sich hinab.

Als sie Olivias Gesicht sah, zuckte sie zurück. Es war, als blicke sie eine jüngere Marie an. Dieselbe Augenpartie, dieselbe Haarfarbe, derselbe Mund. Doch ihr Gesicht war unnatürlich blass.

»Olivia, hörst du mich?«

Tess legte zwei Finger an ihren Hals und tastete nach dem Puls. Erleichtert stellte sie fest, dass die Atmung normal schien. Es war nicht ungewöhnlich, dass Abhängige, die Tramadol nahmen, es mit einem Benzodiazepin mischten – eine lebensgefährliche Kombination, die zum Atemstillstand führen konnte.

Sie rüttelte Olivia sacht, um sie zu wecken.

»Hörst du mich?«

Tess hob die Katze von Olivias Schoß und setzte sie auf den Boden. Kråke murmelte irgendetwas Unverständliches.

Sie wandte sich ihm zu.

»Was hat sie genommen?«

Es war unmöglich, ihn zu verstehen.

»Können Sie mich hören? Wissen Sie, was Olivia genommen hat?«

Es sah aus, als würde er ein Auge öffnen. Dann drehte er sich auf die andere Seite.

»Tram.«

»Tramadol? Sonst nichts?«

»Tram da la dam«, sagte er und grinste.

Die Katze machte einen Satz über die Matratze und lief in den Flur, wo Tindra und Marie warteten.

»Das ist kein Spaß, nur, dass Sie es wissen. Und Sie befinden sich in einer verdammt beschissenen Lage. Abgesehen davon, dass es Ihnen selbst offensichtlich dreckig geht, haben Sie eine junge Frau bei sich, die Sie mit Drogen vollgepumpt haben. Und jetzt sind auch noch zwei Polizistinnen in Ihrer Wohnung.«

Tess wandte sich wieder Olivia zu, die noch immer nicht ansprechbar war. Sie winkte Tindra und Marie.

»Fasst mal mit an. Wir müssen sie tragen.«

Kråke versuchte aufzustehen. »Scheißbullen.«

Ehe Tess reagieren konnte, war Marie bei ihm und verpasste ihm mehrere Tritte.

»Wie hast du uns genannt, du Arschloch?«

Tess rief Tindra zu, dass sie ihr mit Olivia helfen solle. Gleichzeitig hörte sie, wie der Mann auf der Matratze vor Schmerz aufschrie.

»Hier, halt sie fest.«

Sie rannte zu Marie und zog sie von ihm weg.

»Hör auf, er ist vollkommen weggetreten, merkst du das nicht?«

»Aber er soll meine Schwester in Ruhe lassen.«

»Das wird er. Genau deshalb nehmen wir sie ja jetzt mit.« Tess beugte sich zu Kråke hinunter. »Verstanden? Sie lassen Olivia in Ruhe. Sie halten sich von ihr fern, ist das angekommen? Es ist uns scheißegal, wenn Sie sich zu Tode fixen, und so wie es aussieht, wird das nicht mehr lange dauern. Aber Sie werden sie da nicht mit reinziehen, verstanden? Sollten Sie je wieder versuchen, Kontakt zu Olivia aufzunehmen, prügeln wir Ihnen die Seele aus dem Leib.«

Kråke hob die Arme über den Kopf und rollte sich zusammen.

Tess und Tindra nahmen Olivia in die Mitte und schleppten sie nach draußen. Marie ging voraus und suchte unterwegs Olivias Jacke und ihre Schuhe zusammen und steckte sie in ihre Tasche. Als sie schon im Treppenhaus waren, drehte sie sich noch einmal um und ging in die Wohnung zurück.

Kråke schrie drinnen auf, wahrscheinlich verpasste sie ihm noch ein paar Tritte.

»Schluss jetzt, wir müssen los«, brüllte Tess und lehnte Olivia an die Wand.

Marie kam raus und schloss die Tür.

»Das reicht«, sagte Tess und bedeutete Marie, dass sie helfen müsse, ihre Schwester die Treppe hinunterzubugsieren.

Sie setzten sie zu Tindra auf die Rückbank und fuhren los. Marie saß schweigend auf dem Beifahrersitz. Olivia wimmerte und hing über Tindras Schoß. Im Rückspiegel sah Tess ihre halb geschlossenen Augen und wie sie sich nach vorne beugte und eine Hand nach Marie ausstreckte.

Marie stieß sie weg.

»Lass das, sie braucht dich jetzt.«

Tess fuhr auf dem Nobelvägen in nördliche Richtung und weiter auf den Västkustvägen zu Alices Klinik, die auf der Ebene zwischen Åkarp und Lomma lag.

Marie schüttelte den Kopf.

»Ich schaff das nicht.«

»Natürlich schaffst du das. Sie bekommt jetzt Hilfe. Und dann nehmt ihr den nächsten Schritt in Angriff, immer eins nach dem anderen.«

Kurz darauf fuhren sie in die Klinikeinfahrt. Alice, mit der Tess vor vielen Jahren eine kurze Beziehung gehabt hatte, wartete bereits vor dem Haus. Tess warf einen kurzen Blick in den Spiegel, sie fühlte sich plötzlich alt und müde. Dann wandte sie sich an Marie.

»Bist du bereit?«

Tess und Tindra hoben Olivia von der Rückbank und richteten sie zwischen sich auf.

Alice kam ihnen lächelnd entgegen.

»Wir übernehmen jetzt.«

Olivia schien halb zu erwachen und blickte sich verwirrt um.

Tindra hielt sie fest.

»Ich bleibe bei dir.«

Ein Mitarbeiter von Alice nahm Olivias anderen Arm. Marie stand hinter Tess und wirkte völlig handlungsunfähig.

Wieder im Auto sahen sie schweigend zu, wie Olivia ins Haus geführt wurde.

In diesem Jahr war das sonst übliche Spektakel wegen Corona sehr viel ruhiger ausgefallen.

Auch gut, dachte Ricky Nileman und schlang die Arme in der abgetragenen schwarzen Jacke enger um sich. In den letzten Jahren war für seinen Geschmack viel zu viel Aufhebens um die Veranstaltung gemacht worden, die den schönen Namen »Österlen leuchtet« erhalten hatte. Jedes noch so kleine Dorf hatte am Allerheiligenwochenende mit irgendwelchen Boule-Wettbewerben und anderem unnützen Kram zu punkten versucht. Aber ein bisschen Apfelpunsch hatte er sich dennoch gegönnt.

Ricky trank die letzten Tropfen aus und warf den Pappbecher dann in den Mülleimer. Der Hafen in Skillinge wurde von Scheinwerfern und kleinen Lampions erleuchtet, die Bootsmasten waren mit Lichterketten geschmückt. Es war ein milder Abend, und in regelmäßigen Abständen öffnete sich die Wolkendecke, und die Sterne kamen hervor.

Er überlegte, ob sie wohl einen Gruß nach Bornholm geschickt hatten, zur Schwesterinsel vierzig Kilometer weiter im Meer, die so viele Ähnlichkeiten mit ihrer eigenen Küste hatte. An klaren Abenden wie diesem konnte man – und das war zu Allerheiligen eine kleine Tradition geworden – die Scheinwerfer der Autos auf die Insel richten, und dann schickten sie von dort ein Blinken zurück. Ricky blickte sich unter den Dorfbewohnern um, die sich nach draußen gewagt hatten und jetzt rund um die kleinen Feuer im Hafen standen und sich unterhielten. Der Altersdurchschnitt war, wie immer, recht hoch, und er hörte die Anwesenden murmelnd über die Brände reden. Am Pier hatte sogar jemand ein Plakat aufgehängt, auf dem stand: »Wir holen uns das Feuer und das Licht zurück«. Es sollte wohl eine Art sanfter Protest gegen die Brandmorde sein, die Österlen während des Herbstes heimgesucht hatten. Er selbst nahm an so etwas nicht teil, was seiner anarchistischen Ader geschuldet war, die er sich noch aus seiner Punk-Zeit erhalten hatte.

Applaus brandete auf, als unter einem Holzboot, voll beladen mit Lichtern, die Wasseroberfläche aufschäumte. Es wurde Zeit, sich auf den Heimweg zu machen.

Entlang der Dorfstraße standen Grablichter, die Eingangstreppen wurden von großen Kürbissen gesäumt, und in den Fenstern brannten ebenfalls Kerzen. Es war ein ungewöhnlich windstiller Abend. Ricky verließ Skillinge und ging auf dem Radweg in Richtung seines Hauses in Gislövshammar. Die Wolken hatten sich gelichtet, und er schaute zum weißen Band der Milchstraße hinauf.

Die Aalfinsternis. Wenige Dinge waren dunkler und stiller als ein Österlen-Feld im November. Über dem Meer war eine schmale Mondsichel zu sehen. Ricky wollte ein alter Song nicht aus dem Kopf gehen, und so summte er vor sich hin, während er, die Hände in den Jackentaschen, nach Hause schlenderte.

Nach einer Weile nahm er eine Abkürzung quer über die Felder und Weiden. Das Meer war unvorhersehbar, wie immer, obwohl kein Wind ging, brauste und brandete es an Land. Er umrundete die Aalkate und ging zu den Häusern und zur Kalkstein-Landzunge hinauf. Ein paar Hundert Meter entfernt macht er die leuchtenden Fenster einiger Häuser in dem ansonsten verlassenen Dorf aus. Er mochte diese Jahreszeit am liebsten, die Ruhe und die Einsamkeit. Ohne Eindringlinge von außen.

Die Luft war angefüllt mit dem Geruch nach Algen und nassem Stein. Stecknadelkopfgroße Lichter von einem Dampfer leuchteten draußen auf der Ostsee.

Die Kalksteinfelsen waren nachts tückisch, es war schon vorgekommen, dass er in der Dunkelheit auf ihnen ausgerutscht war. Er nahm sein Handy heraus und leuchtete auf den Boden, sah das Betonfundament, die Überreste des ehemaligen optischen Telegrafen.

Als er den Lichtschein darüber wandern ließ, stutzte er plötzlich. Was war das schon wieder für ein Vandalismus? Mitten auf den gigantischen Betonkasten hatte jemand eine knallrote Drei gesprayt. Er trat näher, um sie sich genauer anzusehen.

Ricky spürte, wie sich über ihm etwas bewegte. Er hob den Blick und sah, dass an dem Eisengestell jemand hing. Als er den Lichtstrahl nach oben richtete, zeichnete sich ein baumelndes Paar nackter Füße vor dem sternklaren Himmel ab.

Marie legte ein Holzscheit nach. Tess hatte den Eindruck, dass sie sich langsam von ihrem Schock mit Olivias Überdosis erholte. Vor einer Weile hatte Alice sich aus der Klinik gemeldet und mitgeteilt, dass alles »nach Plan« lief.

»Ich mache mir keine allzu großen Hoffnungen, aber ich bin froh über jede Stunde, die sie dort ist«, sagte Marie.

Tess hatte es sich auf dem Sofa bequem gemacht, Chilli war neben ihr eingeschlafen. Sie nahm an, dass in den letzten Nächten Carsten Morris hier im Haus übernachtet hatte.

»Echt nett von Morris, dass er mir diese Nacht sein Gastrecht überlässt.«

Marie antwortete nicht.

»Du brauchst nicht so ein Versteckspiel draus zu machen. Es ist doch offensichtlich, dass ihr wieder ein Paar seid.«

Marie faltete eine Wolldecke zusammen und legte sie aufs Sofa.

»Ja, es ist nett von ihm, vor allem, weil es ja sein Haus ist.«

»Sein Haus?«

»Ja, zumindest auf dem Papier.«

Jetzt begriff Tess, woher plötzlich das Geld für den Hauskauf gekommen war.

»Dann ist er also der Verwandte, bei dem du ›Geld lockermachen‹ konntest?«

»Ja, genau. Nur dass wir nicht verwandt sind.«

Tess trank einen Schluck Tee. Morris hatte Geld, das wusste sie, man konnte ihn sogar als wohlhabend bezeichnen. Er stammte aus einer gut situierten Familie, hatte aber durch Vorträge in aller Welt auch selbst eine Menge Geld verdient. Dennoch schien er sich nicht viel daraus zu machen.

»Carsten ist ein guter Mann, das habe ich schon immer gesagt«, meinte Tess. »Halt ihn dir warm.«

»Genau das tue ich.«

Tess freute sich für Marie. Wenn es jemanden gab, der nach einer anstrengenden Scheidung und der Drogenabhängigkeit der eigenen Schwester ein bisschen Licht im Leben brauchte, dann war es Marie.

Sie hatten die Lampe im Wohnzimmer gelöscht und sich vor den Kamin gesetzt. Marie hatte sich auf SVT-Play noch einmal Tim Bergmarks Äußerungen in der Brygge-Show angehört, während Tess versuchte, seine wiederholten Vorwürfe auszublenden.

»›Auf dem Land, unter freiem Himmel‹«, sagte Marie. »Es gibt ja wohl genügend Ferienhäuschen in Schonen, in denen er sich hätte verstecken können.«

Tess blickte von ihrem Handy auf.

»Mmh. Ich glaube, man könnte relativ lange problemlos untertauchen, wenn man es wirklich versuchen würde. Außerdem war es dieses Jahr wirklich ein ungewöhnlich milder Herbst.«

»Hat er keine Cousins oder Cousinen oder eine alte Tante, die hier irgendwo ein Häuschen hat, in dem er sich versteckt haben könnte?«

Tess hatte selbst schon darüber nachgedacht, und dabei war ihr wieder einmal klargeworden, wie wenig Unterstützung Tim und Lena eigentlich gehabt hatten. Nur Tims Oma und die Nachbarn, das Ehepaar Ericsson von gegenüber, waren für sie da gewesen.

Tess fröstelte, rückte näher an den Kamin heran und legte ein Scheit nach. Sie wusste, dass Marie die Heizung nur sparsam einsetzte, um allzu hohe Kosten zu vermeiden.

Neugierig blickte sie sich um. Es sah beinahe noch genauso aus wie zu der Zeit, als Maries Exmann hier noch gewohnt hatte.

»Gehörte Tomas nichts von euren Möbeln?«

»Ich habe ihm gesagt, er soll vorbeikommen und sich nehmen, was er will, aber dazu ist es nie gekommen. Viel wert sind die Sachen ja ohnehin nicht. Oder möchtest du die kaputte Lampe da haben? Ist eine Erinnerung an einen Trennungsstreit.«

Marie zeigte auf den gesprungenen Schirm der Lampe über dem Tisch auf der Glasveranda.

»Für einen Hunderter gehört sie dir.«

Tess lachte und erklärte, sie käme wohl auch ohne sie zurecht.

Maries Handy klingelte, und sie gab Tess ein Zeichen, dass sie nach oben gehen würde, um in Ruhe zu telefonieren.

Tess blieb alleine zurück und merkte plötzlich, wie wütend sie war, dass jemand anderes über ihren Aufenthalt entschied und sie nicht einfach nach Hause konnte. Natürlich sah sie ein, dass die BOPS Sicherheitsvorkehrungen treffen musste. Aber ihr Prinzip, sich niemals von einem Täter einschüchtern und einschränken zu lassen, wurde dadurch verletzt.

Als sie von oben leises Murmeln hörte, stand sie auf, ging in den Flur und zog sich die Schuhe an. Sie schloss die Haustür und schickte Marie eine SMS, dass sie nur schnell Milch für den Kaffee kaufen wollte. An der Bibliothek lief sie weiter Richtung Coop, dabei spürte sie, wie sich ein Freiheitsgefühl einstellte.

Ironischerweise kam sie an dem ehemaligen Kirseberg-

Gefängnis vorbei. Wie immer war es windig in Malmö, und als Tess den Bus der Linie drei sah, wünschte sie sich nichts sehnlicher, als einsteigen und zu ihrer Wohnung in Västra Hamnen fahren zu können.

Rasch betrat sie den Laden, kaufte einen Liter Milch und ging dann langsam wieder zu Maries Haus zurück, als wollte sie das Ende ihres Freigangs so lange wie möglich hinauszögern.

Das kaputte Eisentor quietschte. Sie ging die Treppe hinauf. Tess wollte gerade die Klinke herunterdrücken, als die Tür sich öffnete und sie in die Mündung einer Sig Sauer blickte.

Sie hob die Hände mit dem Milchpaket.

»Immer mit der Ruhe.«

Marie seufzte und senkte die Waffe.

»Mann, wo warst du denn? Du kannst doch nicht einfach abhauen, wenn die Lage so angespannt ist. Was glaubst du, was die BOPS dazu sagen würde?«

Offensichtlich hatte Marie ihre SMS nicht bekommen. Tess trat sich die Schuhe von den Füßen und ging in die Küche.

»Ich lass mich von ihm doch nicht einsperren und vom Leben abhalten. Jetzt nicht, und auch nicht in Zukunft.«

Tess zeigte mit dem Finger auf Marie.

»Und du bist nicht mein Babysitter.«

Marie lachte.

»Dann führ dich nicht wie ein Kind auf und hau nicht einfach ab.«

Tess musterte Maries Waffe, die diese auf den Tisch gelegt hatte.

»Hat Jöns dir befohlen, auf mich aufzupassen, oder warum hast du die Waffe mit nach Hause genommen?«

Marie hob die Augenbrauen.

»Jöns und deine Liebste, wie deine Mutter sie nennt. Sie trauen dir wohl beide nicht zu, dass du dich an die Abmachungen hältst.«

»Sandra auch?«

»Jepp. Sie hat mir vorhin geschrieben.«

»Meine Güte, ich bin doch keine vier Jahre alt.«

»Nein, aber denk bitte dran, dass du die einzige Polizeichefin in Malmö bist, die zu Hause schon einmal von einem Vergewaltiger überfallen wurde. Und auch diesmal heißt es, du hättest deinen Chefs nicht alles erzählt. Also sind ihre Sorgen wohl nicht ganz unberechtigt.«

Tess schüttelte den Kopf und ging ins Wohnzimmer. Ein Windstoß fuhr herein, und es prasselte im Kamin.

Sie setzten sich wieder aufs Sofa. Marie reckte den Hals.

»Dein Handy explodiert bestimmt gleich.«

Tess drehte sich um und schaute auf das Display, Betty van Friis versuchte anscheinend, sie zu erreichen.

»Was schreibt sie?«, fragte Marie.

Tess öffnete die Nachricht, die einen Link zu Spotify enthielt, und las laut: »Ich glaube, ich habe den Song wiedererkannt, den mit den Streichern. Bin mir fast hundertprozentig sicher.«

Marie stand auf und schloss ihren Bluetooth-Lautsprecher an.

Melancholische Geigen von einem Synthesizer erfüllten den Raum, ein Cello setzte sein. Und dann eine etwas heisere Männerstimme: »Ah, I just died in your arms tonight.«

Tess sah Marie verblüfft an.

»Das kenne ich, das ist steinalt.«

Sie drückte noch einmal auf Play.

Tess schauderte, als die Streicher ertönten. Es klang genau so, wie Betty und Andreas es beschrieben hatten. Und der fünfjährige Tim. Durchdringende, helle, aber auch ein wenig traurige Streicher. War es das, was die Opfer bei Ausbruch des Brandes gehört hatten? Und das Letzte, was Lena vor ihrem Tod mitbekommen hatte?

»Cutting Crew, eine englische Band mit einem Welthit mitten in den Achtzigerjahren«, sagte Marie. »I just died in your arms tonight. Spiel es noch mal, bitte.«

Wieder drückte Tess auf Play.

Sie erinnerte sich, dass sie im Protokoll zu Andreas Mooses Vernehmung gelesen hatte, es habe geklungen, als ob die Musik sich ständig wiederholte. Die Streicher in Moll füllten erneut den Raum.

Marie seufzte.

»Können wir es jetzt leiser stellen? Ich erinnere mich noch an das Video auf MTV. Schwarzweiß, ein Garagentor öffnet sich, eine Frau spielt Cello. Ich fand den Sänger süß.«

»Dann hast du in deinem Leben auch noch etwas anderes als Hardrock gehört?«

»Ich war damals acht … da war das Angebot noch nicht so groß.«

Tess schaltete die Musik aus.

»Kannst du das Lied mal googeln?«

Marie begann zu lesen.

»›Es ist ein sehr privater Song, der Sänger van Eede schrieb ihn, nachdem er Sex mit seiner Freundin gehabt hatte. Der französische Ausdruck la petite mort, der kleine Tod, ist eine Metapher für den Orgasmus.‹ Das hat ja echt Tiefgang. Soll ich weiterlesen?«

»Kommt darauf an, ob da noch was Interessantes steht.«

»Nicht wirklich. Nur noch etwas darüber, wie der Text aufgebaut ist und so weiter. Ehrlich gesagt, ich finde es ganz schön eintönig. Das kommt wohl davon, wenn einen die Phantasie im Stich lässt, da muss man halt ständig den Refrain wiederholen. Aber anscheinend war es der einzige Hit dieser Band. Ein Glück, da müssen wir uns den Rest gar nicht erst anhören, ist bestimmt einfach nur furchtbar.«

Tess lehnte sich ins Sofakissen zurück.

»Glaubst du, Tim kann sich tatsächlich daran erinnern, welchen Song er damals in der Nacht gehört hat?«

Marie stand auf.

»Kinder in dem Alter kriegen oft mehr mit, als man denkt.«

Tess schrieb Betty van Friis und bedankte sich, bat sie, sich auf jeden Fall zu melden, wenn ihr noch mehr einfiel.

Es war schon fast halb elf, und nach den anstrengenden letzten Tagen freute sich Tess darauf, endlich einmal richtig zu schlafen. Sie blieb sitzen, und während sie darauf wartete, dass Marie oben im Bad fertig wurde, hörte sie sich über Kopfhörer noch einmal den Song an.

Wer hatte diese Musik ausgesucht? Und warum wurde sie gespielt, während Lena Bergmark umgebracht wurde? Lag darin die Wahrheit über ihren Tod?

Tess stand auf und richtete sich das Sofa vor dem Kamin, während sie den Refrain einfach nicht aus dem Kopf bekam. Als sie sich gerade hinlegen wollte, klingelte ihr Handy. Kerstin Jacobsson.

»Ich glaube, du musst herkommen«, sagte sie.

Tess merkte ihrer Stimme an, dass etwas Ernstes passiert war. Kerstin erklärte, sie sei selbst auf dem Weg, nachdem ein Alarm eingegangen sei.

»Wohin?«

»Sie haben eine Frauenleiche gefunden, in der Nähe deines Hauses. Draußen, auf der Halbinsel.«

»In Gislövshammar?«

»Ja, an einem alten Gerüst draußen am Wasser. Auf dem Sockel steht eine Ziffer. Eine Drei.«

Tess wollte die Fahrertür öffnen.

»Ich fahre«, sagte Marie und schob sie beiseite. »Alles okay?«

Tess' Gedanken wirbelten durcheinander. Noch wussten sie nicht, wer die Frau an dem Gerüst des alten optischen Telegrafen war. Sie und Sandra hatten am Nachmittag miteinander gesprochen, da war sie noch in Stockholm gewesen, und es war keine Rede davon gewesen, dass sie sofort nach Hause käme.

Aber vielleicht hatte sie sie überraschen wollen? Andererseits wusste sie, dass Tess sich nicht im Haus aufhalten durfte und sich vorübergehend bei Marie einquartiert hatte.

Marie fuhr auf den Lundavägen.

»Vergiss nicht, der BOPS Bescheid zu sagen, dass wir das Haus verlassen haben. Auch die Gewerkschaft und Mia Hansson wollen Bescheid wissen, wo du bist.«

Widerwillig zog Tess ihr Handy heraus.

»Das kann Mia Hansson vergessen.«

Die Kollegen bei der BOPS versuchten Tess zu überreden, lieber bei ihnen im Auto mitzufahren, aber Tess erklärte, sie seien bereits unterwegs, sie könnten sich dann vor Ort treffen. Wenn sie gut durchkämen, wären sie in fünfundfünfzig Minuten da, darunter hatte Tess es bisher noch nie geschafft. Mit Marie am Steuer war aber selbst das nicht ausgeschlossen.

Kerstin Jacobsson schrieb, sie und Adam Wikman wären ebenfalls gleich vor Ort. Die Techniker seien bereits auf der Landzunge, warteten aber noch auf den Rechtsmediziner aus Lund, der wegen des Feiertagswochenendes zuständig war.

Tess hielt sich am Türgriff fest, weil das Auto so stark schlingerte, gleichzeitig rief sie Sandra an. Sie landete auf der Mobilbox und hinterließ Sandra eine Nachricht, dass sie sich bei ihr melden solle. Dann schaute sie auf verschiedenen Seiten im Internet nach, ob die Nachricht schon die Runde gemacht hatte, doch das schien nicht der Fall zu sein.

Tess schaute in die Dunkelheit. Es kam ihr vor, als führe sie durch den längsten Tunnel der Welt. Sie versuchte Kerstin und Adam Wikman zu erreichen, um zu hören, ob sie inzwischen da waren. Wer auch immer da an dem Gerüst hing, würde es nicht tun, wenn sie selbst tags zuvor anders gehandelt hätte.

»Hör auf, dir Vorwürfe zu machen«, sagte Marie. »Es ist nicht deine Schuld.«

»Aber du hattest recht. Ich hätte auf ihn schießen müssen.«

»Ja, wahrscheinlich, aber du konntest nicht, und dafür gibt es mildernde Umstände. Außerdem hilft uns das jetzt auch nicht weiter.«

Tess versuchte sich einzureden, dass Marie recht hatte.

Da es inzwischen fast elf war und zudem Samstagabend, waren die Straßen so gut wie leer.

»Es ist bestimmt nicht Sandra, die da hängt, sie ist doch in Stockholm«, sagte Marie und überholte einen kleinen grünen Fiat.

»Woher willst du das wissen? Sie geht nicht ans Handy, vielleicht ist sie ja doch nach Hause gefahren.«

Tess versuchte noch einmal, sie zu erreichen, wieder ohne Erfolg.

»Wann hast du denn zuletzt mit ihr gesprochen?«

»Kurz bevor wir heute aus dem Büro sind.«

»Guck nach.«

Tess öffnete ihre Anrufliste. 16.43 Uhr. Das war vor sechs Stunden. Sechshundert Kilometer. Wenn Sandra sofort losgefahren war, dann …

Nicht unwahrscheinlich, dass sie es geschafft hätte.

Die letzten zehn langen Kilometer fuhren sie schweigend. Endlich waren sie auf dem Höga vägen oberhalb von Gislövshammar und bogen in die Allee zur Landzunge ein. Ein schwacher blauer Schein beleuchtete den Himmel und die kahlen Bäume hinter den Häusern.

Zwei Autos standen bereits auf dem kleinen Parkplatz, eins davon gehörte Kerstin Jacobsson. Bevor sie ausstieg, nahm Tess die Taschenlampe aus dem Handschuhfach.

Sie gingen zwischen den Häusern unmittelbar am Meer hindurch, und sobald sie auf den schmalen Pfad an der Bruchsteinmauer einbogen, sahen sie den Krankenwagen, einen Streifenwagen sowie ein Einsatzfahrzeug des Rettungsdienstes. Näher waren sie nicht herangekommen, dazu war der Weg zu schmal, das Gelände um sie herum bestand aus Felsen, Grasbüscheln und Wasser.

Ein Polizist war gerade dabei, die Absperrung zu erweitern. Tess zeigte ihm ihren Dienstausweis und erklärte, wer sie waren. Noch schienen keine Neugierigen vor Ort zu sein.

Tess leuchtete mit der Taschenlampe und lief weiter. Sie kam an einem Picknicktisch vorbei, und zwischen den Bäumen wurde das hell erleuchtete Gerüst des optischen Telegrafen sichtbar. Die Leiche hing noch immer da, mit ausgebreiteten Armen, die Hände waren an zwei der drei Querstreben festgebunden. Als sie näherkamen, sah Tess, dass ihr Kopf vornüber hing.

Wie bei einer Kreuzigung.

Tess und Marie blieben stehen und starrten. Trotz des Abstands konnten sie sehen, dass es sich zumindest nicht um Sandra handelte.

Kerstin Jacobsson tauchte aus der Dunkelheit auf.

»Hier seid ihr.«

Tess zuckte zusammen. Schräg hinter ihr stand Adam Wikman, das Handy am Ohr. Er nickte und hob grüßend die Hand.

»Mattias Falk aus Åhus hat seine Frau gegen neun Uhr abends vermisst gemeldet.«

Tess sah Kerstin fragend an.

»Sieht aus, als wäre sie das.«

Tess drehte sich zu dem Gerüst um.

»Ich bin vor einer Viertelstunde hier angekommen und habe sie sofort erkannt. Wir haben jemanden nach Åhus geschickt. Ich fahre ebenfalls gleich hin und bringe Mattias Falk ins Krankenhaus. Egal wie sicher wir uns sind, er muss sie zunächst identifizieren.«

Tess starrte noch immer die gekreuzigte Frau an.

»Todesursache?«

»Wahrscheinlich wurde sie erwürgt, aber sicher wissen wir es noch nicht. Sie muss schon eine Weile da gehangen haben, bevor der Mann vorbeikam, der sie entdeckt hat.«

»Ist er noch da?«

»Nein, wir haben ihn eben gehen lassen.«

Kerstin sah auf die Uhr.

»Um kurz nach zehn wurde sie gefunden, also vor fast zwei Stunden. Laut erster Einschätzung des Rechtsmediziners ist der Tod irgendwann zwischen sieben und zehn Uhr abends eingetreten.«

Vom Meer her zischelte es leise, wenn die Gischt über die Felsplatten spülte und sie dort, wo sie standen, fast erreichte.

Es war stockdunkel, und wenn der feuchte Geruch nicht gewesen wäre, hätte man das schwarze Meer kaum bemerkt. Hinter den dichten Wolken war der schwache Schein der Mondsichel zu erahnen.

Tess trat näher und betrachtete die rote Drei auf dem Betonsockel, der das Gerüst trug. Morris hatte gesagt, dass die dritte Todsünde auf Tims Liste, ira, der Zorn, manchmal auch als Tod gedeutet würde.

»Warum sie?«, fragte Marie. »Sie hat Lena Bergmark doch gar nicht gekannt.«

»Vielleicht, um Mattias zu bestrafen, damit er weiß, wie es sich anfühlt, einen geliebten Menschen zu verlieren.«

Ein paar Haarsträhnen auf Ulrika Falks Kopf flatterten im Wind. Trotz aller Brutalität vermittelte die Szene vor ihnen einen beinahe friedlichen Eindruck.

Tess musterte das schwarze Trikotkleid, anscheinend dasselbe, das Ulrika Falk getragen hatte, als sie bei ihr in Åhus gewesen waren, um mit ihrem Mann, Mattias, zu reden. Sofort sah sie die weinrote Samthose vor sich, die Ulrika trug, nachdem sie sich damals umgezogen hatte. Seltsamerweise war dies das erste Bild, das ihr in den Sinn kam, wenn Tess an ihre Begegnung dachte. Ansonsten war der Eindruck, den sie von Ulrika hatte, eher flüchtig. Tess konnte nicht behaupten, dass sie überhaupt ein Bild von ihr hatte. Außer, dass es ihr wichtig war, vom Verlust ihrer Kinder zu erzählen.

Der Rechtsmediziner balancierte auf einer Leiter, die an dem Gerüst lehnte, ihm gegenüber stand ein Techniker auf einer zweiten Leiter und versuchte Ulrikas Hände aus dem Seil zu lösen, mit dem sie festgebunden war.

»Der absolut ungünstigste Abend für so ein Ereignis, überall sind nur Vertretungskräfte im Einsatz«, sagte Kerstin Jacobsson.

Tess schaute über die Bucht hinter dem Gerüst, wo ihr

und Sandras Haus stand. Von der Außenbeleuchtung der Veranda ging ein schwacher Lichtschein aus. Mit einem starken Fernglas und bei Tageslicht könnte man von dort aus die Leiche am Gerüst hängen sehen. Was wohl beabsichtigt war.

Sie drehte sich um, rief Kerstin Jacobsson und zeigte zur Wiese, auf der die Aalkate stand, die sie Gislaboden nannten.

»Habt ihr die Kate dort untersucht?«

»Ja, aber sie schien leer und unbenutzt. Wir sehen uns das später noch mal genauer an. Weißt du, wem sie gehört?«

»Ich glaube, ein alter Fischer ist manchmal dort. Aber ich habe ihn lange nicht mehr gesehen.«

Der Rechtsmediziner nahm Ulrika Falks Leiche in Empfang, die der Techniker an einem Seil herabließ. Sie legten sie auf eine Bahre in dem weißen Zelt, das die Techniker errichtet hatten, um einen Sichtschutz zu haben.

Tess hörte Motorenlärm, der sich näherte. Türen, die geöffnet und geschlossen wurden.

»Da«, sagte sie. »Da kommen sie. Was für ein Glück, dass sie sie schon abgenommen haben.«

Tess und Marie gingen zum Auto zurück. Kamerablitze erhellten die Dunkelheit, die Presse hatte bereits die Absperrung erreicht. Hinter dem Krankenwagen entdeckte Tess Fotografen und Reporter. Sie hörte, wie jemand ihren Namen rief, eine Taschenlampe richtete sich auf ihr Gesicht.

Schützend hob sie die Arme, ging zum Absperrband und bat, die Lampen zu senken. Als sie wieder sehen konnte, stand der Reporter der *Kvällsposten*, Lasse Palmqvist vor ihr.

Er hielt sein Handy hoch, als würde er sie filmen.

»Ah, Palmqvist spukt wieder«, sagte Marie und ging an ihm vorbei.

Palmqvist beachtete sie nicht weiter, sondern drängelte sich zu Tess durch.

»Tess Hjalmarsson, was können Sie uns über die Ereignisse hier auf der Landzunge sagen? Was ist passiert, und handelt es sich um Mord?«

Tess schlüpfte unter dem blauweißen Band hindurch.

»Ich habe im Augenblick nichts dazu zu sagen.«

Palmqvist senkte das Handy und kam näher.

»Darf man fragen, warum die Chefin des Cold-Case-Teams vor Ort ist?«

»Ja, darf man. Aber man wird keine Antwort bekommen.«

Sonntag, 1. November
Allerheiligen

Nach nur vier Stunden Schlaf bogen Tess und Marie in die Krankenhauseinfahrt in Ystad ein, wohin Mattias Falk nach der Nachricht vom Tod seiner Frau gebracht worden war.

Am Eingang angekommen, musterte Marie Tess kritisch.

»Oh je«, sagte sie und maß sie von oben bis unten.

In einem Spiegel neben der Tür konnte Tess sich sehen. Das Wenige, was von ihrer Mascara noch übrig war, war verschmiert. Sie trug dieselben Klamotten wie am Vortag, und das Haar lag platt wie eine Mütze um ihren Kopf. Ihre Gesichtsfarbe war ungefähr so lebendig wie der aschgraue Wohnblock, an dem sie eben vorbeigefahren waren.

Sie nickte Marie zu.

»Du würdest heute auch nicht gerade einen Schönheitswettbewerb gewinnen.«

Tess war in ihren Klamotten auf Maries Sofa eingeschlafen. Als Kerstin Jacobssons Anruf sie am Morgen geweckt hatte, war sie einfach aufgestanden und zum Auto gegangen. Kerstin hatte ihr gesagt, dass es ihnen gelungen war, Mattias Falk in den frühen Morgenstunden kurz zu befragen. Sie hatte allerdings den Eindruck gehabt, er könnte noch deutlich mehr zu sagen haben.

Tess und Marie nahmen den Aufzug in die Psychiatrische Abteilung im dritten Stock. Am Ende des Korridors wartete Kerstin bereits vor Mattias Falks Tür.

»Wie geht es ihm?«

»Nicht besonders. Er ruht sich gerade ein bisschen aus und wirkt zumindest einigermaßen gefasst. Aber das kann sich im Laufe des Tages ändern.«

Tess nickte. Es widerstrebte ihr eigentlich, jemanden zu vernehmen, der unter Schock stand und gerade einen nahen Angehörigen verloren hatte. Es war still auf dem Flur, nur die Schritte der Krankenschwestern waren zu hören, die zwischen den Zimmern hin- und hereilten.

»Was hat er vom gestrigen Tag erzählt?«

Kerstin Jacobsson setzte sich auf einen Stuhl, der herumstand, und zog ihren Notizblock heraus.

»Seine Frau hat das Haus in Åhus um sechs Uhr abends verlassen, um zu Coop zu gehen und noch ein paar Einkäufe zu erledigen. Eine Strecke von gut anderthalb Kilometern. Sie wollte erst fahren, hat es sich dann aber doch anders überlegt, weil sie sich gerne noch ein bisschen bewegen wollte. Als Mattias sie um halb acht anrief und sie nicht dranging, fing er an, sich Sorgen zu machen. Kurz darauf ist er zu den Nachbarn in derselben Straße und hat gefragt, ob sie etwas von ihr gehört hätten. Die Nachbarn meinten, sie hätten Ulrika um kurz nach sechs vorbeikommen sehen. Anschließend ist ihr niemand mehr begegnet.«

»Und im Geschäft? Was sagen die Überwachungskameras?«

»Sie scheint nicht dort gewesen zu sein, sie sind das gesamte Material von sechs bis zur Schließung um acht durchgegangen. Ulrika Falk war nirgendwo zu sehen.«

Marie warf Tess einen Blick zu.

»Im Prinzip könnte Mattias Falk also seine Frau getötet und in den Kofferraum gelegt haben, nachdem die Nachbarn sie gesehen hatten, und dann mit ihr nach Gislövshammar gefahren sein, um sie dort aufzuhängen und anschließend wieder nach Hause zurückzukehren. Zeitlich würde das hinkommen, oder? Und Ulrika Falk könnte zwischen sieben und neun am Telegrafen gehangen haben, ohne dass sie jemand im Dunkeln bemerkt hat. Es führt ja nicht gerade eine Autostrada dort vorbei.«

Tess nickte.

»Bisschen knapp, aber ja, es wäre möglich. Die Frage ist nur, weshalb er sich diese Mühe machen sollte. Wenn er lediglich seine Frau loswerden wollte, hätte es einfachere Methoden gegeben.«

»Vielleicht wollte er den Verdacht auf Tim Bergmark lenken und hat deshalb die Drei auf den Beton gemalt.«

»Aber Mattias Falk weiß wahrscheinlich weder wo ich wohne, noch dass unser Hauptverdächtiger mich dort kürzlich besucht hat«, wandte Tess ein.

Marie hob die Hände.

»Stimmt, aber wir müssen in alle Richtungen denken.«

»Das tun wir«, sagte Tess und nickte zur Tür. »Und vor allem hoffen wir, dass er jetzt endlich auspackt, was er uns beim letzten Besuch verschwiegen hat.«

Tess öffnete die Tür. Drinnen saß Mattias Falk auf einem Sessel, er trug ein grünrot kariertes Hemd. Mit geschwollenen Augen sah er sie an und nickte zur Begrüßung. Marie setzte sich auf einen Stuhl schräg hinter ihm, um seine Reaktionen beobachten zu können.

»Ich weiß, dass das schwierig für Sie ist«, sagte Tess. »Aber um überhaupt eine Chance zu haben, den Täter zu fassen, sind wir auf Ihre Hilfe angewiesen. Fällt Ihnen irgendein Grund für die Tat ein?«

Mattias Falk presste die Handflächen aneinander und legte sie an den Mund.

»Es ging doch wahrscheinlich um mich, oder? Also, wenn Sie glauben, dass es etwas mit der Zeit zu tun hat, in der ich mit Lena Bergmark zu tun hatte. Ulrika war damals ja nie mit dabei und kannte die anderen gar nicht. Es muss also jemand sein, der mich mit dieser Tat treffen wollte. Etwas anderes ist doch kaum denkbar.«

Er blickte sie fragend an.

»Oder?«

»Wir haben keine bessere Antwort darauf als Sie«, sagte Tess. »Oder wurde Ihre Frau bedroht?«

Mattias schüttelte den Kopf.

»Nein. Wir hätten natürlich das nächste Opfer des Brandstifters werden können, aber … Es hat sich total unwirklich und schrecklich angefühlt, zu Hause herumzulaufen und zu warten, auf fremde Geräusche zu lauschen und ständig darauf vorbereitet zu sein, dass die Alarmanlage oder der Rauchmelder angeht. Ulrika ist ganz paranoid geworden. Aber das? So etwas hätte ich mir nicht in meinen wildesten Phantasien vorstellen können.«

Tess sah, wie seine Augen sich erneut mit Tränen füllten.

»Oder kann man das?«

Tess antwortete nicht. Natürlich konnte man sich so etwas nicht vorstellen.

Die Krankenschwester, die sie hergeführt hatte, schaute kurz herein, um sich zu vergewissern, dass alles in Ordnung war. Nachdem sie wieder draußen war, beschloss Tess, Mattias etwas mehr unter Druck zu setzen.

»Da ist noch etwas«, sagte sie.

Sie merkte, wie Mattias aufhorchte.

»Als wir bei Ihnen zu Hause waren, fühlte es sich an, als würden Sie uns nicht alles sagen.«

Sie hielt kurz inne.

»Ich bin mir ziemlich sicher, dass Sie uns mehr hätten

erzählen können. Dennoch haben Sie sich entschlossen zu schweigen. Vor allem Ihrer Frau zuliebe.«

Sie suchte Blickkontakt.

»Nach dem hier kann es nichts Schlimmeres mehr geben. Also hätte ich gerne, dass Sie uns jetzt alles sagen. Geht das?«

Mattias sah sie nur schweigend an. Sie fuhr fort.

»Um Ihre und die Sicherheit anderer gewährleisten zu können, müssen wir wissen, was diesen Täter zu der Tat veranlasst haben könnte. Verstehen Sie das?«

Mattias sagte immer noch nichts. Also würde sie ihn ein wenig unter Druck setzen müssen.

»Sie und Lena Bergmark hatten eine Beziehung, oder?«

Mattias Falk reagierte geradezu panisch. Tess lächelte so entwaffnend sie konnte.

»Keine Angst, wir haben uns einfach gedacht, dass es so gewesen sein muss.«

Mattias biss sich auf die Lippe, und Tess schaute kurz zu Marie hinüber. Er war kurz davor auszupacken.

»Lenas Sohn war fast immer mit dabei«, sagte er, »sie war ja alleinerziehend.«

Tess nickte.

»Wenn ich es richtig verstanden habe, war er auch bei diesen Essen mit dabei. Aber war er auch da, wenn Sie sich alleine getroffen haben?«

»Nicht immer, manchmal konnte er auch bei der Oma schlafen. Aber wir waren höchstens zwei Monate zusammen.«

Tess schaute aus dem Fenster, wo eine Windbö die letzten gelben Blätter von einer Birke riss.

»Dann waren Sie es, mit dem sie den Champagner getrunken hat, den wir zusammen mit zwei Gläsern unter dem Bett gefunden haben?«

Mattias starrte auf die Tischplatte vor sich.

»Aber ich habe das Haus gegen elf verlassen. Wegen des Jungen. Sie wollte, dass ich über Nacht bleibe, aber mir wäre es unangenehm gewesen, wenn der Junge uns zusammen angetroffen hätte. Hinterher, nachdem dann das alles passiert war, habe ich mir natürlich gewünscht, ich wäre geblieben. Dann würde sie vielleicht noch leben, sehr wahrscheinlich sogar.«

Tess nickte.

»Der Fall hat mich sehr betroffen gemacht, auch wenn ich Lena nie persönlich kennengelernt habe«, sagte sie. »Das ist das Absurde an meiner Situation: Ich lerne diejenigen, mit denen ich mich am intensivsten beschäftige, nie kennen. Weil sie tot sind. Merkwürdig eigentlich, wenn man so darüber nachdenkt. Der Mord an Lena Bergmark war für mich aber auch deswegen so besonders, weil ihr Sohn Tim anschließend eine Weile bei mir gewohnt hat, in der ersten Zeit nach ihrem Tod.«

Mattias schien überrascht.

»Ach, wirklich?«

»Ja. Es gab niemanden, der sich sonst um ihn hätte kümmern können. Seine Oma lag im Krankenhaus.«

»Stimmt, ich erinnere mich. Und der Vater war mit seiner neuen Frau ins Ausland gegangen, oder?«

Mattias sah aus, als wüsste er gar nicht, wohin mit seinen vielen Fragen.

»Aber …«

Er sah Tess an.

»Haben Sie ihn in Verdacht? Dass er das getan haben könnte?«

Tess verschränkte die Arme vor der Brust, den Blick zum Fenster gerichtet.

»Wir ermitteln in alle Richtungen. Könnte er denn einen Grund gehabt haben?«

»Nein, wieso? Klar war es ein bisschen chaotisch bei diesem letzten Essen, aber niemand hat sich Lena gegenüber unangemessen verhalten. Und wieso sollte er ausgerechnet meine Frau töten?«

Mattias runzelte die Stirn, es schien ihm schwerzufallen, seine Gedanken zu sortieren.

Tess holte tief Luft.

»Könnte es sein, dass Tim dachte, Sie hätten seine Mutter ermordet?«

Mattias riss die Augen auf und lehnte sich zurück.

»Das wäre ja Wahnsinn. Ich mochte seine Mutter sehr. Warum hätte ich sie töten sollen?«

»Vielleicht hat er etwas missverstanden und will Sie jetzt bestrafen, indem er Ihre Frau tötet.«

»Ich weiß nicht, was ich sagen soll.«

Mattias schüttelte langsam den Kopf.

»Natürlich kann es sein, dass er mitbekommen hat, wie wir uns berührt haben. Das würde mich nicht wundern. Aber sonst nichts, wir haben uns wirklich sehr diskret verhalten.«

»Wie war er, wenn Sie sich getroffen haben?«

Tess konnte förmlich sehen, wie er sich anstrengte, um sich zu erinnern.

»Er hing sehr an seiner Mutter. Aber Gott, er war erst fünf, und wahrscheinlich war es schwierig für ihn, weil sein Vater einfach so verschwunden war. Vielleicht hatte er Angst, dass auch sie ihn verlassen könnte. Ich erinnere mich, dass Lena das manchmal so gesagt hat, dass sie es so interpretiert hat. Sie hat immer gescherzt, dass er eifersüchtig sei. Dass er ihr kleiner Prinz sei.«

»Und es ist nichts vorgefallen, weswegen er denken könnte, Sie hätten Lena ermordet?«

»Was sollte das sein?«

»Dass sie sich gestritten haben, etwas in der Art.«

»Lena und ich haben uns kein einziges Mal gestritten. Wir haben uns geliebt. Wäre sie nicht gestorben, ich glaube, wir wären zusammengeblieben. Ich habe oft gedacht, dass …«

»Was?«

»Dass sie die Erste war, mit der ich mir ein Zusammenleben vorstellen konnte.«

Tess richtete sich auf ihrem Stuhl auf.

»Eher als mit Ulrika, die Sie dann geheiratet haben?«

Mattias schloss die Augen.

»Es kommt mir schrecklich vor, das so zu sagen.«

»Aber so war es?«

Er biss sich auf die Lippen, ohne zu antworten.

Tess wartete, aber als er nichts mehr sagte, fuhr sie fort.

»Wann sind Ulrika und Sie ein Paar geworden?«

»Ich und …«

Mattias zögerte, schaute auf seinen Schoß.

»Ja, also wir hatten bereits eine kurze Beziehung, bevor ich Lena kennengelernt hatte.«

Tess nickte, ohne etwas zu sagen. Doch sie merkte, wie sich dieses besondere Gefühl in ihr breitmachte, das immer auftauchte, wenn sie eine Vernehmung durchführte und neue Zusammenhänge sichtbar wurden, die alles in ein neues Licht rückten.

»Wie lange ungefähr?«

»Ich weiß nicht … Ein paar Jahre, Ulrika wurde schwanger. Ich glaube, sie hat es erwähnt, als Sie bei uns waren. Es war eine Fehlgeburt.«

Tess erhob sich und trat ans Fenster. Lehnte sich an den Rahmen und schaute zum Himmel und auf den Streifen Sonne, der durch die Wolken fiel. Ulrika Falk, dachte sie.

»Wie hat Ulrika die Fehlgeburt damals verkraftet?«, fragte sie, ohne sich umzudrehen.

»Sehr schlecht, sie war danach nicht mehr sie selbst. Das hat dann letztlich auch dazu geführt, dass es zwischen uns zu Ende ging. Die Trauer über die Fehlgeburt war wohl vor allem ihre Trauer, ich war mir gar nicht sicher, ob ich überhaupt schon für ein Kind bereit war. Und als sie dann eine Art Psychose bekam …«

Tess setzte sich in die Fensternische und sah Mattias an.

»Wie wirkte sich das aus?«

»Ulrika wurde aggressiv, sie war extrem launisch, manchmal traurig, dann wieder wütend. Irgendwann habe ich das nicht mehr ausgehalten.«

Mattias räusperte sich, dann sprach er weiter.

»Sie rief ständig an und bettelte, dass wir es doch noch mal versuchen sollten, und als ich nicht wollte, fühlte sie sich zurückgewiesen und dachte, ich hätte jemand anderen. Das war die Zeit, in der ich Lena kennengelernt habe.«

Tess blickte erneut aus dem Fenster.

»Was glauben Sie, was mit Lena passiert ist, nachdem Sie in jener Nacht gegangen sind?«

Mattias barg den Kopf in den Händen und raufte sich die Haare.

»Es gibt etwas, das ich bis heute verzweifelt bereue.«

»Was?«

»Dass ich nicht nachgesehen habe, ob die Verandatür geschlossen war. Sie ließ sie häufig offen, vergaß abzuschließen. Und es war ein schöner, warmer Augustabend.«

Tess warf Marie einen Blick zu.

»Sie meinen also, jemand könnte dort eingedrungen sein, nachdem Sie weg waren. Vielleicht jemand, der das Haus beobachtet und nur auf eine Gelegenheit gewartet hatte?«

Mattias saß immer noch vornübergebeugt da, blickte jetzt aber von schräg unten zu ihr auf.

»Ja, zumindest könnte ich mir vorstellen, dass es so gewesen ist. Nachdem sie bei dem Brand umgekommen war, habe ich direkt gedacht, dass es ihr Ex, Bosse, war. Sie wollte immer, dass wir vorsichtig sind, damit er nichts von uns mitbekommt. Weil er so eifersüchtig war. Aber er wirkte, ehrlich gesagt, nicht wie ein Mörder.«

»Nein«, sagte Tess. »Das ist äußerst selten der Fall. Die meisten haben es nicht in sich. Aber manche werden zum Mörder, wenn man die falschen Knöpfe drückt.«

Sie schwiegen eine Weile.

»Warum haben Sie der Polizei eigentlich nie etwas von Ihrer Beziehung mit Lena erzählt?«

Wieder raufte er sich verzweifelt die Haare.

»Ich hatte Angst, verdächtigt zu werden. Ich war schließlich dagewesen, in derselben Nacht, und hatte mich rausgeschlichen. Niemand konnte beweisen oder bestätigen, dass ich ihr nichts angetan hatte. Und jetzt, im Rückblick betrachtet, wäre es wahrscheinlich wirklich so gewesen, dass ich für den Rest meines Lebens mit dem Verdacht hätte leben müssen. Weil der wahre Mörder noch immer nicht gefunden ist.«

Tess konnte ihn durchaus verstehen. Er hätte aller Wahrscheinlichkeit nach als Hauptverdächtiger gegolten, auch wenn er nicht verurteilt worden wäre, da es weder Zeugen noch Sachbeweise gab.

»Stattdessen mussten andere, zum Beispiel Bosse, damit leben, für den Mörder gehalten zu werden«, sagte sie.

Mattias sah sie an, als verstünde er nicht ganz, was sie sagte.

Sie kehrte an den Tisch zurück und setzte sich.

»Und dann, nach Lenas Tod, haben Sie und Ulrika wieder zueinandergefunden?«

»Ja. Wir haben wieder angefangen uns zu treffen, ungefähr ein Jahr nach Lenas Tod, und da hatte ich das Gefühl, dass wir doch relativ viel gemeinsam hatten, wir hatten es besser zusammen als vorher, und sie schien das mit der Fehlgeburt überwunden zu haben. Und dann bekamen wir irgendwann Leo – der dann auch gestorben ist.«

»Wie fühlte sich das an? Also, nicht der Tod Ihres Sohnes, dass das hart war, kann ich mir vorstellen. Aber wieder mit der Ex zusammen zu sein?«

Mattias schien zu überlegen.

»Das kann ich gar nicht richtig sagen. Ich weiß nicht, ob die Liebe wirklich so stark war. Ich glaube, mich hat vor allem beeinflusst, dass sie sich so sicher war, dass wir zusammengehörten. Es fühlte sich manchmal fast so an, als hätte ich gar keine Wahl. Die hatte ich natürlich, aber …«

Tess beugte sich vor.

»Wusste Ulrika von Ihrer Beziehung mit Lena?«

Mattias sank in den Sessel zurück. Ganz offenbar war er nicht unvorbereitet auf die Frage, und doch war er unangenehm berührt.

»Ulrika? Nein …«

»Sie haben es ihr nie erzählt?«

»Nein, es gab keinen Grund.«

Tess merkte, wie er ihrem Blick auswich.

»Was glauben Sie, wie sie reagiert hätte, wenn sie es damals herausgefunden hätte?«

»Sie kann es nicht gewusst haben, wir haben uns immer nur bei Lena zu Hause getroffen.«

»Wenn man etwas wirklich rausfinden will, schafft man das immer. Hatten Sie und Ulrika während dieser zwei Monate überhaupt keinen Kontakt?«

»Doch, ab und zu, sie hat mich manchmal angerufen und geweint, und manchmal ist sie auch zu mir nach Hause gekommen.«

»Dann hat sie vielleicht bemerkt, dass Sie sich verändert

hatten, glücklicher wirkten, frisch verliebt? Ein Expartner merkt so etwas meistens.«

Mattias rutschte auf seinem Sessel hin und her, als ahnte er, wohin dieses Gespräch führte.

»Mattias, glauben Sie, Ulrika hatte etwas mit Lenas Tod zu tun?«

Er warf ihr einen hastigen Blick zu.

»Nein, warum sollte sie so etwas tun? Sie würde niemals jemanden töten.«

»Aber was ist mit Ihrer früheren Beziehung, der Fehlgeburt, der Eifersucht. Sie war nicht mehr sie selbst, merkte, dass sie dabei war, Sie endgültig zu verlieren, so wie sie schon das Kind verloren hatte.«

»Aber sie kann es nicht gewusst haben.«

»Ist Ulrika früher Fahrrad gefahren?«

»Fahrrad? Ja, wieso?«

Tess konnte förmlich sehen, wie es in seinem Kopf arbeitete. Dann schlug er sich die Hand vor den Mund.

»Oh, mein Gott, war das Ulrika, die unter dem Baum …«

Tess unterbrach ihn.

»Vielleicht hatte sie gar nicht die Absicht, Lena zu töten. Vielleicht war sie nur wütend und wollte sie zur Rede stellen. Aber Lena bekam Angst, wollte, dass die fremde Frau wieder ging.«

»Und der Junge war zu Hause?«, wandte Mattias ein. »Meinen Sie, er könnte etwas gesehen oder gehört haben?«

Tess antwortete nicht. Sie sah Tim vor sich, seinen finsteren Blick.

»Und mich hat er verschont?«, fragte Mattias.

»Kommt darauf an, wie man es betrachtet. Schließlich ist Ihre Frau gestorben.«

Er stöhnte auf.

»Wahrscheinlich war es anders geplant«, sagte Tess, »aber nachdem Tim Bergmark klargeworden war, dass er zwei unschuldige Menschen getötet hatte, weil sie zufällig in Ihrem früheren Haus wohnten, musste er sich etwas Neues einfallen lassen.«

Mattias schlug die Hände vor das Gesicht, als wollte er den Albtraum ausblenden, in dem er gelandet war.

»Nein, nein. Das kann ich mir nicht vorstellen.«

Tess wechselte einen Blick mit Marie.

Je länger sie darüber nachdachte, desto sicherer war sie sich, dass sie endlich herausgefunden hatten, wie Lena Bergmark in jener Augustnacht 2005 ums Leben gekommen war. Und dass sie jetzt auch wussten, weshalb Ulrika Falk vor weniger als zwölf Stunden tot in Gislövshammar aufgefunden worden war.

»Wir machen jetzt Schluss, damit Sie sich ausruhen können«, sagte sie. »Nur eine letzte Frage noch. Hatte Ihre Frau ein Lieblingslied?«

Mattias sah sie mit glasigen, etwas abwesenden Augen an.

»Nein, nicht dass ich wüsste. Wieso?«

»Vielleicht etwas, mit dem Sie gemeinsame Erinnerungen verbanden?«

Tess zog ihr Handy heraus, ging auf Spotify und stellte es laut. In schlechter Tonqualität hallte das Intro von *I just died in your arms tonight* im Krankenzimmer wider.

Spätestens jetzt wich die letzte Farbe aus Mattias' Gesicht. Leichenblass starrte er auf Tess' Hand, als sie das Telefon zwischen ihnen auf den Tisch legte.

Als das Schlagzeug einsetzte, drehte er sich heftig zur Seite und erbrach sich in einem Schwall auf den Boden.

Tess schaltete die Musik aus, stand auf und ging in den Flur, um jemanden vom Personal zu holen. Marie folgte ihr. Kerstin Jacobsson war bereits ins Büro zurückgefahren, aber

Adam Wikman und ein anderer Kollege aus Ystad hielten vor dem Krankenzimmer Wache.

»Ist wahrscheinlich besser, wenn er jetzt nicht alleine ist«, sagte Tess zu Wikman.

2005
Der letzte Abend

Nachdem Lena Tim ins Bett gebracht hatte, ging sie noch einmal in den Garten, um die Hortensien und Tomatenpflanzen zu gießen.

Die Augusthitze trocknete alles aus, die Wiese war ganz gelb geworden. Bald würde wahrscheinlich wieder ein Bewässerungsverbot ausgesprochen, deshalb galt es, die Zeit zu nutzen. Sie nahm die Wäsche von der Leine, die in der sengenden Sonne binnen einer Stunde getrocknet war.

Anschließend schenkte Lena sich ein Glas Wasser ein und setzte sich auf die Veranda. Es war lange her, seit sie dieses erwartungsvolle Kribbeln zuletzt gespürt hatte. Als warte um die Ecke ein neues Leben auf sie. Sie freute sich so sehr auf den Wochenendtrip nach Kopenhagen.

Deshalb war sie erleichtert, dass Enrico zugesagt hatte, sich in der Zwischenzeit um Tim zu kümmern. Er und seine neue italienische Frau waren zufällig in Schweden, und er hatte sich gemeldet, weil er Tim sehen wollte.

Ihre Mutter Birgitta war wegen einer Hüft-OP im Krankenhaus und würde anschließend wohl noch Monate auf Krücken angewiesen sein. Unmöglich, da mit Tims Tempo mitzuhalten.

Lena schaute über den Garten und die Felder, hinter denen die Sonne unterging. Sie dachte an die Restaurants, die sie am Wochenende besuchen würden, und wie sie zwischen den bunten Häusern am Kanal in Nyhavn spazieren gehen würden, und sie dachte an das Hotel, in dem sie wohnen würden.

Dann stand sie auf und ging rein, ließ aber die Verandatür offen. Nachdem sie sich vergewissert hatte, dass Tim schlief, schickte sie eine SMS an Mattias.

Kurz darauf stand er in ihrer Küche. Der schönste und wunderbarste Mann, dem sie je begegnet war. Sie küssten sich, doch dann löste sie sich plötzlich von ihm und schaute durchs Fenster auf die Straße.

»Was ist?«

»Es wäre nicht gut, wenn die Nachbarn uns sehen und tratschen«, sagte sie und lächelte.

»Lass sie doch reden. Wenn sie an einem Donnerstagabend nichts Besseres zu tun haben, als hier reinzuglotzen, dann soll es sich wenigstens lohnen.«

Er wollte sie wieder an sich ziehen. Lena gefiel es nicht, dass die Hecke zur Straße so niedrig war. Sie wollte ihm aber auch nicht sagen, dass sie an mehreren Abenden den Eindruck gehabt hatte, jemand stünde draußen unter dem Baum und beobachte sie.

»Warte kurz.«

Er ging in den Flur, um etwas zu holen.

»Hier.«

Mattias hielt eine Flasche Champagner hoch. Genau das mochte sie so an ihm: Er machte den Alltag zu einem Fest. Und was das anging, war sie in den letzten Jahren nicht gerade verwöhnt worden.

Lena nahm zwei Gläser aus dem Schrank, und sie gingen ins Schlafzimmer. Ein letztes Mal noch schaute sie zu Tim hinein, legte eine Hand an seine warme Wange, lauschte seinem Atem. Dann schloss sie seine Tür.

Wieder im Schlafzimmer warf sie sich aufs Bett.

»Ich fühle mich wie eine Internatsschülerin, die auf dem Zimmer heimlich Champagner trinkt.«

»Freches Mädchen«, sagte er und gab ihr einen Klaps auf den Hintern.

Lena schaltete leise Musik ein. Dann zogen sie sich aus und krochen ins Bett. Er legte sich auf sie. Sie sah ihm in die Augen und hielt seinen Oberarm fest.

»Ich möchte, dass du bleibst.«

Als sie aufwachte, zog er sich die Hose an. Draußen war es dunkel, es musste also bereits nach Mitternacht sein.

»Ich muss los.«

Sein Haar war zerzaust.

»Es wird toll, am Samstag. Ich hole dich ab, wir lassen das Auto in Malmö stehen und fahren mit dem Zug rüber.«

»Okay, zieh die Tür einfach zu. Aber nicht zu laut.«

Er lachte und warf ihr eine Kusshand zu.

Lena hörte die Treppe unter seinen Füßen knarren. Er fehlte ihr schon jetzt. Eigentlich wollte sie einfach nur weiterschlafen, aber es war ihr unangenehm, nach dem Champagner nicht die Zähne zu putzen.

Sie stellte die Gläser und die leere Flasche unters Bett, wollte nicht, dass Tim sie sah und Fragen stellte. Je größer er wurde, desto schwieriger war es, Dinge vor ihm geheim zu halten.

Als sie im Bad fertig war, legte sie sich wieder ins Bett. Sie fühlte sich angenehm entspannt vom Champagner und schloss die Augen, dachte, was für ein Riesenglück sie hatte, dass Mattias sich für sie interessierte. Dass so einer nicht längst liiert war, Kinder hatte und Familienvater war. Sie konnte kaum glauben, dass es wirklich wahr war.

Lena streckte die Hand aus und löschte das Licht. Samstag um diese Zeit wären sie schon in Kopenhagen.

Sie erwachte von einem neuerlichen Knarren der Treppe. Hatte Mattias etwas vergessen und kehrte noch mal zurück? Aber wie war er hereingekommen? Hatte sie vergessen, die Verandatür zuzumachen? Es wäre nicht das erste Mal.

»Hallo?«, rief sie leise. »Mattias?«

Als niemand antwortete, dachte sie, Tim wäre vielleicht aufgestanden und schlafwandele nun durchs Haus.

Sie knipste die Nachttischlampe an.

»Tim?«

Das Knarren verstummte. Sie rief noch einmal, etwas lauter.

»Tim, bist du wach?«

Die Schlafzimmertür ging auf. Erst sah sie nur die Umrisse eines Menschen, die einfach nicht ins Bild passten. Größer als Tim, aber kleiner als Mattias.

»Wer sind Sie?«

Sie kannte die dunkelhaarige Frau nicht, die sich ihrem Bett näherte.

»Was wollen Sie in meinem …«

Weiter kam sie nicht, die Frau war bereits bei ihr. Lena schaute in ihre glasigen, hasserfüllten Augen und erstarrte. Sie wollte schreien, brachte aber keinen Ton heraus.

»Ich dachte, ich spiel dir mal ein Lied vor«, sagte die Frau und grinste.

Gelassen ging sie zu der Stereoanlage am anderen Ende des Zimmers, öffnete die Klappe und legte eine CD ein.

»Das ist unser Lied, Mattias und ich haben es immer gehört.«

Lena zog sich die Decke bis zum Kinn und starrte die Frau an.

Helle, laute Streichmusik erfüllte den Raum. Und als Lena hörte, was da gesungen wurde, begriff sie, woher der Text in den Drohbriefen stammte, die sie in letzter Zeit erhalten hatte.

»Es war das Erste, was wir gehört haben, nachdem wir zusammen waren. Und es wird das Letzte sein, was du hören wirst.«

Bevor sie den Krankenhausparkplatz wieder verließen, blieben Marie und Tess noch eine Weile im Auto sitzen.

»Sleeping with the enemy«, sagte Marie. »Wie furchtbar, wenn rauskommt, dass man mit jemandem zusammengelebt hat, der gemordet hat – der denjenigen ermordet hat, den man über alles liebte. Kein Wunder, dass er auf den Boden gekotzt hat.«

Tess dachte an ihre Begegnung mit Ulrika Falk zurück. Nichts hatte damals auch nur den geringsten Verdacht in ihr geweckt. Ulrika hatte dabeigesessen, aber gleichzeitig deutlich gemacht, dass das Gespräch um etwas in der Vergangenheit ging, mit dem sie nichts zu tun hatte.

Tess sah wieder die weinrote Samthose vor sich. Und das Bild der letzten Nacht, in der sie, wie gekreuzigt, an dem Gerüst in Gislövshammar gehangen hatte.

Marie wandte sich ihr zu.

»Warum hat Tim dir nie von seinem Verdacht erzählt?«

»Vielleicht traute er seiner Erinnerung nicht. Hättest du das getan?«

»Keine Ahnung. Manchmal ist es gar nicht leicht zu wissen, was man wirklich erlebt oder gesehen hat. Was sind nur Fotos, was stammt aus Erzählungen, die man gehört hat, was hat man tatsächlich selbst erlebt?«

Tess startete den Motor und fuhr los.

»Dennoch bestraft er sie alle, einen nach dem anderen.

Weil sie gelogen oder geschwiegen haben. Er hat die ganze Zeit geahnt, wer es war. Wahrscheinlich hat er bei den Essen genügend mitbekommen und sich den Rest zusammengereimt. Und dann hat er sein Urteil gefällt.«

Marie unterbrach sie.

»Aber woher wusste er, wer Ulrika war?«

»Er muss Mattias gegoogelt haben, und dann hat er gesehen, mit wem er zusammenlebt. Da ist vielleicht der Groschen gefallen. Denn einen Verdacht hatte er wahrscheinlich schon lange.«

Tess schlug mit der Hand aufs Lenkrad.

»Hätten wir den Fall doch nur früher wiederaufgenommen! Wenn ich nicht so lange gewartet hätte, wäre es vielleicht ...«

Marie schüttelte den Kopf.

»Wenn, wenn, wenn. Und wenn es wenn nicht gäbe?«, sagte sie. »So funktioniert das doch nicht. Dann hätten die Angehörigen anderer Opfer zurückgestanden, während du mit Tims Mutter beschäftigt gewesen wärst. Es gab keine Beweise, nichts, das auf Ulrika hingedeutet hätte. Der Hinweis von Tim, fünfzehn Jahre später, hätte bestimmt keinen Staatsanwalt überzeugen können. Du darfst ja auch nicht vergessen, dass er vollkommen durchgeknallt ist. Er ist nicht mehr der kleine Junge, um den du dich gekümmert hast. Den gibt es nicht mehr.«

Tess warf einen Blick auf die Felder, die vor dem Autofenster vorbeiflogen. Marie hatte natürlich recht.

»Wenn man ganz weit ausholen möchte«, fuhr Marie fort, »kann man sogar sagen, dass Mattias mit seiner Angst, selbst verdächtigt zu werden, zum Tod seiner Frau beigetragen hat.«

Nachdem sie im Fitnessstudio des Polizeigebäudes geduscht hatte, fühlte Tess sich wie ein neuer Mensch. Noch vor Marie verließ sie die Umkleide und nahm den Fahrstuhl zu ihrer Abteilung. Auf den Fluren herrschte sonntägliche Ruhe. In einer guten Stunde wollten sie sich zusammensetzen, um noch einmal über den Mord an Ulrika Falk zu sprechen.

Tess stellte sich vor das Whiteboard. Auf der einen Seite hing das Foto von Lena Bergmark, auf der anderen das ihres Sohnes Tim. Zwei Mordermittlungen, die nun gelöst waren. Und die, wie sich gezeigt hatte einer gemeinsamen Wurzel entsprangen. So weit war alles gut.

Tess ging zum Drucker hinüber und nahm die Bilder heraus. Zumindest hatte sie das Ziel erreicht, das sie sich zu Beginn der Arbeit an diesem Fall gesteckt hatte: Die Leerstellen auf der Tafel konnten gefüllt werden. Unter dem Foto von Lena Bergmark brachte sie das von Ulrika Falk an.

Tim hatte recht gehabt, er hatte die Dinge selbst in die Hand nehmen müssen. Sie bezweifelte stark, dass sie so viele Jahre danach noch herausgefunden hätten, dass Ulrika Falk Lena Bergmark getötet hatte. Zu viele dunkle Geheimnisse, Freundschafts- und Liebesverhältnisse hatten ihnen den Blick verstellt, und ohne die Brandmorde wären diese Zusammenhänge wahrscheinlich nie ans Licht gekommen.

Weniger Zufriedenheit verspürte Tess allerdings darüber, dass die eine Täterin jetzt im Leichenhaus lag und der andere Täter, Tim Bergmark, sie weiter in Atem hielt.

Wenn die Techniker an dem Eisengerüst am Meer nichts fanden, hatten sie nach wie vor nichts gegen ihn in der Hand. Noch immer konnten sie Tim Bergmark nicht nachweisen, dass er den Tod von sechs Personen sowie fünf schwere Brände verursacht hatte. Dass sich auf seinem Laptop jede Menge seltsamer Zahlen und Muster zum Thema Todsünden gefunden hatten, würde vor Gericht nicht als Beweis akzeptiert werden.

Durchs Fenster sah Tess, dass das bunte Laub draußen an den Bäumen sich gelichtet hatte. Immer wieder segelten Blätter zu Boden. Bereits in einer Woche war das meiste wahrscheinlich herunter, und dann würden sie über Monate auf kahle Bäume schauen.

Die Herbstsonne fiel auf ihr Handy auf dem Schreibtisch. Sandra hatte mehrfach versucht sie zu erreichen, morgen wollte sie wieder nach Hause kommen. Tess hatte ihr gesagt, sie solle lieber noch ein paar Tage in Stockholm bleiben. So wie es aussah, konnten sie ohnehin nicht ins Haus, und es war Tess für den Moment tatsächlich lieber, Sandra nicht in ihrer Nähe zu haben. Solange Tim nicht gefasst war, war es einfach nicht sicher.

Ein »Pling« vom Computer kündigte eine neue E-Mail an. Instinktiv wusste Tess, wer der Absender war.

Die Adresse Sonny0925 leuchtete ihr entgegen. Sie klickte auf die Mail und stellte fest, dass sie zwei Anhänge hatte, einer davon ein Video.

Nach kurzem Zögern drückte sie auf Play.

Tims schwarze Augen starrten sie direkt an. Sie drückte auf Pause, noch ehe er anfing zu sprechen. Der Hintergrund war ihr bekannt, allzu bekannt. Durchs Fenster war das

Meer zu sehen, Schaum lag in weißen Streifen auf der Wasseroberfläche.

Sie beugte sich vor, um besser sehen zu können. Doch sie wusste bereits, wo Tim sich aufhielt. Ihr Puls ging schneller. Wie lange war er schon dort?

Tess erkannte die Umrisse der Landzunge in Gislövshammar. Wahrscheinlich war der Film heute aufgenommen worden, nach mehreren bewölkten, windstillen Oktobertagen war es der erste sonnige Tag seit Langem.

Hatte er sich zwischen den Bränden den ganzen Herbst über dort versteckt?

Tim saß an dem wackligen Tisch, an den sie sich gut erinnerte. Er hatte ihn mit einem weißen Tischtuch gedeckt, eine letzte Mahlzeit, wie es aussah. Mitten auf dem Tisch standen ein Teller mit Brot sowie eine ungeöffnete Rotweinflasche. Neben ihm ein Kandelaber mit brennenden Kerzen.

Sie stand auf und ging ans Fenster. Die Sonne spiegelte sich im Kanal, und sie spürte, wie Zorn in ihr aufstieg. Mit welchem Recht hatte er sich dort aufgehalten und ihr hinterherspioniert? Was beabsichtigte er mit diesen Spielchen? Wollte er sie ebenfalls töten? Weshalb hatte er dann nicht längst zugeschlagen, hatte ihr Haus in Brand gesetzt, eine rote Zwei darauf gemalt und sich an seiner kranken Rache erfreut? Oder versuchte er sie zu terrorisieren, indem er sich Zeit ließ, so wie er es mit Mattias getan hatte?

Sie drehte sich zum Computer um. Vielleicht fand sie dort die Antwort? Widerstrebend drückte sie noch einmal auf Play.

»Tess«, sagte Tim direkt in die Kamera.

Sie begegnete seinem manipulativen Blick, war sich voll und ganz bewusst, dass er versuchte, sie mit der vertraulichen Anrede aus dem Gleichgewicht zu bringen.

»Du wolltest doch immer alles wissen und verstehen und

Erklärungen finden. Das, worüber ich Klarheit brauchte, musste ich selbst herausfinden. Deshalb sind wir an dem, was passiert ist, beide beteiligt. Es ist unser gemeinsames Werk.«

Tims Lächeln reichte nicht bis zu den Augen. Sein Blick war genauso pechschwarz, wie sie es von seinen schlimmsten Wutanfällen als Kind in Erinnerung hatte. Jetzt war es eher der Blick eines Menschen, der alles aufgegeben hatte.

Er brach ein Stück Brot und fuhr fort.

»Wenn du das hier bekommst, wird ohnehin nichts mehr übrig sein.«

Tess runzelte die Stirn. Was meinte er damit?

Sie sah, dass er ein Blatt Papier vor sich liegen hatte, auf dem merkwürdige Linien zu sehen waren, die alle von einer einzigen Geraden ausgingen. Sie wusste, dass seine erfundenen Sünden darauf standen, genau wie in dem Dokument, dass sie auf seinem Computer gefunden hatten.

Er schaute auf das Blatt und fuhr mit dem Finger über die Linien.

»Erinnerst du dich, wie ich ständig gequengelt habe, dass wir hinfahren sollten? Jeden Abend wollte ich sie sehen, und dann standen wir da.«

Er schlug die Beine übereinander, nickte nachdenklich und blickte ernst in die Kamera.

»Du warst nett, ja, das warst du. Dass du es auf dich genommen hast, dich um mich zu kümmern. Wir sollten uns noch einmal dort treffen. Nebeneinanderstehen und über das Leben nachdenken, über unsere gemeinsamen Sünden. Aber dieses Mal wird es anders sein. Wir werden weitergehen, ins Fegefeuer hinein.«

Er fummelte an dem Brot herum.

»Erst mal aber das.«

Er legte den Finger auf die zweite Linie von oben.

»Wir sind inzwischen bei Nummer zwei angelangt. Acedia. Klingt eigentlich schön. Viel besser, als es ist. Faulheit. Oder Gleichgültigkeit, sagt man wohl auch.«

Er beugte sich zur Kamera, die er am Tisch befestigt hatte.

»Wurde es dir zu schwer? Zu unangenehm? Zu nah? Oder hattest du einfach keine Kraft mehr?«

Er hielt kurz inne.

»Wie ich dich kenne, verfluchst du dich jetzt selbst. Vielleicht bereust du sogar deine Entscheidung, deine Faulheit und Gleichgültigkeit. Dass du es nicht angepackt hast, den Mörder meiner Mutter zu finden.«

Er zog ein Feuerzeug aus der Hosentasche und zündete das Blatt Papier an.

Für eine Sekunde verdeckte die hohe Flamme sein Gesicht, dann warf er das noch glühende Blatt hinter sich auf den Boden. Tim Bergmark lächelte sein breitestes Lächeln und starrte in die Kamera, während er aufstand und sich vorbeugte, den Zeigefinger an sein Auge legte und flüsterte, beinahe fauchte:

»Auge um Auge, Zahn um Zahn.«

Tess spürte, wie ihr Atem plötzlich stoßweise und flach ging. Das Video war zu Ende. Sie sprang auf.

Der Bildschirm wurde immer noch von Tims Gesicht ausgefüllt. Wie hatte sie nur so auf sich selbst fixiert, so bescheuert sein können? Rasch klickte sie das andere Dokument in Tims E-Mail an und stellte fest, dass es sich um eine Art Liste mit Sünden und Erklärungen handelte.

Sie schnappte sich ihre Jacke und rannte auf den Flur.

Tess ließ es endlos klingeln, aber ihre Mutter ging nicht dran.

Laut Google Maps waren es noch zweiundvierzig Minuten bis Abbekås, vierzig, wenn sie richtig Gas gab. Tess war bereits auf der E65 Richtung Ystad, fuhr aber noch einmal rechts ran und suchte die Nummer der Nachbarin ihrer Mutter, Iris Hylander, heraus.

Es dauerte einen Moment, bis Iris wusste, mit wem sie sprach.

»Ich glaube, Marianne ist spazieren, das macht sie um diese Zeit häufig. Vielleicht hat sie ja ihr Handy zu Hause vergessen? Oder ist irgendetwas passiert?«

»Nein, aber könntest du vielleicht trotzdem mal schauen, ob sie da ist? Vielleicht hört sie das Handy einfach nicht.«

Iris versprach sofort rüberzugehen und sich dann noch mal bei Tess zu melden.

Erst, nachdem sie aufgelegt hatte, fiel Tess ein, dass es ziemlich verantwortungslos von ihr war, eine siebzigjährige Frau an einem Haus klingeln zu lassen, in dem vielleicht gerade ein Verbrechen geschah. Sie überlegte, ob sie noch einmal anrufen sollte, ließ es aber bleiben. Sie brauchte Gewissheit.

Tess fuhr wieder auf die Straße und in hohem Tempo weiter Richtung Abbekås. Marie war sicher auch schon unterwegs; nachdem Tess sie angerufen und von Tims Mail erzählt hatte, war sie sofort in die Garage hinuntergerannt und hatte auch Kerstin Jacobsson alarmiert, die jetzt von Ystad aus unterwegs war.

Tims Stimme hallte in Tess nach. *Auge um Auge, Zahn um Zahn.*

Bei Skurup bog sie ab. Vergeblich drückte sie immer wieder auf »Anruf wiederholen«. Ihre Mutter ging nicht ans Handy. War es Erschöpfung gewesen, der Schlafmangel, dass sie nicht weitergedacht und Tims perfiden Plan durchschaut hatte?

Sie war von sich ausgegangen, hatte gedacht, er hätte sie im Visier, sie wäre eine der Ziffern, eins seiner Ziele. Gemeinsam mit den Kollegen hatte sie überlegt, wessen sie sich schuldig gemacht haben könnte, hatte Zahlen und Todsünden gedreht und gewendet, ohne das logischste, offensichtlichste Ziel seiner Rache zu sehen. Tess sollte dieselbe bittere Medizin zu kosten bekommen wie er selbst. Sollte erleben, wie es sich anfühlte, seine Mutter zu verlieren.

Die anderen hatten ihre Strafe bereits bekommen, am Ende auch Mattias und Ulrika. Nur die größte Sünderin war noch übrig, die verhindert hatte, dass alles ans Licht kam, und die ihn so gezwungen hatte, all diese Verbrechen zu begehen.

Deshalb sind wir an dem, was passiert ist, beide beteiligt. Es ist unser gemeinsames Werk.

Nein, das konnte er vergessen. Dahin würde er sie nicht bringen. Selbst wenn sie sich schuldig gemacht hatte, den Mord an seiner Mutter nicht untersucht zu haben, und es vielleicht sogar unbewusst vermieden hatte: Mit seiner kranken Rache und mit all seinen Verbrechen hatte sie nichts zu tun.

Ihr Handy klingelte, das Display zeigte Iris' Nummer. Tess' Herz begann zu rasen.

»Ich habe bei ihr geklopft, aber sie hat nicht aufgemacht.

Die Haustür war nicht abgeschlossen, das ist sie ja nie, deshalb habe ich auch reingeschaut und nach ihr gerufen. Das Radio war an. Ich glaube, sie ist einfach nur spazieren.«

»Dann sah alles ganz normal aus?«

»Ja«, sagte Iris. »Was denkst du denn, was passiert sein könnte?«

»Ach, ich hab mir nur Sorgen gemacht, weil sie nicht an ihr Handy gegangen ist.«

Es war typisch ihre Mutter, dass sie die Tür nicht abschloss. Dabei hatte Tess es ihr schon so oft gesagt. Nur weil man auf dem Land lebte, war man nicht automatisch vor Verbrechen sicher.

Tess bat Iris, sofort anzurufen, wenn sie etwas hörte. Zumindest stand das Haus ihrer Mutter nicht in Flammen, das war schon mal etwas.

Sie ignorierte den Blitzer am Ortseingang von Skivarp. Bereits an der Kreuzung, wo sie die Abzweigung Richtung Meer und Abbekås nahm, konnte sie das weiß gekalkte Haus ihrer Mutter sehen.

Erneut klingelte ihr Handy. Diesmal war es Per Jöns.

»Wie sieht's aus?«

»Ich bin gleich da, es brennt jedenfalls nicht.«

»Du gehst bitte nicht alleine rein. Kerstin hat ein Team aus Ystad losgeschickt, die Kollegen müssten ebenfalls gleich da sein.«

»Ich bin bewaffnet.«

»Ja«, sagte Jöns. »Trotzdem. Ich habe mir das Video angeschaut. Seine Nachricht lässt sich nur als direkte Drohung an deine Adresse deuten.«

Tess fuhr jetzt dicht hinter einem LKW und versuchte eine Lücke zu finden, um ihn zu überholen. Sie fühlte sich seltsam abgestumpft. Als führe sie per Autopilot, sehr schnell, aber ohne selbst zu steuern.

»Wie geht es dir?«, fragte Jöns.

»Gut. Ich muss nur endlich ankommen. Leider können wir ihm den Mord und die Brände immer noch nicht nachweisen, und dass er einen Audi besitzt, der mehrfach vor meinem Haus gesichtet wurde, ist ebenfalls nicht strafbar.«

»Nein, aber er hat eine Polizistin zu Hause aufgesucht und ihr jetzt auch noch eine Drohmail geschickt.«

Tess wechselte auf die Gegenfahrbahn, um den LKW endlich zu überholen.

»Er scheint in der Aalkate in der Nähe meines Hauses untergekrochen zu sein«, sagte sie.

Der LKW beschleunigte und weigerte sich, sie vorbeizulassen. Tess gab noch mehr Gas, und schließlich gelang ihr das Manöver.

»Ich habe es schon gehört«, sagte Jöns. »Kerstin Jacobsson hat ein zweites Team nach Gislövshammar geschickt. Sie müssten jeden Moment dort sein. Falls du nicht sofort von uns hörst, ist er bereits weg. Ich möchte auf jeden Fall, dass du auf Verstärkung wartest, bevor du reingehst.«

»Okay«, sagte sie.

Kommt drauf an, dachte sie.

Marianne Hjalmarsson wohnte in einem relativ neuen, zweigeschossigen Haus am Rande von Abbekås. Tess stellte fest, dass ihr blauer Volvo nirgends zu sehen war, vielleicht stand er aber auch in der Garage.

Sie hielt in der Einfahrt.

Marie schrieb, sie sei in zwei Minuten da, sie sei noch mal in der Dienststelle vorbeigefahren, um ein Funkgerät zu holen. Tess schloss kurz die Augen. Vielleicht war es tatsächlich, wie Iris gesagt hatte, und ihre Mutter war lediglich spazieren gegangen. Sie schaute in den Rückspiegel und hoffte inständig, Marianne in ihrer lachsrosa Daunenjacke auftauchen zu sehen.

Beim Aussteigen blickte sie sich um, vom Haus aus konnte man ein Stück Meer sehen. Es lag still da, bald würde über dem flachen Land die Sonne untergehen. Der Rosenstrauch mit den hellrosa Blüten, Stanwell Perpetual, auf den ihre Mutter so stolz war, rankte sich die weiß gekalkte Wand hinauf. Auf den Nachbargrundstücken war niemand zu sehen.

Als sie ein Auto hörte, drehte sie sich um, griff unwillkürlich nach der Waffe unter ihrer Jacke. Marie vollführte eine Vollbremsung.

»Irgendwas Neues?«, fragte sie, als sie die Autotür öffnete.

Tess schüttelte den Kopf. Marie trat zu ihr, und sie warteten kurz, dann drückte Tess die Klinke herunter.

Die Tür quietschte, und der vertraute Geruch ihrer Mutter schlug Tess entgegen. Normalerweise vermittelte er ihr ein Gefühl von Geborgenheit, jetzt aber eher die eisige Vorahnung einer Katastrophe. Genau wie Iris gesagt hatte, klang es, als liefe irgendwo ein Radio.

Tess zog ihre Waffe und nickte Marie zu.

Das Erdgeschoss war schnell durchsucht, alles sah normal und aufgeräumt aus. Mariannes Handy lag auf dem Esstisch, und Tess überprüfte die eingegangenen Nachrichten. Sie waren von ihr selbst, von Isabel sowie von einer ehemaligen Arbeitskollegin. Sie gingen nach oben, wo das Schlafzimmer, ein weiteres Zimmer sowie das Bad lagen.

»Hallo?«, rief Tess und sah plötzlich ein, dass sie sich gar nicht darauf vorbereitet hatte, was sie möglicherweise erwartete. Woher wollte sie wissen, dass Tim Bergmark nicht bereits hier gewesen war und seine Mission zu Ende geführt hatte? Sie versuchte diese Bilder zu verdrängen, ging zum Radio und schaltete es aus.

Marie deutete mit dem Finger darauf.

»Lässt sie es oft einfach laufen?«

Tess zuckte die Achseln, sie hatte keine Ahnung, wusste nicht, welche Gewohnheiten ihre Mutter hatte.

Marie ging ins Bad, und Tess untersuchte das Schlafzimmer. Dann gingen sie wieder hinunter.

Mitten im Wohnzimmer blieb Tess stehen. Im Bücherregal stand ein Foto von ihr selbst, sie wusste, dass Marianne es immer dort stehen hatte. Drum herum zahlreiche Fotos der Enkelkinder, Isabels Tochter und Sohn.

Sie ging in die angrenzende Küche und sah, dass eine der Schranktüren offenstand. Ein Topf lag auf dem Boden, als wäre er herausgefallen. Daneben ein Deckel. Tess runzelte die Stirn, denn Marianne Hjalmarsson war ein sehr ordentlicher Mensch.

»Das sieht ihr nicht ähnlich. Sie ist wahnsinnig pedantisch. Nie würde sie einen Topf so liegenlassen, sie würde sich zu Tode schämen, wenn das jemand sähe.«

Marie ging zum Schrank, bückte sich und schaute hinein.

»Ja, sieht sehr aufgeräumt aus. Wir gehen raus und warten auf die anderen, machen einen Plan.«

Tess nickte, sie war dankbar, Marie jetzt bei sich zu haben. Nicht nur, weil sie das Gefühl hatte, selbst nicht richtig zu funktionieren, sondern auch weil sie wusste, dass sie sich in Situationen wie diesen voll auf sie verlassen konnte. Sie war furchtlos und würde nicht zögern zu schießen, falls es erforderlich wäre. Gleichzeitig war sie besonnen genug, die Waffe nicht vorschnell zu benutzen.

Draußen trafen sie auf Adam Wikman, der aus einem Streifenwagen aus Ystad stieg. Tess begrüßte zunächst Erlandsson, mit dem sie bereits mehrfach zusammengearbeitet hatte. Sie berichtete kurz, dass sie im Haus gewesen waren und wie sie die Situation einschätzten. Adam Wikman kam herüber.

»Tut mir leid«, sagte er, »es muss sich schrecklich anfühlen. Die eigene Mutter!«

»Ja, ja«, unterbrach ihn Marie. »Noch wissen wir ja nicht, was passiert ist, da gibt es also nichts leidzutun. Im Gegenteil, vieles deutet darauf hin, dass Tess' Mutter einfach nur einen kleinen Nachmittagsspaziergang macht. Bestimmt ist sie gleich zurück. Wollen wir in der Zwischenzeit mal ums Haus gehen?«

Sobald Tess und sie um die Ecke gebogen waren, verdrehte sie die Augen: »Gott, was für ein Waste of Space.«

Sie kamen auf die Rückseite des Hauses. Marianne wollte einen pflegeleichten Garten und hatte lediglich eine kleine Wiese, ein paar Pflanzkübel sowie ein paar einzelne Sträucher hinterm Haus.

Tess ging voran und wollte gerade wieder zu den anderen zurück, als sie Marie hinter sich hörte.

»Warte«, sagte sie leise. Und dann: »Komm.«

Tess drehte sich um. Marie stand vor dem Kellereingang. Als sie die rote Zwei entdeckte, die über die Hälfte der Tür gesprayt war, erstarrte sie.

»Die gehört nicht hierher, oder?«

Tess antwortete nicht, starrte lediglich die Zwei an.

»So ein Arschloch«, sagte Marie.

Sie zog die Waffe und ging zur Tür. Diese war schwergängig, und sie musste sich dagegenstemmen.

Sie knipste das Licht an. Drinnen standen ein Rasenmäher, ein paar Körbe und ein Rechen.

Marie löschte das Licht und schloss die Tür wieder. Dann drehte sie sich um und griff nach Tess' Arm.

»Wir finden ihn. Du musst daran glauben, okay?«

Rasch liefen sie wieder auf die Vorderseite des Hauses.

Tess setzte sich sofort ins Auto. Sie öffnete ihre E-Mails, um nachzusehen, ob eine weitere Nachricht von Tim eingetroffen war.

Marie beugte sich zu ihr herein.

»Sie sagen, sie passen hier am Haus auf, wenn wir loswollen.«

Tess schaute hinaus.

»Er ist nicht mehr hier.«

Marie gab ihr ein Zeichen rüberzurutschen und setzte sich auf den Fahrersitz.

Sie wendeten und fuhren denselben Weg zurück, den sie eben gekommen waren.

Tess brachte es nicht über sich, Isabel anzurufen, um ihr zu berichten, was passiert war. Es war ganz allein ihre Schuld.

Sie musste an ihre letzte Begegnung mit Marianne denken, als diese spontan in Gislövshammar vorbeigekommen war. Wie kühl sie sich ihr gegenüber verhalten hatte, in dem Wunsch, ihre Mutter möge möglichst schnell wieder gehen.

Marianne war eine unschuldige Spielfigur in Tims krankem Plan. Was hatte er ihr angetan? Lag sie gefesselt in diesem silberfarbenen Audi? Wie war es Tim gelungen, sie aus dem Haus zu bekommen?

Tess versuchte es sich vorzustellen, gleichzeitig wehrte sie sich gegen die Bilder, die von überall auf sie eindrangen.

»Stell die Gedanken mal ab«, sagte Marie. »Es nutzt nichts, wenn du dich selbst damit bestrafst.«

Tess sah die kleinen Orte von Söderslätt an sich vorüberziehen.

»Wie konnte ich nur so bescheuert sein? Es ist doch vollkommen logisch, dass er mich mit denselben Mitteln strafen will. Wenn seine Mutter gestorben ist, muss auch meine sterben.«

»Du vergisst, dass es völlig unnormal ist, so zu denken.«

»Schon, aber wir hatten jetzt ja schon ein paar Tage Gelegenheit, uns in ihn hineinzudenken.«

Marie blickte sich kurz über die Schulter um, dann überholte sie einen roten BMW.

»Ich kann nicht behaupten, dass ich das geahnt habe. Und wäre er ein bisschen raffinierter, hätte er sich auf Sandra eingeschossen. Er weiß wahrscheinlich nicht, dass du und deine Mutter ein recht kühles Verhältnis miteinander haben, sondern geht ganz allein von sich aus, wie alle Psychopathen. In seiner Welt ist Mama die Größte, deshalb denkt er, dass es für dich auch so ist.«

Sie fuhren durch Svedala, und Tess trank einen Schluck aus ihrer Colaflasche. Sie öffnete noch einmal die Mail, die sie von Tim bekommen hatte, sowie das angehängte Dokument. Das Geflecht aus Linien, das er gezeichnet hatte, füllte das Display. Es war dasselbe, das er auf seinem Rechner gehabt hatte und das sie im Büro an ihr Whiteboard geheftet und vergeblich zu analysieren versucht hatten.

Zunächst wurden die Todsünden aufgezählt, ganz oben der Hochmut. Sie überflog noch einmal, was er daruntergeschrieben hatte. Es war genau, wie Marie gesagt hatte: Er hatte mit der niedrigsten Zahl angefangen und arbeitete sich zur höchsten vor. Begonnen hatte er bei Andreas Moose, der sich der Wollust hingegeben und auf dessen Haus die Ziffer Acht geprangt hatte. Und dann hatte er sich Stufe für Stufe bis zu Tess hinaufgearbeitet, die sich in seinen Augen der zweiten Todsünde schuldig gemacht hatte, der Faulheit.

Tess zoomte hinein und wieder hinaus, drehte und wendete ihr Handy.

»Kannst du mal im Seitenfach nach Papier gucken?«

Marie nahm die linke Hand vom Steuer und bekam einen Stift und ein Stück Papier zu fassen, die sie ihr reichte.

Tess zeichnete dasselbe Muster auf, das Tim gezeichnet hatte.

»Haben wir uns nicht lange genug damit beschäftigt?«, seufzte Marie.

»Doch«, sagte Tess. »Aber mir ist da was aufgefallen.«

Sie zeichnete auf die andere Seite der Linie ebenso viele Striche wie Todsünden und hielt Marie den Zettel hin. Sie warf einen kurzen Blick darauf, während sie an der Ausfahrt nach Oxie vorbeifuhren.

»Wie sieht das aus, was meinst du?«

Marie bremste abrupt und geriet ins Schleudern, unmittelbar vor der Abfahrt nach Frederiksberg.

»Die Brücke? Die Pfeiler der Öresund-Brücke?«

»Ja, das hier sind die Drahtseile.«

Sie zeigte auf die Striche und klickte noch einmal Tims Video an.

»Hör dir mal diese Stelle hier an.«

Erinnerst du dich, wie ich ständig gequengelt habe, dass wir hinfahren sollten? Jeden Abend wollte ich sie sehen, und dann standen wir da. Du warst nett, ja, das warst du. Dass du es auf dich genommen hast, dich um mich zu kümmern. Wir sollten uns noch einmal dort treffen. Nebeneinanderstehen und über das Leben nachdenken, über unsere gemeinsamen Sünden. Aber dieses Mal wird es anders sein. Wir werden weitergehen, ins Fegefeuer hinein.

Tess legte das Handy weg.

»Er ist an der Brücke. Oder auf dem Weg dorthin.«

Marie startete den Motor und fuhr mit quietschenden Reifen auf die E20 Richtung Öresund.

»Was deliriert der nur ständig vom Fegefeuer, das ist ein Scheißspiel, das er da mit uns treibt«, sagte sie und gab Gas.

Tess antwortete nicht, sondern gab stattdessen Lernacken in ihr Navi ein. Ihr Herz klopfte, sodass es wehtat, selten hatte sie sich so ohnmächtig gefühlt.

»Wir sind in zwölf Minuten dort.«

»Vergiss es«, sagte Marie. »Zehn. Höchstens.«

Auf der Autobahn herrschte zum Glück wenig Verkehr. Tess warf einen Blick auf den Tacho, der hundertfünfzig anzeigte.

Sie rief den Betriebsleiter der Grenzpolizei, Jesper Billing an und erklärte, dass sie auf dem Weg Richtung Bezahlstation an der Öresund-Brücke seien und dass es um einen Entführungsverdacht gehe.

»Er könnte sowohl auf dem Weg über die Grenze sein als auch nur zur Brücke, das wissen wir nicht.«

Tess beschrieb Tims Äußeres und das ihrer Mutter, die sich möglicherweise mit im Auto befand.

»Leider haben wir kein Kennzeichen. Aber es müsste sich um einen silberfarbenen Audi handeln.«

Billing fragte, ob sie ein Funkgerät hätten, und bat sie, sich auf einen gemeinsamen Kanal zu legen, damit sie über Polizeifunk in Kontakt bleiben konnten.

»Wie ist die Verkehrslage derzeit?«, fragte Tess.

»Nicht viel los. Das macht es natürlich einfacher. Wir informieren sicherheitshalber auch die dänischen Kollegen.«

Außerdem sagte Billing zu, zwei Funkstreifenwagen bereitzuhalten, die ihnen auf ihr Zeichen hin folgen konnten.

Tess und Marie fuhren unter dem gelben Schild mit der Aufschrift »Last exit in Sweden« hindurch. Auf dem Asphalt vor ihnen Pfeile und Buchstaben, die anzeigten, dass sie auf dem Weg nach Dänemark waren. Links von ihnen sauste der Öresund-Zug vorbei.

Tess schaute auf die Navi-App.

»Drei Minuten.«

»Gut«, sagte Marie. »Dann bitte sie doch schon mal, den roten Teppich auszurollen.«

Ein Verkehrsschild zeigte an, in welche Fahrbahnen sich die verschiedenen Fahrzeuge für die Brückenauffahrt einzuordnen hatten. Es knisterte im Funkgerät.

»Wir haben einen silberfarbenen Audi, der sich den Schranken nähert.«

Tess drehte sich zu Marie und hörte den Grenzpolizisten weiterreden.

»Wir … ihn … er hat die Schranke durchbrochen. Silberfarbener Audi ist durch die Absperrung. Auf dem Weg auf die Brücke. Wir schicken die Streifenwagen los. Sie sind in Kürze auf der richtigen Seite.«

»Okay«, sagte Tess ins Funkgerät. Sie warf einen Blick auf das Navi. Noch eine Minute und dreißig Sekunden bis Lernacken. »Wir sind in …«

»… in weniger als einer Minute da«, brüllte Marie.

»Habt ihr noch jemanden im Auto gesehen?«

»Unklar, es ging zu schnell.«

Marie schüttelte den Kopf und gab noch mehr Gas.

Tess umschlang den Oberkörper mit beiden Armen und beugte sich vor. Es war die längste Minute ihres Lebens.

Als sie endlich um die Kurve kamen und die Bezahlstation Lernacken vor ihnen lag, war sie erleichtert und gleichzeitig furchtbar angespannt. Wohin wollte Tim, und was war sein Plan? Und vor allem: Wo war ihre Mutter?

Als sie sich den Schranken näherten, wo eine Handvoll Autos vor den Ampeln wartete, musste Marie abbremsen.

Tess zeigte auf die demolierte Schranke, die Tim durchbrochen hatte, und Marie fuhr dorthin.

»Wir fahren jetzt durch.«

»Wir sehen euch«, antwortete Billing. »Der Audi ist ein paar hundert Meter vor euch.«

Tess gab den Streifenwagen Anweisung, sich diskret im Hintergrund zu halten, um die Situation nicht zu verschärfen.

Marie ging erneut aufs Gas und fuhr die leicht ansteigende Autobahn zur Brücke hinauf.

Als diese einen Bogen nach rechts beschrieb, wurden von weitem die vier Brückenpfeiler sichtbar. Die Sonne schickte sich an, über der dänischen Hauptstadt unterzugehen. Es sah aus, als hätte sich die gesamte Farbskala über den Sund ergossen, der Himmel leuchtete in Rot, Rosa, Orange und Gelb.

Es herrschte immer noch wenig Verkehr, auch aus der Gegenrichtung.

Sekunden später waren sie über dem Wasser. Obwohl Marie immer noch hundertvierzig Stundenkilometer fuhr, war der Audi nirgends zu sehen.

»Er darf nicht auf die dänische Seite kommen«, sagte Tess laut zu sich selbst.

Die Pfeiler der Hochbrücke näherten sich und ragten vor ihnen in den brennenden Himmel auf. Als Tess und Marie an dem ersten vorbei waren, entdeckten sie ein silbernes Auto, das vor ihnen halb auf die Fahrbahn ragte. Unmittelbar davor breitete sich explosionsartig ein Feuer auf dem Asphalt aus.

»Ach, du Scheiße«, sagte Marie und ging vom Gas.

»Er hat Benzin vergossen«, sagte Tess und sah sich nach allen Richtungen um.

Sie löste den Gurt und beugte sich vor, um besser sehen zu können, doch die Entfernung war immer noch zu groß.

»Ist er noch im Auto?«

Marie hielt etwa zehn Meter vor dem Feuer.

»Sieht aus, als wäre er ins Brückengeländer gerast.«

Tess befestigte das Funkgerät an ihrer Lederjacke. Die Front des Audis war eingedrückt, und eine der Vordertüren stand halb offen.

»Es brennt auf der Fahrbahn«, sagte sie zu Billing, »Richtung Dänemark. Wir haben den Audi gefunden.«

»Verstanden. Wir schließen jetzt die Brücke für den Autoverkehr«, antwortete er. Wahrscheinlich verfolgte er die Ereignisse über die Videokameras, die an den Brückenpfeilern installiert waren.

Tess stemmte sich im heftigen Wind gegen die Autotür, um sie zu öffnen, eine Hand an der Waffe unter ihrer Jacke. Die Flammen auf der Fahrbahn erloschen allmählich, das Benzin war anscheinend fast verbrannt. Sie näherte sich vorsichtig dem Audi, entdeckte einen Schatten neben dem Brückenpfeiler und blieb stehen. Tims wohlbekannte Gestalt tauchte vor ihr auf. Er kletterte über das Geländer auf die

Fahrbahn, blieb stehen und sah in ihre Richtung. Er trug einen weißen Hoodie mit einem Aufdruck auf der Brust sowie eine weiße Trainingshose.

Sie warf einen Blick auf den Audi, wollte hin, aber etwas hielt sie zurück, sie wusste ja nicht einmal, ob er bewaffnet war. Wieder rauschte es in ihrem Funkgerät.

»Zwei Funkstreifen sind gleich oben auf der Hochbrücke. Wir rufen Verstärkung.«

Tess ließ Tim nicht aus den Augen, während sie antwortete.

»Kein Blaulicht und keine Sirenen. Und sie sollen Abstand halten. Wir haben den Fahrer, aber noch nicht die zweite Person.«

Sie wollte auf keinen Fall riskieren, dass Tim panisch wurde.

Marie blieb an ihrem Auto stehen, während Tess ein paar Schritte weiterging. Zu Tims Füßen entdeckte sie einen großen grünen Plastikkanister, der, wie sie annahm, weiteres Benzin enthielt.

Sie schaute von Tim zum Audi und wieder zurück, noch immer war nicht zu erkennen, ob sich noch jemand im Wagen befand.

Tims Kopf hob sich vor dem orangefarbenen Himmel ab, sein dunkles Haar klebte am Kopf, es sah aus, als wäre es nass. Der Wind pfiff um die hohen Pfeiler über ihnen.

Tess musste rufen, um ihn zu übertönen.

»Wo ist sie?«

Tim antwortete nicht. Er ging ein paar Schritte nach vorn, schien nervös.

Was hatte er hinter dem Geländer und an den Pfeilern zu schaffen gehabt? War ihre Mutter vielleicht dort?

»Ich habe dir die Wahrheit geschenkt, die du gesucht, aber nicht gefunden hast«, rief er. »Im Fegefeuer werden alle

Verbrechen gesühnt. Einige der sieben haben überlebt, und nur eine wurde direkt in die Hölle geschickt.«

Tess nutzte die Gelegenheit, trat ebenfalls ein paar Schritte vor und rief: »Aber meine Mutter hat kein Verbrechen zu sühnen.«

»Das hatte meine auch nicht.«

»Nein, aber du hast deine Rache bereits bekommen. Lass nicht noch mehr Unschuldige zu Schaden kommen.«

Tim warf einen hastigen Blick über die Schulter, aufs Wasser hinunter.

»Du bist zu spät, mal wieder.«

Sie erstarrte. Tim lächelte. Sie schaute zum Geländer.

Die niedrigen Flammen tanzten im Halbkreis über der Fahrbahn zwischen ihnen. Tess vermutete, dass Tim um das Auto herum noch mehr Benzin vergossen hatte.

Sie hörte Motorengeräusche und drehte sich um. Ein Auto, das wahrscheinlich durch die Schranke gefahren war, bevor die Brücke gesperrt wurde, fuhr langsamer, und die Insassen betrachteten neugierig die Szene auf der Hochbrücke. Tess gab dem Fahrer Zeichen, umzukehren. Hinter sich sah sie Marie den Funkstreifen signalisieren, dass sie auf Abstand bleiben sollten.

Tess wandte sich wieder Tim zu, er hatte sich dem Stahlseil genähert, fixierte sie mit dem Blick und lehnte sich an das Brückengeländer.

Als er die Hand in die Tasche seines Hoodies steckte, zog sie die Waffe und legte auf ihn an. Im Unterschied zu ihrer letzten Begegnung, ohne zu zittern.

Ein paar Sekunden verharrten sie so. Tess wartete auf die Bilder, auf eine erneute Niederlage, auf das unschuldige runde Gesicht des kleinen Fünfjährigen mit dem dunklen, traurigen Blick. Aber sie kamen nicht. Vor sich sah sie nichts als einen erwachsenen Mann, der durch seine völlig verzerrte Wahrnehmung der Realität und in seinem Eifer, Gerechtigkeit wiederherzustellen, in die Irre gelaufen war und sowohl sein eigenes als auch das Leben anderer zerstört hatte.

Die Schuld musste zurück, wo sie hingehörte. Es war nicht ihr Fehler, dass es so gekommen war. Und es gab nichts bei dem Ganzen, was sie verband.

Tim legte ein Bein über das Geländer und saß nun rittlings darauf. Er sah sie direkt an.

Mit einer raschen Bewegung zog er die Hand aus der Tasche, und Tess schoss. In Slow Motion sah sie, wie der Hoodie in Flammen aufging, während Tim sich gleichzeitig schreiend an die Brust fasste und über das Brückengeländer stürzte.

Unter ihnen ertönte das Signal einer Fähre. Tess eilte zum Geländer und beugte sich darüber, sie sah Tim wie einen Feuerball im dunklen Wasser des Öresund verschwinden.

Tess starrte den weißen Schaum an, der die Wasseroberfläche bedeckte. Er musste ein Feuerzeug in der Hand gehabt haben und über und über mit Benzin getränkt gewesen sein. Im Hintergrund hörte sie die Sirenen der sich nähernden Funkstreifen, ein unglückverheißender Klang und eine Art Klagelied über einen jungen Mann, der sich entschieden hatte, seinem Leben ein Ende zu setzen.

Der Sonnenuntergang war inzwischen von einem dunkleren Dämmerlicht abgelöst worden. Sie hörte Maries Stimme und drehte sich um, sah, dass sie am Audi stand und die hinteren Türen geöffnet hatte. Tess rannte zu ihr, sah aber gleich, dass die Rückbank leer war.

Das Feuer auf der Fahrbahn war erloschen, und zusammen gingen sie um den Audi herum und öffneten die Kofferraumklappe. Ein unförmiges längliches Paket lag in eine Decke gewickelt.

Tess riss die Decke herunter und blickte in das verängstigte Gesicht ihrer Mutter.

Montag, 2. November

Tess wurde vom Surren des Handys geweckt, das auf dem Hocker neben ihrem Bett lag. Sie hatte es auf lautlos gestellt, es war Solveig Ramsvik, Jennys Mutter, wie sie auf dem Display sah. Tess ließ es klingeln und fuhr mit der Hand über die andere Bettseite, sie berührte Sandras Körper. Auf dem Boden standen eine halb volle Flasche Champagner und zwei Gläser.

Sie hatten nicht gefeiert, dass der Fall Lena Bergmark abgeschlossen war. So etwas feierte Tess nie. Und diesmal war der Preis viel zu hoch gewesen. Sie hatten vielmehr gefeiert, dass jetzt hoffentlich eine etwas ruhigere Zeit vor ihnen lag und sie außerdem wieder hier im Haus sein konnten, wann immer ihnen danach war.

Tess betrachtete Sandra, die noch immer tief zu schlafen schien, war dankbar, dass ausgerechnet sie dort lag und dass sie wieder nach Hause zurückgekehrt war.

Dann stand sie auf und ging hinunter. Draußen auf der Veranda wirbelte Laub umher, in der Nacht war Wind aufgekommen, und als sie die Schiebetüren öffnete, sah sie, wie Schaumkronen auf dem Meer tanzten.

Das Cold-Case-Team und Per Jöns hatten sich nach den Ereignissen des vergangenen Tages nicht mehr zu einer längeren Sitzung getroffen, sondern lediglich die Aufgaben verteilt, die noch anstanden. Gemeinsam hatten sie eine Liste erstellt, die festhielt, was Westford auf der für den Morgen anberaumten Pressekonferenz sagen sollte, und Marie hatte es übernommen, Enrico Russo anzurufen und ihn über Tims Tod zu informieren. Ein Gespräch, das Tess selbst gerade weder führen konnte noch wollte.

Die Nachricht über Tim Bergmarks Tod hatte sich bereits am Abend rasch verbreitet.

Auf dem Handy wurden ihr unzählige noch unbeantwortete Nachrichten angezeigt, unter anderem von Lasse Palmqvist von *Kvällsposten*.

»Stimmt das Gerücht von Bergmark und der Brücke?«

Tess überlegte. Dann beschloss sie, eine Ausnahme zu machen und Lasse Palmqvist etwas zu geben. Sie klickte die Nachricht an und schrieb kurz »ja«, dann legte sie das Handy weg.

Wir haben versagt, dachte Tess und sah einem Eichhörnchen zu, das draußen auf einer Fichte herumturnte. Obwohl sie wusste, dass sie eigentlich zufrieden sein konnte, vermochte sie sich nicht wirklich zu freuen.

Natürlich hatten sie jetzt die Antworten, nach denen sie so lange gesucht hatten. Tim und Ulrika Falk waren überführt worden, doch der Preis dafür war viel zu hoch gewesen.

Tess wollte gerade die Türen wieder schließen, als ihr Nachbar, Ricky Nileman, auf dem Grundstück auftauchte. Tess war nicht sonderlich überrascht gewesen, dass er Ulrika Falk am Gerüst des optischen Telegraphen gefunden hatte. Sie überlegte, ob er überhaupt wusste, dass sie Polizistin war. Sie hatte nach seiner Entdeckung nicht selber mit ihm gesprochen. Doch wahrscheinlich war es das Erste, was er überprüft hatte, als sie hierhergezogen waren.

Er nickte zum Gruß und kam überraschenderweise zu ihr herüber.

»Ja, also …« Er kratzte sich an der grünen Mütze. »Ich wollte Ihnen nur sagen, dass hier in letzter Zeit immer wieder ein Mann aufgetaucht ist, den ich nicht kannte. Ich glaube, er fährt einen silberfarbenen Audi. Ziemlich groß, so um die zwanzig. Er war unter anderem bei Ihnen im Garten und hat auf der Veranda irgendwas nachgeschaut. Da habe ich ihn dann mal gefragt, was er hier wollte.«

Tess beschwichtigte Chilli, der hinter ihr stand und knurrte.

»Und was hat er geantwortet?«

»Er wirkte gestresst und ist abgehauen. Da, zum Strand runter. Man merkt ja, wenn sich hier unbekannte Leute herumtreiben, und nachdem das jetzt passiert ist, mit der Frau unten am Meer, da habe ich das natürlich auch der Polizei erzählt.«

Tess lächelte freundlich.

»Nachbarschaftshilfe ist immer gut. Ich glaube, er gehörte zu den Bauarbeitern, die uns in den letzten Wochen mit dem Verandadeck geholfen haben. Aber danke, dass sie Bescheid gesagt haben.«

Ricky fuhr sich mit der Hand über das Kinn.

»Ja, dann.«

Er drehte sich um und ging wieder zu seinem Haus zurück.

Tess schloss die Tür und setzte sich drinnen aufs Sofa, schob den Pullover beiseite, den sie gestern auf der Brücke angehabt hatte. Er roch immer noch nach Benzin.

Auf dem Couchtisch lag Tims Liste der Todsünden. Sie hatte sie ausgedruckt, um sie Sandra zu zeigen. Jetzt sah sie sich die Liste noch einmal an. Die erste Sünde, superbia, Hochmut, stand ganz oben. Diese letzte Sünde in seinem Countdown, wer hatte sich ihrer eigentlich schuldig gemacht?

Hatte es noch ein weiteres Opfer geben sollen, zu dessen Bestrafung er aber nicht mehr gekommen war?

Die sieben anderen hatte er jeweils kurz erläutert. Dort

stand, inwiefern die jeweilige Person seine Mutter damals im Stich gelassen oder ausgenutzt hatte. Ihnen allen warf er vor, dass sie keinerlei Anstalten gemacht hatten, der Polizei zu helfen, indem sie erzählten, was sie wussten oder dass sie einander kannten. Deshalb mussten sie kollektiv bestraft werden.

Die Ziffer Acht, Wollust, hatte er Andreas Moose zugeordnet. Dieser hatte das Geld geliebt, laut Tim aber auch in schmutzigen Fantasien geschwelgt und versucht, die anderen in seine kranken Spiele hineinzuziehen. Er hatte niemandem von den Abendessen erzählt und so der Polizei keine Hilfe geleistet, als diese im Fall Lena ermittelt hatte.

Die Ziffer Sieben war, wie sie bereits angenommen hatten, auf das falsche Haus gemalt worden. Die siebte Todsünde, Lust, war Mattias Falk zugeordnet gewesen und nicht dem Ehepaar Morales in Löderup.

Deine Lust hat dich angetrieben, etwas Neues zu beginnen, ohne das Alte abgeschlossen zu haben. Was meine Mutter das Leben gekostet hat. Und du hast einen Pakt mit dem Teufel geschlossen. Dein Schweigen hat zu fünfzehn Jahren in der Hölle geführt.

Linn Andréns Eifersucht hatte ihr eine Sechs auf der Liste verschafft.

Deine neidischen Blicke sind niemandem entgangen, und du hast versucht, das neugewonnene Glück meiner Mutter zu zerstören. Insgeheim warst du froh, als sie tot war. Und statt zu erzählen, was du wusstest, hast du uns allen den Rücken zugekehrt und verschwiegen, was in jener Nacht passiert ist.

Der fünften Sünde, Habgier, hatte David Gabès sich schuldig gemacht.

Du hast die Freundlichkeit und das Wohlwollen meiner Mutter ausgenutzt und ihr Geld genommen, so getan, als wärest du ihr Freund. Aber als sie selbst Hilfe gebraucht hätte, so wie später auch ich, da bist du abgehauen und hast dich nicht zu erkennen gegeben.

Der vierten, hinzuerfundenen Sünde, Lügen, hatte Betty van Friis sich schuldig gemacht, indem sie Mattias seiner Mutter vorgestellt hatte.

Durch deine Hand sind sie zusammengekommen. Obwohl du wusstest, dass es eine andere gab. Und dann hast du alles bestritten, sowohl was du gewusst, als auch was du getan hattest.

Die dritte Sünde, Zorn, bestätigte, was Tess all die Jahre geahnt hatte, dass Tim in jener Nacht Ulrika tatsächlich gesehen hatte, als das Haus in Östra Grevie in Flammen aufgegangen war.

Ich habe dich in der Küche an mir vorbeilaufen sehen, als das Feuer ausbrach. Sah deine Beine verschwinden, ein Bild, das ich nie vergessen werde. Aber erst viel später, als ich ein Foto von dir entdeckte und sah, mit wem du zusammen warst, habe ich begriffen, wer du wirklich bist. Dass du es warst, die unter dem Baum gestanden und unser Haus beobachtet hat. Dass du es warst, vor der meine Mutter solche Angst hatte. Zu Recht.

Sie legte das Blatt vor sich auf den Tisch. Warf einen Blick auf ihre eigene Ziffer, die Zwei, Faulheit, »Auge um Auge, Zahn um Zahn«. Da endlich war es ihr gelungen, ihn zu stoppen. Sie betrachtete das Blatt eine Zeit lang, kehrte dann noch einmal zur ersten Sünde zurück. Superbia. Hatten Morris und sie irgendetwas übersehen?

Eine Person, die nach ihr noch bestraft werden sollte?

Das Dokument endete mit einem Bibelzitat:

Und das Meer gab die Toten heraus, die in ihm waren; und der Tod und die Unterwelt gaben ihre Toten heraus, die in ihnen waren. Sie wurden gerichtet, jeder nach seinen Werken.

Der Tod und die Unterwelt aber wurden in den Feuersee geworfen.

This is the second death, the lake of fire.

Noch immer ließ sie der Gedanke nicht los, was wohl geschehen wäre, wenn sie ihm geöffnet hätte, als er nachts vor ihrer Tür gestanden hatte. Was hatte er vorgehabt? Und hatte er es sich anders überlegt, nachdem sie sich unten am Strand getroffen hatten? Konnte er sie danach nicht mehr töten?

Und wie sollte ihre Mutter ihm ins Fegefeuer folgen? Wie hatte er sich das gedacht? Wollte er das Geländer mit dem Auto durchbrechen, damit sie gemeinsam von der Brücke stürzten? Sie vermutete, dass sein Plan nicht aufgegangen war, weil das Geländer zu hoch und zu massiv gewesen war. Was wäre passiert, wenn sie und Marie zehn Minuten später gekommen wären? Zum Glück würden sie es nie erfahren.

Sie sah auf die Uhr, es war kurz nach neun. Sie rief ihre Mutter an. Marianne ging sofort ran.

»Wie geht es dir?«

»Ach, ganz gut, ein bisschen mitgenommen, aber die Schwestern haben mich ordentlich verbunden.«

Im Laufe des gestrigen Abends hatte Marianne Tess und Kerstin Jacobsson noch erzählt, wie Tim sie in ihrer Küche in Abbekås überrumpelt hatte. Sie hatte seiner Kraft nichts entgegenzusetzen, ihm aber in einem tapferen Versuch einen Topf über den Schädel gezogen, bevor er sie überwältigt, gefesselt und ins Auto getragen hatte.

»Bist du sicher, dass du keine psychologische Hilfe in Anspruch nehmen willst?«, fragte Tess.

»Nein, ich schaff das schon. Iris war gestern noch hier, und wir haben ein Glas Wein zusammen getrunken.«

»Wohlverdient. Ich schicke dir im Laufe der Woche jemanden vorbei, der deine Kellertür saubermacht.«

»Das eilt nicht. Aber es wäre schön, wenn du bald mal hier vorbeikommst. Und diesmal gerne, wenn ich zu Hause bin. Und bring Sandra mit.«

Tess hob die Augenbrauen.

»Mach ich.«

Nachdem sie aufgelegt hatten, fiel ihr Solveig Ramsvik ein, die versucht hatte, sie zu erreichen. Sie rief sie zurück.

Solveigs Stimme klang dünn, sie erzählte, sie sei ins Krankenhaus eingewiesen worden, nachdem ein Tumor bei ihr festgestellt worden war.

»Wenn Sie mich erreichen wollen, könnte das jetzt ein bisschen schwieriger werden.«

»Verstehe«, sagte Tess. »Jetzt ist Jenny dran. Ich kann natürlich nichts versprechen, aber ich werde mein Bestes geben.«

Solveig schwieg.

»Das wäre gut. Ich habe wahrscheinlich nicht mehr lang.«

Grauschwarze Herbstwolken jagten über den Himmel über der Öresund-Brücke. Auf der Hochbrücke fuhr Tess rechts ran. Sie stieg aus und trat ans Geländer, vermied es jedoch, ins schwarze Wasser hinabzuschauen.

Ein Zug fuhr auf den Gleisen unter ihr vorbei, und die Brücke vibrierte, als sie sich hinhockte, um ihre Blumen abzulegen. Durch einen Spalt im Geländer schaute sie zum Luftkastellet bei Lernacken, wo sie und Tim viele Male Hand in Hand gestanden und zur Brücke hinaufgeschaut hatten, die vor gut zwanzig Jahren eingeweiht worden war, also etwa um seine Geburt herum.

Als sie wieder aufstehen wollte, entdeckte sie einen roten Fleck auf dem Brückenpfeiler neben sich, der ihr tags zuvor nicht aufgefallen war. Der Strich, der in etwa die Form einer Eins hatte, leuchtete auf dem grauen Beton.

Tess hielt inne und betrachtete ihn eine Weile, dann schüttelte sie den Kopf. Hatte er sich wirklich noch die Zeit genommen, sie dort hinzusprayen? Wie konnte es ihm so wichtig gewesen sein, als letzte Tat in seinem Leben?

Sie fotografierte die Stelle mit dem Handy, bevor sie mit raschen Schritten zum Auto zurückging.

In einer Stunde würde sie sich mit Carsten Morris und dem dänischen Mordermittler Morten Jul Knudsen treffen, um mit ihnen den Jenny-Fall durchzugehen und zu hören, was die anderen bisher herausgefunden hatten.

Als sie die Mitte der Brücke erreicht hatte und damit in Dänemark war, rief Morris an.

»Bin unterwegs«, sagte sie. »Ich fahre gerade über die Brücke.«

»Hast du noch mal an der Stelle gehalten, als du vorbeigefahren bist?«

»Ja«, sagte Tess. »Aber nicht, weil …«

Sie fand nicht die richtigen Worte, und so ergänzte Morris:

»Nicht für den Mörder Tim, sondern für das Kind?«

»Ja.«

»Das Leben ist nicht schwarz-weiß, und wir Menschen sind es auch nicht«, sagte Morris.

Nein, dachte Tess, das stimmt. Und hätte sie die Zeit ein paar Jahre zurückdrehen können, wäre alles vielleicht ganz anders gekommen.

Doch so funktionierte das Leben nicht.

»Ich habe eine Eins auf dem Brückenpfeiler entdeckt, wir müssen sie gestern übersehen haben. Rot, sah aus, als wäre es dieselbe Farbe wie bei den anderen.«

Morris sagte eine Weile nichts.

»Dann hat er die letzte Sünde sich selbst zugeordnet. Superbia. Hochmut. Ich frage mich ja, ob er ihn als etwas Positives oder Negatives gesehen hat. Vielleicht steht es ja für eine gewisse Einsicht, dass er gesündigt hat, indem er sich über Gott gestellt und sich das Recht herausgenommen hat, über das Leben anderer zu richten.«

»Vielleicht. Aber über alles konnte er eben doch nicht entscheiden.«

Tess überlegte, was Morris wohl eigentlich gewollt hatte, schließlich würden sie sich in weniger als einer Stunde sehen.

»Ach so«, sagte er. »Eins wollte ich dir noch sagen, damit du vorbereitet bist.«

»Ja?«

»Die Deutschen werden bei unserem Treffen heute mit dabei sein. Meyer und sein Assistent.«

Tess seufzte, sie hatte gehofft, den Jenny-Fall in Ruhe besprechen zu können, und zwar ausschließlich mit Morris und ihrem dänischen Pendant, Morten Jul Knudsen.

»Der Fall hat nämlich eine neue Wendung genommen«, erklärte Morris. »Sie glauben, dass Villard wieder aktiv ist und möglicherweise vor Kurzem in Schweden gesehen wurde.«

DANKE AN:

Bo Lundqvist (Cold Cases, Polizeiregion Süd), Mårten Billberg (Grenzpolizei Süd), Anna Tell (Kriminalkommissarin und Schriftstellerkollegin), Thomas Johansson (Teilzeitfeuerwehrmann), Kalle Sternberg (Feuerwehrmann). Für euer unverzichtbares Spezialwissen, das ihr mit mir geteilt habt.

Danke auch an meinen Verlag Bokförlaget Forum für euer Engagement und euren Einsatz für meine Cold-Case-Reihe. Und vor allem an John Häggblom und Johan Stridh, die ihr mich zu einer besseren Schriftstellerin gemacht habt.

Meinen Agentinnen bei der Nordin Agency, Anna Frankl und Signe Lundgren dafür, dass ihr mich und meine Bücher in Schweden und in der ganzen Welt bekannt gemacht habt.

Ewa-Gun Westford, Joakim Palmqvist, Tarja »Makkonen« Udd, Karin Olsson, Thomas Hopfgarten, Sofia Wikman, Kajsa Söderberg-Dahlberg, Hotel Svea. Danke fürs Namen-, Beruf- und Haus-Ausleihen.

Meiner Schwägerin Margona Berger Frennstedt: Danke für deine wertvollen Kommentare und Ermutigungen in der Manuskriptarbeit, und meinem Patenkind Elliot dafür, dass du dich in deinen ersten Lebensjahren geweigert hast zu sprechen.

Tesso, Alison und Maja. Meine geliebte kleine Gang. Danke für eure Geduld bei allen Hochs und Tiefs, die das Schreiben von Büchern mit sich bringt. Euch um mich zu haben, macht alles viel lustiger und besser.

Genau wie in meinen vorherigen Büchern, gibt es einige Parallelen zu realen Ereignissen und Fällen. Vieles ist also wirklich passiert, der Großteil aber ist Fiktion. Und alle eventuellen Fehler gehen auf meine Kappe.

Manchmal biege ich links auf eine Straße ab, die es gar nicht gibt, oder schildere eine nicht-existierende Allee – alles der Kunst zuliebe. Gislövshammar ist ein schönes kleines Fischerdorf, aber ein »Gislabod« gibt es dort nicht, ebenso wenig wie einen ehemaligen optischen Telegrafen (der steht zwischen Vårhallarna und Baskemölla). Dafür ist die Aussicht oberhalb von Maglehem tatsächlich die allerschönste.

Tina Frennstedt, Mai 2021

Spannung pur von Schwedens neuer Top-Krimi-Autorin

Tina Frennstedt
COLD CASE - DAS VERSCHWUNDENE MÄDCHEN
Thriller
Aus dem Schwedischen
von Hanna Granz
448 Seiten
ISBN 978-3-404-18403-3

Er lauert Frauen in den frühen Morgenstunden auf. Er überfällt sie in ihren Wohnungen. Er tötet sie – und verschwindet. Als an einem Tatort Spuren auftauchen, die auf einen alten Vermisstenfall hinweisen, übernimmt Tess Hjalmarsson, Expertin für COLD CASES, die Ermittlungen. Hängt das spurlose Verschwinden der damals 19-jährigen Annika, deren Fall nie gelöst wurde, tatsächlich mit den aktuellen Serienmorden zusammen? Tess ermittelt unter Hochdruck. Ein Rennen gegen die Zeit beginnt. Denn eines ist sicher: Der Serienmörder wird wieder zuschlagen …

Lübbe

Lesejury